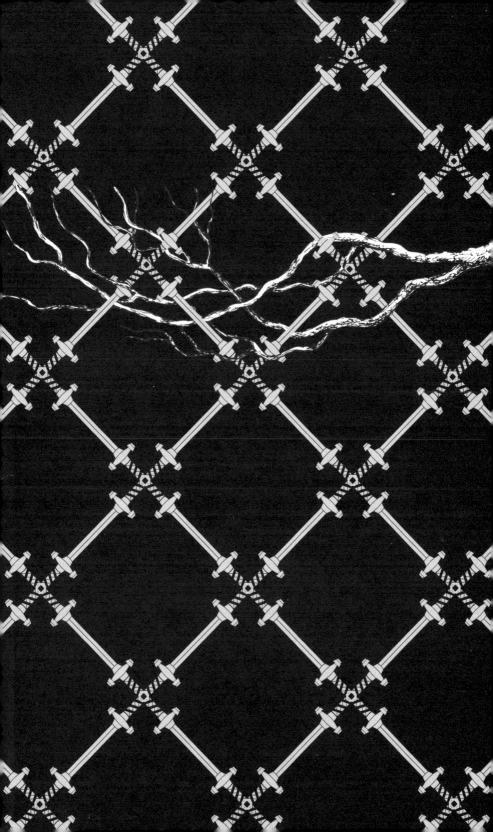

MALDITA

GRANTRAVESÍA

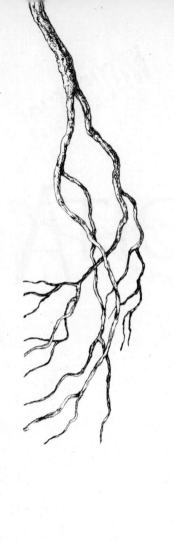

ILUSTRACIONES
FRANK MILLER

TEXTO
THOMAS WHEELER

Traducción
Enrique Mercado

Color
Tula Latoy

GRANTRAVESÍA

MALDITA

Título original: *Cursed*

Ilustraciones © 2019, Frank Miller
Texto © 2019, Tom Wheeler

Traducción: Enrique Mercado

Diseño de portada: © Lucy Ruth Cummins
Ilustración de portada: © 2019, Frank Miller

D. R. © 2020, Editorial Océano de México, S.A. de C.V.
Homero 1500 - 402, Col. Polanco
Miguel Hidalgo, 11560, Ciudad de México
www.oceano.mx
www.grantravesia.com

Primera reimpresión: julio, 2020

ISBN: 978-607-557-084-6

IMPRESO EN MÉXICO / *PRINTED IN MEXICO*

Pero entre los sagrados himnos se escuchó
una voz de las aguas, porque ella habita
en las profundidades; y pese a las tormentas
que sacuden el mundo y agitan la superficie,
puede caminar sobre las aguas como nuestro Señor.
—ALFRED TENNYSON,
Los idilios del rey

Sé a quién buscabais, dijo,
pues buscáis a Merlín;
no os afanéis más,
que yo soy él.
—THOMAS MALORY,
La muerte de Arturo

UNO

Desde su escondite en el montículo de paja y con los ojos anegados en lágrimas, Nimue pensó que el padre Carden parecía un espíritu de luz. Se debía a su posición, de espaldas a un sol descolorido, y al modo en que las nubes se vertían debajo de sus mangas colgantes y palmas en alto, como si estuviera en el cielo. Su temblorosa voz se elevaba sobre el bullicio del balar de las cabras, el crujir de la leña, los gritos de los niños y los lamentos de las madres.

—¡Dios es amor! Un amor que purifica, un amor que santifica, un amor que nos une —los ojos azules del padre Carden pasaron sobre la turba aulladora y lastimera, postrada en el fango y cercada por monjes cubiertos con sotanas rojas—. Dios ve —continuó Carden— y hoy sonríe. Porque hemos llevado a cabo su tarea. Nos hemos purificado con su amor. Quemamos la carne putrefacta —el humo que se acumulaba en torno a sus piernas y brazos ondulaba con escamas de ceniza roja y las comisuras de sus labios se cubrían de saliva—. ¡Cortamos la corrupción de lo demoniaco! ¡Expulsamos las oscuras inclinaciones de este lugar! ¡Dios sonríe hoy! —bajó los brazos y sus mangas, al caer como velos, revelaron detrás de sí un infierno de treinta cruces en llamas sobre la llanura.

Era difícil distinguir a los crucificados en medio del humo denso y negro.

Biette, fornida madre de cuatro, se irguió como un oso herido y avanzó de rodillas hacia Carden antes de que uno de los monjes tonsurados vestidos de rojo se adelantara, le plantase una bota entre los omóplatos y la hundiera de bruces en el fango. Ella permaneció ahí, quejumbrosa sobre la tierra húmeda.

Los oídos de Nimue no habían cesado de zumbar desde que llegó con Pym a la aldea en ancas de Dama del Crepúsculo y vieron el primer cadáver en la vereda. Pensaron que se trataba de Mikkel, el hijo del curtidor, quien cultivaba orquídeas para los rituales de mayo, pero su cabeza había sido aplastada con algo pesado. Ni siquiera pudieron detenerse a confirmarlo porque toda la aldea ardía en llamas y había por doquier Paladines Rojos, cuyas ondulantes sotanas danzaban al compás del fuego. En la colina sin cultivar, media docena de ancianos morían quemados sobre cruces erigidas de prisa. Nimue oyó a la lejanía los gritos de Pym mientras su mente se quedaba en blanco. Dondequiera que miraba veía que su gente era ahogada en el lodo o arrancada de sus hogares. Dos paladines arrastraban a la vieja Betsy sujetándola de los brazos y del cabello, a través de su corral de gansos. Las aves graznaban y revoloteaban en el aire, con lo que contribuían al irreal caos. Poco después, Nimue y Pym fueron separadas y Nimue se refugió en el montículo de paja, donde contenía la respiración cuando los monjes pisoteaban sus atados de bienes que había recuperado. Los desplegaron por fin sobre el piso de la carreta descubierta que ocupaba el padre Carden, a cuyos pies derramaron su contenido. El sacerdote miró y asintió como si se esperara lo que veía: raíces de tejo y aliso, estatuillas de madera de antiguos dioses, dijes y huesos de animales. Suspiró con paciencia.

—¡Dios lo ve todo, amigos míos! Ve estos instrumentos de conjuros demoniacos. Ustedes no pueden ocultarse a su mirada. Él extraerá este veneno. Y proteger a otros como ustedes no hará más que prolongar su sufrimiento —sacudió las cenizas que habían caído sobre su túnica gris—. Mis Paladines Rojos están ávidos de oír sus confesiones. Ofrézcanlas por su bien de manera voluntaria; mis hermanos son diestros en el manejo de las herramientas de la Inquisición.

Los Paladines Rojos arremetieron contra el vulgo para elegir blancos de tortura. Nimue vio que familiares y amigos se echaban unos en brazos de otros para evitar que los paladines se los llevaran. Había más gritos cuando niños eran arrebatados de sus madres.

Impertérrito, el padre Carden bajó de la carreta y cruzó el fangoso camino hacia un monje alto y ancho de hombros que vestía de gris. Sus mejillas eran angulosas bajo su capucha y extrañas marcas de nacimiento manchaban el área alrededor de sus ojos y descendían por su cara como profusas lágrimas de tinta. Nimue no alcanzó a escuchar sus palabras a causa de la gritería en torno suyo, pero el padre Carden posó una mano en el hombro del monje, del modo en que lo haría un hombre de Dios, y tiró de él para murmurarle algo al oído. Con la cabeza inclinada, el monje asintió varias veces en respuesta a sus palabras. Carden apuntó al Bosque de Hierro; el monje asintió una última vez y montó en su corcel blanco.

Nimue volteó hacia el bosque y vio que Ardilla, de diez años de edad, se interponía atónito en el camino del religioso, con sangre que descendía por su mejilla mientras arrastraba una espada detrás de él. Salió disparada del montón de paja y cargó contra Ardilla. El repicar de los cascos del Monje Gris era cada vez más ruidoso a sus espaldas.

—¡Nimue! —exclamó Ardilla y ella lo jaló hasta la pared de una choza en tanto el monje pasaba con gran estrépito a su lado—. ¡No encuentro a papá! —añadió.

—¡Escúchame, Ardilla! Ve al agujero del fresno y escóndete ahí hasta que anochezca, ¿entiendes?

Él intentó desprenderse.

—¡Papá!

Nimue lo sacudió.

—¡Márchate lo más pronto que puedas, Ardilla! ¡Ya me oíste! —le gritó en la cara y él asintió—. Sé valiente. Corre como lo haces en nuestras cacerías de zorros. ¡Nadie te atrapará!

—¡Nadie! —susurró como si se armara de valor.

—Eres el más rápido de todos —Nimue contuvo las lágrimas porque no deseaba que partiera.

—¿Me alcanzarás allá? —preguntó suplicante.

—Sí —prometió—, pero primero debo buscar a Pym, mi madre y tu padre.

—Vi a tu madre cerca del templo —titubeó—. La perseguían.

Ella sintió que la noticia le helaba la sangre. Lanzó una mirada al templo, en lo alto de la cuesta, y se volvió hacia Ardilla.

—¡Tan rápido como el zorro! —le ordenó.

—¡Tan rápido como el zorro! —repitió él y se tensó al tiempo que dirigía furtivas miradas a izquierda y derecha. Los paladines más próximos estaban demasiado ocupados golpeando a un granjero renuente para reparar en él. Sin mirar atrás, cruzó en un segundo los pastizales hacia el Bosque de Hierro.

Nimue se lanzó al camino y corrió al templo. Resbaló y cayó en el fango que los caballos y la sangre habían revuelto. Cuando se ponía en pie, un jinete emergió de un costado de una choza en llamas. Ella vio la bola de hierro que se agitaba en la punta de la cadena. Intentó apartarse pero la esfera la alcanzó en la base del cráneo con tal fuerza que la arrojó por los aires hasta una pila de leña. El mundo se desbarató mientras Nimue veía estrellas y sentía que un líquido tibio bajaba por su cuello y su espalda. Tendida en el suelo y rodeada de varas, vio que un arco largo se partía en dos a su lado. El arco roto. El cervatillo. El consejo. Puente de Halcones.

Arturo.

Parecía imposible que apenas hubiese transcurrido un día. Conforme perdía el conocimiento, una idea la asfixió de pavor: todo era culpa suya.

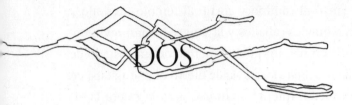

DOS

—¿**P**ero por qué tienes que partir? —preguntó Ardilla mientras trepaba sobre el brazo cubierto de musgo de una estatua rota.

—No me voy todavía —Nimue inspeccionaba un ramo de lilas entre las raíces expuestas de un viejo fresno. Aunque pensó en cambiar de tema sabía que él no se lo permitiría.

—Pero ¿por qué quieres marcharte?

Vaciló. ¿Cómo podía decirle la verdad? Eso iba a lastimarlo y confundirlo, y daría pie a nuevas interrogantes. Quería irse porque era indeseable en su propia aldea. Temida. Juzgada. Criticada a sus espaldas. Señalada. A los niños se les instruía que no jugaran con ella debido a las cicatrices que marcaban su espalda. Debido a los siniestros relatos acerca de su niñez. Debido al hecho de que su padre la había abandonado. Porque estaba maldita. Y quizás esto era cierto. Su "contacto" —como su madre decía, en tanto que ella lo llamaba "posesión"— con los Ocultos era intenso, enigmático y distinto del de cualquier otro Celeste que conociera. Y se manifestaba en ella sin querer de modos extraños, a veces inesperados y violentos, ya fueran accesos o visiones; otras, el suelo temblaba o se combaba u objetos de madera cercanos adoptaban formas grotescas. Sentía entonces ganas de vomitar. Y las sensaciones posteriores eran iguales: sudoración, vergüenza, vacío. La relevancia de su madre como Archidruida era lo único que impedía que se le expulsara de la aldea con varas y cuchillos. ¿Para qué agobiar a Ardilla con todo esto? La madre del chico, Nella, era como una hermana para su madre y una tía para ella, así que le había ahorrado a su hijo todas las malévolas habladurías. Para él, Nimue era normal, incluso aburrida (sobre todo durante sus paseos por el bosque), y eso era justo lo que ella deseaba. Pero sabía que no duraría.

Sintió remordimiento cuando contempló las ancestrales pendientes verdes del Bosque de Hierro, pletóricas de una vida gorjeante y bulliciosa, y los rostros misteriosos de los Antiguos Dioses entre las parras y la tierra negra, que ella había bautizado a lo largo de los años —la Gran Nariz, la Dama Triste, el Calvo Herido—, restos de una civilización desaparecida mucho tiempo atrás. Dejar todo eso sería como abandonar a viejos amigos.

En lugar de confundir al muchacho, se atuvo a su mentira.

—No sé. ¿Acaso no has deseado ver cosas que desconoces?

—¿Como un Ala de Luna?

Ella sonrió. Ardilla siempre estaba atento a las copas de los árboles en busca de un Ala de Luna.

—Sí, o como el mar, las Ciudades Perdidas de los Dioses del Sol o los Templos Flotantes.

—¡Ésos no son reales! —protestó.

—¿Cómo lo sabremos si no los buscamos?

Él puso las manos en su cadera.

—¿Te marcharás y no volverás nunca, como Galván?

Nimue brilló por dentro ante la mención de este nombre. Recordó que, cuando era apenas una niña de siete años, envolvía entre sus brazos el cuello de Galván al tiempo que él la conducía en su espalda por esa misma arboleda. A los catorce, él conocía los dones especiales de cada flor, hoja y corteza del Bosque de Hierro, remedios, venenos, la infusión de cuáles hierbas concedían visiones y qué otras servían para atrapar un corazón, la masticación de cuáles cortezas inducía el trabajo de parto y los nidos de qué aves predecían el clima. Recordó que en una ocasión se sentó entre sus rodillas y él la rodeó con sus largos brazos como lo haría un hermano mayor, para ver los polluelos de milano que piaban en su regazo, y que Galván le enseñó a descifrar las figuras que era posible distinguir en los cascarones rotos, a fin de obtener señales acerca del vigor del bosque.

Nunca juzgó a Nimue por sus cicatrices. Su sonrisa era siempre amable y espontánea.

—Quizá regrese algún día —dijo ella con más esperanza que convicción.

—¿Es a él a quien irás a buscar? —sonrió Ardilla.

—¿Qué? ¡No seas ridículo! —le pellizcó el brazo.

—¡Ay!

—Ahora pon atención —Nimue exageró una mirada severa—, porque ya me cansé de ser indulgente contigo durante tus lecciones.

Señaló un arbusto cubierto de ortigas.

Él entornó los ojos.

—Es la raíz de osha. Nos protege contra la magia negra.

—¿Y qué más hace?

Ardilla arrugó la nariz mientras pensaba.

—¿Es buena para el dolor de garganta?

18

—¡No se trata de que adivines! —bromeó Nimue. Alzó luego una piedra, bajo la cual había unas pequeñas flores blancas.

Él cortó un botón, sumido en sus pensamientos.

—Ésta es la *sanguinaria*, para las maldiciones —dijo— y las resacas.

—¿Qué sabes tú de resacas? —lo empujó levemente y él retrocedió entre risas sobre el suave musgo. Aunque salió en su persecución sabía que nunca lo alcanzaría. Ardilla pasó volando bajo el mentón caído de la Dama Triste y saltó a una rama que ofrecía una magnífica vista de los pastizales y las chozas de Dewdenn.

Nimue llegó hasta él casi sin aliento, feliz de sentir la brisa entre su cabellera.

—Te echaré de menos —Ardilla la tomó de la mano.

—¡No me digas! —ella le dio un golpecito en la cintura y se llevó al pecho la sudorosa cabeza del chico—. Yo también.

—¿Tu mamá sabe que te vas?

Mientras pensaba qué contestaría sintió en el vientre el zumbido de los Ocultos y se tensó. Era una sensación desagradable, como si un ladrón escalara hasta su ventana. Se le resecó la garganta. Le propinó un codazo a Ardilla y casi graznó:

—Márchate ya. La lección ha terminado.

Fue música para los oídos de él.

—¡Viva, no más clases! —celebró, salió disparado entre las rocas y dejó sola a Nimue con su malestar estomacal.

Los Celestes no eran ajenos a los Ocultos, los espíritus invisibles de la naturaleza de los que se decía que el clan de Nimue descendía. De hecho, los invocaban en sus rituales para todo, fuera grande o pequeño. En tanto el Archidruida encabezaba las principales ceremonias del año y resolvía las controversias entre ancianos y familias, del Invocador se esperaba que llamara a los Ocultos para que bendijeran la cosecha o trajeran lluvias, facilitaran un parto o guiaran a los espíritus en su retorno al sol. Pero como Nimue sabía desde niña, esas invocaciones, tales requerimientos a los Ocultos, eran sobre todo ceremoniales. Los Ocultos casi nunca contestaban. El propio Invocador, a quien se elegía por su supuesto contacto con los espíritus, tenía que intuir los mensajes a menudo e interpretaba las nubes o probaba el sabor de la tierra. Para la mayoría de los Celestes, los Ocultos se manifestaban en un hilillo de agua o una gota de rocío; para Nimue lo hacían en cambio como un río impetuoso.

Pese a ello, en ese momento la sensación fue distinta. Si bien el zumbido vibraba en su vientre, una calma se extendió por el Bosque de Hierro, una quietud. El corazón de Nimue saltó, no de temor sino de expectación, como si algo se aproximara. Lo escuchó en el susurro de las hojas, el canto de las cigarras, el siseo de la brisa. Percibía palabras dentro de esos sonidos, similares al animado murmullo en una habitación abarrotada. Esto le dio esperanzas de una comunión plena de sentido, cargada de respuestas, con la explicación de la causa de que ella fuera diferente.

Sintió un movimiento y en cuanto volteó vio muy cerca un cervatillo. El zumbido en su vientre subió de volumen. El animalito la miró con profundos ojos negros, más antiguos que el inmóvil tocón bajo su cuerpo, más antiguos que la luz del sol en sus mejillas.

No temas. Escuchó una voz que no provenía de su pensamiento. Era del cervatillo. *La muerte no es el final.*

No podía respirar. Tenía miedo de moverse. El silencio rugió en sus oídos. Una veneración arrolladora, tan vasta como el sueño, llenó el espacio en el fondo de sus pupilas. Resistí el impulso de correr o cerrar los ojos, como solía hacer hasta que la sensación pasaba. Quería estar presente en este instante. Después de tantos años, los Ocultos deseaban por fin comunicarse.

El sol se ocultó tras una nube y el bosque se oscureció y enfrió. A pesar de su temor, Nimue sostuvo la mirada del cervatillo. Era la hija de la Archidruida y no se acobardaría ante la mente secreta de los Ocultos.

Se oyó preguntar:

—¿Quién morirá?

Escuchó el sonido gutural de una cuerda, un silbido, y vio que una flecha se hundía en el cuello del venadito. Una explosión de mirlos estalló en los árboles cuando el contacto llegó a su fin. Nimue giró furiosa. José, uno de los gemelos del pastor de ovejas, alzaba el puño en señal de victoria. Ella miró al cervatillo tendido en el suelo, con los ojos vidriosos y vacíos.

—¿Qué hiciste? —gritó mientras José cruzaba la enramada para recuperar a su presa.

—¿Qué te parece que hice? ¡Buscar algo de cenar! —tomó al animal por las patas traseras y se lo echó sobre los hombros.

Unas parras de plata ascendieron por el cuello y la mejilla de Nimue a la par que ardía en cólera, y entonces el arco largo de José se contorsionó, se quebró en sus manos y cortó su piel. Asustado, el muchacho dejó caer el ciervo al suelo junto con el arco, que se retorció como una serpiente moribunda.

Miró a Nimue. A diferencia de Ardilla, José estaba al tanto de los maliciosos rumores sobre ella.

—¡Estúpida bruja!

La empujó con fuerza contra el tocón mientras levantaba su arruinado arco. Nimue iba a propinarle un puñetazo en la cara cuando su madre apareció como un espectro en la linde del bosque.

—Nimue —la voz de Leonor era tan gélida que enfrió su ira.

Con un resoplido, José recogió el ciervo y los pedazos del arco y se marchó en medio de grandes zancadas.

—¡Esto no se va a quedar así, maldita bruja! ¡Es muy cierto lo que dicen de ti!

Nimue replicó en el acto:

—¡Qué bueno! ¡Témeme y déjame en paz!

Partió enfurecido mientras ella languidecía bajo la reprobadora mirada de su madre.

Momentos después, Nimue se arrastraba detrás de Leonor por las pulidas piedras del Sendero del Sol Sagrado hacia la oculta entrada del Templo Sumergido. Aunque jamás daba la impresión de que tuviera prisa, Leonor estaba siempre diez pasos adelante.

—Buscarás la madera, la tallarás y encordarás el arco —le dijo.

—José es un idiota.

—Y te disculparás con su padre —continuó.

—¿Con Anis? ¡Otro idiota! No estaría mal que en ocasiones te pusieras de mi parte.

—Ese cervatillo saciará muchas bocas hambrientas —le recordó.

—Era más que un cervatillo —reclamó Nimue.

—Se ofrecerán los rituales adecuados.

La hija sacudió la cabeza.

—¡Ni siquiera me escuchas!

Leonor volteó, enérgica.

—¿Qué, Nimue? ¿Qué es lo que no escucho? —bajó la voz—. Sabes lo que dicen. Sabes lo que piensan. Arrebatos de este tipo no hacen más que avivar su temor.

—No es culpa mía —sintió una vergüenza insoportable.

—El enfado lo es. Y también la culpa. No muestras disciplina ni recato. El mes pasado fue la cerca de Hawlon...

—¡Escupe en el suelo cada vez que paso a su lado!

—... y el incendio del granero de Gifford...

—¡No cesas de repetírmelo!

—¡Y tú no cesas de darme motivos para hacerlo! —la tomó de los hombros—. Éste es tu clan. Ellos son tus amigos, no tus enemigos.

—Sabes que lo he intentado y no me aceptan. Me odian.

—Entonces edúcalos. Ayúdalos a comprender. Porque un día tendrás que dirigirlos. Cuando yo ya no esté...

—¿Dirigirlos? —rio Nimue.

—Posees un don —repuso Leonor—. Ves y experimentas a los Ocultos en formas que yo jamás entenderé. Pero ese don es un privilegio, no un derecho, y debes acogerlo con gracia y humildad.

—No es un don.

Una campana sonó a lo lejos. Leonor exhibió el dobladillo roto y enlodado de su hija.

—¿No podrías hacer una excepción sólo por hoy?

Nimue se encogió de hombros, abochornada.

Leonor suspiró.

—Ven.

Cruzó con delicadeza un velo de parras colgantes y bajó un tramo de viejos escalones, cubiertos de lodo y musgo. Nimue rozó con las manos las esculpidas paredes, que describían mitos ancestrales de los Antiguos Dioses, a fin de no tropezar en su descenso al enorme Templo Sumergido. El sol se derramaba a través de una abertura natural en la copa de los árboles y bañaba con sus rayos las piedras del altar, cientos de metros abajo.

—¿Por qué tengo que asistir a esto? —Nimue bajaba suavemente la escalera de caracol que conducía hasta el fondo.

—Hoy elegiremos al Invocador, quien más tarde será Archidruida. Es un día importante, y eres mi hija y debes estar a mi lado.

Nimue entornó los ojos y llegaron a la planta del templo, donde los Ancianos de la aldea se habían reunido ya. Algunos pusieron mala cara por la presencia de Nimue, quien se obstinó en evitar el círculo y fue a recargarse contra una de las paredes distantes.

De rodillas ante el altar meditaba Clovis, el joven Druida, hijo de Gustavo el Curandero, que había sido un leal asistente de Leonor y a quien se respetaba por su amplio conocimiento de la magia curativa.

Los Ancianos se sentaban en círculo con las piernas cruzadas cuando Leonor tomó a Clovis de la mano y lo ayudó a levantarse. También Gustavo el Curandero estaba presente, ataviado con sus mejores galas y radiante de orgullo. Se sentó con los Ancianos mientras Leonor se volvía para hablarles.

—En vista de nuestra naturaleza Celeste, damos gracias a la luz dadora de vida. Nacimos con la aurora…

—Para marcharnos al anochecer —contestaron al unísono los Ancianos.

Hizo una pausa y cerró los ojos. Ladeó la cabeza como si escuchara algo. Un momento después, marcas encendidas semejantes a parras de plata subieron por el costado derecho de su cuello y mejilla y rodearon su oreja.

Los Dedos de Airimid aparecieron por igual en las mejillas de Nimue y de los Ancianos en el círculo.

Leonor abrió los ojos.

—Los Ocultos están presentes ya —y continuó—: Desde la desaparición de nuestra querida Ágata, hemos estado sin Invocador. Esto nos ha dejado desprovistos de un sucesor, un Guardián de las Reliquias y Ministro de las Cosechas. Ágata compartía también una honda comunión con los Ocultos. Era una querida y afectuosa amiga. Jamás será reemplazada. Con todo, ya han transcurrido las nueve lunas y es momento de que nombremos un nuevo Invocador. Si bien debe poseer numerosos atributos, ninguno es más importante que una duradera relación con los Ocultos. Y aunque apreciamos a Clovis —dirigió una sonrisa reconfortante al joven Druida, parado junto al altar—, necesitamos que ellos consagren nuestra elección de un Invocador.

Susurró palabras inmemoriales y elevó los brazos. La luz que caía de lo alto cobró una nitidez como de llamas en la fragua y de ella se desprendieron chispas diminutas que danzaron en el aire. Una luz idéntica emanaba del musgo que cubría los obeliscos y las añejas rocas y se mezcló con las chispas en una nube fluida y luminosa.

Clovis cerró los ojos y alargó los brazos para recibir la bendición de los Ocultos. Y aun cuando las chispas se dirigieron a él en una masa amorfa, después se curvaron lejos del altar y se extendieron hasta Nimue, quien con estupefacción creciente miraba cómo la nube se vertía sobre ella. Alzó un brazo para protegerse, pese a que las chispas no le hacían daño alguno.

Este suceso causó resquemor en el círculo de los Ancianos.

Leonor elevó la cabeza con expresión de asombro a medida que los murmullos de desagrado se tornaban en francas voces de disgusto. Gustavo se puso en pie para protestar.

—Este... este ritual es impuro.

Otro dijo:

—Clovis debería ser el siguiente en recibir la encomienda.

Y otro más:

—Nimue es una distracción.

—Clovis es bueno y talentoso, y valoro su consejo —admitió Leonor—. Pero la decisión de nombrar al Invocador recae en los Ocultos.

—¿Qué? —exclamó Nimue, acorralada por las miradas acusadoras de los Ancianos. Con mejillas ardientes lanzó a su madre una mirada furiosa al tiempo que intentaba escapar de la nube, que ya ascendía por sus piernas. Resueltas a seguirla, las partículas de luz la cubrían justo en el momento en el que lo único que ella deseaba era ser invisible.

Florentino el Molinero apeló a la lógica.

—Es inaudito que propongas, Leonor... Quiero decir, Nimue es demasiado joven para asumir esas responsabilidades.

—Cierto, a sus dieciséis años es joven para ser Invocadora —habló como si no le sorprendiera el giro que habían dado los acontecimientos—, pero su afinidad con los Ocultos debería valorarse más que tales consideraciones. De la Invocadora se espera sobre todo que conozca la mente de los Ocultos y guíe a los Celestes al equilibrio y la armonía en ambos planos de la existencia. Desde que Nimue era niña, los Ocultos han mostrado predilección por ella.

Luciano, un Druida venerable que sostenía su encorvado cuerpo sobre una sólida rama de tejo, preguntó:

—No sólo los Ocultos la procuran, ¿verdad? —las cicatrices de Nimue hormiguearon en su espalda; sabía adónde apuntaba ese comentario. Leonor frunció los labios como única señal de su enojo. Luciano rascó su barba blanca y dispareja y se fingió inocente—. Después de todo, está marcada por la magia negra.

—¡No somos unos niños, Luciano! Pese a que nos llamen Danzantes del Sol, eso no significa que desconozcamos la sombra. En efecto, cuando era muy joven, Nimue fue llevada al Bosque de Hierro por un espíritu maligno, y era probable que hubiera perdido la vida, o sufrido un destino aún peor, de no haber sido por la intervención de los Ocultos. Cabría sugerir que este solo hecho la convierte en una digna Invocadora.

—Eso fue lo que nos hicieron creer... —dijo Luciano con desprecio.

Nimue quería encogerse y sumirse en una ratonera, pero las partículas de luz no la dejaban. Fastidiada, las apartó con un gesto, y se dispersaron para retornar a ella como un halo.

—¿Qué insinúas de mi hija, Luciano?

Gustavo intentó conciliar, y preservar de pasada la posibilidad de que su hijo obtuviera el nombramiento en disputa.

—Repitamos el ritual sin que Nimue esté presente.

—¿Ahora ponemos en duda la sabiduría de los Ocultos si su decisión no es de nuestro agrado? —preguntó Leonor.

—¡Es una envilecedora! —espetó Luciano.

—Retira tus palabras —lo amonestó la Archidruida.

Él insistió:

—No somos los únicos que desconfiamos de tu hija. *Su propio padre la rechazó*; prefirió abandonar a su clan antes que vivir bajo el mismo techo que ella.

Nimue se introdujo en el círculo de los Ancianos.

—¡No tengo ningún deseo de ser su Invocadora! ¿Están contentos ya? ¡Ningún deseo! —y antes de que su madre pudiera detenerla giró y corrió escaleras arriba, mientras las estentóreas voces a sus pies retumbaban en los inveterados muros de piedra.

TRES

Nimue recuperó la respiración tan pronto como salió al aire fresco del bosque y contuvo sus lágrimas; estaba demasiado enojada para llorar. Sintió ganas de estrangular al viejo y necio de Luciano y de tirar a su madre de los cabellos por su obstinación en que se presentara a esa ridícula ceremonia.

La alta y larguirucha Pym, su mejor amiga, empujaba por el campo un fardo de trigo cuando la vio bajar de la colina, en sentido opuesto al bosque.

—¡Nimue! —soltó el fardo y corrió hasta ella, quien pasó a su lado sin detenerse—. ¿Qué ocurre?

—¡Soy la nueva Invocadora! —no se había calmado aún.

Pym balanceó la mirada entre la carretilla y su amiga.

—¿Que eres qué? ¿Leonor dijo eso?

—¿A quién le importa? —bufó Nimue—. ¡Todo es una farsa!

—¡Espera! —Pym trotaba a sus espaldas, cansada de cargar con el trigo.

—Odio este lugar. Me marcho. Tomaré ese barco hoy mismo.

—¿Qué sucedió? —Pym la forzó a dar media vuelta.

Aunque su expresión era feroz, había lágrimas en sus ojos, que enjugó de inmediato con las mangas.

La amiga se dulcificó.

—¿Qué tienes, Nimue?

—¡No me quieren aquí! Y yo no los quiero a ellos —le temblaba la voz.

—No entiendo.

Nimue se encogió para entrar en la pequeña choza de adobe y madera que compartía con su madre y sacó un costal de debajo de la cama mientras Pym refunfuñaba en la puerta. Dentro del costal había una pesada capa de lana, mitones y calcetas extra, un jabón de lejía, un trozo de pedernal, una bota para beber que estaba vacía y frutos secos. Tomó unos bizcochos de la mesa y se marchó tan rápido como había llegado.

Pym la siguió.

—¿Adónde vas?

—A Puente de Halcones —respondió.

—¿Ahora? ¿Estás loca?

Antes de que contestara, oyeron unos gritos. Miraron al camino y vieron que unos lugareños bajaban a un chico de un caballo. Incluso a lo lejos, Nimue distinguió manchas de sangre en el blanco pelaje del animal. Uno de los hombres cargó al chico. La piel de éste era azul clara, sus brazos anormalmente largos y delgados y sus dedos puntiagudos, ideales para trepar.

—¡Es un Ala de Luna! —susurró Pym.

Los aldeanos trasladaron pronto al Ala de Luna herido hasta la choza del Curandero, mientras exploradores corrían al Bosque de Hierro para informar a los Ancianos. Encabezados por Leonor, los mayores emergieron de la arboleda con semblantes serios. Pasaron junto a Pym y Nimue sin mirarlas, a excepción de Luciano, quien le dirigió a esta última una sonrisa socarrona a la par que cojeaba hacia la cabaña del Curandero.

Nimue y Pym se arrodillaron junto al postigo en tanto Leonor y los Ancianos se acomodaban dentro de la choza. Resultaba extraño ver en cualquier sitio a un Ala de Luna, porque eran tímidos y de hábitos nocturnos y se habían adaptado a vivir en las copas de los árboles en lo más profundo de los bosques. Las plantas de sus pies casi nunca tocaban el suelo y su piel asumía el color y textura de la corteza del tronco que escalaban. Aparte de eso, una antigua animadversión entre Celestes y Alas de Luna volvía aún más rara e inquietante la aparición de este chico en Dewdenn.

El pecho del niño se agitaba al tiempo que hablaba con voz débil.

—Llegaron de día, cuando descansábamos. Vestían túnicas rojas —tosió con violencia y la agitación se acentuó—. Prendieron fuego al bosque para atraparnos en las ramas. Muchos murieron asfixiados mientras dormían, otros porque saltaron desde las alturas. Quienes logramos llegar al suelo fuimos recibidos por el Monje Gris, el que llora. Él acabó con nosotros. Colgó al resto en las cruces que usa su gente —otro ataque de tos lo dejó sin aliento y con los labios empapados de sangre. Leonor lo serenó mientras Gustavo preparaba una cataplasma.

—Este problema ya no es exclusivo del sur. Los Paladines Rojos se dirigen al norte. Nosotros estamos justo en su camino —señaló Félix, robusto granjero que era uno de los Ancianos.

—Hasta que sepamos más sobre la dirección que siguen y su número, queda prohibido viajar —decretó Leonor.

Florentino alzó la voz:

—¿Cómo venderemos nuestros bienes sin el día de mercado?

—Hoy mismo enviaremos rastreadores. Ojalá esta restricción dure un solo ciclo lunar. Nos las arreglaremos entre tanto. Den libre acceso a sus cultivos, compartan. Y avisemos a los demás clanes.

Mientras los Ancianos debatían, Nimue apartó a Pym de la ventana y se encaminó con ella a la caballeriza.

—¿Te marcharás de todas formas? —preguntó su amiga.

—¡Por supuesto! —aseguró ella. Esperar sólo agravaría las cosas. Debía ser ahora.

—Tu madre acaba de decir que no podemos ir a Puente de Halcones.

Nimue entró en la caballeriza, tomó de un gancho su silla de montar y preparó a su palafrén, Dama del Crepúsculo.

—No permitiré que subas a ningún barco. No iré a despedirme de ti.

Nimue se puso seria.

—Pym...

—¡No lo haré! —repitió y se cruzó de brazos.

A Puente de Halcones se llegaba después de atravesar quince kilómetros de colinas onduladas y densos bosques. Era una ciudad lo bastante grande para atraer a sus tabernas a juglares y mercenarios y dar cabida a un decoroso mercado un jueves sí y otro no, así que para Celestes como Nimue y Pym equivalía a Roma, al mundo entero. Una impresionante fortaleza de madera dominaba la urbe desde un promontorio al norte. Más de una docena de ahorcados servían de alimento a los cuervos en el muro más elevado del baluarte, como ominosa advertencia para extranjeros y ladrones.

Pym se estremeció con tal espectáculo y se ajustó la capucha.

—Estas capas son un pésimo disfraz. Hice tareas de campo todo el día. No huelo bien.

—Te dije que no vinieras —le recordó Nimue—. Y no hueles tan mal.

—¡Eres odiosa! —rezongó.

—Y tú eres bonita y hueles a violetas —la apaciguó, aunque ella misma recogió su pelo bajo la capucha, por si acaso. Las Inefables siempre llevaban el cabello suelto, a diferencia de las mujeres de la ciudad, que lo recogían bajo una toca o pañoleta.

—¡Esto es una locura! —sentenció Pym.

—Por eso me quieres.

—No te quiero. Te detendré y me enoja que actúes así.

—Le doy emoción a tu vida.

—Le das penas y aflicciones.

Los guardias de la puerta este les permitieron pasar sin aspavientos. Dejaron a Dama del Crepúsculo en un establo próximo y enfilaron al puerto de Bahía de Suturas, un embarcadero para pescadores locales y comerciantes marítimos. Ruidosas gaviotas aleteaban sobre los cascos y botes pequeños y se arrojaban en picada contra las docenas de trampas que bordeaban el muelle, llenas de la caótica captura por la que reñían.

A medida que se aproximaban al atestado y bullicioso puerto, Nimue se dio cuenta de que Pym temblaba de nervios.

—¿Cómo sabes que te aceptarán a bordo? —preguntó la amiga.

—El *Escudo de Bronce* recibe a una docena de pasajeros en cada viaje. Me dicen que éste fue el barco que tomó Galván. Es el único que cruza el océano hasta los Reinos del Desierto

—esquivó a un muchacho que cargaba una caja con cangrejos vivos.

—¡Claro que es el único que va a los Reinos del Desierto! ¿Qué te dice eso? Que nadie quiere ir allá. ¿Para qué tanto alboroto, francamente? Significa un gran honor que te nombren Invocadora. Las vestiduras son espléndidas y llevas joyas increíbles. ¿Cuál es el problema?

—No es tan sencillo como parece —replicó Nimue. Pese a que la quería como una hermana, sabía que a Pym no le agradaba hablar de los Ocultos. Le gustaba lo que podía ver y tocar. Ésta era una cuestión, la única con ella, en la que Nimue se guardaba sus sentimientos.

—Al menos tu madre te quiere en casa. La mía insiste en que me case con el pescadero.

Nimue asintió, comprensiva.

—El Apestoso Aarón...

Pym le lanzó una mirada iracunda.

—¡No es cosa de risa!

Cuando Nimue asimiló la magnitud de lo que estaba a punto de hacer, adoptó una actitud grave. Se volvió hacia Pym, deseosa de que comprendiera.

—Los Ancianos no me aceptarán —era una verdad a medias.

—¿A quién le importa lo que piensen esas cebollas pasadas?

—¿Y qué tal si están en lo correcto?

Pym levantó los hombros.

—Bueno, tienes visiones.

—Y cicatrices.

—¿Acaso no te dan personalidad? —insinuó—. Digo, intento ser útil.

Nimue rio y la abrazó.

—¿Qué haré sin ti?

—Entonces quédate, tonta —respingó la amiga.

Nimue sacudió tristemente la cabeza y marchó al puerto con paso decidido. Pym se apresuró detrás de ella como una gallina clueca.

—¿Y si descubrieran que eres una Inefable? ¿Y si ven los Dedos de Airimid? —murmuró.

—No lo harán —siseó Nimue—. ¿Cuidarás a Dama del Crepúsculo?

—Sí. ¿Llevas dinero?

—Traigo veinte monedas de plata —suspiró exasperada.

—¿Qué tal si te roban?

—¡Ya fue suficiente, Pym! —se acercó al calvo y sudoroso capitán del puerto, quien ahuyentaba de su mesa a unas gaviotas agresivas—. Disculpe, señor, ¿cuál de estos barcos es el *Escudo de Bronce*? —preguntó.

El capitán no apartó los ojos de sus listas.

—El *Escudo de Bronce* salió ayer.

—Pensé... pensé que... —contempló a Pym—. Galván se fue a mediados de invierno y apenas estamos en noviembre. El barco aún debería estar aquí.

—Dígaselo a los vientos de levante —replicó el agobiado capitán con voz teñida de fastidio.

—¿Cuándo estará de regreso? —Nimue sentía que su fuga se le escapaba de las manos.

El hombre la miró con párpados caídos y frunció el ceño.

—¡Dentro de seis meses! Ahora vete de aquí —cerca había surgido un altercado entre pescadores, que derribaron unas trampas y asustaron a los pájaros. El capitán las olvidó de inmediato para ocuparse de la batahola—. ¡Oigan, aquí no se permite eso! ¡Basta!

Nimue se volvió hacia su amiga con los ojos anegados en lágrimas.

—¿Qué voy a hacer ahora?

Pym le acomodó el cabello bajo la capucha.

—Por lo menos te tendré más tiempo conmigo.

Nimue miró el horizonte como si sopesara la idea de pasar seis meses más en su villorrio. Parecía una eternidad.

Pym le rodeó los hombros con un brazo.

—Haz las paces con tu mamá —dictó y la arrastró al establo.

—¡El remedio es una caravana de peregrinos! —resolvió Nimue de pronto, dio media vuelta y desfiló hacia la ciudad.

—¿Una caravana de peregrinos? ¡Odian a los Inefables! Ese grupo es el último donde deberías estar.

Aunque sabía que se sujetaba de un clavo ardiente, retornar a Dewdenn no era una opción para Nimue.

Pym la tomó del brazo con obvia intención de cansarla, sospechó ella.

—¡Espera, ya sé! —cambió de táctica—. Yo seré la Invocadora y tú te casarás con Aarón el Apestoso.

Nimue puso mala cara.

—¡Por ningún…!

—¡Así tu vida no será tan horrible!

Nimue salió disparada y Pym en su persecución.

Era día de mercado y la angosta avenida resultaba apenas transitable para los bueyes que tiraban de las carretas de cereales, los caballos de carga que remolcaban los bloques de piedra destinados a la catedral en construcción y los descalzos labriegos que correteaban a una díscola bandada de gansos. Una familia de cuatro, peregrinos a juzgar por su indumentaria, vieron con malos ojos a las jóvenes y el padre cuchicheó algo cuando pasaron.

—Son peregrinos —indicó Pym—. Incluso con estas capas saben que somos Inefables. ¿Por qué no les pediste que te llevaran? —Nimue arrugó la frente—. Conseguiremos algo de queso y pan para el camino y volveremos a casa mientras haya luz todavía —la jaló por una calle que desembocaba a la extensa plaza de la ciudad.

Se les hizo agua la boca cuando cruzaron por una nube tibia de pan recién horneado. La esposa del panadero había instalado una mesa de hogazas grandes y frescas adosada a otra, que ofrecía tartas de queso y pastelillos con especias. Un malabarista cubierto con una túnica raída saltó de súbito junto a ellas; una compañía actoral levantaba un tablado en las inmediaciones.

Pym aplaudió y los ojos de Nimue vagaron al otro extremo de la plaza, donde encontraron a dos jinetes de sotana roja que observaban a la multitud con rostro huraño. Eran muy jóvenes, de la misma edad que ellas, y exhibían la calva tradicional al centro de la tonsura. Los dos eran delgados, aunque uno le sacaba al otro una buena cabeza de alto. Nimue le apretó la muñeca y orientó con la suya la mirada de Pym hacia los jinetes.

—Creo que son ellos.

—¿Quiénes? —la amiga examinó el gentío.

—Los Paladines Rojos —Pym se quedó sin aliento y se llevó la mano a la boca—. No vayas a armar un escándalo —la bajó con ojos muy abiertos y alterados—. Quisiera acercarme…

Nimue rechazó su intento de retenerla y lentamente se abrió paso entre la muchedumbre mientras los paladines espoleaban a sus potros en dirección al borde contrario de la plaza, por una hilera de puestos de objetos artesanales. Se detuvieron en una mesa con espadas. Uno de ellos le dijo algo al herrero, quien asintió, y seleccionó enseguida un puñal entre las cuchillas dispuestas sobre la mesa, que le tendió al otro. Este último inspeccionó la hoja, la aprobó con una elevación de hombros y la escurrió dentro de un pliegue de sus alforjas, para animar después a su caballo a avanzar al puesto contiguo. El herrero reclamó airadamente su pago. El monje menudo dio vuelta en su montura, trotó hasta el artesano y le clavó la bota en el pecho con tanto vigor que lo tiró sobre la mesa en medio de un estrépito de espadas. El religioso giró alrededor de su víctima para saber si tenía más palabras que asestarle. No las tuvo; se retiró a su puesto. El jinete resopló y miró alrededor en busca de otro valiente. Comerciantes y campesinos mantuvieron gacha la cabeza y formaron un amplio círculo en torno a él, para que fuera a reunirse satisfecho con su hermano, en poder de la daga robada.

—¡La hurtaron así, sin más! —Nimue estaba ofendida.

—¿Y eso qué? —Pym se encorvó para hacerse menos espigada y visible en la multitud.

Nimue sintió que el estómago se le retorcía de coraje. Seguía a los paladines a cincuenta pasos, a fin de utilizar como protección a los peones, buhoneros y peregrinos. Su anonimato se complicó cuando los religiosos doblaron hacia una calle estrecha en la esquina del ayuntamiento y el tenderete del maestro de la balanza. Nimue condujo a Pym por una galería descubierta de arcos abovedados donde se vendían canastas de hierbas y verduras, y siguió entre las columnas el vaivén de las cabezas de los monjes hasta que se perdieron de vista. Hizo una breve pausa antes de arrastrar a su amiga a la linde de la galería y la angosta calle. Caballos de carga se interponían entre ellas y los paladines, quienes se sumaron a otro par de hermanos a caballo debajo de un andamio de tres

40

pisos en el que unos trastejadores reparaban un techo erosionado. Las chicas se guarecieron en un acceso treinta pasos atrás mientras los paladines hablaban en voz baja.

—Ya los vimos, ahora vámonos —siseó Pym y la jaló de la manga.

Nimue la abandonó en el zaguán y se deslizó junto a otro caballo de carga que procedía pesadamente desde la plaza. Dio varios pasos a un lado del animal, que segundos después interrumpió el coloquio de los paladines porque la calle no era lo bastante amplia para todos. El mampostero que viajaba en lo alto del carretón puso cara de vergüenza.

—Disculpen, hermanos —intentaba evitar al grupo.

Los monjes arrugaron el entrecejo una vez que la carreta se impuso sobre sus caballos. Nimue se infiltró en medio de ese desorden y sacó de la alforja del ladrón la daga robada, que escondió bajo la manga sin el menor contratiempo. Cuando el monje menudo volteó en su dirección, lo único que vio fue un destello de faldas que torcían en una esquina.

Pym dejó el zaguán y corrió al jaleo de la galería. Respiraba más tranquila cuando una hoja larga apareció en su garganta y la paralizó.

—¡Dame todo tu dinero! —rugió Nimue en su oído.

Pym giró y la emprendió a bofetones contra ella, cuya risa resultó contagiosa.

—¡Me haces daño! —se cubrió la cabeza.

—¡Merecido te lo tienes por loca! —continuó Pym hasta que una verdulera les reprochó que hubiesen volcado un balde con coles.

Corrieron a la plaza entre la gente. Nimue se aproximó al puesto del herrero justo en el instante en que un martillo resonaba bajo la carpa y devolvió la daga robada a su lugar original sobre la mesa.

CUATRO

La música las atrajo. Después de apoyar sus espadas en la rueda de una carreta, dos mozalbetes ofrecían un concierto improvisado. Nimue reparó en el número de damiselas que se mecían al compás de la voz cantante:

Campos y azul de los cielos,
dama sutil me flechó;
Venus vio danzas y besos,
Luna de julio escapó.

La curiosidad la impulsó a fijar la mirada en el vocalista. Tenía cara de niño, era esbelto y ancho de hombros, y su largo cabello despedía rayos cobrizos bajo la luz del sol. Menos agraciado, su amigo tocaba el laúd con extraordinaria habilidad.

Canta jai-loli-ló, dulce novia estival,
canta jai-loli-lí, jai-loli-ló.

El joven cantor tenía una voz hermosa, aunque forcejeaba con las notas altas. Algo en él petrificó a Nimue. El zumbido de los Ocultos arreciaba en su vientre y detrás de su oreja.

Se tocó la mejilla para confirmar que los Dedos de Airimid no amagaran con desenredarse. ¿Quién es él?, se preguntó. Por más que, hasta donde podía suponer, no era un Inefable, los Ocultos querían decirle algo acerca de ese muchacho. Intentó apagar el zumbido, aplastarlo, pero persistía. ¿Era una advertencia, una invitación o ambas cosas?

Pym chasqueó la boca y le dio un codazo.

El viento de otoño esparce su frío,
mi novia estival,
la golondrina abandona su nido
en el matorral.

El cantante posó la vista en Nimue y el verso siguiente se demoró en su lengua.

La tibia bebida…

Nimue se sonrojó. Abochornada, miró hacia otro lado y luego se permitió verlo a los ojos, unos ojos grises que le recordaron a los lobeznos del Bosque de Hierro, alertas, juguetones y a punto de volverse peligrosos. Él reanudó su melodía:

… llega una chica con ojos de hielo,
canta jai-loli-ló, dulce novia de invierno…

Le sonrió a Nimue.

—¡Le gustas! —murmuró Pym y Nimue rio a pesar suyo.

Entre el zumbido en el estómago y los ojos grises del cantor ya era demasiado, así que regresó al mercado repleto de gente, donde un malabarista bailaba en medio de un grupo de niños. Una pelota se desprendió de sus manos, rodó junto a Nimue y el cantante la recogió; en vez de devolvérsela al juglar, la dirigió hacia Nimue.

—Se le cayó esto, señorita.

Ella la tomó y mostró una sonrisa cómplice.

—¿Te parezco una malabarista?

El chico la observó.

—¡Ah, ya sé qué falta! —pese a que el artista lo había alcanzado, no recuperó su pelota. El cantor le arrancó el gorro y se lo puso a Nimue—. ¡Perfecto! —declaró.

Pym soltó un resoplido, el ilusionista protestó y Nimue dijo jactanciosa:

—Juego con fuego nada más.

El cantante meneó el índice.

—¡Ya me lo sospechaba!

A causa de sus toscos modales y túnica heredada, Nimue lo catalogó como espadachín a sueldo. A los Celestes se le enseñaba a evitar a los de su tipo en los caminos del bosque cerca de Dewdenn.

El juglar perdió la paciencia y le arrebató la pelota a Nimue mientras el cantante se ponía el gorro.

—¡Soy el gran maestro ilusionista Giuseppe Fuzzini Fuzzini, con dos Fuzzinis y demás! Y busco un aprendiz que siga mis pasos.

Tomó dos nabos de un tonel del puesto de un granjero e inició su propia rutina en tanto se alejaba del juglar, quien ya competía con los niños a ver quién era el primero en recobrar su gorro. Nimue no tuvo otro remedio que reír. El joven mercenario intentó saltar, unir los talones y hacer suertes de manera simultánea, lo que excedió su escaso talento. Terminó en el piso junto con los nabos.

—¿Les apetece una cerveza? —las apartó del vendedor enfurruñado hacia una ruidosa taberna, El Ala del Cuervo.

—No, gracias; ya deberíamos estar en casa —respondió Pym.

—Aunque de súbito nos ha dado sed —Nimue dio un par de zancadas.

—¡Estupendo! —él la siguió a la taberna.

—Me llamo Arturo —les dijo, depositó dos tarros ante sus nuevas amigas y jaló una silla a la mesa en la abarrotada El Ala del Cuervo. Los ojos de Pym brincaban en todas direcciones. Aquella gente de ciudad las miraba con desconfianza.

—Yo me llamo Nimue y ella es Pym —le dio un ligero empujón y ésta sonrió fugazmente.

—¡Qué bello nombre, "Nimue"! —Arturo alzó su tarro hacia ella—. Debo admitir que me encantan sus capas, les dan un aspecto misterioso. ¿Son monjas de un convento?

—Somos asesinas a sueldo —respondió Nimue.

—¡Ya me lo imaginaba! —le siguió la corriente, pese a que ella sabía que aún intentaba deducir la clase de personas que eran—. ¿Viven en Puente de Halcones?

—Cerca —no estaba interesada en contestar el interrogatorio. ¿Qué tiene de malo tomar una cerveza con un vecino de este lugar? Bebió un sorbo. Sintió un cosquilleo en los labios a medida que pasaba el primer trago. La cerveza era amarga y caliente, pero notó que su sabor mejoraba cuanto más bebía—. ¿Y tú?

—Estoy de paso.

—¿Eres espadachín a sueldo?

—¡En absoluto! Somos caballeros —apuntó con la cabeza a una revoltosa mesa próxima, donde varios sujetos rudos jugaban a los dados.

47

Un lugareño se paró y gruñó:

—¡Son una caterva de rufianes!

Una cota de malla cubría el pecho del fornido mercenario en poder de los dados, quien lucía una calva con varias heridas de guerra dignas de su nariz torcida. La amenazadora actitud con que se levantó ahuyentó al lugareño, y después fijó sus apagados ojos en Nimue y Pym.

—Boores encabezó las huestes de Lord Adelard —explicó Arturo— antes de que el corazón del viejo dejara de latir.

Saltaba a la vista que aquél no era ningún caballero. Él y su bando gritaban y reían como si buscaran camorra. Los demás parroquianos tenían las narices metidas en su cerveza. El Ala del Cuervo estaba cada vez más lleno. El sol entraba a raudales por la ventana desde la puerta oeste. Un trovador afinaba su rabel justo cuando la voz de Pym adoptó un tono de ansiedad.

—¡... para el anochecer! ¿Me oyes, Nimue? ¡Tu madre nos dará una buena tunda!

—¡Al diablo con eso! —otro vecino acababa de perder en los dados con Boores y cedía un saquillo de monedas en medio de las burlas de los "caballeros".

—¡Hazme caso, Nimue! El bosque no es seguro de noche y no tenemos dinero para quedarnos aquí. ¿Qué haremos?

—¡No se vayan! —el cantor posó una mano suave en el brazo de Nimue.

—¿Qué escondes, Arturo? —bramó Boores—. ¡Trae acá a esas finas doncellas para que las saludemos!

Arturo hizo una mueca, se contuvo, esbozó una sonrisa y se puso en pie a la par que los sujetos en la mesa de Boores reían y farfullaban.

Aunque Pym le dirigió ojos suplicantes, Nimue se terminó la cerveza, limpió su boca con una manga y siguió a Arturo a la mesa de juego. *En esto consiste salir al mundo,* se dijo. *Siempre hay una aventura a la vuelta de la esquina.* Imaginó que ganaba un costal de monedas y adquiría un asiento acojinado en una lujosa caravana de comerciantes hacia los mares del sur. O en términos más prácticos, que bastarían unas cuantas monedas para que Pym y ella pagaran una habitación, techo y comida, y la oportunidad de sopesar sus nuevos pasos. La bebida la hizo sentir presuntuosa de camino a la mesa, detrás de Arturo.

—Caballe… —comenzó éste.

—¡Arturo encontró buena compañía, amigos! —lo interrumpió Boores. A Nimue no le gustaron las carcajadas de esos patanes. Vio una mesa de brutos, un exceso de bravatas y necedad—. ¡Vamos, señoritas! ¡Quítense la ropa y muestren la mercancía! —las contemplaba como a vacas.

—Sigan ustedes, muchachos —Arturo ya las conducía a la puerta.

—Probaré suerte —Nimue ignoró las risas. Con dedos regordetes, Boores contaba monedas en la mesa y la miró.

—¡No es buena idea! —la previno Arturo.

—¡Nimue…! —siseó Pym.

Una sonrisa cuarteó las mejillas de Boores, manchadas con la barba de unos días.

—¡Por supuesto, lindura! —los demás se carcajearon y silbaron—. ¿Tendrá la dama cinco monedas de plata? —preguntó.

—Me temo que no.

—¡No importa! Aquí se permiten apuestas de toda laya —se detuvo y la miró de arriba abajo—. ¿Qué le parece si jugamos por un beso?

Pym tomó a Nimue de un hombro.

—Ya nos íbamos…

Nimue se soltó.

—¡De acuerdo! —los hombres lanzaron otra ronda de alaridos, Arturo sacudió la cabeza y Nimue se volvió hacia Boores—. Pero si gano, recibiré diez monedas de plata.

El mercenario rio entre dientes.

—¡Trato hecho! —tomó los dados con sus enormes manos—. ¿La dama sabe jugar?

—¿Se obtiene un número?

—Sí, pero debe ser un siete, en cualquier combinación: dos y cinco, tres y cuatro, seis y uno, ¿entiendes? Tienes todo a tu favor, niña; traigo una racha de mala suerte —deslizó los dados al otro lado de la mesa.

Nimue los tomó y los sintió en su mano. Estaban cargados, desde luego. Nadie conseguiría jamás un siete con ellos, aunque ella no era como nadie más. Los lanzó, y cuando cayeron sobre la mesa cerró los ojos y dirigió sus pensamientos a los Ocultos. Sintió un leve ronroneo en el vientre y que un fino hilo de parra de plata le subía por la mejilla, casi del todo cubierto por la capucha. *¡Los Ocultos responden!*, pensó complacida. A veces, en pequeñas dosis, podía guiar un poco ese poder.

Pym vio los Dedos de Airimid y los ojos se le ensancharon.

Los dados dieron como resultado un tres y un cuatro.

Boores fijó la vista en ellos. Los aventureros se incorporaron en sus sillas. Nadie habló.

El mercenario la miró despacio.

—Arrójalos de nuevo.

—¿Por qué? Gané.

Se inclinó y le devolvió los dados.

—¿No es mejor que sean dos de tres aciertos? Parece justo.

—Ésas no fueron las reglas —reclamó Nimue.

—¡Arrójalos de nuevo y marchémonos! —le rogó Pym.

—Serán veinte monedas de plata si gano —exigió.

Boores se arrellanó en su silla, que crujió bajo su peso.

—¿Pueden creer a esta mocosa? —zarandeó la cabeza y profirió entre risas—: ¿Quieres veinte monedas de plata? Entonces yo también querré sacar el máximo provecho de mi dinero.

—Está bien.

Pym la tomó del brazo.

—¡No lo hagas!

Nimue agitó los dados en su palma. Los Dedos de Airimid volvieron a subir por su cuello y detrás de su oreja. Lanzó los dados; salieron un seis y un uno. Los aventureros alzaron las manos y rugieron incrédulos, pero callaron ante la mirada de Boores.

—¿Estás haciendo brujería? —rezongó.

El Ala del Cuervo se sumergió en el silencio. Nimue sintió muchas miradas sobre ella.

Una voz distante clamó en su mente: *¡Corre, tonta!* La ignoró y le sonrió a Boores.

—¿Por qué? ¿Les tienes miedo a las brujas?

El zumbido punzó en sus oídos y el dique se rompió. Una vez desbordado su poder, la mesa desarrolló púas y nudos grotescos, y de la silla de Boores brotaron ramas que envolvieron su pecho y su garganta. Gorgoteó, se echó la mesa encima con todo y tarros de cerveza y jarras de vino y los aventureros se levantaron de un salto, aterrados.

—¡Son brujas de los Inefables! —gritó uno de ellos.

—¡Hey, basta, largo de aquí! —las señaló el tabernero—. ¡En este lugar no queremos gente como ustedes!

—¡Disculpe! —alcanzó a decir Pym.

Nimue estaba aturdida. La magia la había debilitado, como si le hubiera vaciado los huesos. Sintió que su amiga la jalaba hacia la puerta y que chocaban con el Paladín Rojo que había robado la daga. Rompió de inmediato el contacto visual con él, masculló: "¡Lo siento, hermano!", y corrió.

Por primera vez ese día, una ola de temor se estrelló contra ella.

CINCO

A lomo de Dama del Crepúsculo, Nimue y Pym atravesaron de prisa las puertas de la ciudad segundos antes de que fueran cerradas. La mayoría de los vendedores habían regresado a sus granjas horas antes. Quienes visitaban Puente de Halcones después del anochecer debían anunciarse con el vigía.

La uña de la luna filtraba entre las nubes su pálido fulgor. Tras recorrer apenas un kilómetro desde las puertas, el único ruido en el sendero era el lento golpeteo de los cascos de Dama del Crepúsculo.

—¿Qué fue eso, Nimue? ¡Sabes que no debes hacer magia en la ciudad! ¡Nos colgarán por ese motivo!

—No fue mi intención. Es que… ¡Ay, no me siento bien! —sentía que la cabeza le estallaba. Habían comido muy poco, un par de bizcochos en la aldea, y la cerveza la había mareado.

—¿Cómo se te ocurrió provocar a esos…?

—No les tengo miedo —balbuceó, porque estaba débil aún. Comprendía que con los Paladines Rojos era distinto. Su furia contra ellos había sido sustituida por una sensación extraña, como si hubiese sido despojada de su cuerpo y observara su temeraria conducta.

—Quizá la mitad de la aldea ya esté en nuestra búsqueda —Pym estaba preocupada.

—Lo siento. Recárgate en mí y duerme. Me encargaré de llevarte a casa.

Pym gruñó, cedió al cansancio y apoyó una mejilla en la espalda de su amiga. Ésta no se hacía ilusiones del trayecto de dos horas que tenían frente a sí. Dama del Crepúsculo no era una veterana y los lobos podían espantarla con facilidad. Además, para nadie era un secreto que los claros servían de refugio a bandidos ansiosos de saquear a los vendedores que volvían del día de mercado con los bolsillos repletos de monedas.

El ruido de un caballo detrás de ella interrumpió sus pensamientos. Pym despertó.

—¿Qué es eso?

—¡Cállate! —Nimue hizo que Dama del Crepúsculo diera una vuelta completa en busca de un escondite. Su corazón latía con fuerza, pero la yegua eligió justo ese momento para ponerse necia y paralizarse en pleno camino mientras Nimue le clavaba los talones en las costillas y una figura solitaria avanzaba hacia la luz de la luna. Desesperada, sacó un cuchillo de cocina que había guardado en la silla—. ¡No se acerque!

Pym la atenazó de los hombros.

—¡Me rindo! —dijo una voz familiar. Un corcel negro salió de las sombras. Un joven sostenía una prenda conocida—. ¿Esto pertenece a alguna de ustedes?

En presencia de Arturo, Nimue sintió de nuevo el zumbido en su interior. Se llevó la mano al cuello y reparó en que, en efecto, había olvidado su capa en la taberna.

—¿Viniste hasta acá únicamente para devolver una capa?

—Es fina.

—¿Vienes solo? —miró la oscuridad por encima del hombro de él.

—Sí, salvo por Egipto —Arturo palmeó el largo cuello de su caballo.

Nimue acercó a Dama del Crepúsculo para tomar la capa.

—Nunca había visto a nadie tratar así a Boores —Nimue no supo si lo decía porque estuviese impresionado o atemorizado. Se echó la capa sobre los hombros, renuente a admitir que estaba igual de asustada.

—¡Qué lástima! Un poco de humildad no le vendría mal.

—Y a ti tener más cuidado.

—No me hacen falta tus consejos —intentó mostrarse segura pese a que sabía que había llegado demasiado lejos en la taberna.

Él sonrió y sacudió la cabeza.

—¿De verdad? ¿Tienes resuelto todo?

Su tono la irritó, por encantadora que fuera su sonrisa.

—Al menos tanto como un joven aventurero que sólo hace lo que le dicen y mantiene cerrada la boca.

—Gracias por la capa —terció Pym—. No debías haberte molestado.

—Nunca había conocido a alguien como tú.

—¿Y eso qué importa? —preguntó Nimue.

Él levantó las manos.

—Quizá no hayas visto tanto mundo como crees. Por ejemplo, al sujeto que llaman Nariz de Argolla le gusta montar emboscadas más allá del recodo camino arriba.

Pym pareció alarmada.

—Y déjame adivinar: lo sabes porque trabaja para ti —dijo Nimue.

A Arturo se le pusieron rojas las orejas.

—Trabaja en ocasiones para Boores.

—¡Bonitos caballeros que son ustedes! —se burló.

—Créeme que en estos tiempos es muy peligroso que haya Inefables que practiquen la brujería a la luz del sol.

—No somos brujas —repuso Nimue.

—Hombres como Boores son una cosa —continuó él— y los Paladines Rojos otra muy distinta. He visto los campos incendiados, ¿y tú?

—He visto miles —mintió.

—Ese olor no se olvida. Flota en el aire por kilómetros enteros. Los señores del Sur permanecen dentro de sus murallas y dejan a merced de los paladines...

Nimue lo calló y prestó atención. Había escuchado un sonido en la brisa.

Todo permanecía en silencio.

Oyeron de pronto un murmullo que se avecinaba desde los claros.

—¡Alguien viene! ¡Ocultémonos! —Nimue tomó las riendas del caballo de Arturo y espoleó a Dama del Crepúsculo para que bajara por un terraplén hasta un pastizal a oscuras. Con quedos silbidos a su yegua, por instinto ésta buscó abrigo en una joven arboleda que los encubría casi por completo. Aguardaron en silencio. Dama del Crepúsculo resopló y Nimue le acarició el cuello para que se calmara.

Una eternidad después vieron que cuatro jinetes se detenían en el mismo punto que ellos acababan de dejar. Uno portaba un farol y miró en torno suyo.

—¿Son amigos de Nariz de Argolla? —susurró Nimue.

—No los conozco —respondió Arturo. Bajó la mano hasta la empuñadura de su espada y su despreocupado semblante se volvió de piedra. Sus músculos se tensaron.

Es más lobo que lobezno, comprendió Nimue.

Un súbito rumor subió dentro de ella, y lo contuvo. Pero en Arturo había algo, una reserva de energía apenas refrenada y casi primitiva, que ardía como una recóndita caldera interior. Esa aura era diferente de cualquier otra que hubiese sentido antes y le despertaba curiosidad y temor al mismo tiempo. Aquél no era un chico común y corriente.

Una risa fría la forzó a prestar atención al camino. Por sus ásperas voces y caballos famélicos supo que aquéllos no eran Paladines Rojos. Momentos más tarde continuaron su camino. La luz de su farol se difuminó y Arturo se relajó poco a poco.

—¡Síganme! —Nimue se sumergió en la oscuridad, más lejos del sendero todavía.

—¿Adónde vas? —inquirió él.

—A acampar. No seguiremos ese camino esta noche.

Media bota de vino después, Pym roncaba tranquilamente sobre la hierba.

Iluminada por la plateada luz de la luna, Nimue giró en torno a Arturo con la tambaleante hoja de la espada apuntada a la nariz de él. Arturo rio.

—¿Qué haces?

—Te vigilo —musitó.

Él frunció el ceño; su estoque estaba tendido en la pastura.

—¿Habías sostenido una espada alguna vez?

—He matado a cientos —dijo Nimue, él deslizó un pie hacia ella.

—¡Ten cuidado! —ella balanceó su arma con energía, y a pesar de eso Arturo avanzó.

—¿De morir?

—Si no eres prudente.

Nimue sujetó la espada con las dos manos.

Él hizo una finta a la izquierda y Nimue balanceó el arma otra vez, aunque sólo rasgó el aire.

—Combates exclusivamente con la hoja —dijo Arturo— y desperdicias así una buena espada.

Ella embistió, él la esquivó apenas.

—Hablas demasiado.

Giró hasta quedar junto a ella.

—Una espada es más que una hoja —en pleno ataque de Nimue metió una pierna entre las de ella y atrapó su cuchilla en su propia guardia cruzada—. Ésta es la guardia cruzada —con los aceros trabados y apuntados al suelo, hizo como si le golpeara el mentón con el asa—. Y ésta la empuñadura —dobló la rodilla en la corva de ella—. ¡Piernas! —y alzó el codo para tocar su mejilla—. Peso.

Nimue se enfadó.

Arturo mostró una sonrisa satisfecha.

Ella le propinó un cabezazo en la nariz.

—¡Por todos los dioses! —trastabilló e intentó frenar con un apretón la sangre que goteaba de su nariz.

—¡Cabeza! —exclamó Nimue.

Él miró la sangre en sus dedos y rio entre dientes.

—Conque eres una camorrista de taberna, ¿eh?

Lo acometió, él alzó a tiempo el estoque y desvió el golpe. Ella meció el arma con ambas manos demasiado cerca del rostro de Arturo, quien agitó la cabeza.

—¡Eres peligrosa!

—Es tu primer comentario inteligente en toda la noche. ¿Te rindes?

—¡Para nada! —bufó él y adelantó el estoque. Nimue se dio la vuelta para bloquearlo pero falló. Él deslizó su hoja hasta la empuñadura de su contrincante y le imprimió un efecto enérgico; la espada de Nimue cayó en la hierba.

—¡Tienes suerte! —sujetó su muñeca adolorida.

Arturo envainó el estoque y tomó su mano.

—Debes sostener la espada con soltura, como las riendas de un caballo.

Pym resopló en sueños. Pese a la humedad y frescura del aire nocturno, los dedos de Arturo calentaron la sangre de Nimue.

—¿Qué haces? —recuperó el habla mientras él la masajeaba.

—¿Te incomoda?

—Bajaste la guardia.

—Tu espada está en la hierba. Gané.

—¿En serio? —sacó el cuchillo de entre sus faldas y se lo puso en la garganta.

—¿Es un cuchillo de cocina? —Arturo rio.

—Está afilado —lo apretó contra su cuello—. ¿Te rindes?

—¡Eres un demonio!

Entretuvo la mirada en la suya. Los ojos grises de Arturo tenían unas motas verdes, como esquirlas de esmeralda. El zumbido repiqueteó en su vientre, ascendió por el tórax hasta el cuello y la asfixió antes de que pudiera resistirse, así que echó a correr sin previo aviso. No, algo de ella quedó atrapado en Arturo con tal fiereza que sintió que era capaz de gritar. Unas imágenes rugieron sin querer en su mente: *una cuchilla con el verde de los ojos de Arturo… una mano cubierta de lepra que se tendía hacia ella… la pared de una cueva con tallas de rostros solemnes… una mujer de rizos ardientes con un casco en forma de dragón… una lechuza con una flecha en el lomo… ella misma bajo el agua, que manoteaba para respirar conforme el agua llenaba sus pulmones… y…*

Despertó entre jadeos y un temblor incontrolable. Reprimió un acceso de náusea, debido en parte al vino y en parte también al pavor de que había sucumbido a otra visión y era probable que Arturo la hubiera presenciado. No recordaba que se hubiese quedado dormida. Estaba húmeda y helada. La neblina de la mañana empapaba sus ropas. Un sol débil atravesaba a duras penas las nubes, las cuales se hallaban a muy baja altura. Nunca había sentido tanto frío. Despertó a su amiga a sacudidas.

—¡Ya amaneció, Pym! Debemos irnos —ésta obedeció con el aturdimiento de quien acaba de despertar. Pasaron en silencio junto a Arturo, quien dormía apoyado en una de sus alforjas; montaron en Dama del Crepúsculo y emprendieron a medio galope el brumoso sendero.

Cabalgaron una hora, demasiado mojadas y abatidas para hablar. No se cruzaron con nadie, excepto por un dentista itinerante que había dedicado la noche a atender a pacientes en granjas remotas y que al parecer había bebido durante todo el viaje de regreso a Puente de Halcones. Esto no obstó para que les ofreciera un examen gratis, que rechazaron cortésmente. En determinado momento, el dentista observó en la pulsera de Nimue unos dijes que la identificaban como Inefable. Se mostró atemorizado, apuntó hacia el camino y paró de súbito, como si el momento de valor hubiera pasado. Se despidió e hizo trotar por la ruta a su relinchante caballo.

La niebla se disipó y ellas sintieron el primer alivio de la gélida noche. Sin embargo, tan pronto como el bosque se espesó y el camino se volvió angosto, en señal del último kilómetro a la aldea, un buey que arrastraba unas cadenas sin arado surgió de la enramada y en estampida salió a su encuentro. La sección de madera del arado reptaba junto al brazuelo del animal cuando pasó junto a ellas con pisadas retumbantes, visiblemente asustado. Confundida, Nimue lo siguió con la mirada y volteó. Una columna de humo negro se elevaba de manera ominosa en el hueco entre los árboles. Rojas cenizas flotaban bajo la luz del sol que se filtraba por el follaje.

Su corazón latió desbocado.

Espoleó a Dama del Crepúsculo y mientras ésta abandonaba el bosque, alaridos rasgaron el aire.

SEIS

Las altas puertas de roble del Gran Salón del rey Uter Pendragón se abrieron con un chirrido y dos lacayos del palacio, con las tres coronas rojas de la Casa Pendragón bordadas en sus túnicas amarillas, introdujeron a rastras a un mago casi inconsciente, cuyas sandalias de piel barrieron el suelo. Su barba, de un rubio pardusco, estaba manchada de vino. Lo presentaron ante el trono del joven monarca.

—¡Merlín! —el rey Uter acarició con parsimonia su lustrosa barba negra—. ¡Siempre tan oportuno!

—Tardamos un poco en encontrarlo pero lo hicimos, señor —explicó orgulloso Borley, el corpulento lacayo de mayor edad—. Aunque me temo que está borracho.

—¡No me digas! —Uter sonrió con frialdad y Merlín se soltó de sus captores, alisó su atuendo azul oscuro y se tambaleó por un segundo antes de recargarse en una columna—. Nos prometiste que llovería. Y como de costumbre, tus palabras resultaron vanas.

—El clima es caprichoso, señor mío —Merlín batió los dedos hacia el cielo.

El rey dejó caer al piso un trozo de carnero para sus enormes perros loberos.

Sospecha, pensó Merlín en medio de su sopor, fruto del exceso de vino. *Sospecha de mi secreto.* Pese a todo, sabía que ambos continuarían fingiendo. De apenas veintiséis años de edad, Uter era un monarca joven e inseguro, reacio a admitir errores o debilidades. Que Merlín, su consejero encubierto, el sabio legendario, fuera un idiota y un ebrio, no el temido hechicero de siglos atrás, era quizás una idea demasiado humillante para que el rey la soportara por mucho tiempo. *Terminemos esta farsa de una vez*, se propuso el mago. Merlín el Encantador era Merlín el Impostor. Su magia se había extinguido casi diecisiete años atrás. El espionaje, la voluntad, el orgullo y la credulidad de la gente habían sostenido la mentira durante todo ese periodo. Merlín ya estaba harto de eso. Pero algo en él se negaba a confesar la verdad. Podía ser temor. Prefería conservar la cabeza sobre los hombros. Además, dar voz a aquello lo volvería más real, más definitivo.

Sir Beric, otro consejero del rey, un hombre rollizo de barba trenzada que a ojos de Merlín era una sanguijuela y un cobarde, intuyó los pensamientos del mago y se volvió hacia el soberano.

—La sequía y la hambruna propagan el pánico también en sus provincias francesas del norte, señor. Para aprovechar esas pasiones, el padre Carden y sus Paladines Rojos han quemado varias aldeas de los Inefables.

Los ojos de Uter se ensombrecieron y se posaron sobre el hechicero.

—Los Paladines Rojos no son caprichosos, Merlín. Son muy seguros. ¿Cuántas aldeas de los Inefables han incendiado, Sir Beric?

Éste consultó un pergamino.

—Alrededor de diez, su majestad.

Si el rey esperaba una reacción de Merlín, no la obtuvo. El mago se limitó a servirse una copa de vino.

Uter decidió hablar con Beric como si el otro no estuviera presente.

—Merlín es una criatura conflictiva, ¿sabes, Beric? Es a personas de su especie a las que se prende fuego y él permanece impertérrito. Nunca se le tuvo por un hombre del pueblo. No es afecto al fango de las aldeas del sur. No, prefiere los lujos de nuestro castillo y nuestro vino de ciruelas —se dignó mirar al mago—, ¿verdad, Merlín?

—Lo que ocurre no es ningún misterio. Para ser francos, los Inefables son los mejores agricultores. Así, en tiempos de necesidad, la plebe tiene una razón para robarles su comida. El padre Carden y sus paladines son ahora meros receptores de ese antiguo odio —limpió unas gotas de vino que habían caído sobre su manto—. Sin embargo, si su majestad lo permitiera, los Señores de las Sombras podrían serle de utilidad.

El rey guardó silencio, se inclinó para pedir que su copa fuera llenada de nuevo y un copero le sirvió.

La paranoia de Uter emergía sin falta a la sola mención del círculo de espías de Merlín. Éste podía contar con eso. Era un recordatorio para el rey de que no se le debía contrariar. Los Señores de las Sombras preocupaban más al monarca que los campos de crucifixión de Carden. Los Inefables eran un fastidio y aportaban poco a las arcas reales; los Señores de las Sombras, en cambio, eran una confederación secreta de hechiceros, magos y brujos, cada uno de los cuales disponía de sus propias redes, asociaciones y células en todos los rangos sociales, desde los más bajos leprosarios hasta la corte, a la vez que todos operaban fuera del alcance del rey.

Lo que Merlín omitió fue que los Señores de las Sombras se habían convertido en un peligro mucho más grande para él que para el soberano. Se había hecho de incontables enemigos en la organización, que ellos olían la debilidad y decadencia, y rumores de su extinguida magia circulaban de la mano de indicios de asesinos y aciagas recompensas por su cabeza.

¿Cuál era su respuesta a todas estas cosas?

Más vino, caviló en forma sombría, cansado de aquello.

Unos sirvientes entraron con una charola de manjares para el rey, a quien todavía angustiaba la mención de los Señores de las Sombras. El mayordomo anunció:

—¡La cena, su majestad!

Uter abandonó su trono sin apartar los ojos de Merlín y se acercó a la mesa, ante la que se sentó justo cuando quitaban la cubierta de la charola para revelar sobre su plato medallones de filete de res. Uter vio su comida y su humor no mejoró.

—¡Pedimos pichones! —reclamó a su mayordomo.

—¡Mis más sentidas disculpas, su majestad! —lo aplacó aquél—. Tenemos un problema con los palomares. Hallamos algunas aves muertas.

Merlín frunció el ceño.

—¿Cuántas?

El mayordomo contestó con voz temblorosa:

—Nueve, señor.

Incluso un hombre que pierde la vista recuerda en su mente el color azul. Privado de su Clarividencia, Merlín reconoció el presagio, pese a todo.

Nueve pichones.

Nueve era un número mágico, pero también de mando y sabiduría. Los pichones muertos representaban una elocuente advertencia del fin de la paz y una guerra próxima.

Uter suspiró.

—¡Qué sugerente! Márchate.

El mayordomo y los lacayos salieron a toda prisa de la sala del trono.

El rey cortó su filete.

—Ya es un poco tarde para que tus adivinos nos ayuden.

—No necesariamente, su majestad. Con el incentivo correcto, podrían...

Uter azotó la mesa con el puño, lo que sacudió su plato y asustó a sus perros, que ladraron.

—¡Sequía, hambruna, saqueo en pos de alimentos! ¡No podemos mostrarnos débiles ante nuestros enemigos! ¿Sabes que el Rey de los Hielos y sus corsarios del norte merodean nuestras costas a la espera del momento de atacar? ¿Lo sabes? ¡Necesitamos que llueva, Merlín!

Sir Beric bajó la cabeza, temeroso de la cólera de Uter.

El monarca miró a Merlín con ojos encendidos.

—¡Que se vayan al diablo tus Señores de las Sombras! Mi madre duda que existan siquiera.

El hechicero no se inmutó y metió las manos en las largas mangas de su túnica.

—Yo podría confirmar para la Reina Regente que son muy reales. Pero su majestad requiere lluvia, así que redoblaremos nuestros esfuerzos.

—Sí, háganlo —lo urgió Uter y añadió en tanto el mago recorría la sala en medio de un torbellino de prendas azules—. Sabemos que valoras mucho tu privacidad, Merlín. Sería una lástima que el mundo se enterara de que nos sirves. ¿Quién sabe qué enemigos podrían surgir?

Merlín asintió de cara a esa amonestación y las fastuosas puertas de la sala del trono se cerraron de golpe tras de él.

Con todo, una vez que llegó a los serpentinos pasajes del Castillo Pendragón, su mente se despejó rápido y él dejó de balancearse y recuperó el sentido, tan alerta como un zorro. Tomó una antorcha de un candelero de pared y se deslizó a toda velocidad por un corredor oscuro. Después de varios pasos, hizo una pausa y prestó atención. En alguna parte adelante y arriba de él se escuchaba un chirrido, seguido por unas ráfagas breves. Dio un par de zancadas, dobló en la esquina y la lumbre iluminó una urraca que giraba con desesperación en el suelo, contra el cual rebotaba en sus últimos estertores. Si bien aquél era un augurio inconfundible de brujería, también lo era de profecía. Merlín dirigió al tejado sus ojos insondables.

Minutos más tarde, el pecho le abrumaba mientras subía con gran esfuerzo los peldaños finales de la torre más alta del castillo. Cuando entró en el minarete, lo primero que notó fue el silencio. Luego vio que el piso estaba cubierto de aves muertas y que algunas de ellas se agitaban todavía. Aunque la cantidad era sobrecogedora, lo más inquietante era su disposición. Las urracas habían caído y muerto en diez patrones de tres cada uno, increíblemente precisos. Eran diez series de tres.

El diez significaba un renacimiento, un nuevo orden.

Las urracas muertas.

¿Cuál es el propósito de esta profecía?

Nueve pichones.

Merlín sintió que la cabeza le daba vueltas. Un guía mágico. Un nuevo amanecer. Una gran guerra.

Estaba dicho que todo esto iba a suceder.

Dellum, el médico, tenía dedos largos que cosían la carne con el tino de un costurera. Era tal la humedad que prevalecía en sus recintos de oscura piedra que gotas de sudor descendían por su enorme nariz hasta el cadáver que unía con puntadas. Los techos eran bajos y no había ventanas. La única luz provenía de dos faroles de aceite colocados en extremos opuestos de la sala que esparcían un débil fulgor sobre seis mesas anchas, cuatro de las cuales contenían cuerpos desnudos en variables estados de descomposición.

—Me dicen que usted es un coleccionista. ¿Es cierto?

Dellum soltó un grito y dejó caer sus instrumentos al suelo.

—¿Quién anda ahí?

—Soy yo —Merlín penetró en el círculo de luz amarilla.

—¿Cómo hizo para...?

—La puerta estaba abierta.

El doctor secó su sudorosa cara con un trapo mugriento que colgaba de su cinturón.

—¡Es el mago Merlín!

—No ha respondido mi pregunta.

Dellum desvió la mirada.

—No... Me advirtieron que dejara de hacerlo... ya abandoné esas cosas. Aquí todo está a la vista.

—¡Qué lástima! —suspiró Merlín—. Estaba dispuesto a pagar muy bien la contemplación de algunos de sus objetos más... —buscó la palabra— enigmáticos.

—¡Ah, es eso! —se rascó las manos y fijó los ojos en una pesada puerta de roble al fondo del recinto—. ¿Qué clase de objeto?

—El número tres —contestó Merlín.

Dellum arrugó la frente y su rostro se iluminó un momento después.

—Es probable que tenga lo que necesita.

La puerta protestó cuando el médico le dio un empujón. Merlín pasó a su lado y entró en un aposento más reducido. El farol que llevaba vertió sus rayos sobre innumerables anaqueles con frasquitos opacos y empolvados. El olor a carne podrida le causó náuseas. Dellum cruzó la habitación, tomó ansiosamente un bulto en brazos y lo condujo a la mesa de auscultación para que el mago lo inspeccionara, estaba envuelto en un paño manchado de grasa.

—Llegó hace tres días —explicó Dellum—. Nació en el seno de una familia de campesinos en Colchester.

Desenvolvió el espécimen. Como de costumbre, Merlín no delató emoción alguna. El bebé tenía quizás una o dos semanas de nacido, estaba arrugado, su degradación le confería un color verde pálido y tenía los bracitos encogidos y los puños cerrados. La cabeza se dividía en dos rostros iguales que compartían un ojo deforme justo encima de ambas narices.

Merlín miró a Dellum y alzó una ceja.

—Permítame —el médico tomó el cadáver y lo volteó como deseando que eructara. Esto puso de manifiesto un tercer rostro, que emergía de la diminuta espalda del niño en un grito mudo, como de una criatura atrapada entre mundos.

—Es suficiente —dijo tranquilo Merlín, con la mente a la distancia.

Dellum envolvió con delicadeza al bebé.

—¿Podría saber el motivo de que le interese el número tres?

—El tres es donde pasado, presente y futuro confluyen —respondió para sí. Su manto onduló detrás mientras se dirigía a la entrada—. Algo terrible y poderoso ha cobrado vida. Usted debería temer. Todos deberíamos hacerlo.

La puerta se cerró de golpe a sus espaldas.

SIETE

Nimue despertó sobresaltada por unos gritos lastimeros. ¿Cuánto tiempo estuve inconsciente?, se preguntó, con pensamientos lentos y pesados. Sacudidas de intenso dolor se bifurcaban en su cráneo y se llevó la mano hasta un mechón húmedo y un nódulo bajo la oreja izquierda, donde recibió el impacto de la bola de hierro. Se levantó como atontada del montón de leña y advirtió el caos circundante: ancianos de la aldea se achicharraban en cruces ardientes, había sotanas rojas por doquier, los niños lloraban en el lodo, cada choza de la aldea estaba en llamas, los perros olisqueaban cadáveres en las calles.

El grito gutural de "¡Madre!" desgarró su garganta. Cruzó presurosa el camino, sintió que la cabeza le punzaba y corrió junto a cuerpos y carretas volcadas. Casi al instante, un Paladín Rojo la apresó de su capa, pero ella viró y dejó un trozo de tela en manos del monje.

Se precipitó a la colina, seguida por el paladín. Pasó corriendo a la vera de cuerpos carbonizados en las cruces con los miembros retorcidos. El monje tropezó y ella aumentó la distancia. Entró en el Bosque de Hierro, cuyos árboles esquivó hasta pisar con sus botas las gastadas piedras del Sendero del

Sol Sagrado. Atravesó la discreta entrada del Templo Sumergido y desde su mirador en lo alto del santuario vio a Leonor, ovillada junto a la piedra del altar.

—¡Madre!

La pira se elevaba imponente sobre Ardilla como una torre negra mientras él corría por las veredas de los ciervos en el Bosque de Hierro. De niño había cazado ahí con su abuelo y sus tíos y ahora su supervivencia dependía de esos caminos. La espada de su primo rebotaba dolorosamente contra sus piernas cuando alcanzó a ver a su tío entre las ramas.

—¡Tío Kipp!

Kipp era un granjero con brazos como árboles. Otros aldeanos más, a los que Ardilla conocía, le hicieron señas para que se callara. Kipp vio a su sobrino y corrió hacia él.

—¡No debemos gritar, Ardilla! Buscamos a los bastardos que ahuyentamos al bosque.

—¡Debemos regresar! —el chico jaló la manga de su tío—. ¡Todos están a punto de morir!

Kipp sacudió la cabeza. Las arrugas de su ancho rostro eran más profundas que de costumbre. Había envejecido diez años en un corto lapso.

—Ya murieron, muchacho.

Adelante de ellos, sus vecinos hicieron alto total en un claro entre los árboles. Ardilla y su tío los alcanzaron.

Kipp empezó:

—¿Qué están...? —mas el resto de sus palabras se extinguió en su garganta, porque vio que el Monje Gris, el de los extraños ojos marcados con lágrimas, los aguardaba en la hierba alta como un espectro moteado por el sol. Su corcel pastaba cerca.

La arboleda calló. El monje permaneció inmóvil. Ardilla percibió que el sudor de los hombres se espesaba de miedo. No eran combatientes, sino carpinteros e hijos de panaderos. Su tío era el único que había matado con el hierro, pero eso había ocurrido varios años atrás, en defensa de su familia contra los vikingos. Si Kipp tenía miedo, no lo mostró.

—Somos siete y él uno —rezongó.

Eran ocho, en realidad. Su tío había olvidado incluirlo. Los demás sacaron al unísono sus sables deslumbrantes. Ardilla tragó saliva mientras intentaba levantar el suyo, aunque permaneció un paso atrás de los mayores, quienes rodearon al Monje Gris. Éste desenvainó con calma su hoja reluciente.

Uno de los aldeanos, Tenjen, se le acercó por detrás a la vez que cambiaba su arma de manos para secar sus sudorosas palmas en la camisola. El religioso mantenía la espada apuntada al suelo en su costado izquierdo. Ladeó la cabeza al tiempo que Tenjen apoyaba su peso en el otro pie. Las sienes de Ardilla pulsaron de tensión. Vio que los demás resoplaban y se preparaban para la batalla sin que el monje alterara su respiración ni un momento.

Tenjen rugió y embistió, el Monje Gris giró con soltura para evitar el golpe y retrocedió hacia la senda de su agresor. Ardilla no vio que moviera la espada hasta que ésta atravesó el dorso de Tenjen, con cuya sangre brilló. El religioso recuperó su arma en medio de un ruido acuoso y Tenjen cayó de frente sobre la tierra.

Ardilla alzó su espada por instinto, aunque tenía la mente en blanco. Un terrible murmullo llenó sus oídos. La lengua se le había secado. Los alaridos de los mayores eran distantes y sus movimientos pausados en tanto balanceaban sus estoques y el monje se introducía entre giros en su círculo; su sotana ondeaba y su cuchilla reflejaba la luz del sol. No desaprovechaba un solo centímetro. Su hoja atacaba como una serpiente y los lugareños sucumbían a su paso. Les trozaba los tendones de las corvas para que cayeran como títeres y después cercenaba sus gargantas y perforaba los corazones. No había hachazos, cortadas, rasguños ni titubeos de ninguna índole.

Ewan, el hijo del panadero, cayó de rodillas e intentó contener con las dos manos la sangre que manaba de su cuello abierto. Esas mismas manos habían rociado miel sobre crujientes galletas en la cocina de su padre.

Drof, el carnicero, erró por entero y clavó su espada en la tierra. Hizo lo posible por sacarla, lo que concedió al monje el tiempo que necesitaba para agazaparse, despegar y levantarlo del suelo para atravesar su cuerpo con la hoja y hacerla salir por su omóplato derecho.

El tío de Ardilla fue el primero en obstruir un golpe del monje. Kipp atrapó la hoja de éste con su empuñadura. Sus aceros chocaron mientras sus hombros colisionaban. Por una fracción de segundo, el monje se vio atrapado, y su flanco expuesto. Ardilla vio llegado el momento de actuar. Dio un paso para proteger a su tío pero Hurst, primo de Tenjen, advirtió también la oportunidad de atacar y se adelantó. El religioso intuyó sin duda su llegada porque envolvió a Kipp entre sus brazos y lo colocó en la dirección del sable de Hurst, el cual se hundió en su cadera. Kipp lanzó un alarido y se apretaba el costado cuando el monje volteó y cortó la cabeza de Hurst.

Un rocío de sangre salpicó las mejillas de Ardilla. Kipp se mantuvo firme a pesar de que su pierna izquierda goteaba sangre. El paladín lo rodeó con un rápido movimiento. Kipp intentó seguirlo con la punta de su espada. Aquél amagó dos veces, Kipp se dejó engañar en la segunda y eso fue todo. El hermano le traspasó el pecho y cayó doblado al suelo.

El Monje Gris contempló la escena de muertos y moribundos con sus extraños ojos llorosos. Caminó entre los cuerpos en busca de señales de vida. Empujó a Tenjen con una bota. No obtuvo respuesta. Movió a los gemelos Kevin y Trey y los remató con una limpia perforación en el pecho. Cuando llegó el turno de Kipp, preparó el golpe y...

—¡No! —fue todo lo que Ardilla pudo decir.

El monje ladeó la cabeza hacia la exclamación. Se dio la vuelta y... dudó. Ardilla oyó vibrar la hoja junto a su oreja. Le temblaban las manos mientras apuntaba al paladín la espada de su primo. No le veía los ojos bajo la honda capucha gris, sólo sus raras marcas de nacimiento en forma de lágrimas y un manchón de sangre en la mejilla izquierda. Con un ágil lance, el monje consiguió que el arma de Ardilla saliera disparada hacia los árboles. El chico cerró los ojos y tensó el cuerpo a la espera del golpe; rogó que fuera contundente.

Después de un par de exhalaciones fatigosas, abrió un ojo. Estaba solo.

El monje se había marchado.

Nimue bajó corriendo la escalera de caracol, junto a las impasibles caras esculpidas en las paredes, hasta que llegó al agrietado piso de mármol. Leonor yacía a un costado de la piedra del altar y su vestido estaba empapado de sangre. Varios metros más allá, un paladín agonizante se retorcía en el suelo en medio de un charco rojo.

—¡Madre! —Nimue se desplomó a su lado—. ¡Aquí estoy, madre! —puso la cabeza de ella sobre su regazo, lo que reveló abajo una daga ensangrentada. Leonor se enroscaba en un objeto envuelto en una arpillera y amarrado con una soga. Una piedra enorme había sido retirada del altar y dejaba ver un oculto lugar de descanso.

Leonor tomó a Nimue por los brazos. Pese a que tenía el cabello revuelto y las mejillas teñidas de sangre, sus ojos estaban claros y su voz era firme.

—Lleva esto a Merlín. Búscalo. No sé cómo —arrojó el objeto en manos de su hija—. Él sabrá qué hacer.

Nimue negó con la cabeza.

—¡Debemos huir ahora mismo, madre…! ¡Madre…!

—Ésta es tu responsabilidad. Lleva esto a Merlín. Eso es todo lo que importa ahora.

La joven miró confundida el atado.

—¿Qué dices? ¡Merlín es una leyenda! No entiendo…

Antes de que Leonor respondiese, un paladín de lánguidas mejillas entró en el templo con una espada de la que goteaba sangre.

Leonor se valió de la piedra del altar para arrastrarse y ponerse en pie. Recogió la daga del suelo.

—¡Corre, Nimue!

Ésta apretó el atado contra su pecho y se paralizó indecisa.

—¡No te dejaré!

—¡Corre!

Logró dar unos pasos hacia la escalera y el paladín actuó para impedirle el paso. Sus inanimados ojos negros iban y venían entre ellas.

Leonor estaba débil y pálida a causa de la pérdida de sangre pero avanzó hacia el paladín.

—¡Madre! —vociferó Nimue.

Leonor miró a su hija con ojos llenos de amor y remordimiento.

—Te amo. Lamento que esto deba recaer en ti. Busca a Merlín —volteó y acometió al monje con la daga para que la joven tuviera oportunidad de huir.

Con los ojos empañados por las lágrimas, Nimue ascendió a gatas los peldaños del Templo Sumergido y resistió el impulso de mirar atrás, aunque habría preferido estar sorda para no escuchar el estrépito del combate a sus espaldas. Apretó el bulto bajo su brazo, cruzó a tientas el velo de la enredadera y salió al Bosque de Hierro. Corrió al mirador donde, justo una mañana antes, había reído y forcejeado con Ardilla. El poblado de Dewdenn se desplegó ante sus ojos. Vio la colina con las cruces en llamas y a paladines que, a caballo, atravesaban el solar desde el este para aprehender a quienes deseaban escabullirse. Al pie de la colina otro grupo de paladines soltaba grandes lobos negros y los arrojaba sobre los demás aldeanos. Nimue giró, se introdujo presurosa en el bosque y rogó a los Antiguos Dioses de los Celestes que la guiaran.

En ese momento, el cielo sobre el Castillo Pendragón se convulsionaba y enfurecía. Los arqueros encima de la torrecilla no habían visto jamás que una tormenta se avecinara de modo tan súbito y amenazador. Se refugiaron en los huecos mientras los relámpagos trepidaban dentro de las nubes y los truenos batientes hacían cimbrar las piedras del palacio.

Cincuenta metros abajo, en el piso de la más alta torre albarrana de Pendragón, Merlín ponía fin al trazo de un inmenso círculo oleico, en el centro del cual estaba abierto un libro de conjuros. Por la fuerza de la costumbre, revisó los hechizos dos veces. A pesar de que había perdido su magia, era todavía un experto en las artes oscuras. Se levantó y quitó los talismanes con plumas que había colgado de la viga a fin de disponer cuatro pesados espejos en ángulos opuestos del minarete. Encendió otra vez las grandes velas propiciatorias, que los fuertes vientos habían apagado. Con una de ellas prendió fuego a una rama de ajenjo y dispersó el humo antes de depositarla en el círculo aceitoso, que se encendió también.

Otro trueno sacudió el palacio y afuera se oyó un grito:

—¡Entraremos! ¡Ésta es una locura infernal!

—¡No! —Merlín osciló hacia la puerta: los lacayos Chist y Borley buscaban refugio en los ladrillos de la muralla, porque el viento soplaba con fuerza suficiente para arrancarlos del suelo. Una lluvia feroz rebotaba en las paredes y tintineaba en sus cascos—. ¡No harán tal cosa! —agregó, salió al aguanieve y al viento en un estado de desquiciada exaltación y se arrastró hasta la almena.

Su manto ondulaba arriba de una caída de sesenta metros. Los lacayos llegaron hasta él y no les prestó atención. Murmuró encantamientos en una lengua más antigua que el latín. A un mástil de hierro de seis metros de alto y grabado con runas, ató un saquillo que contenía cristales y cascarones de huevo pulverizados que, mezclados con su sangre, formaban una pasta. Sujetó un extremo en la muesca del estandarte y apuntó el otro al cielo embravecido. *Hubo un tiempo en que yo fui la tormenta*, pensó. *Cuando el relámpago brotaba de mis dedos y los vientos rugían bajo mis órdenes.* Ahora se agarraba a las piedras para que el vendaval no lo precipitara desde la muralla. Aun así, se mostró valeroso. *No soy el Druida de antes pero tampoco un incapaz. Todavía soy Merlín el Encantador, y arrancaré a los dioses sus secretos.*

Con cera derretida, de la punta del poste había pegado un pergamino volante.

—¡Ustedes debían hacer esto! —aludía al afianzamiento del poste, mas la tormenta se llevó sus palabras. Un relámpago aterrador atrajo sus ojos al cielo. Dentro de una nube colosal y oscura, el rayo palpitó como el corazón ardiente de una deidad y percutió una, dos, tres veces.

El mago apartó la lluvia de su cara y sus cabellos sin que pudiera dar crédito a sus ojos. El relámpago destelló de nuevo dentro de las nubes e iluminó formas sobrenaturales.

—¡No quiero morir! —aulló Borley y se puso a salvo en el torreón.

—¡Espera! —Merlín bajó de un salto de la almena, tomó a Chist de los hombros y lo lanzó contra la pared.

—¿Qué… qué hace? —el chico intentó desprenderse pero el mago lo apresó y alzó la vista a la luz que pulsaba en las nubes. Ahí estaba otra vez. Eran tres formas.

Se volvió hacia Chist, oprimió con la mano las tres coronas rojas de la Casa Pendragón que habían sido bordadas en su túnica amarilla y miró al cielo. El relámpago latió nuevamente dentro de la nube y rodeó con un halo *tres coronas rojas*.

—¡Por todos los dioses! —murmuró Merlín. Las señales por fin eran claras.

Una criatura mágica.

El cumplimiento de la profecía.

Y la muerte de un rey.

OCHO

El cobijo del bosque amortiguó el fragor de la matanza. Los gritos se desvanecieron en el aire hasta que Nimue oyó sólo su respiración fatigosa durante su carrera por los senderos que la habían definido desde su más tierna infancia. El mapa de su pasado era ahora el angosto camino a su supervivencia. Corrió junto al bosquecillo de los ciervos y el roble ahuecado donde los pinzones anidaban. Vio de reojo que algo negro chispeaba entre los árboles. Otro oscuro destello resbaló entre las rocas de la madriguera.

Eran los lobos.

Lanzó su fardo sobre la meseta rocosa, una piedra lisa y grande —de un metro cuadrado de superficie— que en días más amables servía de escenario a las representaciones infantiles y de cama de sol a los perezosos perros de la aldea. Ahora era el último bastión de Nimue. Trepó a la roca mientras, salidos de todas partes, los lobos se precipitaban sobre ella y cinco gruñían en la orilla. Uno saltó sobre la saliente; Nimue le hundió el talón en el hocico y lo tumbó en el suelo, pero el animal dio media vuelta, saltó otra vez y, acorralada, ella debió dar marcha atrás.

Un precipicio de tres metros se abría a sus espaldas, y una muerte segura frente a ella en las fauces de los lobos. Uno más subió ansioso a la meseta y atrapó una bota entre sus colmillos. Nimue gritó y pateó con desenfreno hasta que la bestia cayó, pero era sólo cuestión de tiempo para que las demás acabaran con ella.

Un centelleo platinado llamó su atención. Cuando volteó hacia el bulto a sus pies, vio que la arpillera se había roto de un lado y exhibía un mango de oscuro hierro con una runa tallada en la que cuatro círculos se unían a uno central con incrustaciones de plata.

—¡Terminó la sequía! —proclamó el rey Uter y elevó una victoriosa barbilla mientras sus sirvientes cargaban baldes con agua de lluvia y las colocaban en el centro de la mesa, junto a los invitados. Los baldes servían de compañía a platos con pollos asados, conejos estofados, pichones enrollados con tocino, perdices horneadas con miel y rebosantes faisanes. El ánimo era jovial, en contraste con la tormenta enconada. Cada trueno motivaba aplausos y exclamaciones, en medio de los cuales Uter permanecía inamovible en la cabecera—. Los dioses nos sonríen —alardeó.

Los visitantes hicieron sonar sus cuchillos sobre la mesa, al compás del nombre del rey y coros de "¡Terminó la sequía!".

Un noble levantó un tarro de cerveza.

—¡Por el rey!

Otro más gritó:

—¡Por la lluvia!

Los invitados rieron.

Uter resopló.

—¡No, amigos! No bebamos por la lluvia —izó el balde junto a su plato—. ¡Bebamos la lluvia!

—¡Viva Uter! —estallaron los presentes—. ¡Viva el rey!

Éste se llevó el balde a los labios y tomó un trago largo y dulce. Sus huéspedes lo observaron admirados y aplaudían conforme el contenido del cubo goteaba por su cuidada barba de chivo hasta su garganta, y manchaba con un rojo intenso su cuello blanco con holanes.

La sala calló. El monarca frunció el ceño por el sabor y bajó el balde. A la par que sonreía a sus visitantes, gotas de sangre escurrían por sus labios.

—Temo que derramé un poco de este elíxir.

Las damas se cubrieron los ojos y él trató de interpretar las caras de los invitados.

—¿Qué...? —vio sus mangas ensangrentadas—. ¿Qué es esto? —bajó el balde, limpió sus labios y su barba y se manchó de sangre las manos. Miró al instante a su mayordomo—. ¿Qué broma es ésta?

El sirviente principal estaba lívido de pavor.

—N-no es ninguna broma, su majestad.

Uter volcó el cubo y un río de sangre corrió sobre la mesa. Los huéspedes se quedaron sin aliento; algunos gritaron y derribaron sus bancos para echar a correr.

El mayordomo gritó:

—¡Es la lluvia que cayó sobre el castillo!

—¡Merlín! —Uter lanzó otro balde, y otro más, y la lluvia de sangre inundó los platos y salpicó el suelo. Los ojos del rey desbordaban temor cuando aulló hacia el techo—: ¡¡Merlín!!

En lo alto de la almena, justo en medio de la tempestad, un relámpago cayó entonces en el poste de hierro. Una cascada de energía recorrió el metal hasta culminar en una sacudida calcinante que lanzó a Merlín por la puerta del torreón y lo hizo caer —envuelto en llamas— en el círculo de fuego. El mago bramaba de dolor a la vez que, desesperado, se despojaba de su incendiado manto. Los lacayos corrieron para asistirlo pero la tormenta los siguió. La lluvia torrencial topó con las llamas y un humo negro invadió el recinto. Los lacayos tosían y agitaban los brazos hasta que lograron disipar la humareda que salía de Merlín, quien, desnudo en el suelo como una criatura, exhibía una quemadura horrenda, la cual burbujeaba y crepitaba en su hombro derecho, bajaba por sus costillas y atravesaba sus muslos y más allá. Borley y Chist dieron un firme paso atrás y parpadearon incrédulos, porque la quemadura tenía la inconfundible forma de una espada.

Nimue metió la mano en el envoltorio y la apretó en torno a la gastada empuñadura de piel de un sable milenario. Su ancha hoja estaba ennegrecida y mellada por los que eran sin duda siglos de combate. Levantó en vilo la enigmática arma y en cuanto una bestia cayó sobre la meseta rocosa, sintió que le hervía la sangre. Con un golpe veloz separó la cabeza del resto del cuerpo del lobo, el cual cayó y ahuyentó a los demás cánidos tan pronto como dio en tierra.

Nimue contempló la espada. Irradiaba una luz fría y se sentía muy ligera entre sus manos. Los Dedos de Airimid brotaron en su mejilla, lo que reveló la existencia de un lazo entre el acero y los Ocultos. Un lobo más se abrió camino a zarpazos hasta la saliente y ella le rajó el cráneo hasta el hocico, bajo el cual la cuchilla se clavó casi diez centímetros en la roca. Mientras pasaba apuros para sacarla, otro monstruo atrapó su codo y la arrastró al borde de la meseta.

Flotó un segundo en el aire antes de caer bocarriba. Se retorcía con ojos desorbitados cuando un lobo mordió el bies de su falda. Se soltó a costa de romper la tela y salió en pos de la espada, que se tendía a varios metros en la hierba. Asió el mango justo en el momento en que otro lobo saltaba sobre su garganta. Traspasó la pata de esa criatura que rodó en tierra, donde gemía incapaz de pararse. Probó la sangre del animal en sus labios y se puso en pie con vacilación. Quedaban todavía dos lobos de grueso e hirsuto pelaje, que aullaban y amagaban con morderla.

—¡Vamos! —rugió, impulsada por una descarga de energía. Uno de los animales se abalanzó sobre sus tobillos y ella le clavó la espada en el lomo. La arrancó de un tirón y dio muerte al último con un ágil lance en el cuello.

Todo había terminado. Nimue resollaba en medio de un charco de sangre. Respiró hondo y lanzó un alarido hacia los cadáveres.

Dejó en el fango manchas de sangre de lobo a medida que cruzaba a ciegas el prado y pasaba junto a la roca en forma de luna donde su madre le había impartido lecciones. Le zumbaban los oídos. Oyó que unos Paladines Rojos se reunían en gran número detrás de ella. Eran jinetes. Varios de ellos iban a pie. Retrocedió y se sumergió en el laberinto de espinas, un socorrido refugio para los niños que jugaban a esconderse.

Fue rápidamente rodeada. Veía la calva de los monjes sobre los setos, del alto de los hombros, en el empalme entre el laberinto y el claro. Los paladines avanzaban con sigilo desde todas direcciones. Contó siete. La punta de su sable apuntaba sin vigor al piso. Tenía los brazos molidos por el esfuerzo. Cayó de rodillas, con los ojos fijos en los pies sucios y las sandalias simples de los monjes. *No deseo continuar sola*, pensó. *Es mejor así.*

La resignación dio paso al recuerdo de la voz de su madre cuando ella era niña y el demonio le impuso sus cicatrices: *Llama a los Ocultos, Nimue.* La tranquila certeza de la voz de su madre vertió agua fresca en sus pensamientos y ella sintió su mente limpia y despejada. En medio de esa claridad apeló a la tierra debajo de sus uñas, los cuervos que describían círculos en el cielo y el viento que mecía la hierba. Llamó al río, ya espeso de sangre inocente, y a las hormigas madereras en el tronco seco del Anciano, el árbol más viejo del claro. Un soplo estremeció los setos del laberinto espinoso como si una mano invisible los rozara. El ronroneo de los Ocultos palpitaba en el vientre de Nimue. La espada latía en sus puños. Era como si estuvieran entrelazadas, como si aquel acero guiara por sus venas el poder de los Ocultos.

Al tiempo que el paladín más próximo a ella orientaba la espada hacia su cabeza, el tobillo se le enredó en una rama. Otro intentaba desprender su túnica, que se le había atorado entre las espinas, y otro más encontró que su acceso a la muchacha era inexplicablemente bloqueado por un anudamiento de raíces que sobresalían del suelo.

Reanimada, Nimue se concentró en abrir más canales de enlace. El zumbido en sus entrañas hizo que los vellos de los brazos se le erizaran en tanto parras atroces se enrollaban en brazos, pantorrillas, bíceps y cuellos. El laberinto de espinas devoraba con avidez a los Paladines Rojos, cuyas quejas de pánico y temor fueron música para los oídos de Nimue y dieron nueva fuerza a sus piernas. Se irguió mientras los paladines eran sometidos y estrangulados a su alrededor. Miró sus ojos incrédulos y saltones y sonrió entre lágrimas. Recordó que su madre se había interpuesto en el camino del paladín para salvarle la vida. Pensó en Biette, Pym y Ardilla. Los nudillos se le blanquearon en la empuñadura del antiguo acero. Quería saborear ese momento. Elevó la hoja más y más y dejó que descendiera como un hacha. Salpicó de sangre las hojas y hiedras que la rodeaban, pese a lo cual no se detuvo.

La hoja cayó. Y cayó. Y cayó de nuevo. Y una vez más.

Las sotanas empapadas de los paladines se adherían a sus contrahechos cuerpos. Los ojos de Nimue ardían de una justa furia mientras hendía y hendía su arma para desahogar toda la rabia y el dolor de su pérdida.

NUEVE

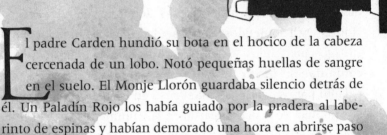

l padre Carden hundió su bota en el hocico de la cabeza cercenada de un lobo. Notó pequeñas huellas de sangre en el suelo. El Monje Llorón guardaba silencio detrás de él. Un Paladín Rojo los había guiado por la pradera al laberinto de espinas y habían demorado una hora en abrirse paso con las hachas hasta sus compañeros caídos.

Carden recorrió el camino recién abierto y miró los cadáveres con sus propios ojos. El Monje Llorón lo siguió. Aquellos paladines eran trozos de carne irreconocibles abrigados por los setos.

—¡Esto es una abominación! —susurró Carden. Tiró de la ensangrentada capucha de uno de los hermanos y se encontró con una cara contorsionada por el terror. Meneó la cabeza y volvió a poner la mortaja en su sitio. Reparó de nuevo en las pequeñas huellas que ocupaba el centro de la escena.

—¿Un niño hizo todo esto?

El Monje Llorón se arrodilló junto a otro cadáver.

—Simon vio que una joven salía del templo con algo entre sus brazos —pasó un dedo por lo que aparentaba ser una quemadura en el bíceps de aquel paladín.

Carden se le sumó. Estudió la quemadura.

—Observa. La piel no está marcada por fuera. Nuestro hermano fue quemado desde dentro. ¡Éste es un poder perverso! —la quemadura tenía además una forma poco común: una rama con tres tallos—. Es el Colmillo del Diablo... —añadió el padre con tono meditativo—. Ésta es su marca.

El Monje Llorón lo miró.

Carden abrió la sotana de otro paladín muerto. Su cuello presentaba el mismo estigma. Otro más tenía la mejilla marcada.

El padre se levantó, conturbado.

—Hemos forzado a manifestarse a la antigua arma de nuestro enemigo. La Espada de Poder ha sido hallada y está en posesión de uno de los engendros del Diablo —abrió los brazos frente a los setos—. Una doncella con poder para hacer esto. Para pervertir las creaciones de Dios y hacer de la tierra y el aire unos monstruos. Esta criatura debe ser aniquilada a toda costa. El gran conflicto ha comenzado —jaló la cabeza encapuchada del Monje Llorón y murmuró a su oído—: Encuentra la espada. Y encuéntrala a ella.

Tendida en un terraplén sobre una cama de hojas húmedas, Nimue pensaba en Ardilla. Aunque el sol del mediodía brillaba muy alto, hacía poco calor. Ella había vuelto al escondite de ambos en el hueco del fresno pero él no estaba ahí. En cambio, había hallado muertos a seis vecinos en un llano próximo, donde fueron abandonados para que los perros los devoraran.

Empezó a llover y le dolían los huesos. Las piernas le punzaban de tanto correr, no sabía cuántos kilómetros. Su única pertenencia en el mundo era la espada.

¿Por qué su madre la había ocultado?

Si era tan importante para que hubiese sacrificado su vida por ella, ¿por qué no le había informado de su existencia?

¿Merlín era, además del personaje de los cuentos infantiles, una persona de verdad? ¿Cómo era posible tal cosa?

No importa, pensó. No llegaría al día siguiente. Perseguida y sin techo, comida ni agua, sus posibilidades eran escasas. El bosque ocultaba a ladrones y lobos. La ciudad alojaba a espías del padre Carden. Ella a nadie conocía fuera de su clan, y éste acababa de ser masacrado ante sus ojos. Estaba sola.

Miró de nuevo la espada. La runa tallada en la empuñadura tenía un relleno de plata y debía valer algo. Seguro rendiría la monedas indispensables para cruzar el océano. Después de todo, ¿sobrevivir no era lo más urgente? ¿Su madre no querría que hiciese todo lo posible por conseguirlo? El arma era tan ligera que le dio varias vueltas en la mano. ¡Increíble!

Mi madre dio su vida por esta espada.

¿Honraría ese sacrificio con su venta por una bicoca? ¿Qué otra opción tenía? Era una asesina. Había matado a siete Paladines Rojos. La colgarían por eso, o le harían algo aún peor. Y había usado a los Ocultos para que la auxiliaran en esa tarea. La tacharían de bruja.

Derramó lágrimas lastimeras que se confundieron con la lluvia. No había tenido tiempo de hacer nada. Pym. Dama del Crepúsculo. Su madre. Todo sucedió muy rápido. Sintió que la desesperanza la invadía de tal modo que la devoraría. Antes de que cediera a ella, un nombre asomó en su mente.

Arturo.

Pensó un momento y dirigió la espada a su mojado cabello rubio. Cortó una madeja que sostenía en su mano y permitió que los mechones cayeran al suelo. Necesitaba una capa. Se daría a notar si entraba a Puente de Halcones con sus faldas raídas y un valioso acero en la espalda.

Menos de una hora después cruzó a rastras un campo de trigo hasta un tendedero con las prendas de una familia campesina: medias de lana, túnicas y fondos. Arrancó la capa y unos pantalones del granjero y volvió de inmediato al campo, por el que corrió lo más inclinada que pudo para que el trigo la cubriera.

Antes del anochecer, desprendió de sus faldas unas tiras con las que elaboró un cinturón que fijara a su cadera esos pantalones. La capa era tan grande que tapaba por completo la hoja en su dorso, pese a que era tan larga como ella. Debía llegar a Puente de Halcones antes de que oscureciera; dudaba poder sobrevivir otra noche a la intemperie.

Sentía los pies como muñones. Los brazos le colgaban como pesas de hierro. Moría de hambre. Cuando se acercó a Puente de Halcones, le alarmó que hubiera tan poco tránsito en las puertas y, peor todavía, que un Paladín Rojo acompañara a los guardias.

Un silbido familiar atravesó el aire. Volteó y vio al dentista itinerante con quien se había cruzado esa mañana, montado en su carreta tirada por un solo caballo.

Calvo, con largas patillas marrones y un bigote que caía en redondo por sus mejillas, el dentista tenía el aspecto de un perro triste. Su bata estaba manchada con la sangre de sus pacientes y tenía inyectados los ojos, con bolsas debajo. Nimue lo atribuyó a la fatiga más que a la cerveza. Al parecer, había concluido sus rondas por las granjas locales y volvía a casa en Puente de Halcones.

Sin plan de por medio se plantó ante la carreta. El médico arrugó la frente y jaló las riendas.

—¿Sucede algo, señorita?

Con su cabello corto y sus prendas holgadas, Nimue estaba irreconocible. Puso una mano en su mejilla e hizo una mueca.

—Me duele un diente, señor.

—Ya terminé mis labores de hoy. Deme indicaciones y tal vez pueda atenderla pasado mañana.

—¡Es demasiado! ¡Por favor, señor!

—Es lo más que puedo hacer por usted, señorita.

Los ojos de Nimue se anegaron en lágrimas. Su desesperación era tal que estaban listas para derramarse en cualquier momento.

—No soporto el dolor ni puedo hacer mis deberes, y mi madre me maltrata si no trabajo.

La miró con detenimiento y no le impresionó.

—¿Tiene dinero?

—Mi hermano puede pagarle. Está adentro con sus amigos, en El Ala del Cuervo. Estoy segura de que le invitará un vaso de aguamiel si se compadece de mí —volvió a hacer una mueca y apretó la quijada—. ¡Es un tormento!

Mientras sostenía la mejilla dejó al descubierto su muñeca. El dentista vio los dijes de su pulsera y la reconoció.

—Las conocí esta mañana —frunció el entrecejo—. A su amiga y a usted.

Nimue se paralizó a la imaginaria vista de los engranajes que giraban en la mente del doctor, quien miró hacia las puertas. Un único carretón los separaba del paladín. Luego de unos momentos de plática, el guardia hizo señas para que el dentista avanzara y se aproximó a su carreta.

—Declare su asunto —dijo aburrido.

El médico vio a Nimue.

—¡Por favor, señor! —siseó.

Culpa, temor y piedad se abatieron sobre los lagañosos ojos del dentista. Se quedó mudo frente al guardia y el Paladín Rojo se acercó.

—¿Y bien? —preguntó el guardia, fastidiado.

—D-dientes, señor —consiguió decir el médico y Nimue notó que le temblaban las manos—. Sólo... sólo he terminado mis visitas —añadió.

—¿Y ésta? —el guardia miró a Nimue de arriba abajo.

El dentista lamió sus labios resecos.

—Ella es... eh, es... —en un recóndito lugar de sus adentros encontró un poco de valor—. Es mi paciente, señor —Nimue respiró aliviada y subió a la carreta—. Una de mis pacientes habituales —agregó.

—Quítate la capucha —ordenó el paladín.

—Sí, señor —obedeció y la bajó, con los ojos fijos en las lodosas botas del dentista.

—¿De dónde eres? —preguntó aquél.

Ella intentó mantener firme la voz.

—Nací en Puente de Halcones, milord. Mi madre es... es lavandera del señor del alcázar y yo traigo la lejía del monasterio. Bueno, cuando no me duelen los dientes.

—¿Qué diente te duele?

Titubeó antes de señalar el lado derecho de su mandíbula.

—Éste... éste, milord —golpeteó la zona.

El paladín miró al dentista.

—La muchacha sufre. ¿Qué espera? ¡Sáqueselo!

El médico se llevó la mano a la oreja para oír mejor.

—¿Cómo dice, señor?

—El diente. Sáquelo. Ahora.

El médico sacudió la cabeza sin comprender.

—Pero... no tengo... —miró a Nimue como si le pidiera un consejo.

A ella le zumbaron los oídos y sintió otro desesperado impulso de huir. Vio una sola salida. Cerró los ojos y asintió en dirección al doctor.

El guardia se sobresaltó.

—¿Quieres que lo haga aquí?

—¡Cállate, idiota! —le encajó el paladín, quien insistió al dentista—. ¿Hay algún problema?

—No... ninguno.

Nimue vio atónita que éste sacaba de su gastado maletín un par de pinzas manchadas de sangre. Ella se atrevió a mirar al monje, quien la perforó con los ojos; bajó los suyos de nuevo.

—Veamos qué tenemos aquí —el dentista casi debió forzar el maxilar de Nimue—. Lo siento —continuó en voz baja—. ¡Ah, sí! —exclamó—. ¡Aquí está el culpable! —señaló un molar.

Nimue se imaginó en el arroyo junto a la estatua rota del Bosque de Hierro. Pensó en que el agua fresca corría por sus piernas mientras las sucias pinzas del dentista se apoderaban de su muela sana. La primera torsión rompió varias raíces y un ruido gutural escapó de su garganta. El médico tenía una mano fuerte y trabajó rápido. Dio un tirón a la izquierda, luego a la derecha. Ella quiso apartar la cabeza pero las pinzas la sujetaban. Oyó que el dentista decía en alguna parte:

—Esto la aliviará, señorita.

La sangre llenó un vacío en su dentadura al tiempo que las pinzas hacían su labor y la muela era extraída. Le metieron un trapo en la boca. Abrió sus empañados ojos ante el guardia repudiado y el paladín engreído. La mano del doctor se posaba en su cuello, y sus labios cerca de su oreja.

—¡Listo, niña!

El guardia reclamó su autoridad y les hizo señas para que se fueran.

—¡Basta! ¡Largo de aquí!

El dentista animó a su caballo a proseguir y evitó el contacto visual con el monje en tanto Nimue se quejaba en el paño y la mejilla le punzaba. El paladín mantuvo fijos los ojos en ella cuando pasó, como si la retara a mirarlo. No lo hizo. Soltó un suspiro tan pronto como despejaron la puerta.

Nimue bajó de la carreta y se perdió entre el gentío. El tiempo apremiaba. Si no encontraba a Arturo, se exponía a que la atraparan en Puente de Halcones, bajo la vigilancia de los Paladines Rojos por dentro y por fuera.

Las tiendas cerraban antes de que cayera la noche y, en cambio, El Ala del Cuervo estaba a reventar. Nimue se escurrió entre dos granjeros en la entrada y se abrió paso al interior. Tomó una silla y se paró encima de ella, con el trapo ensangrentado todavía en la boca, para abarcar con la mirada la taberna entera. Su examen de los rostros de los parroquianos la desanimó poco a poco. La esquina donde Boores había desplumado a los granjeros estaba llena ahora de jóvenes cubiertos de hollín procedentes de la herrería vecina.

—¡Oye! ¡Bájate de ahí! —alguien tiró de su capa y otro le dio un empujón, así que accedió. Un muro de hombros la rodeaba. No tenía adónde ir. Pensó en la espada. ¿Acaso no podían fundirla en la herrería para hacer monedas con ella? ¿El banco no podía ofrecerle algo a cambio?

Afuera brillaban las estrellas sobre la plaza. Los lacayos encendían las antorchas. Nimue puso en tela de juicio la idea de visitar al herrero para averiguar el precio de la espada. Exhibirla del modo que fuese suscitaría preguntas que no podría responder. Sus fatigados ojos buscaban zaguanes donde dormir antes de que el vigía la echara de la urbe.

En ese momento sonó una campana y un pregonero corrió plaza adentro acompañado por dos Paladines Rojos. Habitantes y tenderos se congregaron en torno suyo.

—¡Oíd, oíd! —prorrumpió—. ¡Por orden del Vaticano, los delitos más viles, como el infanticidio, el canibalismo y el sacrificio de los servidores del Señor en contubernio con espíritus diabólicos… —ella se encogió y salió en pos de un sitio en el cual ocultarse— treinta denarios de oro por la muerte o captura de la asesina Inefable conocida como la Bruja Sangre de Lobos! ¡A quien le ofrezca ayuda o techo se le tendrá por hereje y se le castigará con tortura y hoguera, conforme a las leyes de la Santa Madre Iglesia!

Nimue se cubrió la cara con la capucha y huyó en dirección opuesta al pregonero hasta que tropezó con los cuartos traseros de un caballo de batalla de color gris. Éste alzó violento una de las patas de atrás y el jinete volteó con un gesto de desdén. Era Boores.

—¡Ten cuidado, imbécil!

No vio la cara de Nimue bajo la capucha. Ella se adelantó al caballo y pasó junto a los demás aventureros hasta Egipto, el corcel negro de Arturo, cuya mano tocó. Volteó y ella se quitó la capucha.

—¿Nimue?

Entre aliviada y exhausta, las palabras se le atoraron en la lengua. Se tambaleó; él meció la pierna y bajó a su lado para tomarla del brazo antes de que cayera. Miró a sus colegas y la alejó unos metros. Se detuvieron bajo una antorcha titilante.

—Estoy… —ella intentó hablar de nuevo pero sólo pudo sollozar.

—¿Qué pasó?

—Se han marchado —articuló y maldijo que no pudiese dejar de llorar.

—¿Quiénes se marcharon? ¡Explícate!

—¡Todos! —desbordaba rabia y pánico. Lo tomó del brazo por temor a que lo hubiera asustado.

Una sombra cayó sobre ellos. Boores la forzó a darse la vuelta. Nimue vio que trataba de identificarla y le costaba trabajo hacerlo, debido a su cabello corto.

No tuvo otra opción. Se enjugó las lágrimas y cambió de táctica.

—Quiero contratarlos. Les pagaré.

Boores abrió demasiado los ojos.

—¡Eres la bruja!

—Les pagaré —repitió— para que me ayuden a encontrar a Merlín. Tengo un asunto pendiente con él.

Arturo los miró por turnos. Ignoraba de qué hablaba Nimue. Ella tampoco lo sabía.

Boores rio entre dientes.

—¿Merlín? ¡Vaya! ¡Conoce a Merlín, Arturo! Estás un poco chiflada, ¿verdad? Apuesto a que no tienes un solo centavo.

—Lo tengo. Tengo algo de enorme valor que debo entregar a Merlín. Si me ayudan, él les pagará bien —miró al otro lado de la plaza; sin duda los Paladines Rojos estaban cerca.

Boores la tomó del cuello de su capa.

—Ya tienes deudas que saldar, bruja —sintió el contorno de la espada—. ¿Qué es esto? —se la arrancó, porque ella se la había amarrado al dorso.

—Es una espada —masculló furiosa.

—Echémosle un vistazo.

Se desprendió de sus manos.

—Te la mostraré.

Nimue sacó el arma. La runa centelló bajo la luz de la antorcha.

Él se frotó la boca con codicia.

—Dámela.

La escondió de nuevo bajo su capa.

—Con eso basta.

—¿Dónde está tu amiga Pym? —preguntó Arturo.

—Muerta, supongo.

—¿Muerta? —se pasó una nerviosa mano por el cabello.

No había tiempo para explicaciones.

—Debo llevarle el arma a Merlín. Les pagará más oro del que pueden imaginar. Pero tenemos que partir ahora mismo.

—O podría tomar la espada para que quedemos a mano, ¿no crees? —Boores la aprisionó otra vez de la capa y ella se soltó.

—¡No te atrevas!

—Boores... —Arturo fue interrumpido por este último con el dedo que le clavó en la cara.

—Conoce tu lugar, muchacho. Para mi gusto, eres demasiado amable con esta campesina —la miró—. Escucha, niña: danos la espada y sigue tu camino.

—No —sintió que las cicatrices de su espalda raspaban contra los ladrillos de la panadería.

Boores dio un paso adelante, se acercó.

—Entonces puedo tomarla y arrastrarte de los tobillos hasta los Paladines Rojos. Tú decides.

—Yo puedo... —intervino Arturo, pero su compinche le cruzó la cara con la mano.

—¡Lo que tú puedes es volver a montar en tu caballo! ¡Esto no es de tu incumbencia! —Arturo regresó a trompicones junto a Egipto, con la mano sobre la mejilla. El potro resopló y se encabritó—. Ahora dámela, cariño —tendió una mano carnosa.

Ella se echó la capa sobre el hombro izquierdo y con la derecha desató el nudo que sostenía el acero en su espalda. Lo tomó en sus brazos y pasó la mano por la guardia cruzada. Los ojos de Boores relucieron.

—¡Así se hace, nena!

Los Dedos de Airimid subieron por su cuello y el zumbido en su vientre se trocó en un siseo chirriante que hizo que la sangre le hirviera hasta los puños. Los tensó alrededor del mango de piel, giró veloz y cortó de tajo la mano de Boores. La fuerza del golpe lanzó la cercenada extremidad al viento, donde dio un par de volteretas antes de caer en la plaza, a diez metros. Boores aulló y miró el aire sobre su muñeca, donde antes estaba su mano.

—¡Inténtalo de nuevo y te cortaré la otra! —una furia salvaje se había apoderado de ella. Sintió que tenía tres metros de altura y que podía aplastar a Boores y sus gemidos con su bota. El arma era tan ligera, tan cómoda, que parecía formar parte de su brazo. Un intensa efusión de poder la atravesó y recorrió la espada. Sonrió sin remedio.

Boores retrocedió, oprimió su muñón ensangrentado y bramó:

—¡Maten a esa bruja!

Ella salió de su euforia con todos los sentidos en alerta. Corrió por la plaza, empujó a Arturo, subió de un salto en la silla de Egipto y regresó por el muchacho.

—¡Vamos!

—¡Un día te colgaré de las tripas, Arturo! —aulló Boores

Él montó rápido atrás de Nimue mientras ella pateaba el costillar de Egipto y cruzaba la plaza.

Los habitantes huían en todas direcciones. Unos lacayos recorrieron el callejón desde la puerta este por órdenes de Boores mientras los demás aventureros daban vuelta a sus caballos en persecución de los fugitivos.

—¿Adónde vas? —gritó él.

—¡No sé!

—¡Dame las riendas!

Pasó sobre Nimue y condujo a Egipto en sentido contrario a la puerta por la que ella había entrado.

—¿Qué haces?

—¡Voy a la puerta oeste! ¡Hay menos guardias ahí!

Un paladín se acercó con la espada desenvainada y Arturo le estampó la bota bajo la barbilla. Aquél cayó directo en la cloaca y Arturo salió a galope entre dos edificios. Tomó varios callejones zigzagueantes para despistar a sus perseguidores y al final emergió a una tranquila plaza donde se alzaba una catedral a medio construir. Una campana sonó a lo lejos.

—¡Maldición! ¡Están a punto de cerrar las puertas! —espoleó a Egipto por otra avenida. La luz de las antorchas proyectaba las sombras de sus perseguidores en los largos muros de los edificios. Los aventureros galopaban detrás de ellos convertidos en una masa enfurecida. Aún faltaban cincuenta metros para arribar a la puerta oeste. Los lacayos se apresuraban a cerrarla. Arturo espoleó con más fuerza a Egipto—. ¡Agáchate! —rugió—. ¡Agáchate! —Nimue aplastó la cara contra la silla y volaron juntos hacia la cerca de metal que descendía. Él rodeó con sus brazos el cuello de Egipto mientras se zambullían bajo ella. Sus púas les rastrillaron las espaldas y rasgaron sus capas, pero consiguieron salvar la muralla.

Llegaron con estrépito al camino que sólo las estrellas iluminaban.

ONCE

Ríos de sangre anegaban los pasajes del Castillo Pendragón mientras un ejército de trabajadores destinaban baldes y cepillos a la tarea de restregar las paredes del patio para despojarlas de la malhadada lluvia. Muchos rogaban amparo durante la ejecución de sus labores, porque había corrido la voz del terrible presagio y lo que podría significar para el rey.

Nadie sentía más agudamente ese pavor que el propio Uter, quien recorría enfurecido el palacio con una armadura de plata completa. Sabía que la lluvia de sangre era un aviso, así que se rodeaba de soldados acorazados y del leal Sir Beric.

—¡Merlín! —vociferó—. ¿Dónde en los Nueve Infiernos está él?

Sir Beric corrió para alcanzarlo.

—¡No lo sabemos, señor! Lo hemos buscado por todas partes. No atiende a su puerta.

—¡Entonces derríbenla!

Él mismo encabezó el contingente de soldados con antorchas hasta el patio interior del inmenso castillo. Subió a la cabaña del mago y golpeó la puerta con puño de acero.

—¿Estás ahí, Merlín?

Estaba.

El mago temblaba bajo unas sábanas empapadas de sudor y que se adherían a la piel fundida de su quemadura. Para aliviar el dolor, vertía vino en su garganta.

—¡Merlín! —la cabaña se sacudía con los mazazos de Uter.

Se incorporó por fin, hizo un gesto de dolor y se tambaleó hasta la puerta, que abrió de golpe para dar de bruces con el rey.

—Su majestad.

Uter arrugó la nariz.

—¡Por todos los dioses! ¿Estás borracho?

—Todo marcha inmejorablemente, señor. Sólo necesito un poco más de tiempo para estudiar los augurios —dijo con dificultad.

—¿Estudiar los augurios? ¡Llovió sangre sobre nuestro castillo! ¿Dónde está el misterio?

—Espere muy pronto un informe íntegro, majestad. Nunca hay que sacar conclusiones apresuradas —y le dio con la puerta en las narices.

Las mejillas del rey adoptaron un desagradable matiz púrpura.

—Derríbenla. ¡Derriben esta cosa horrenda y sáquenlo a rastras!

Dos soldados emprendieron al instante esa tarea e impactaron sus hombros de acero contra la puerta de roble. La madera comenzó a astillarse.

—Quizás el potro de tortura le devuelva la razón —refunfuñó Uter.

Sir Beric se mordió el labio.

—¿Es aconsejable eso, señor mío? Merlín es una criatura curiosa, por supuesto, pero una criatura nuestra al fin. No deberíamos suscitar más hostilidad entre las fuerzas oscuras. Un crujido atronador hizo que voltearan a la cabaña. Los soldados la invadieron en el acto. El rey Uter los siguió, sólo para descubrir que las habitaciones estaban vacías, y abiertos los postigos de la ventana trasera.

Merlín se había esfumado.

Arturo atrapó a Nimue del brazo antes de que resbalara de la silla de Egipto. Ella lo extendió por mero reflejo.

—Te quedaste dormida —le dijo.

—No —farfulló mientras se enderezaba y se sujetó débilmente de la túnica de Arturo. Aun así, momentos después volvió a golpear su espalda con la frente y su cuerpo se aflojó.

Él le dio un codazo.

—¡Basta ya! —rezongó ella.

—Lo hiciste de nuevo.

—Estoy bien.

—Debería dejar que te cayeras y acabar contigo de una buena vez.

Que Nimue no pudiese reunir fuerza bastante para contradecir era señal inequívoca de que había llegado a su límite. Tendrían que acampar pronto. Avanzaban demasiado despacio. Habían cabalgado horas enteras al sur, hacia las montañas y los Picos del Tridente, en territorio de los Paladines Rojos, no fuera de él. Aun cuando Arturo sabía que Egipto persistiría hasta desplomarse, sentía su tensión. Tenía el hocico salpicado de espuma. El terreno empeoraría en adelante y los senderos serían más peligrosos. Apenas ahora, en la silenciosa oscuridad azul previa al amanecer, la magnitud de los sucesos de la noche anterior comenzaba a dejarse sentir en los hombros de Arturo.

¿Dónde puedo dejarla?, no cesaba de pensar. *¿Quién es esta muchacha, por los Nueve Infiernos? ¿Qué debo hacer con ella?*

Pensó que podían recibirla en el convento de Yvoire, pero era una Inefable y los Paladines Rojos la perseguían. *¡Y le cortó la mano a Boores!*

No era ajeno a recompensas, guerras de pandillas y enemistades de sangre. Aunque lograba evitar dificultades con frecuencia, esto era distinto. Sus pensamientos se desbocaron cuando trató de imaginar el siguiente paso de Boores. Había dos escenarios probables. Primero, una persecución inmediata, en cuyo caso serían alcanzados en menos de una hora. Boores y sus aventureros eran hábiles jinetes y tenían caballos muy aptos, y pese a que Egipto era un animal superior, cargaba dos jinetes y no había descansado como se debe en más de un día. O bien, y esto era lo que él pedía, la herida de Boores requeriría un cirujano, lo que lo retrasaría por lo menos varias horas. La tajada había sido limpia. Arturo no creía poder igualarla en un centenar de balanceos. Cabía la posibilidad de que Boores se hubiera desangrado en la calle, aunque Arturo sospechaba que no tenía tanta suerte. Trysten podía hacer un decoroso vendaje de campaña, y Boores era un tipo duro. Jamás olvidaría esto. Nunca olvidaría su traición y, peor todavía, que una campesina lo había privado de la mano con que manejaba la espada. Este relato llenaría de risas todas las tabernas hasta el Mar del Norte.

Sacudió la cabeza. Debía haberse marchado solo. Los problemas de esta joven no eran suyos.

La mano de Boores voló diez metros.

Habrá que dedicarle otra mirada a esa arma.

Nimue dio de nuevo un bandazo a la izquierda y Arturo la apresó de la capa. Ella murmuró una protesta e intentó incorporarse.

Una hora después, una pequeña hoguera hacía cuanto podía por combatir la fría neblina. Arturo había hallado una arboleda entre el camino y ellos y rogaba que su fogata fuera lo bastante pequeña para no llamar la atención. Nimue dormía recargada en un árbol, enrollada como una criatura, y usaba como almohada su capa hecha un ovillo. Él mordisqueaba un poco de queso duro y miraba la espada. Se levantó sigiloso para no alertarla y le sacó por la cabeza el cabestrillo de tela luida.

Extrajo la hoja y le dio varias vueltas bajo la luz del fuego. Era una obra de arte, ligera y flexible, si bien la punta de la hoja estaba cargada con un perfecto equilibrio de hierro y acero a fin de asestar un golpe letal y efectivo.

Pero más que eso la espada zumbaba en su puño. Su corazón se aceleró. La hizo oscilar despacio en el aire y se inclinó para esquivar un lance invisible. Volteó rápido y la cuchilla silbó al pasar junto a su oreja. Estudió las muescas en la hoja ennegrecida. Este acero era un veterano de antiguas batallas. La extraña runa en el mango, el grabado de plata: nunca había visto algo igual. ¿Era la espada de un rey? ¿Una espada ceremonial? No la reconoció como germánica ni mongola. No era romana ni genovesa. No importaba, era un arma que imponía respeto. Una espada de valor inestimable.

Contempló a Nimue.

Esta arma le daría acceso a buques mercantes y lo llevaría a salvo hasta playas remotas. Sería capaz de negociar con los vikingos, sea que cerrara tratos o gargantas. Con ella podía pagar sus propios mercenarios, combatientes de calidad, no baba de mazmorras, y audiencias en las cortes de barones para solicitar un empleo respetable.

Esta arma podría devolverle su honor.

Nimue despertó. Lo miró y vio la espada en sus manos.

—¿Qué haces?

—Nada... Estaba...

—¡Devuélvela! —se puso en pie, se la arrebató, la metió en la funda y la colgó de nuevo en su hombro, con lo que levantó su rústica camisa alrededor y dejó expuesta su espalda.

—Sólo la examinaba...

—Tu "examinaba" tiene toda la apariencia de "robar".

—¿Estás loca? ¿Sabes siquiera quiénes son tus amigos?

—¿Cuáles amigos?

—¡El amigo que estuvo a punto de perder su cuello para salvar tu pellejo!

—¿Me salvaste a mí o a la espada?

Viró y se dejó caer junto al árbol. Envolvió sus rodillas en sus brazos.

—Estás lastimada —caminó hacia ella.

Nimue dio media vuelta.

—¿Qué? No, no lo estoy.

Él ve las cicatrices. Nimue se ruborizó mientras miraba su hombro expuesto y subió rápido su camisa para que cubriera sus marcas.

—No es nada.

El hueco de la muela extraída le dolía tanto que apenas podía pensar.

—¿Cómo que no es nada? Estás herida.

111

—¡Estoy bien!

Arturo dulcificó su tono.

—Puedo intentar curarte. Me quedan un poco de vino y algunas vendas. Si se infectan tus heridas, estarás perdida.

Ella guardó silencio un largo tiempo.

—No son recientes. Únicamente lo aparentan.

—¿Qué significa eso? —se sentó junto al fuego.

—Sólo son cicatrices. Viejas cicatrices.

—¿Cicatrices que no sanan?

Nimue asintió.

—Eso no tiene sentido.

—Sí lo tiene —vaciló—, si el daño es causado por magia negra.

Vio que un velo de malestar cubría el rostro de Arturo y le incomodó.

—Porque eres una… ¿una…?

—¿Una qué? ¿Una bruja? —completó de manera abrupta.

—No, yo sólo… no sé. Digo, no pienso…

—No, claro que no piensas, ¿o sí? ¿Qué significa para ti eso? ¿Esa palabra?

—¡Olvídalo!

—Soy una Celeste. Mi clan nació con la luz primera. Nuestras reinas invocaban a la lluvia, hacían uso del sol y daban vida a la cosecha mientras tu especie jugaba con piedras.

Alzó las manos.

—Me rindo.

Ella entornó los ojos con el mal humor de la rectitud. *Ignorante Sangre de Hombre*, pensó. Pero la vergüenza caló hondo. No podía huir de sus cicatrices. Estaba marcada, y sería por siempre un paria. Su propio clan le temía; ¿por qué Arturo no habría de hacerlo? Lo veía en sus ojos. *Quiere deshacerse de mí. No lo culpo.*

Él dio vuelta a las brasas con un palo. Luego de unos momentos desagradables dijo:

—Creí que dolían.

—Pues no es así —repuso ella—. Casi nunca duelen.

Lo miró. Sus ojos se encontraron a través del fuego.

—Parecen garras.

Ella asintió.

El recuerdo se retorció en el fondo de su mente. Aún percibía el olor a cebolla en el pelo de su padre las veces que dormía con ellos. Aquél era el lugar más acogedor y seguro del mundo, o lo fue hasta la noche en que comenzó todo —las visiones, las visitas, los conjuros y el terror—, en que esa voz empalagosa la llamó por su nombre: *"Nimue"*.

—Tenía cinco años —empezó ella, a la par que contemplaba las flamas.

"Nimue", la voz había susurrado de nuevo. Ella abandonó el lecho y salió de la choza de madera.

"¿Hay alguien ahí?", preguntó al aire nocturno. La aldea calló. Recordaba que se deslizó descalza por el camino de tierra y su vientre vibró como la cuerda de un violín cuando la voz le dijo: *"¿Por qué no vienes, Nimue?"*.

Ella inquirió: *"¿Dónde estás?"*. La luna brillaba con tanta intensidad que iluminó un sendero a través de la aldea, más allá de la Gran Sala del Jefe y hasta el Bosque de Hierro.

A diferencia de los demás niños, ella nunca temió al bosque nocturno. Su madre era la Archidruida de la aldea, y su padre, Jonás, un curandero respetado, así que desde su más tierna edad la instruyeron acerca de los Ocultos. Supo que eran minúsculos y se escondían en las cosas, ya fuese en el rocío de las hojas o la corteza de los árboles. Y cuando se mostraban eran invisibles, salvo para unos cuantos con ojos especiales. Leonor entonaba canciones que los atraían a la luz, del mismo modo en que con suaves caricias se incitan crispaciones en el lomo de un gato. Nimue nunca había tenido motivo para temer a los Ocultos. Nadie le dijo que, igual que ellos, también otras cosas más terribles y oscuras podían buscarla y hablarle. A los cinco años los consideraba sus amigos, pese a que no los conocía. Y por eso aquella voz le intrigó. Era afable. Quería jugar.

Se internó en el bosque y sintió las agujas de los pinos bajo sus pies desnudos. El zumbido en su vientre tiraba suavemente de ella hacia la voz.

¿Dónde estás, Nimue?

Ya voy. Ten paciencia. No te encuentro. Recorrió el sendero al amparo del claro de luna hasta que llegó a las guaridas, una cuesta de tambaleantes losas que brillaban como un montón de lápidas bajo la luna. Aun a su corta edad, sabía que las guaridas eran terreno prohibido.

"¿Por qué estás ahí?", preguntó. Hubo una pausa.

"Necesito tu ayuda", fue la apagada respuesta.

Subió a las rocas que componían las madrigueras y procuró no cortarse los pies con los afilados bordes.

"Aquí estoy", dijo.

"Me oculto de ti."

Se asomó a una grieta entre dos grandes capas rocosas, por donde la luna iluminaba un piso de tierra a tres metros

115

de profundidad. Siempre había sido muy buena para escalar, y sus deditos hallaron muescas en la roca que le permitieron entrar en el agujero con relativa facilidad. Ahí la envolvió un velo negro que la luna no podía alcanzar.

"¿Hola?"

"*Aquí estoy, cariño*", dijo la voz desde las tinieblas. "*Acércate.*"

El zumbido en su estómago repiqueteó hasta dolerle conforme la jalaba hacia la oscuridad. Se dio cuenta de que lo que hubiera en esas tinieblas la había hecho ir a ese sitio, la había atraído de algún modo.

"*Tienes los ojos de tu madre*", siseó.

Un rastro de pelaje negro se meció bajo la luz de la luna y perfiló a una criatura en las sombras en forma de oso. Pero era más grande que un oso; era más grande que cualquier otra cosa que ella hubiera visto jamás. Sus hombros se apretaban entre las paredes de la cueva. Garras más largas que los brazos de ella se deslizaron hasta la luz y unos ojos ávidos emitieron un fulgor amarillo en una cara que parecía tajada por un millar de mazos. Unos carrillos flojos y sanguinolentos colgaban de sus sonrientes fauces y trozos de carne habían sido arrancados de su largo y grueso hocico.

Nimue gritó en su mente hacia su madre. El Oso Diabólico avanzó despacio hasta la luz y murmuró:

"*Sólo la simiente de Leonor puede saciar mi hambre voraz.*"

Ella se volvió y palpó impaciente la pared en busca de asideros. Antes de que subiera, sintió que los filos de tres espadas la fijaban en el muro. Las zarpas descendieron por su dorso. Lanzó un alarido. Quemaban donde cortaban. Se atrevió a mirar por encima del hombro y vio que el Oso Diabólico saboreaba su sangre como un niño que hubiera hurtado la nata cremosa de un frasco de leche, tras de lo cual soltó una risita. Su camisón ensangrentado se ceñía a piernas y espalda.

En ese momento oyó dentro de su cabeza la voz de su madre, apremiante a pesar de su serenidad. *"Llama a los Ocultos, Nimue."*

¡No sé cómo hacerlo!, pensó en respuesta. *¡Ayúdame!*

No llegaré a tiempo hasta ti.

Esto la hizo entrar en acción. Cerró los ojos y concentró sus pensamientos. Invocó cada roca, hoja y rama, cada gusano, zorro y cuervo. En su mente se dirigió a los Ocultos a gritos mientras el Oso Diabólico aspiraba su aroma en el aire, sumergía la cabeza y rozaba la tierra con su hocico manchado de sangre. Nimue olió su rancio hedor a muerte. Las fauces del Oso Diabólico se desencajaron y abrieron para devorarla entera.

Ella no cesaba de llamar a los Ocultos.

La pared de la grieta tembló bajo sus palmas y el zumbido en su vientre llegó al extremo. El Oso Diabólico resopló y miró en torno suyo al tiempo que la cueva se sacudía con violencia y el aire se llenaba de polvo. Nimue escuchó un chasquido arriba. Elevó los ojos y vio que una gran losa se ladeaba desde el montículo. Cayó como una guillotina, tan rápido que no hubo tiempo para reaccionar. Nimue cerró los ojos y oyó un impacto húmedo y crujiente. Un gemido terrible ocupó la grieta con una ráfaga de aire caliente antes de que explotara en un millar de gritos.

Segundos después, ella se armó de valor y abrió los ojos. Recordaba que vio erguida frente a sí la losa inmensa. Su agudo filo había partido en dos el cráneo del Oso Diabólico.

Nimue examinó el fuego.

—Nada fue igual a partir de entonces. Las cicatrices no sanaron, lo que en mi clan se interpretó como una maldición. Incluso la mirada de mi padre se enfrió. Ya no me abrazaba. Después de esa noche empecé a tener visiones, y a veces eran tan ... que yo... —miró a Arturo, quien la escuchaba con atención— olvidaba lo ocurrido. Los conjuros avergonzaban a mi padre. Lo asustaban. Me hacía beber remedios horribles a fin de que me libraran de los malos espíritus. Lo único que hacían era darme asco. Así que él se apartó. Cada vez bebía más vino. Su humor se volvió tétrico y violento.

—¿Y tu madre? —la voz de Arturo espantó a Nimue, aunque su tono era cordial y libre de juicios.

—Pensaba que yo era especial. Pero yo no soportaba sus lecciones. Peleábamos todo el tiempo —rio lacónicamente y calló enseguida. Sintió que la vergüenza ascendía en su interior y sus ojos se anegaron en lágrimas. Desvió la mirada para que Arturo no la viese—. No deseo hablar más.

Pese a que él abrió la boca para decir algo, decidió no hacerlo. Uno de los leños crepitó en la hoguera. Guardaron silencio.

Hasta que los gritos rasgaron la noche.

Eran gemidos, voces rudas que resonaban entre los árboles.

Nimue se paró y apagó la fogata con el pie para que la oscuridad los envolviera. Era difícil saber si las voces estaban cerca. Otra ronda de gritos lastimosos perforó la quietud. Tras un respiro hubo un ascenso de alaridos feroces, aterradores aullidos de seres que pugnaban por sobrevivir. El estrépito era espantosamente familiar.

Escucharon el ruido de espadas. Luego, uno por uno los gritos amainaron. Ella presionó sus ojos con sus puños para

contener la rabia. Oyeron una voz implorante y después...
nada.

Nimue retornó a su árbol y se desplomó en el suelo.

El silencio acusador de las víctimas anónimas en el bosque permaneció suspendido sobre ellos.

DOCE

Oyeron las moscas antes de que vieran los cadáveres. Las carretas invertidas de una caravana emboscada cobraron forma cuando Arturo y Nimue dieron vuelta en el recodo de un camino salpicado de luz. Un sol claro y fresco de noviembre se abría paso por las hojas carmesí de las grandes hayas que llenaban el bosque. Los bultos en el sendero que en un principio Nimue supuso que eran maletas caídas se delataron pronto como cuerpos. Estaban dispersos por la vereda y en lo hondo de la enramada, lo cual quería decir que se les había perseguido y liquidado en una estampida pavorosa.

Nimue bajó de la silla de Egipto tan pronto como se aproximaron.

—No deberíamos quedarnos mucho tiempo —le advirtió Arturo, pero ella lo ignoró—. Es probable que hayan acampado cerca, a la espera de saquear las carretas a la luz del día para no dejar nada.

Nimue volteó el ensangrentado cadáver de una mujer y puso al descubierto una bebé muerta debajo. El cuerpo de la madre no había sido escudo suficiente contra el mandoble del paladín. El rostro de la hija era apacible y angelical, con mejillas y párpados teñidos por el azul de la muerte. Nimue acarició los rizos que sobresalían bajo el velo de la nena.

—Eres muy valiente —le susurró—. Te admiro. No lloraste. Te mantuviste fuerte por tu mamá —tomó su fría mano. Recordó que ella había abandonado a su madre en el templo y se avergonzó—. Ojalá hubiera sido tan valiente como tú. Sintió que el estómago se le revolvía. Era el zumbido.

Los ojos de la niña se abrieron de golpe.

Egipto relinchó y giró en un nervioso círculo cuando percibió la tensión de Arturo. Éste inspeccionaba el bosque con ojos muy atentos a cualquier movimiento entre los árboles. No pudo evitar que su mirada retornara a los cadáveres.

Esta vez los paladines habían sido demasiado perezosos para usar cruces. Ataron a tres Druidas en árboles distintos y oscilaron contra ellos sus aceros hasta dejarlos irreconocibles.

Algo aún más perturbador llamó la atención de Arturo en el frente de la caravana. Columpió la pierna y bajó de Egipto para ver mejor. Era el cuerpo de una mujer, recargado en una rueda de la carreta. Su cabeza, echada a un lado, había sido reemplazada por la de un perro. Alguien había trazado con sangre estas palabras en el costado del carruaje:

ENTREGUEN A LA BRUJA

El corazón de Nimue latió velozmente. Todos sus instintos le decían que corriera, pero el zumbido la mantenía en su sitio. Le punzaban las orejas. Pese a que los ojos de la niña carecían de luz, estaban abiertos y fijos en ella.

—*Te vigilan* —los labios de la niña muerta apenas se movieron.

Nimue logró croar en respuesta:

—¿Quiénes?

La niña muerta la miró durante una larga pausa y contestó:

—*Los que buscan la espada de poder. Esperan a que la abandones para reclamarla.*

—Mi madre me pidió llevársela a Merlín.

—*La espada te ha elegido.*

Esta idea la alarmó.

—Pero yo no la quiero.

—¿Con quién demonios hablas?

Nimue se sobresaltó y miró a Arturo, que se alzaba sobre ella.

—Co-con nadie.

Volteó hacia la niña. Tenía cerrados los ojos. Su faz angelical estaba quieta de nuevo.

—Tienes que ver algo —le dijo Arturo en voz baja.

La llevó hasta el cadáver recargado en la carreta. A pesar de todo lo que Nimue había visto en los últimos días, sus rodillas se doblaron frente a la casi jubilosa brutalidad de los Paladines Rojos. Sofocó el impulso a vomitar y rezongó:

—¿Y esto qué es?

Él señaló las palabras escritas con sangre sobre la carreta.

—Sólo cabe suponer que se trata de ti.

Contempló esas palabras, cerró los ojos y sintió que las cicatrices le ardían bajo el calor de la espada. Percibió el acero a través de la vaina y una furia envolvente se elevó de su cintura a su cuello. Aunque pensó por un instante que esa cólera cegaría todos sus sentidos, se aplacó y permitió que aquel sentimiento se retorciera dentro de ella como un animal sin cadenas.

—No los hagamos esperar —giró sobre sus talones y caminó hacia Egipto.

Arturo volteó confundido.

—¿Qué? ¿Espera… qué?

TRECE

Arturo condujo a Egipto a paso lento y se detenía cada pocos minutos para ver si un jinete se acercaba y estudiar el terreno. Nimue sentía sus miradas de soslayo pero no les prestaba atención. Estaba en un lugar muy lejano de su mente. Quería desatar los demonios. Ahora sabía cómo hacerlo.

Aún sentía en la lengua el amargo sabor del bebedizo de su padre, aquella pasta de enebro, ruda y polvo de carbón. Las entrañas se le revolvían con el recuerdo de esas mañanas fatales en las que se retorcía en su esterilla, demasiado enferma para levantarse en medio de las discusiones de sus padres. Pese a las náuseas y los venenos, no podía controlar sus arranques ni expulsar a los malos espíritus que los causaban.

Al final, su padre empacó sus herramientas y semillas, las cargó en una carreta tirada por su único palafrén y enfiló al norte. Nimue había dedicado ese día a hacer muñecas, y cuando llegó a casa se encontró con que su madre lloraba y su padre dirigía su carreta al bosque. Ni siquiera se había despedido de ella.

Por más que Leonor quiso meterla en la choza, Nimue se soltó.

—¡Papá! —corrió tras él. Tardó una eternidad en alcanzarlo, y una vez ahí estaba tan sofocada que no podía hablar. Lo único que pudo hacer fue tomar las riendas del palafrén.

—¡Suéltalo, Nimue! —dijo su padre.

Sus ahogados sollozos dificultaban todavía más su respiración. Intentó de nuevo tirar del caballo, pero su padre la hirió en la muñeca con su fusta. Trastabilló y cayó en el camino.

—Trajiste las tinieblas a esta familia, Nimue. Aunque no es culpa tuya, lo hiciste. ¡Estás maldita!

—¡Soy como mamá! ¡Los Ocultos me hablan!

—¡Que ella te lo explique! —refunfuñó—. Que dé nombre a la oscuridad que hay dentro de ti. Yo no te lo diré.

—Le pondré remedio, papá —rogó—. ¡Tomaré la medicina! ¡No me quejaré!

—Está en tu sangre, niña. No tiene solución.

—Quédate por mamá. No tendrás que hablar conmigo, ¡no te vayas, por favor!

—¡Aléjate ya! —dijo él, con voz ahogada por la emoción.

Azotó la fusta y el palafrén continuó su marcha. Nimue corrió detrás de él cerca de una hora, hasta que la luna se elevó sobre los árboles.

Su padre nunca miró atrás.

Ni volvió a casa.

Arturo maldijo para sí y la atención de Nimue volvió al presente de súbito. Seis caballos estaban atados en un pinar a una centena de pasos de la vereda. Ella escuchó voces a la distancia. Él chasqueó la lengua para que Egipto apresurara la marcha.

Paladines Rojos. El efecto de estas palabras en Nimue fue como el de una antorcha en aceite. Un incendio arrasó con ella. La partida de su padre, los clamores de agonía de Leonor,

Biette echada al suelo a patadas, los burlones ojos del paladín en Puente de Halcones, los ojos azules y fríos de aquel sacerdote endemoniado, Pym que gritaba su nombre.

Bajó de la silla y atravesó el camino.

Arturo siseó:

—¡Nimue!

Aceleró el paso, se inclinó bajo las ramas y corrió hacia los caballos. Oía a sus espaldas las apagadas maldiciones de Arturo. Mientras se acercaba y sacaba la Espada de Poder, los animales resoplaron y pisotearon nerviosamente. Cortó con parsimonia las esterillas, los saquillos de monedas, los paquetes de alimentos y las botas para beber que estaban sobre las sillas y dejó que su contenido se vaciara en las hojas. Ignoró a Arturo, quien agitaba los brazos como loco para que regresara al sendero, y apuntó a los bienes robados. Entonces volteó hacia las voces y apretó la tibia empuñadura de la espada.

Lo sintió. La espada quería sangre.

Ella la quería también.

Sintió que su rabia se comunicaba al arma como un pliegue más de acero fundido y que afilaba y endurecía la hoja. Creyó que vomitaría, pero no era una sensación desagradable, sólo un impulso monstruoso de tajar, de matar, de satisfacerse. *Como un perro de caza*, pensó. De desatar a los demonios.

Una senda bajaba a un claro, rodeado por grandes rocas.

Siguió la pared de peñascos en torno a un inmenso lago de color verde, protegido por generosos acantilados de piedra caliza cubiertos de musgo. Se puso de cuclillas en el lodo, a varios metros del borde del agua. Se asomó por el filo principal de una roca.

Unos Paladines Rojos se encontraban en la margen opuesta, apenas a setenta pasos de ella. La furia la asfixió cuando recordó los desesperados gritos de los Celestes en sus cruces a medida que las flamas lamían su carne.

Ha llegado la hora de vengarlos, pensó. *De vengarlos a todos.*

Había dos en el agua. Se salpicaban y reían como niños. Los cuatro paladines en la ribera se atiborraban de comida. Una manta con su botín se abría sobre el fango, eran quizá los escasos bienes de la familia de la caravana: imágenes religiosas, candeleros, algunos juguetes de niños.

Nimue oyó que una vara se rompía detrás de ella. Se volvió y vio a Arturo, quien le comunicó con gesticulaciones: "¿Qué demonios haces?".

Ella se sacó la capa por la cabeza, se descalzó, dejó sus prendas en la arcilla y se arrastró hacia el agua. Él negó vigorosamente con la cabeza.

Nimue sumió el pecho en el lodo frío, hundió los dedos y respiró hondo, para escurrirse al final como un reptil en el lago.

Buscó las piedras del fondo en la parda y vaga oscuridad y dio con ellas. Con una mano se impulsó adelante y sostenía con la otra la Espada de Poder, que despedía fulgores de esmeralda. Oyó el jugueteo amortiguado de los paladines y vio que sus pálidas y desnudas piernas pateaban el vacío.

En la superficie, un monje atrapó a su hermano en un abrazo asfixiante y lo hundió en medio de risas. Recibió para su mal un codazo en los testículos y pataleó en retirada al tiempo que su amigo emergía, con respiración entrecortada. Se enfrentaron de nuevo. El monje víctima del codazo nadó hacia su compañero y vaciló. Arrugó la frente. Sus caídos ojos relucieron de temor.

El rostro de una joven se dibujó bajo el agua. Era perfecta, la cara de una muñeca. Su cabello danzaba en el calmo oleaje y sus ojos reflejaban destellos de un verde espectral. La tomó por una ninfa de las leyendas paganas. Justo cuando iba a decir algo, una impecable hoja de plata subió desde la base de su mandíbula y lo atravesó hasta el cráneo. La hoja resbaló de nuevo al agua mientras el monje flotaba un momento, con ríos de sangre que descendían por su cara, antes de hundirse. El otro parpadeó, inseguro de lo que acababa de ver. Notó que oscuros remolinos enturbiaban el estanque. Metió las manos al lago y las sacó con agua roja. Una esquirla esmeralda surgió de las tinieblas. La espada le entró en ángulo por el esternón y le perforó el corazón y los pulmones antes de traspasarle el dorso. El monje tosió un vaho rojo y se sumergió de bruces en el lago.

Uno de los hermanos en la orilla lanzó una mirada y sólo vio sotanas rojas a la deriva en la superficie. Palmeó la rodilla de otro paladín, que tenía la boca llena de bizcochos, y señaló.

El agua se agitó y Nimue emergió poco a poco del lago, con la Espada de Poder apretada entre sus puños y sus hurtadas prendas manchadas por la sangre de los paladines. El zumbido de los Ocultos palpitó en sus oídos. No sentía el frío del lago a causa de la sangre caliente que corría por ella. Rio. Era una risa helada, siniestra, salida de lo más profundo de su ser. Su aullido de lobo.

Los paladines se replegaron en las rocas, convencidos de que aquello era un demonio de la naturaleza.

—¡Es ella! —gruñó uno.

—¡Ella... ella los mató! ¡Falto! —gritó Gunyon, el monje más joven, en dirección a uno de los cuerpos flotantes—. ¡Y ahora viene por nosotros!

—Esto no es natural, una mujer... —Lesno, otro paladín, perdía su valor.

Tomás, el comandante de nariz torcida, vociferó:

—¡Cuidado con tus ojos, gusano infeliz! ¡Está demente, y eso la vuelve más osada!

Estas palabras hicieron entrar en razón a los demás y ver frente a ellos a la doncella, no su leyenda, una joven de apenas metro y medio de estatura.

—¡Es la ramera de los Druidas!

—¡Le haremos un favor si la quemamos! —el comandante desprendió el mangual de su cinto, permitió que las bolas de hierro con púas rozaran la grava y sonrió a Nimue.

—¡Reclamo la espada para mí! —soltó Roberto, otro de los hermanos.

—El que la mate se quedará con ella —lo corrigió Tomás.

—¡Esto complacerá al padre Carden! —Lesno recogió del suelo su guadaña. Se dispersaron por la ribera.

—¡Vamos, linda! ¡Deja que te haga entrar en calor! —la llamó Tomás.

Los ojos de Nimue saltaron de uno a otro. Agitó la espada frente a ellos. Las gastadas correas de piel bajo sus palmas y el peso de la hoja la envalentonaron.

—¿Quién sigue?

—Dejemos que viva, hermanos. Nunca he visto una bruja como ésta.

—No como aquellos otros cerdos...

—No veo verruga alguna.

—¡Quiero ver el resto de ella!

Sus botas chapotearon en el agua.

—¡Vamos, entonces! ¡Los destriparé a todos! —gritó.

Esta amenaza hizo reír a dos de los paladines. Los demás estaban mortalmente serios.

—No temas, cariño; tendremos una bonita fiesta antes de que todo termine. Gunyon, ¡tráela acá!

La orden alarmó a Gunyon.

—¿Por qué yo?

—¡Les arrancaré los ojos! —Nimue se balanceó ante ellos en tanto chapaleaban más cerca, a sólo tres metros, y la rodeaban.

Él respiró hondo y se sumergió bajo la superficie. Mientras ella daba tajos sin parar a las aguas, el comandante se precipitó desde atrás y la tomó del cabello.

—¡Dame la espada! —bramó.

Otro paladín chapoteó rápido y extendió el brazo para arrebatar el arma. Aún con la cabeza sujeta por el puño del comandante, Nimue dio un tirón y le cortó los dedos al monje. Éste chilló, se dobló y apretaba su mano cuando un hacha dirigida a él pasó volando a su lado y ella subió su acero apenas a tiempo para atajarla.

La espada le fue limpiamente desprendida y se desvaneció en las aguas, ya empañadas con la sangre y los restos revueltos en el fondo de la laguna.

Nimue vio que Arturo lamentaba su puntería y preparaba otra de las hachas de mano que había tomado de los caballos de los paladines.

—¿Qué hiciste? —le gritó. Sin la espada, sus brazos eran peso muerto. Frío y dolor cayeron sobre ella y debió jalar aire para respirar. El miedo retornó con creces; no podía seguir la pista de los cuerpos, alaridos y movimientos a su alrededor.

Gunyon surgió de las aguas y le asestó un golpe salvaje en la sien. Se sumergieron de nuevo, Gunyon buscaba el cuello con las manos para apretarlo. Nimue tragó tanta agua que se quedó sin oxígeno. Le arañaba los brazos desnudos. ¿Dónde estaba la espada? Chocó bocarriba con las piedras del fondo, lo que produjo otra nube de fango. Los oídos le zumbaban en exceso. Pese a que clavó las uñas en la mejilla y los ojos del paladín, él la sujetó con más fuerza todavía. Su mente se llenó de blancos destellos, entre los cuales vio numerosas imágenes: *lágrimas de sangre que rodaban por mejillas flácidas... Arturo desnudo, dormido como un bebé y rodeado de velas... una lechuza blanca traspasada por una flecha y que se agitaba en la nieve... un claro de color azul con cada hoja en movimiento, cada hoja un ala, viva y palpitante... un mar de banderas que ondeaban al viento frío, con una cabeza de jabalí como escudo... un listón plateado que enlazaba las manos de dos mujeres... un sol ennegrecido y cegador... un montículo cubierto de hierba y con lápidas ladeadas que se elevaban al cielo, derramaban terrones de polvo, algo abajo, más antiguo que el tiempo, algo terrible... una hermosa niña tocada con una cornamenta verde...*

Sintió que caía en un blanco vacío en su interior, que cedía a un sueño, y justo en ese instante unas manos ásperas la tomaron de los brazos y tiraron de ella. Sorbió otra bocanada de agua y el aire helado azotó sus mejillas. Arturo la remolcó por el lago y la soltó en la orilla, donde ella vomitó. Un segundo después él estaba encima de Nimue y le gritaba, aunque a ella le punzaban los oídos y era incapaz de distinguir las palabras. Él la sacudió y ella expulsó más agua y recuperó la audición.

—¿... quieres morir? ¿Es eso lo que quieres?

—¡Sí! —lo abofeteó y empujó, se puso a gatas y sollozó entre arcadas en la grava.

Él desabrochó el cinturón en que portaba su espada y metió el puñal en su funda a los pies de ella.

—¡Entonces ponle fin a esto ahora mismo y deja que me marche!

Nimue cayó de bruces y lloró sobre los gélidos guijarros. Arturo se tambaleó en la brisa y frunció el ceño pero no se apartó. Se sentó en la ribera, metió sus temblorosas manos bajo las axilas y miró con incredulidad el lago, ahora de un rojo escarlata a causa de la sangre de los paladines, cuyas sotanas flotaban como medusas en la superficie.

Nimue golpeó de súbito la grava a su alrededor.

—¡La espada! ¿Dónde está la espada?

Él estaba demasiado exhausto para responder. Ella se escabulló en el agua y evitó que su mentón tocara la sangre. Nadó como un perro e hizo los cadáveres a un lado hasta que vio un fulgor verde esmeralda. Se sumergió y recuperó la Espada de Poder.

CATORCE

Arturo se sentó apoyado en una roca y vio que Nimue arrojaba al suelo las alforjas de uno de los paladines. Se sentó con las piernas cruzadas y se puso a hurgar aquello.

Él mordisqueó un trozo restante de duro bizcocho de la caravana emboscada. Todos sus instintos le ordenaban que corriera, que abandonara a esa chica demente a su suerte. Pero sus ojos vagaron hasta el pañuelo que llevaba en la mano derecha, con filos bordados de violetas y añejas manchas rojas ya parduscas. Aunque había sido de su madre, la sangre era de su padre. Ese pañuelo había sido la causa de que permaneciese a su lado.

Tor, hijo de Cawden, fue una figura muy caótica en la vida de Arturo, un asalariado inestable que desaparecía varios meses seguidos en grandiosas aventuras y dejaba a su esposa y sus hijos a cargo de una exigua granja en Cardiff. Por lo común volvía a casa sin nada más que relatos de tesoros ganados y perdidos, grandes batallas y gloriosas justas. Poseía un aspecto rechoncho, con intensos apetitos de vino y manjares, y para el momento en que Arturo ya tenía trece años dio en ponerse armaduras que había coleccionado a lo largo de los meses y en hacerse llamar Sir Tor. Afirmaba que se le había armado caballero durante un asedio contra invasores ingleses en Gwent.

Luego de un viaje en particular, Arturo percibió un cambio en él. Sus mentiras eran más audaces, sus relatos más fantasiosos y le temblaban mucho las manos. Se aficionó a una silla en la taberna, La Cabeza del Jamelgo, un pequeño pub de bajas techumbres hecho con los maderos de barcos naufragados. Se proclamaba protector de la aldea y bebía vino todos los días, desde temprana hora hasta que Eleonora, la madre de Arturo, iba por él mucho después de la medianoche.

Pese a sus numerosos defectos, Arturo amaba a su padre. Le encantaban sus historias de caballeros cruzados y monstruosos lagartos voladores, barcos fantasma y duelos a muerte. Sabía que los demás se reían a sus espaldas. Sus nudillos estaban siempre lastimados por defender a su padre de los insultos y bromas de los muchachos.

Los niños lo adoraban y él era amable y bondadoso con ellos. A sus asombrados ojos, Sir Tor era en verdad la imponente figura que decía ser. Tenía una bella voz grave y cantaba. Para el cumpleaños número dieciséis de Arturo, se había convertido ya en una institución local, un caballero andante que ponía sus aventuras en canciones y se sentía de lo más cómodo bajo los ropajes del cuentacuentos.

Así fue hasta el día en que tres caballeros ingleses, no mucho mayores que Arturo, llegaron a la aldea con deseos de violencia y robo, y la dura verdad del mundo crujió contra la imaginaria de Sir Tor.

Arturo no estaba presente esa noche para proteger a su padre. Bailaba con una chica en la aldea vecina. No fue hasta que oyó las campanas y los gritos y vio que armados desconocidos galopaban fuera del poblado, que intuyó que algo había sucedido. Para el momento en que retornó, su padre ya había sido llevado a una habitación en los altos de La Cabeza del Jamelgo. Recordaba las mesas volcadas del mesón y los charcos de sangre en el piso y las escaleras. Una moza inconsolable le explicó que Sir Tor había intervenido cuando los caballeros la acosaron. Se volvieron como lobos hambrientos contra Sir Tor.

Arturo creyó que acabaría hecho trizas en cuanto vio a su padre retorcido bajo las sábanas y que respiraba con dificultad. Tomó en la suya su mano larga y suave y jaló un banco. Sir Tor hablaba rápido, como si varios cauces de conversación pasaran al mismo tiempo por su cabeza. Repetía la palabra "perros" una y otra vez, su vista se aclaró poco a poco y miró a Arturo como si lo viera por primera ocasión.

—¿Qué... qué te estaba diciendo, Arturo? ¿En qué andaba, muchacho? Ya perdí el hilo —respiraba en forma irregular y el sudor rodaba por sus mejillas.

—Hablaba sobre perros, milord —le recordó en tanto apretaba un paño húmedo en su frente. El cuarto estaba tan callado que se escuchaba el crepitar de las velas. Trapos empapados de sangre se amontonaban a sus pies.

—¡Perros, sí, claro!, debes tener un perro. Enséñalo a cazar aves de corral y nunca pasarás hambre en un viaje largo. Yo tenía uno, aunque eso no era... había otra cosa... ¿Por qué es tan endemoniadamente difícil pensar?

—No hables, padre.

—Debo hacerlo, debo hacerlo. Jamás midas tu valor por los hombres que has matado. ¡Eso es! A veces el verdadero valor significa evitar el lance que dejará sin vida a otro. Los hombres que juzgan su valía por aquellos que han matado son hombres inferiores. No son caballeros.

Hizo un gesto de dolor mientras ajustaba su peso en el catre. Arturo evitó mirar su camisa ensangrentada.

—No, milord —respondió.

Los ojos de Sir Tor parpadearon; buscó palabras en el techo al tiempo que movía los labios.

—No abandones el ajedrez. Ejercita la mente para la guerra y… es un buen modo de hacer amigos. Necesitas amigos, Arturo. Eres demasiado solitario para tu edad. Demasiado serio. Ya te lo he dicho.

—Sí, padre.

—¡Así se habla, muchacho! No es mi intención criticar, pero sólo se es joven una vez, créeme. ¿Qué te estaba diciendo? ¿Qué otra cosa estaba…? Había algo que tenía que ver con tu, con tu, con tu caza, tus flechas.

—Que marque mis flechas. Sí, señor.

—No desperdicies ese hierro. Las buenas flechas son costosas. Incluso en batalla, yo nunca dejaba una si podía evitarlo. No olvides marcar esas flechas, chico. Y… y no seas tan serio. Tienes buenos dientes, deberías enseñarlos de cuando en cuando. A las mujeres les gusta reír. Yo siempre les arrebataba carcajadas —empezó a palparse el pecho y la cintura en busca de algo—. ¿Dónde está? ¿Dónde dejé… dónde está mi ropa?

Arturo se adelantó y puso el pañuelo con las violetas bordadas de su madre en la mano de su padre. Tor se lo llevó a la nariz y aspiró hondo y con gran satisfacción.

—Ella huele como el alba. Y a cerezas. ¿Se encuentra aquí? ¿Eleonora está…?

Una tía de Arturo se había sentido afiebrada esa mañana y su madre cabalgó medio día para ir a atenderla. Aún no había regresado.

—Todavía no, milord.

—¡No debe verme así! —intentó levantarse y Arturo lo devolvió con gentileza a la almohada—. ¡Querida Eleonora! —suspiró—. ¿Por qué esa mujer me hace esperar de esta manera?

—Pronto estará aquí, padre, pronto.

Recordaba la mano de su padre en la suya y que la sostuvo hasta que los temblores pasaron y se quedó dormido. Ahora guardó el pañuelo en el bolso de su jubón. Como deseando hacer las paces, le lanzó a Nimue un pedazo de queso duro. Ella lo ignoró.

—Debes comer —le dijo.

—Es robado.

—¿Qué importa de dónde venga? Nadie lo echará de menos. Mírate, te ves enferma. ¿Cuándo comiste por última vez? ¿Hace dos, tres días?

—No recuerdo.

—Aún debemos cabalgar tres días hasta las Montañas Minotauro. ¿Tendré que darte de comer entre tanto?

—Inténtalo y verás —halló un lío de pergaminos atados con una cuerda. La cortó y leyó uno en voz alta—: "Se recompensará con cien monedas de oro a quien dé muerte o capture a la Bruja Sangre de Lobos, quien, en sociedad con el Maligno, ha asumido formas animales, bebido la sangre de infantes y matado a mujeres y niños mientras duermen".

En cada rollo se había dibujado un risible boceto de un monstruo con alas de murciélago y cuernos retorcidos. Nimue bufó y dejó que los papeles se dispersaran entre las rocas.

Arturo se sentó a su lado. Ella se tensó. Él tomó una de aquellas hojas y soltó una risilla.

—¿Qué esperabas que dijeran? "Cabe mencionar que esta doncella de dieciséis años ensartó sin ayuda a una división completa de nuestros mejores combatientes"? —ella puso una expresión de desagrado, él aprovechó para cortar una pieza de queso y ofrecérselo en los labios—. Te advertí que te daría de comer.

Dirigió a Arturo una mirada fulminante. Subió un puño, él lo obstruyó, apretó el queso en su mano y lo guio a su boca. Ella cedió, abrió un poco los labios e ingirió el queso. Lo masticó e hizo una mueca al tragarlo. Había huellas moradas en su cuello, debidas al ataque del paladín.

—¿Por qué no estás furioso conmigo? —preguntó.

¿Por qué no lo estás, Arturo?, se preguntó él. *Porque está loca. Porque es más valiente que yo.* Le tendió un odre de vino, de la que bebió con avidez. Él se encogió de hombros.

—Supongo que por temor a sufrir represalias.

Nimue se atragantó con el vino y lo miró ferozmente. Él le tendió otra rebanada de queso, que tomó con más ansiedad.

Es como un animal salvaje. Pero muy hermosa. No hay nada falso ni artificial en ella. Contempló el lago y las sotanas flotantes. *¡Qué catástrofe! Al menos no hubo testigos,* un pobre consuelo. Tendrían que cabalgar rápido y llegar lejos. Nada ni nadie estaría a salvo en cientos de kilómetros. Sobre todo si Nimue no cesaba de tajar manos y matar Paladines Rojos.

Trató de razonar con ella.

—No sé si lo que te mueve es la locura o unas voces en tu interior, pero sé una cosa: este mundo nunca premia el valor. Y si sigues así, arderás como una estrella fugaz en el cielo y serás cenizas antes que amanezca. ¿Eso es lo que quieres?

Tomó otro trago de vino sin contestar y un tono de rosa retornó a sus delgadas mejillas. Sacó otra serie de rollos, aunque ésta era distinta. El pergamino tenía más calidad, lo mismo que el listón que los ceñía. Cada rollo ostentaba un sello de cera: una cruz contra un águila de dos cabezas.

—Es el sello de Carden.

Nimue rompió el sello de un pergamino y lo desenrolló. Era un mapa hecho a mano con algunas aldeas marcadas con una X. Las leyó:

—Cuatro Ríos, Cabo del Pabilo, La Hoya, Colina del Cuervo. Todas son aldeas de los Inefables —junto a cada una había una lista de nombres, que leyó también—. Éstos han de ser los Ancianos, los jefes de los clanes —abrió un rollo más y lo vio por encima. Aun cuando era otro grupo de listas, no adivinó su propósito y se lo tendió a Arturo—. ¿Qué entiendes aquí?

Él no podía creer a sus ojos. Pensó en callar la verdad, pero sabía que ella la descubriría pronto.

—Son divisiones de los Paladines Rojos. El número de cada unidad se corresponde con las equis del mapa —señaló los números a un lado de los nombres de las aldeas.

—¡Son sus siguientes blancos! —bisbiseó Nimue—. Conocemos sus planes —lo miró con ojos cargados de esperanza.

Era justo lo que él temía.

—No tienes la intención de correr, ¿verdad?

El trayecto a las Montañas Minotauro era un largo y sostenido ascenso por densos bosques con los rojos y dorados de fines de noviembre. Ésa era antes la temporada favorita de Nimue, cuando la antigua carreta se engalanaba de colores y los gansos huían del río con chillidos agudos, listos para volar en formación de punta de flecha a los lagos del sur. Había danzas en la rotonda de las rocas y Mary ponía al fuego su cacerola y cocinaba conejo en salsa de almendras seguido por bizcochos bañados con cerveza amarga.

Los frescos vientos del oeste dispersaban el humo de las chimeneas a lo largo de muchos kilómetros, pero el tráfico era escaso.

Ahora montaban dos caballos en lugar de sobrecargar a Egipto. Arturo había seleccionado al mejor de la triste y huesuda recua de los paladines, una yegua de ojos azabache con pelo del color de la nieve sucia. Nimue la despreció sin remedio, inocente y tontuela como era, porque imaginó la sangre que manchaba sus cascos, los gritos de clemencia que había escuchado. Le molestaba también que Arturo la aventajara al frente por al menos tres cuerpos de caballo. Pese a que se hubiera caído de la silla de Egipto —en dos ocasiones—, extrañaba la comodidad de su cercanía.

Se había acostumbrado a su aroma, una mezcla de tierra y hierbas, sudor y algo similar a la canela aunque más exótico, que atribuía a su esterilla, la cual había visto incontables viajes. Había memorizado por igual su nuca, las ondas de cabello castaño que rozaban la capucha de su túnica y los destellos cobrizos que emitía bajo el sol poniente.

Se puso a divagar. *¿Cómo sería besarlo? ¿Qué sentiría si me envolviera en sus brazos?*

Repentina e inesperadamente extrañó tanto a Pym que le dolió el pecho. Vio los labios fruncidos y resplandecientes ojos de su querida amiga, su mirada de "No me metas en problemas, por favor". Podían morirse de risa con bromas jamás verbalizadas.

Bastó un vistazo a sus uñas, con la herrumbre de la sangre, para que comprendiera que jamás volvería a ser la que fue y que sus románticos ideales de otoño eran tan infantiles como las carcajadas de Pym.

QUINCE

Morgana dio vuelta al cerrojo en la puerta trasera de La Lanza Rota y sintió que el dolor le ascendía hasta la muñeca. Se pasó al hombro derecho la bolsa de ingredientes de conjuros que había recolectado en su paseo de esa mañana y terminó de echar llave con la mano izquierda. Su muñeca aún estaba envuelta en paños para aliviar el persistente dolor de cargar charolas con tarros desbordantes de cerveza durante diez horas diarias. Mientras dejaba caer las llaves en el bolso de su camisola y se volvía a la vereda, una rata hinchada caminó sobre sus pies. La atrapó por la cola con la punta de su bota. La rata lanzó un chillido y rodó sobre el lomo.

—¿Eres la que se ha obstinado en terminarse mi cereal? —sacó una pequeña navaja y se la clavó en el cráneo. Limpió la hoja en su camisola, la enfundó, se armó de valor para levantar al animalejo por la cola y lo dejó caer ruidosamente en su bolsa de conjuros.

La blanca luna fue su antorcha a lo largo del solitario sendero de Umbral Ceniza, aldea que era apenas un preludio de la ciudad Ceniza que se asentaba en lo profundo de las Montañas Minotauro. Umbral Ceniza constaba sólo de un puñado de granjas, un establo con un herrero decente, una capilla recién construida en honor al Único Dios Verdadero y La Lanza Rota para los viajeros sedientos. Las colinas a ambos lados de la aldea estaban pobladas de bosques de abetos, alerces y pinos diversos, así como de una amplia variedad de cuevas de piedra caliza.

Morgana se puso su capucha y estaba a punto de introducirse en el bosque cuando alguien susurró su nombre desde un montículo de rocas a unos metros. Sacó la navaja de nuevo y retrocedió unos pasos.

—¿Quién anda ahí?

Siempre estaba alerta a los peligros del camino a descubierto y había agujerado a más de un borracho entusiasta. Pero su corazón dio un vuelco al momento en que una figura alta y larguirucha emergió de las sombras.

—Soy Arturo.

Sus mejillas se enrojecieron de alivio y experimentó una compleja mezcla de emociones.

—¿Arturo? —se colocó bajo la luz de la luna y ella lo empujó con ambas manos—. Por todos los dioses, ¡qué susto me has dado! ¡No es gracioso! ¡Por los Nueve Infiernos!, ¿qué haces aquí? —estaba feliz de verlo pese a la hostilidad de su tono.

Él le hizo señas para que bajara la voz.

—Estoy en problemas.

—¿Perdiste otra vez hasta la camisa en los dados? —se mofó—. ¿No te he prevenido contra el juego?

—No son problemas de dinero —evitó seguirle la corriente.

—¡Qué bueno!, porque no tengo ni un centavo.

—Lamento involucrarte en esto, Morgana. Yo... de verdad, no sabía adónde ir —no cesaba de voltear a las rocas.

Incómoda por tanta intriga, ella cambió de tono.

—Muy bien, suéltalo ya. ¿En qué lío te metiste ahora?

Pesaroso, llamó sobre su hombro.

—¡Puedes salir!

Morgana frunció el ceño sorprendida de que tuvieran compañía, en particular del tipo que Arturo frecuentaba.

Nimue salió despacio de las rocas y no se quitó la capucha hasta que un rayo de luz la iluminó. Sus ojos eran tan oscuros como pozos y sus mejillas se tensaban contra sus huesos.

Morgana no se impresionó.

—¿Está embarazada o qué?

—¡Para nada! —Arturo rio sin regocijo—. ¿No han pasado por aquí los paladines y exigido recompensas y cosas por el estilo?

Morgana puso mala cara.

—Me he enterado de algunas cosas, rumores de paladines muertos y brujería.

—Permíteme que te presente a Nimue —vaciló—, la Bruja Sangre de Lobos.

Morgana echó a reír.

—¡Déjate de bromas!

—¡Es verdad! —insistió Arturo.

—¿Dónde están sus cuernos, cariño? —se volvió hacia él—. ¿Esta niña? Creo que la brisa la arrebataría del suelo.

—Creo que estás equivocada —replicó Nimue con voz amenazadora.

—¿Podemos continuar esta conversación bajo techo? —Arturo estiró el cuello en dirección al camino—. Sería lo más seguro.

Morgana aguardó un instante, arrugó la frente y abrió poco a poco la boca mientras comprendía:

—Hablas en serio…

Arturo asintió.

—Nimue, ésta es Morgana, mi media hermana.

Esta última se apartó de ella como si de súbito le hubieran salido cuernos.

—¿Y la trajiste aquí?

—Te lo explicaré todo, pero… ¿podríamos hacerlo en la taberna?

Morgana sirvió vino en tres latas, y en dos tazones vertió un potaje de judías, guisantes, col y poro con dos trozos de pan rústico negro. Nimue mordisqueó el pan duro en tanto Morgana la estudiaba. Arturo terminó su copa de un solo trago y la empujó hacia ella para que le volviera a servir.

—No habla mucho, ¿verdad? —Morgana lo atendió.

—Lo común es que no cierre la boca.

Nimue lo pateó bajo la mesa y él hizo una mueca.

—¡Así se hace! —aprobó Morgana—. Este chico necesita una buena patada de vez en cuando. Creo que me agradas —Nimue posó en ella unos ojos desconfiados al tiempo que se sentaba enfrente—. ¿Cómo está? —señaló el potaje.

—¡Bueno! —respondió Nimue con la boca llena y añadió—: Gracias.

—De nada —Morgana sorbió su vino, la observó y se inclinó al frente—. ¿Es cierto que mataste a esos bastardos de Carden? —Nimue la miró desde su tazón y asintió un segundo después—. ¡Te felicito! —agregó con profunda satisfacción y miró a ambos—. ¿Cuántos?

Nimue lo pensó.

—Creo que fueron diez, quizá más.

La otra se recostó incrédula en su asiento.

—¿Diez? —volteó hacia Arturo, quien asintió. Ahora fue su turno de vaciar la copa y la rellenó—. ¿Cómo lo hiciste?

Nimue miró a Arturo y él se encogió de hombros:

—Confío en ella —dijo.

Nimue se irguió y sacó la Espada de Poder de la funda que colgaba de su dorso. Como por efecto de un truco de velas o algo más misterioso aún, la solitaria taberna se llenó de una luz súbita antes de oscurecerse de nuevo cuando Nimue depositó la hoja sobre la mesa bajo los muy abiertos ojos de Morgana.

Ésta se puso en pie y devoró el arma con los ojos. La tocó levemente, con dedos que rozaron la runa en la empuñadura.

—¡El Colmillo del Diablo! —susurró.

Nimue frunció el ceño.

—¿El Colmillo del Diablo?

—¿Sabes qué es? —soltó Morgana sobrecogida.

—He escuchado ese nombre. Era el acero de las leyendas antiguas, la primera espada —Nimue vio el resplandor en los ojos de Morgana—. ¡No, por favor! ¡No puede ser!

Ésta pasó un dedo por los símbolos rúnicos.

—Son los cuatro círculos elementales: agua, fuego, tierra, aire. Se unen en el quinto círculo, la raíz que unifica. Es la primera espada, forjada en la fragua de los Inefables, la Espada de los Primeros Reyes. ¿Dónde la encontraste?

Nimue se puso triste.

—Era de mi madre. Me la dio cuando... cuando los Paladines Rojos llegaron a mi aldea.

—¡Increíble! ¡Sencillamente increíble! Eres Celeste, ¿verdad? ¿O prefieres que te llame Danzante del Sol? —inquirió.

—Celeste. ¿Cómo lo supiste?

—Me he vuelto una experta —contestó sin dar explicaciones—. ¿Te dijo tu madre dónde encontró esto?

—No —respondió—. Me pidió que se la llevara a alguien llamado Merlín. Sé que parece una locura, pero pienso que se refería al mago Merlín.

—¡No es ninguna locura! —miró la hoja—. Algo como esto podría ser para él.

—¿Sugieres que Merlín es real y está vivo?

Arturo asintió.

—Los mercaderes árabes lo conocen, o por lo menos saben de él. Dicen que viaja convertido en un perro negro y que roba niños, a los que esconde en un castillo subterráneo.

—¡Eso es una idiotez! —Morgana entornó los ojos.

—¿Y tú eres la gran experta en Merlín? ¿Acaso es cliente asiduo de La Lanza Rota? —preguntó él.

—¡Vete al diablo!

Él se volvió hacia Nimue.

—Pronto aprenderás que Morgana lo sabe todo y los demás somos unos imbéciles.

—No todos, sólo tú —corrigió Morgana. *Es indudable que son hermanos*, pensó Nimue—. Espero que a estas alturas ya hayas aprendido a ignorarlo —le dijo—. Aunque es agradable a la vista, tiene la cabeza hueca.

Él bebió furioso un trago de vino.

Morgana los miró incrédula.

—Vaya par... Merlín es el hechicero más temido de esta época y cualquier otra. Se le menciona en documentos históricos que datan de la caída de Roma. Su edad se cuenta en cientos de años.

—¿Es Inefable? —preguntó Nimue.

—Druida —contestó—, sacerdote de los Antiguos Dioses. ¿Quién sabe, en realidad? Quizá tiene vieja sangre Inefable o sangre de gigantes, o es un semidiós. Pero conoce la magia de los Inefables, desde luego. Y la hechicería. Y la nigromancia. Y los conjuros. Conoce todo eso. Es la historia misma de la magia hecha hombre. Dicen que gobierna los mares y los cielos.

—¿Quién parece idiota ahora? —terció Arturo.

—Se rumora que es consejero del rey Uter Pendragón, así que sin duda él piensa que Merlín tiene algo que ofrecer. Más todavía, se supone que es el gran maestro de los Señores de las Sombras.

—¿Quiénes son ellos? —Nimue se sentía cada vez más ignorante.

—El gran círculo de magos espías que nos controla en secreto a todos —se burló Arturo.

—¡*Ay*, termínate la copa y duérmete! —soltó Morgana—. Arturo teme lo que no comprende. Yo creo en ellos. Desde la aparición de la Iglesia, los magos y brujas verdaderos han subsistido en la clandestinidad. Los Señores de las Sombras son una sociedad de magos ocultos. Cada uno de ellos controla un dominio: los mendigos, los falsificadores o incluso los banqueros —su sonrisa se desvaneció y miró los sorprendidos ojos de Nimue con compasión creciente—. No tienes la menor idea de lo que pusiste en movimiento, ¿verdad?

—¿Cómo llegaremos hasta Merlín? —insistió Nimue.

—Dondequiera que esté, te aseguro que se encuentra muy lejos de este enclave olvidable —Arturo le sonrió a su hermana y terminó su vino.

Ésta pensó un momento y se sirvió otra copa.

—Tal vez haya una forma de lograr que Merlín venga a nosotros.

—¿A nosotros?

Morgana asintió.

—Si cumple tus condiciones.

Nimue parpadeó confundida.

—¿Tengo condiciones?

—¡Claro que sí! Eres la Bruja Sangre de Lobos y empuñas el Colmillo del Diablo. Eso te vuelve poderosa. Y el poder es lo único que los hombres ansían —Arturo iba a interrumpirla pero ella continuó—: Estás en posición de negociar, Nimue, en beneficio de tu supervivencia y la de tu pueblo.

No lo había pensado así. Ser tildada de bruja semejaba una sentencia de muerte, y hasta ahora no había imaginado que eso tuviese otro cariz. Por primera ocasión en varios días sintió esperanza. No debía subestimar a esta mujer.

—Si Merlín es tan grandioso como dices, no se dejará engañar por estas mentiras.

Morgana se incorporó y estudió de nuevo la espada. Frotó con su mano el cuello de la hoja y le mostró a Nimue la mancha de sangre que eso había producido.

—¿Es sangre de paladines? —Nimue asintió—. ¿A qué mentiras te refieres? Eres la Bruja Sangre de Lobos e infundiste temor en esos diablos rojos. Empuñas la Espada de Poder y no la compartirás si Merlín no cumple tus exigencias.

Nimue miró la sencilla taberna.

—Estás demasiado segura.

—Descubrirás que estoy llena de sorpresas, Nimue —sorbió su vino—. Pero si te ayudo, espero que me ofrezcas algo a cambio.

—¿Qué es ese algo?

—Ya lo verás —sonrió.

DIECISÉIS

Una vez que confirmó que la vereda que llegaba a Umbral Ceniza estaba libre de viajeros nocturnos, Morgana condujo a Arturo y Nimue al sur, a través de las arboladas colinas.

—Caminaremos sin antorchas ni palabras —ordenó y avanzó frente a ellos con pie seguro y una capucha marrón que hacía difícil distinguirla entre los rayos de luna que iluminaban el suelo como piedras que cruzan un río. El único ruido eran los suaves crujidos de sus botas sobre la alfombra de agujas de pinos en el bosque. Nimue tenía problemas para identificar cualquier sendero y varias veces perdió de vista a Morgana, conforme se agachaba bajo árboles caídos y cruzaba pequeños arroyos sin detenerse. Anduvieron así cerca de una hora de incesante subida hasta que a Nimue le ardieron las mejillas de tantos arañazos, sentía que le estallaban los pulmones y le atormentaban los pies.

La guía se detuvo de pronto y alzó una mano. Nimue y Arturo esperaron. El bosque estaba en tinieblas. No había estructuras visibles aparte de los pinos gigantescos y las inusuales formaciones rocosas, lo que indicaba que habían ascendido a uno de los enormes cuernos de las Montañas Minotauro.

Hacía frío y Nimue se ajustaba su capa campesina cuando algo susurró entre las ramas. Arturo tomó la empuñadura de su espada pero Morgana sacudió la cabeza. Ese "algo" saltó con gran agilidad de una rama a otra una decena de metros arriba de ellos antes de que se desvaneciera en la oscuridad. Aquel acto había sido demasiado rápido para un oso, demasiado grande para un ave o gato.

—¿Qué fue eso? —murmuró Nimue.

Obtuvo como respuesta un remoto croar que sonó como las ranas en el claro cerca de su casa en el túmulo. Después de otra serie de graznidos, Morgana les hizo señas para que reanudaran la marcha. Durante su avance, Nimue sintió docenas de ojos sobre ellos. Ignoraba si Arturo los sentía también. Las sombras se extendían hasta cerca de un pino derribado. Morgana no les prestó atención a esos extraños observadores mientras dirigía a Nimue y Arturo hacia un muro de piedra cubierto por un velo de frondosas parras. El piso de agujas de pino se elevaba y orientaba al oeste.

Nimue se preparaba para otro ascenso cuando el velo de parras se abrió de manera abrupta y dejó al descubierto a dos jóvenes arropadas con capas de hojas, casi imperceptibles a simple vista. Detrás del velo se hallaba la pequeña boca de una cueva. Sin ninguna explicación, Morgana bajó la cabeza y entró. Aunque Nimue siguió sus pasos, no apartaba los ojos de aquellas jóvenes, de aspecto cansado y asustadizo.

Tras adentrarse unos pasos en la cueva, la oscuridad fue total y Nimue se golpeó la cabeza con una roca que sobresalía. Se acercó instintivamente a Arturo y buscó su mano. Los dedos de él tomaron un momento los suyos antes de que ella los retirara.

Nimue siguió el sonido de las faldas de Morgana, que crujían entre aquellas estrechas paredes. Siseos y rumores retumbaban en los muros, voces de jóvenes y viejos, y tal como si la caverna respirara, Nimue recibió una ráfaga de olores por descifrar: estiércol y orín de cerdo, varias hierbas de las tierras altas, odres, clavo y pimienta, tejo y aliso, hojas húmedas, lirios y azucenas secos, cerveza amarga, sebo, moho, cecina, hoja de laurel, salvia, tomillo y sudor curtido con miedo.

—Es seguro aquí —musitó Morgana en la oscuridad.

Un paño negro fue retirado de una linterna, que proyectó un parpadeante brillo naranja en un sinnúmero de rostros. Cuerpos de todas las formas y tamaños se amontonaban en el piso o se recargaban en puntiagudas paredes. Había al menos un centenar de ellos, quizá más. La cueva era baja pero ancha y se extendía más allá de la luz, hasta lejanos recintos. Nimue se quedó sin aliento. Todos ellos eran Inefables. Todos ellos eran su gente, y refugiados de las piras de Carden.

Se le quebró la voz cuando dijo:

—¡Qué hermosos son!

Era una recepción dolorosa pero estimulante a un lugar en el que nunca había estado, una familia que desconocía. Algunos clanes eran tan raros que jamás los había visto. Clanes como los tímidos Caminantes de los Acantilados, gente de montaña, hombres que portaban gruesos cascos de cuernos de carnero y mujeres con intrincados patrones de cicatrices en círculos que se entrelazaban en los brazos. O los Serpientes, que adoraban la noche y vivían en chozas flotantes sobre los ríos del claro. Sus hijos se ocultaban bajo capas de piel de rata y hombres y mujeres se asomaban detrás de máscaras de alas de murciélago estiradas y caras pintadas con guano. Los Forjadores de Tormentas estaban tatuados de pies a cabeza y eran famosos porque invocaban a la lluvia, mientras que los Alas de Luna se comunicaban con las aves nocturnas y eran enemigos mortales de los Serpientes. Sus jóvenes vivían diez años en colonias sobre las copas de los árboles antes de poner un pie en tierra. Una de estas niñas acariciaba la cabeza de una gran lechuza gris al tiempo que miraba a Nimue con ojos feroces y desconfiados. Los Colmillos rendían culto al jabalí y compartían su temperamento. Los Faunos portaban cornamentas, montaban ciervos enormes y eran magníficos arqueros. Había incluso Arados, habitantes de los túneles que habían evolucionado a una vida de perpetua oscuridad y trabajo. Sus manos, con dos dedos, eran gruesas, semejantes a zarpas y encallecidas, y la mayoría estaban ciegos. Alimento de las pesadillas de los niños Inefables, Leonor le había enseñado a Nimue, sin embargo, que los Arados eran tímidas criaturas que preferían los gusanos y raíces a la carne.

Había más clanes aún, que Nimue no reconocía. Todo era abrumador. Si a la combinación de las confinantes paredes de la cueva, el calor y el aire viciado se añadían la fatiga y el miedo, se comprenderá que Nimue se haya tambaleado y Morgana haya tenido que sostenerla.

Los dos hermanos la guiaron por una serie de túneles hasta que llegaron a un pequeño hueco con espacio para una estera y un farol. Nimue apretó la empuñadura de la espada mientras permitía que la condujeran hasta la estera. Cerró los ojos y sintió que se sumía de golpe en una profunda y seductora oscuridad.

Soñó con fuego.

Abrió los ojos. Lo primero que vio fue a Arturo, quien estaba sentado contra la pared y estudiaba los mapas que ambos habían robado a los Paladines Rojos. La miró.

—Dormiste casi dos días —dijo.

Nimue palmeó el suelo a su alrededor.

—¡La espada! —buscó frenéticamente—. ¿Dónde está?

—Calma, tranquila. Está aquí —le mostró un recoveco en la roca junto a su estera. Dentro se encontraba la Espada de Poder, envuelta en una tela. Nimue se tranquilizó al verla, aunque su cabeza estaba absorta en imágenes de sus sueños, caras curiosas pero aterradoras que la miraban desde las tinieblas.

—Me alegra que hayas despertado. Aquí no me quieren, ya sabes, por ser un "Sangre de Hombre" y todo eso.

—No deberían llamarte así. Mi madre nunca lo permitió.

Él asintió.

—Soy demasiado humano, supongo, sin alas ni cuernos. No culpo a estos pobres, después de todo por lo que han pasado. ¡Ah!, y deberías prepararte.

—¿Para qué? —frunció el entrecejo.

—Ya lo verás.

Ella se puso en pie y sacudió el polvo y la paja de sus pantalones raídos. Recorrieron juntos un largo y angosto túnel que desembocaba en una amplia caverna en forma de tazón, parcialmente descubierta e invadida por el bosque: árboles caídos, raíces nudosas y rocas cubiertas de musgo creaban un puente inclinado hacia el exterior.

A Nimue le maravilló la comunidad de Inefables que había surgido ahí gracias al empeño de los refugiados en producir algo parecido a la normalidad. La caverna se había dividido en áreas tribales. Los diversos territorios estaban delimitados con estacas a todo lo largo de las cuevas. Apiñados, los Colmillos elaboraban sus peculiares armas de hueso, mientras que los Forjadores de Tormentas colgaban en lo alto de los muros sus camas de aire y los Serpientes abandonaban sus desconcertantes tiendas de pieles que les aseguraban evitar todo contacto con el resto de clanes. Un manto de desdicha flotaba sobre las cuevas. En más de una ocasión Nimue tuvo que vigilar sus pasos para no tropezar con enfermos, ancianos y heridos, apretujados en el suelo con ojos débiles y temerosos. Las cavernas eran un hervidero de actividad; los Inefables cargaban agua y canastas con raíces recolectadas y verduras robadas, colgaban ropa a secar, atendían a los heridos y desplazaban a los enfermos hacia áreas aisladas por temor al contagio. Aun así, Nimue se percató de que las provisiones escaseaban. Imperaba un inconfundible ambiente de tensión. Al otro lado del camino ella vio un duelo de empujones entre Colmillos y Serpientes. Terminó pronto pero, a falta de suficiente comida, las mentes tribales y territoriales acabarían por imponerse. Era sólo cuestión de tiempo, lo sabía.

A diferencia de los mayores, los chicos Inefables jugaban juntos, y su risa era el más grato de los sonidos.

Cuando Nimue y Arturo se dirigieron al centro de las cuevas, se elevó un murmullo. Ella sintió muchos ojos encima y se puso nerviosa. No conocía esos clanes ni sus costumbres. Ignoraba qué tipo de bienvenida esperar, si acaso hubiera alguna.

—¿Por qué nos miran? —preguntó a Arturo en voz baja.

—Porque la Bruja Sangre de Lobos ha llegado.

Una Fauno pequeña con cuernos que apenas crecían en su alta frente corrió hasta ella y le tocó la pierna antes de que volviera al resguardo de su familia. Otros niños de todos los clanes Inefables se arremolinaron junto a Nimue, se empujaban para tomar su mano o tocarla, tenderle un brazo o tirar de sus mangas rotas. Algunos adultos se les sumaron y la rodearon, una docena al principio, después docenas más, luego un ciento hasta que compusieron un círculo devoto de agradecidos sobrevivientes. Nimue se paralizó de temor. Una parte de ella deseaba correr, porque los refugiados la apartaban de Arturo y le ponían collares o le ofrecían con ansia artesanías, baratijas o cualquier otro obsequio. Decía una y otra vez: "¡Gracias, gracias, qué amables!". Buscó a Arturo con la mirada y no pudo distinguirlo en medio de la multitud que se había formado a su alrededor.

DIECISIETE

El Malabarista Ciego era una sombría taberna llena de humo, con el piso combado y que apestaba a vino agrio. Los leños relucientes en la chimenea central proyectaban un sutil resplandor amarillo en los ojos de los hombres que mascullaban ante sus copas, en espera de viajeros vulnerables a los cuales desvalijar. Las mujeres eran igual de peligrosas, hábiles para hurtar monedas mientras susurraban promesas impúdicas en los oídos de solitarios desconocidos.

Merlín era uno de esos extraños, y había elegido una mesa en la esquina que le permitía ver y ser visto, porque esta noche era presa y cazador a un tiempo. Los brutos en las otras mesas no le interesaban. Quería atraer una presa más elusiva.

El Lago de la Rastra era un páramo en los linderos de uno de los muchos Territorios Salvajes —yermos violentos e indómitos que albergaban peligros naturales y otros no—, que dividían los reinos de Inglaterra, Aquitania y Francia, lo que convertía a la tarea de unir la región en las rocas contra las cuales todos los reyes ambiciosos se habían estrellado. Se sabía de jinetes que cabalgaban un día extra con tal de no pasar una noche ahí, porque la Rastra era un paraíso de ladrones.

Su construcciones mismas, estructuras apretujadas e inclinadas que habían sido erigidas contra una colina para que no se hundieran en los pantanos, creaban un nido de ratas de callejas sinuosas, angostas escaleras, callejones sin salida y pasadizos oscuros.

Aquél era también el dominio de Rugen el Rey de los Leprosos, Señor de las Sombras de los Condenados. Pero conseguir una audiencia con tan mortífera compañía era un procedimiento delicado, aun para el mago Merlín.

Un chico con media oreja arrojó un trozo de pan rústico sobre la mesa junto con una jarra de vino y una copa. Merlín le tendió una moneda de plata, que él arrebató con el ansia de un tiburón bebé. Merlín sirvió su copa hasta el borde. Ésta podía ser una noche muy prolongada. Tomó un trago largo, bajó la copa y se petrificó.

Volteó lentamente hacia la mujer vestida de negro y cubierta con un velo que se sentaba a su lado.

—¡Santo cielo! ¿Por qué tienes que acercarte en forma tan sigilosa?

—Soy la Viuda —fue la respuesta.

—¿Te siguieron? —ella ladeó la cabeza con curiosidad—. ¡Qué tonta pregunta! —exclamó Merlín.

—Dijiste que la Espada de Poder había sido destruida.

Sintió un hormigueo en sus quemaduras.

—Eso creí. Pero los presagios cuentan una historia distinta.

—Los Señores de las Sombras consideran esto como una traición definitiva. Has perdido la poca confianza que quedaba entre nosotros.

—Así y todo, el arma fue descubierta. Y la Guerra de la Espada se reanudará pronto. "Quien empuñe la Espada de

Poder será el rey verdadero." Los que creen en esta profecía trazarán sus líneas de batalla. Las flotas del Rey de los Hielos se congregarán en el norte, los Paladines Rojos en el sur, los Señores de las Sombras en el este y poco después el rey Uter enviará sus ejércitos. ¿Gastaremos ahora nuestra energía en guerras intestinas o en la amenaza que tenemos enfrente?

—¿Qué va a comer? Las mesas sólo son para cenar —el chico de la media oreja había regresado.

—¿Cómo está el conejo? —preguntó Merlín, con la esperanza de que en verdad fuera conejo.

—Sublime —contestó el chico con admirable sarcasmo.

—Tráemelo. Y otra copa para mi acompañante —hizo una seña hacia la Viuda.

—¿Cuál acompañante? —el chico lo miró de soslayo.

—Estás más distraído que de costumbre —observó la Viuda.

—No te preocupes —había olvidado que, para los ojos del chico, el asiento de junto estaba vacío. Se dirigió a la Viuda—: Te convoqué como amiga, no como emisaria de los Señores.

—Te lo digo como amiga. Si te expulsan, la cosa no terminará ahí. Sabes demasiado y tienes demasiados enemigos. Te atraparán. Y no quiero imaginarme quién podría elevarse en tu ausencia.

—Tu preocupación me reconforta.

—Este asunto de la espada ha revivido también los rumores. Dicen que eres un mentiroso, o que es un hecho que perdiste tu magia. ¿Es cierto? —juntó sus pálidas manos sobre la mesa.

Juego con fuego, caviló Merlín. Optó por la discreción.

—¿Ahora ahondamos en cuestiones personales? ¿Preguntaré por tu querido esposo?

Ella se tensó, expectante.

160

—¿Has sabido algo? ¿Alguien vio su buque?

Deja de hacer jugarretas, Merlín. La Viuda estaba siempre a la espera de que su esposo regresara del océano. Su pena era tan honda que la había mantenido con vida mucho más tiempo del normal en cualquier ser humano y le había concedido el don de tender un puente entre ambos mundos y de ganarse su lugar como Señor de las Sombras de los Moribundos. Los tres últimos versos del famoso "Lamento de Árbol de la Cera", de Feadún el Bardo, lo expresaban mejor. Árbol de la Cera exhala su último suspiro y su valiente escudero se afana junto a él:

Árbol de la Cera, ¿qué te apura?
"Un velo gris se levanta", susurra.
"Es por mirar de frente a la Viuda."

Merlín no vio necesidad de despertar la antipatía de una de las hermanas de la Muerte.

—No he tenido noticias. Sólo deseo que retorne a salvo.

La Viuda ajustó su velo y alisó sus mangas de encaje. Él continuó.

—¿Qué te muestra tu visión acerca de la espada? ¿A manos de quién irá a dar?

Ella guardó silencio y se concentró en el futuro.

—La espada se abrirá paso hasta ti, Merlín, aunque con cuál extremo lo hará, la empuñadura o la punta, está por verse todavía.

—Entonces debo prepararme para cualquiera de ellas.

—¿Por qué lo dices?

—La espada se forjó en la Fragua de los Inefables y a la Fragua de los Inefables volverá. La fundiré para que retroceda a sus orígenes.

—¿Deseas destruirla? ¿Qué hay de la profecía?

—Fueron las optimistas palabras de un tiempo más amable. Ahora soy más sabio. No existe un rey verdadero. La espada está maldita y corromperá a quien la empuñe.

—Eliges el camino más difícil, como siempre.

—Pocos en el mundo conocen la espada tan bien como yo. Es la única salida.

—¡La Fragua de los Inefables ardió hace un millar de años!

—Lo sé. El Fuego Inefable es ahora un tesoro raro y codiciado, de la exclusiva propiedad de los coleccionistas más exigentes.

—¡Ay, querido! ¡Dime que no piensas robárselo a *él*!

—Eso es justo lo que planeo.

—¿Pese a que ya no poseas magia?

—Ésos son meros rumores. Y en cualquier caso, tengo todavía mi ingenio. Y mi encanto.

—Me temo que sobreestimas ambos.

—¿Me ayudarás, vieja amiga?

La Viuda suspiró.

—¿Por eso me pediste que trajera el collar? —le deslizó algo a Merlín debajo de una seda negra.

Él lo tomó y lo ocultó rápidamente en sus vestiduras.

—Lamento tener que pedirte que te desprendas de él.

—No siento apego por las joyas —suspiró—. ¿Eso es todo?

—También necesito tu caballo.

Las puertas de El Malabarista Ciego se abrieron de golpe, seguidas por Merlín. Trató de mantener el equilibrio, pero el musculoso posadero lo sujetaba del cinto y lo tumbó encima de un montículo de estiércol. La luna brillaba en lo alto del cielo.

—¡Debería mear sobre ti, perro roñoso! —le dio otra patada en el pecho a la par que Merlín intentaba ponerse de rodillas, giró sobre sus talones y regresó furioso a la taberna.

—¡La única razón de que haya hecho mis necesidades en la sala es que ese vino amargo que sirves está tan rebajado que hay que beber un galón para embriagarse como se debe! —lanzó una bola de excremento a la puerta, que se cerró con estruendo—. Y por cierto, ¡la posadera es demasiado afable con los clientes!

Se puso en pie tambaleante y murmurador. Bamboleó por la ondulante calle principal de Lago de la Rastra, con monedas que tintineaban en su bolsillo, al tiempo que cantaba y discutía con compañeros invisibles. Estaba a apenas unas decenas de metros de El Malabarista cuando unas sombras empezaron a moverse a sus espaldas, a lo largo de las paredes.

Bebió un trago de su odre de vino y levantó una ceja mientras cuatro figuras astrosas, leprosos a juzgar por sus manos forunculosas y descamadas y sus negros harapos, se aproximaban a él por todas direcciones. Se quedó quieto conforme el círculo se cerraba en torno suyo. Apareció una docena más con apariencia de espectros, como si emergieran de las fisuras de la calle, y otros salían de los sótanos y las zanjas.

Una vez que lo rodearon por completo, lanzó desafiante el odre al piso y gruñó:

—¡Saben quién soy! ¡Llévenme con su rey!

Aquella horda se le echó encima y él sucumbió a sus manos rasposas y vehementes. En cuestión de segundos se había evaporado dentro de aquel andrajoso enjambre que se movía como un organismo entero, el cual lo condujo por secretos túneles bajo Lago de la Rastra, a primitivas y abandonadas cloacas romanas y una oscuridad infernal.

DIECIOCHO

Una flecha emplumada silbó en la frescura del bosque y alcanzó en las ancas a un conejo, al que hizo girar como trompo. Un joven Fauno se echó el arco a la espalda y corrió a recoger el animal. No hizo con sus pisadas ruido alguno en las quebradizas hojas.

Morgana y Nimue lo seguían, cubiertas de capas con capucha para protegerse del frío y de ojos indiscretos. Las altas nubes grises estaban apacibles e inmóviles, como si esperaran algo. Le otorgaban al día un suspenso desagradable.

El Fauno elevó al conejo muerto. Morgana alzó cinco dedos, en señal de que la cacería del día apenas comenzaba. El chico metió al conejo en una alforja que colgaba de su hombro y echó a correr de nuevo.

—Eso es mucho trabajo para un jovencito —insinuó Nimue.

—No nos atrevemos a viajar en grupos grandes. El párroco de Umbral Ceniza me ha lanzado miradas de curiosidad y a últimas fechas le ha dado por usar sotanas rojas. Es un milagro que no nos hayan descubierto todavía —se arrodilló para examinar una raíz en el suelo, al poco decidió que carecía de importancia.

—Se necesita mucho valor para hacer lo que has hecho —dijo Nimue.

—Eso creo, aunque la verdad es que no soy ninguna Bruja Sangre de Lobos —repuso en son de broma.

—Lo único que yo he hecho es correr y... pelear... para vivir. Soy como cualquier otro, te lo aseguro. No me gusta defraudarlos, no soy especial —dijo Nimue, sin embargo sintió una oleada de cordialidad en las palabras de Morgana. Se dio cuenta de que estaba más necesitada de aliento de lo que pensaba.

Morgana la sacudió de un hombro.

—Eres la única que los ha defendido, que ha contraatacado. Estas personas tienen que saber eso. Merecen un poco de esperanza, por efímera que sea.

—¿Por qué iba a ser efímera?

—No podremos sostener esto —contestó Morgana con tristeza—. Cada día llega una familia nueva, nuevos sobrevivientes. Y el frío. Si los paladines no los matan, el invierno sin duda lo hará. Hasta el día de hoy los he convencido de que no saqueen las granjas, porque una vez que eso ocurra, el juego habrá terminado. Y por todos los dioses, ¡cómo discuten! Gracias al cielo está el Caballero Verde. A él lo respetan.

—¿Quién es? —preguntó Nimue intrigada.

Morgana rio entre dientes.

—No podría decírtelo. No habla con "Sangre de Hombre". No confía en nosotros.

—¡Pero ustedes lo ayudan! ¡Es ridículo!

—Este mundo está dividido, Nimue.

—¿Crees que ese tal Merlín sirva de algo?

Morgana asintió.

—Quizá. Si tú estás dispuesta a ser fuerte. Si estás dispuesta a desafiarlo.

Nimue sintió un vacío en el estómago y cambió de tema.

—¿Cómo te involucraste en todo esto? No eres... —vio que los ojos de Morgana se ensombrecían brevemente— quiero decir, no les debes, no nos debes nada.

—Mis manojos eran ligeros —notó la confusión de Nimue y continuó—: Las verduras que compraba en las granjas pesaban mucho menos de lo que aparentaban. Los agricultores protestaban contra los ladrones. Esto duró una semana. Luego empecé a salir a recoger hierbas para mis pequeñas "recetas", llámalas pociones si quieres, sé que suena absurdo. A veces me apartaban demasiado de mi camino, y fue así como tropecé con una familia de Colmillos que estaba apretujada en un roble seco. Uno de ellos —una anciana, la abuela— había sido salvada de una cruz ardiente, a medio cocer la pobre. Cargaron con ella durante días. Está sepultada cerca de aquí. Y entonces se abrieron las compuertas. Un día después arribaron dos familias, de Serpientes, creo que así les llaman ustedes. Cuando llegaron los Alas de Luna, pusimos un vigía en los árboles. Enviamos exploradores a que desviaran del Camino Real a los sobrevivientes. Un mes sin dormir más tarde, aquí estamos. ¿Y tú? ¿Cómo enganchaste a Arturo en esto? No se distingue precisamente por su actitud desinteresada. Seguro le gustas.

Aun cuando Nimue abrió la boca, no supo qué decir. Morgana rio.

—¡Mira qué colorada te pusiste! Tendremos que darte lecciones para que no te ruborices. ¡Exhibes todo tu juego!

—¡No, eso es una tontería! —trató de caminar más aprisa.

—No te avergüences, si te gusta. Es un chico hermoso, pero no es de fiar. Hoy está aquí, mañana no lo sabrás —el hecho de que las palabras de Morgana parecieran siempre tener dos significados le hacía pensar en Pym. Le había agradado jugar con Pym, con sus sentimientos a flor de piel. Le encantaba murmurarle al oído las cosas más horribles durante sus clases, porque Pym era incapaz de sofocar una emoción. Esta pureza hacía que se sintiera más valiente, que se arriesgara más, como aquel día en que conocieron a Arturo en la taberna. Si no hubiera retado a Boores, si se hubiesen marchado antes de que se ocultara el sol, ¿las cosas habrían sido distintas? ¿Más miembros de su clan habrían sobrevivido? Sintió un enorme pesar por su amiga.

—Le debo la vida —admitió.

—Le das demasiado crédito.

Nimue sintió que un calor ascendía hasta sus orejas.

—¿Acaso estuviste ahí para saberlo? Él demostró una amistad genuina, y podría haberme abandonado a los lobos una docena de veces.

—Débele lo que quieras, pero ¿acaso te has preguntado por qué te trajo al sur, cerca del peligro, y no al norte?

—Hemos estado en fuga todo el tiempo, no tuvimos oportunidad de pensarlo.

—Tú no lo pensaste mucho, él sí. Te trajo aquí para abandonarte —dijo con frialdad. Dolió.

—Él no haría eso —replicó Nimue algo insegura. Pensar que Arturo podía dejarla hizo que se sintiera débil de pronto, tocó una profunda y persistente herida de su infancia.

—¿Crees que desea cargar con tus problemas? Sus pies nunca tocan el suelo. Da gracias de que te haya traído tan lejos.

—¿Por qué me dices esto?

Morgana se volvió apasionadamente hacia ella.

—Porque eres demasiado importante para que ates tu corazón a un hombre. Nada le debes a Arturo. Para él fue un honor que le permitieras servirte, y debes creer eso si deseas sobrevivir.

Nimue puso cara de enfado.

—Yo no...

—Ya no eres una chica Inefable. Eres la Bruja Sangre de Lobos. Empuñas el Colmillo del Diablo. Algunos te adorarán, otros te temerán y otros más harán cuanto puedan por quemarte en la cruz. Pero si no reclamas tu destino, éste te comerá viva. Debes saber quiénes son tus verdaderos amigos.

—¿Y cómo puedo saber eso?

—Mira a tu alrededor. Cuando los paladines vengan por mí, ningún poeta cantará mi historia. He unido mi destino al tuyo y no puede haber vuelta atrás.

—¿Y eso te convierte en mi amiga?

—Me convierte en algo más que tu amiga: en tu hermana de sangre. Mi supervivencia está atada a la tuya, Nimue. Mentiré, robaré y mataré por ti, y lo único que no haré será quedarme cruzada de brazos mientras veo cómo cedes tu poder a un hombre —tomó su daga, pasó la hoja por el borde de su palma y se hizo un corte de sangre oscura. Cerró el puño y se mojó los dedos. Después tomó con la misma mano el cuello y la mejilla de Nimue y manchó de rojo su piel—. A partir de este día, mi vida te pertenece. Permíteme que sea tu defensora. Y tu alumna. ¡Enséñame! —arrastró su pulgar ensangrentado por los labios de Nimue, quien probó el salado sabor de su sangre—. Deseo aprender. Deseo escuchar tus voces. Deseo ver lo que ves. Quiero salvar a los Inefables de la ira del Dios Único —manchó sus mejillas de sangre y se arrodilló ante Nimue.

—¡Levántate! —dijo ésta, avergonzada.

Morgana obedeció.

Nimue tomó su cara entre sus manos.

—No soy una maestra. No soy lo que crees. Tú has logrado más que yo. Lo único que yo he hecho es sobrevivir.

—Has demostrado que ellos son mortales. Eso importa. Destruiste el mito y por eso te persiguen. Conocen el poder que tú ignoras.

—¡No puedo enseñarte magia! Nada sé de ella. La mayoría de las voces llegan a mí sin que lo pida.

Un silbido grave las distrajo. Muy adelante en el sendero, el Fauno exhibía un zorrillo moteado con una flecha que le atravesaba el cuello. Morgana hizo como si aplaudiera en tanto el chico, lleno de orgullo, se echaba la presa sobre los hombros.

DIECINUEVE

Entre conducido y arrastrado por una turba de leprosos vociferantes, Merlín arribó a las frías y ventosas ruinas del valle del Marón, sede de un enclave romano convertido en santuario para los sin ley, los abandonados y los miserables. Los esqueletos de mármol de los templos antiguos se elevaban como testigos mudos de la Caída del Hombre, personificada en este valle. Las leyes y los códigos romanos habían sido reducidos a cenizas durante siglos de desenfrenada barbarie. Ahora sólo quedaban dos tipos de hombres: los crueles y los cobardes.

¿A cuál de ellos pertenezco?, se preguntó.

Un poco a ambos, decidió.

El Rey de los Leprosos, a su vez, era siempre cruel, y gobernaba el valle del Marón como un imperio criminal. Gracias a su aprecio por los proscritos y los abandonados, había formado un leal ejército de espías, ladrones y asesinos que iba de Inglaterra a los Monasterios del Norte y a los bastiones vikingos del sur de Francia. Su hueste privada se conocía como los Afligidos y era una fuerza a la que se debía temer en serio, de acólitos que por voluntad propia ofrecían su cuerpo a la lepra en pago a la Visión de la Bruja concedida por los dioses de la magia negra. El costo para el rostro y el cuerpo solía ser horripilante.

Una plebe de leprosos cobró forma en la niebla, al mando de una anciana que portaba un cráneo de vaca sobre su deteriorada faz: Kalek, consejera principal del Rey de los Leprosos. Merlín la conocía por su reputación. Ella levantó la mano derecha, un muñón moteado coronado por un dedo huesudo, y la apuntó hacia él.

—Hueles a mujer —su voz era áspera y grave, una obstrucción en su garganta dificultaba comprenderla.

—Eso me vuelve uno de ustedes —repuso Merlín. Los aceites perfumados eran un deber en el valle del Marón, así que el mago no se disculpó—. ¿Rugen me recibirá?

—¡Su Majestad! —lo corrigió Kalek.

—Desde luego —inclinó un poco la cabeza—. ¿Su Majestad, el Rey de los Leprosos, concederá una audiencia a su viejo amigo Merlín? —sonrió y ella lo miró a través de su huesudo casco con un ojo repugnante inyectado en sangre. Después, con un gesto de disgusto, la turba remolcó a Merlín valle adentro.

El Rey de los Leprosos se había apropiado de una cueva tallada en el muro de la montaña por los antiguos romanos, la cual había formado parte alguna vez de un templo más grande, ahora derruido. Para llegar a la caverna bastaba con seguir los montículos dispersos de tesoros robados, cofres rebosantes, gemas, candeleros y tapices rotos regados por las agrietadas y pulidas losas. Farolas con pantallas de piel humana conferían a la cueva un fulgor soporífero. La amplia sombra del Rey de los Leprosos se proyectaba en las paredes.

Merlín fue arrojado al suelo como un costal de granos y los leprosos desaparecieron en la oscuridad cual si fueran fantasmas.

—Puedo caminar, ¿saben? —se puso en pie y sacudió de sus ropas algo de la porquería.

Con una respiración pesada, el Rey de los Leprosos arrastró los pies con el trote lento de un gran simio desde las farolas humeantes hasta su vasto lecho de alfombras apiladas. Su deforme y opresiva cabeza, cubierta con una capucha enorme, se aposentaba sobre unos hombros colosales. Rugen tenía casi tres metros de alto y pesaba más de cuatrocientos cincuenta kilogramos, lo que daba fe de la sangre de gigantes que corría por sus venas.

—Merlín, querido y viejo amigo, ¿no es ésta acaso una agradable sorpresa? —la voz del soberano era un trueno resonante.

Una chica leprosa, de catorce años apenas, con las manos heridas de llagas, le ofreció al hechicero una copa de espeso vino, que él aceptó por cortesía.

El Rey de los Leprosos se acomodó con dificultad en sus alfombras.

—Me mortifica la rudeza de mis ministros. Acepta por favor mis más sentidas disculpas. Ésa no es manera de tratar a un hombre de tu jerarquía, un consejero del rey Uter, nada menos.

No hacía falta ser mago para detectar el regodeo detrás de la mojigatería de Rugen.

—¡No es nada! No te apures por eso, a mi edad me altero fácilmente. En esta ocasión se lo atribuyo al trayecto. Ya no va conmigo viajar.

—¡Tonterías!, te ves bien, ¡saludable! Aunque no debe negarse que el mundo pertenece a los jóvenes, ¿eh? —el cálido aliento de Rugen emitió una visible bocanada en el húmedo y frío aire de la cueva. Él embutió sus inmensas manos en mitones toscos. Como a los demás Afligidos, le faltaban varias falanges en cada mano—. ¡Bebe, Merlín! Este vino es ahora mi favorito. Tu regia nariz detectará sin duda un leve gusto a cereza y especias árabes.

—Eres un hombre de cultura, como siempre —sonrió el hechicero.

—Pese a lo cual tus labios están secos aún.

—Sólo dejo que el vino respire.

Rugen torció la boca debajo de su capucha colgante.

—Es un honor que un hombre de tu categoría ensucie sus finas sandalias y camine entre los miserables y los desaseados. No somos dignos de tu presencia.

—He venido aquí a disculparme —Merlín extendió las manos.

—¿En serio? ¿De qué podría ser? —el rey mostró una sonrisa inocente.

—Soy el primero en admitir que mi conducción de los Señores de las Sombras ha decaído a últimas fechas.

—No, no; eres demasiado severo contigo —le siguió la corriente.

—Pero estoy aquí para remediar las cosas. Para presentar mis respetos y...

—Nos abochornas, Merlín. ¿Cómo puede ofendernos algo que no existe? Los Señores de las Sombras te han echado. Eres un espía humano y durante años robaste nuestros secretos para revelarlos a un rey ilegítimo. Estás muerto para nosotros desde hace mucho tiempo. Y además, el mito de Merlín es al final meramente eso: un mito —sus dedos enormes juguetearon con una tira de su alfombra mientras hablaba—. Después de todo, se rumora que has perdido tu magia.

—¿Es eso lo que los Señores de las Sombras serán bajo tu mando? ¿Un ceñido círculo de murmuradores ociosos? ¿Eres

capaz siquiera de una negociación madura? ¿No tienes ningún interés en lo que puedo ofrecerte?

—He perdido el gusto por tus melosas mentiras.

—Puedo respaldar tu liderazgo —dijo.

—¿En verdad? —Rugen puso una sonrisita de suficiencia.

—Los Señores de las Sombras se volvieron perezosos y complacientes en tanto las tinieblas se acumulaban en el sur. Si en efecto guiaremos los destinos de los hombres, hemos de reclamar nuestra fuerza. Ahora bien, yo mismo he depositado mis esperanzas en el corazón de la humanidad. Y estoy aquí para corregir eso. Como yo, tú observas los cielos. Has visto los presagios. La Espada de Poder se ha manifestado de nuevo. Todos los reyes de la cristiandad están resueltos a conseguirla. Yo estoy decidido a ofrecértela a ti.

—¿A mí? —gruñó el Rey de los Leprosos—. ¿No a Uter Pendragón, el monarca a quien juraste lealtad?

El tono de Merlín se contristó.

—Uter sólo calienta el trono para el rey verdadero.

Los muros de la cueva se estremecieron con la risa entrecortada del Rey de los Leprosos.

—¿Esa lealtad es cuestión de su linaje, de su temperamento o de que también él te expulsó?

Merlín se miró las botas.

—Eso no es del todo...

—Sólo un poco —rio Rugen—, una pizca. Una migaja, ¿eh? Admítelo, Merlín: eres un lunático y un borracho, y ni siquiera estás en condiciones de servir a un bastardo como Uter.

—Es cierto que ya no soy bienvenido en su corte...

—Así que vienes a rogarnos a nosotros.

Sintió que el mal humor del Rey de los Leprosos ascendía.

—Por más que hayamos sido rivales en el pasado, Rugen, no permitas que tu orgullo obstruya una colaboración conveniente. Estoy en desventaja frente a ti. Aprovecha la oportunidad. Hay una razón de que monarcas de cinco siglos hayan buscado el consejo de Merlín el Encantador. Conmigo de tu parte y la Espada de los Primeros Reyes en tu poder, tu imperio rivalizará con el de Alejandro.

El Rey de los Leprosos golpeó el suelo con un puño.

—¿Por qué debería creer lo que dices?

Merlín oyó que las rocas crujían en virtud del golpe pero detectó detrás de esa furia la frustrada guerra entre la codicia de Rugen y su desconfianza.

—Bueno, Su Majestad, tendrá que confiar en mí. Y por amargo que sea ese tónico, le he traído una pequeña muestra de buena fe que endulce la bebida. Es algo que sé ha deseado desde hace mucho tiempo —abrió la mano y reveló un collar de oro grabado con runas y enjoyado con antiguos zafiros.

Rugen tragó saliva.

—¡El torques de Boudica! El mismo que portaba en el cuello cuando dirigió a los icenos en la batalla —los ojos de Merlín centellaron—. ¿Vamos a ponérselo?

VEINTE

Una antorcha titilaba en una de las catacumbas, que Morgana reclamó para sí. Una estera, una mesa y una silla tomadas de La Lanza Rota y unas mantas que hacían las veces de paredes constituían el ajuar entero de la modesta habitación.

Sentada en la esterilla, Nimue leía un pergamino en voz alta mientras Morgana escuchaba desde la mesa, donde batía una pluma de ave contra sus dientes.

—"Al Gran Merlín el Encantador" —miró a Morgana—. ¿Ése es su título apropiado, "Gran"?

Morgana se encogió de hombros.

—¿Cómo podría saberlo? No le escribo todos los días. Pensé que sonaba más formal.

Nimue asintió.

—Quedémonos con el "Gran" entonces —reanudó la lectura—: "Recibe saludos de la Bruja Sangre de Lobos" —la miró de nuevo—. No estoy segura de que...

—¡Deja de interrumpirte y continúa!

Respiró hondo y prosiguió:

—"Confío en que ya sepas que tengo en mi poder la espada de los antiguos conocida como Colmillo del Diablo.

Te aseguro que el padre Carden está al tanto de esto, porque muchos de sus Paladines Rojos han sentido el escozor de su mordedura."

Morgana elevó las cejas complacida y Nimue volteó con una sonrisa:

—Me gusta esta parte.

—La creí atinada.

—¡Escribes muy bien! —y continuó—: "Ten la seguridad de que mi campaña de terror apenas comienza. Es mi propósito mostrarles al padre Carden y a sus Asesinos Rojos la misma piedad que ellos han mostrado a los clanes de los Inefables" —hizo una pausa, como si se armara de valor para la tarea, y procedió con el resto—: "Sin embargo, lo que más anhelo, y espero que sea lo que todos anhelamos, es que esta violencia termine y llegue la paz para nuestra especie. Te propongo una alianza, Gran Merlín, y te pido que uses tu sabiduría y proximidad con el rey Uter para sofocar esta masacre. Te ofrezco a cambio el Colmillo del Diablo, que confío usarás para unir a los clanes Inefables y reclamar sus territorios. Si me rechazas, enfangaré con sangre de los paladines todos los campos de Francia" —arrugó la nariz—. ¿No exhibo con esto una imagen algo monstruosa?

—Debes tratarlo como a un igual o no te tomará en serio —insistió Morgana.

Suspiró e intentó asimilar el contenido del mensaje.

—¿Qué caso tiene todo esto si no hay esperanza de que reciba la carta?

—También pensé en ese detalle —Morgana tomó el pergamino, lo enrolló y condujo a Nimue por los túneles.

Mientras era guiada, esta última preguntó:

—¿Dónde aprendiste a escribir así?

—En el convento —respondió Morgana, y explicó para mitigar su sorpresa—: ¡No soy ninguna monja del Dios Único, te lo aseguro! Había en Yvoire una hermana Katerine que era sacristán y tenía acceso a todos los libros del *scriptorium*: Homero y Platón, e incluso las tablillas rúnicas, los rollos de los Druidas y los textos prohibidos de Enoc.

Cuando salieron del túnel, vieron que el camino ante ellas estaba repleto de árboles destrozados. Algo había atravesado la vegetación y roto todo a su paso. El suelo estaba removido a lo largo de quince metros o más, como si dos arados hubieran labrado la tierra.

—¿Qué fue esto? —preguntó Nimue.

Morgana suspiró.

—Anoche llegó otra familia de Colmillos y trajo consigo una de sus bestias de montar.

Nimue se arrodilló junto a la huella de una pezuña hendida en el lodo que era tan ancha como un barril.

—¡Por todos los dioses!

—Fue algo digno de ver si te cubrías la nariz. Claro que esto acentúa nuestra escasez de alimentos, que ya es crónica.

Nimue miró fijamente la gigantesca huella y la tierra removida a su alrededor.

—Aun así, estoy segura de que podemos sacar provecho de ese animal.

Un chillido angustioso arribó desde el valle, seguido por una sucesión de feroces resuellos. Nimue miró alarmada a Morgana.

—¡Esperemos que no esté en busca de pareja! —sugirió ésta. Continuaron su camino colina arriba y llegaron a una meseta en la que crecían flores silvestres con desbordante abundancia. Un viejo roble, con ramas largas y bajas como brazos que dieran la bienvenida, formaba un refugio natural en el prado. Nimue oyó un extraño rumor de arrullos y gorjeos.

Una anciana Ala de Luna que parecía un nido puesto de cabeza, con el cabello desaliñado y una andrajosa capa de plumas, se sentaba sobre las flores y hojas otoñales con las piernas cruzadas. Un gaviotín negro que tenía un largo pico amarillo saltaba y piaba a sus pies. La señora miró a Morgana, alarmada.

—¡Alguien se está comiendo mis pájaros!

Las rodearon docenas de aves de todas las formas y tamaños: frailecillos, picoteros, chorlitos y buitres, codornices y tórtolas, gavilanes y gansos de las nieves, aguiluchos, carpinteros, cárabos y pavorreales, predadores y presas por igual.

Nimue sintió un cosquilleo en sus cicatrices. Los Ocultos estaban presentes. Unas vocecillas la llamaban desde el parloteo del gran número de pájaros.

—Lo investigamos ya, Yeva —le aseguró Morgana al Ala de Luna.

—No es ningún misterio. Hay aquí una cueva llena de Serpientes. Adviérteles, Morgana. Las aves de Yeva deben comer también. Y muchas llenan su estómago con Serpientes.

—Lo haré, lo prometo.

Antes de que dijera más, Yeva saltó sin previo aviso, a la manera del gaviotín a sus pies, y se concentró en Nimue.

—No he mirado con atención a esta guerrera de los Celestes, esta Bebedora de la Sangre de Lobos —la observó desde lo alto de su nariz en forma de pico y el parloteo de las aves se intensificó—. Tienen muchas preguntas acerca de ti —señaló a las aves, alzó la mano y cerró los ojos para concentrarse. Aspiró con fuerza—. ¡Santo cielo! —le pasó una mano por el corazón y el estómago. Midió con ambas manos algo invisible, la rodeó y buscó su objetivo en sus cicatrices—. Por esto... por esto estás confundida. Aquí reside tu poder, no en el clan, no en los Inefables —le tocó la espalda—. Éste es tu puente a los Muchos Mundos —abrió los ojos—. ¿Puedo ver esas marcas?

Nimue retrocedió, nerviosa.

Morgana rozó el hombro de Yeva.

—Tenemos un favor que pedirte. Debemos enviar un mensaje especial a Merlín el Encantador.

Yeva puso cara de asombro y miró a Morgana.

—¿A Merlín? ¿Qué quieres con ese traidor?

Morgana elevó el pergamino.

—Me temo que el mensaje es privado. ¿Puedes buscar a Merlín por nosotras?

—Yo no puedo hacerlo —subió los hombros, emitió un llamado gutural y un milano negro descendió ruidosamente en picada para posarse en su brazo—. En cambio, Marguerite puede encontrar lo que sea.

Nimue se aproximó a la hermosa ave y acarició su cuello.

Yeva chasqueó la lengua.

—Le agradas.

—¿Cómo encontrará a Merlín? —preguntó.

La vieja rio.

—Los Celestes los llaman Ocultos. Los Alas de Luna les decimos Antiguos. Ellos se burlan de nuestros nombres, pero guiarán a Marguerite.

—¿Bajo tu mando? —insistió Nimue maravillada.

—¿Mando? No. ¿Solicitud? Quizá —tomó el pergamino y lo ató a la pata de Marguerite con una fina tira de cuero. Puso las manos a modo de bocina en la cabeza del ave y le murmuró algo, tras de lo cual lanzó el brazo al viento y Marguerite voló a las copas de los árboles.

Merlín cruzó los brazos en su espalda y vio que el colosal Rey de los Leprosos se afanaba con torpeza en desprender el manojo de llaves que cargaba en el cinto.

—¡Maldita llavecita! —musitó hasta que accionó el cerrojo y abrió por fin una inmensa puerta de hierro de bisagras chirriantes.

El mago esperó a que el monarca introdujera su barriga en la habitación antes de seguirlo a cortés distancia.

—¿Y bien? —murmuró Rugen con orgullo desmedido.

Merlín contempló embelesado la sala de caudales del Rey de los Leprosos, célebre y codiciada caverna de invaluables reliquias sustraídas a otros. Sus ojos vagaron por cálices dorados y sortijas con incrustaciones de gemas, cetros de rubí y escudos ceremoniales, y fueron a dar al cabo a un arcaico esqueleto envuelto en flores y en cuyas cuencas oculares trepidaba una luz esmeralda.

La luz provenía del Fuego Inefable que ardía en un brasero colocado enfrente.

—¡Magnífico! —contestó Merlín.

La mano del Rey de los Leprosos tomó el hombro del hechicero y parte de su espalda cuando tiró de él hacia sus objetos preferidos. Señaló una caja rebosante de joyas.

—Es el relicario de Séptimo el Joven. Rubíes Sangre de Pichón...

—Que sólo se extraen en las Montañas Mughal —remató Merlín.

Rugen gruñó complacido.

—¡Muy bien!

—Me avergüenza admitir lo mucho que anhelaba ver tu legendaria bóveda —dijo el mago—. ¿Éste es el Cáliz de Ceridwen? —atravesó el recinto para deleitarse con una copa dorada que estaba torcida.

El Rey de los Leprosos arrastró los pies tras él. Parecía satisfecho con los halagos.

—El mismo: la bruja que me lo ofreció afirmaba que era el Santo Grial. Claro que yo sabía que valía mucho más que eso. ¡Ah, y aquí está ella! —suspiró cuando llegaron al esqueleto cubierto de flores—. ¿Me permites? —estiró la mano con ansiedad inocultable.

—¡Desde luego! —Merlín le tendió el torques.

El monarca le puso el collar al esqueleto y dio un paso atrás para admirarlo.

—¡Mira cómo se refleja en las joyas el fuego sagrado de los Inefables!

Merlín asintió impresionado.

—Es sin duda una llamarada lujosa.

—Para nosotros solamente lo mejor, ¿verdad, Merlín?

—¡Nada menos! —los ojos de éste se demoraron en los lengüeteos del fuego.

Rugen se rascó la barbilla, entusiasmado con el esqueleto.

—¡Estás completa otra vez, mi reina! —codeó tan fuerte al hechicero que estuvo cerca de derribarlo.

Merlín recuperó el equilibrio y asintió.

—En vida era más bella todavía, con su larga y suelta cabellera roja y una piel blanca como la leche.

—¿La conociste, viejo? —la risa de Rugen exhibió su ardiente deseo de enterarse de ese episodio.

Merlín objetó:

—¡Amigo mío, esta conversación deberíamos tenerla al calor de una copa de vino!

Horas después, el mago era el invitado de honor en la sala de banquetes de Rugen, una monstruosidad de roble rodeada por tronos carcomidos de variadas eras y atendidos por leprosos con librea de todas las formas, tamaños y anormalidades.

El ánimo había cambiado. Echado en su silla monumental, Rugen mostraba una expresión amarga. Bostezó a la vez que, sin dejar de hablar, Merlín llenaba su copa hasta el borde, derramaba vino tinto en el suelo y sorbía de modo estridente.

—… las cosas siempre fueron así con Carlomagno. Le aseguré que era un error que confiara en la Iglesia, la cual tendría al final sus ideas propias y querría someterlo, ¿y crees que me hizo caso? ¡No! Ése siempre es el problema de estos gobernantes mortales…

Rugen apenas podía levantar los párpados.

—Mm-hum —reaccionó abstraído.

—… que siempre se piensan más sabios que sus consejeros —Merlín se balanceó en la silla y rellenó su copa, olvidado al parecer de que aún estaba llena, así que vertió más vino en el suelo—. ¡Idiotas! Escuchan sólo a quien les dice lo que quieren oír. ¡Pero eso se acabó!

—Sí, se acabó —reiteró Rugen.

Merlín reptó hasta él.

—No bailaremos más para ellos, ni los aplacaremos con mentiras piadosas. Nuestra alianza derribará a su falso Dios. ¡Seremos de nuevo los Verdaderos Señores! —azotó la copa ante Rugen y tiró en su regazo una jarra de vino.

—¡Por los dioses malditos, Merlín! —el rey se paró de un salto y sus sirvientes se arremolinaron en torno suyo.

Pese a que intentó limpiarlo con su túnica, Merlín únicamente consiguió enmarañarse más.

—¡Lo siento, permíteme...! —cayó en sus brazos.

—¡Eres un borracho! —exclamó con desprecio el Rey de los Leprosos.

Merlín lo atenazó de los hombros para sostenerse.

—¡Y tú estás en plena forma!

Rugen se hizo a un lado y aquél terminó de rodillas.

—¡Qué lamentable! —les dirigió una señal a sus sirvientes—. Apártenlo de mi vista y dejen que duerma una siesta. Ya veremos si mañana me sirve de algo todavía.

Los criados lo izaron por los codos, casi inconsciente, y lo alejaron a rastras.

—¡Quítenme las manos de encima, brutos! —farfulló con acento teatral, liberó la mano derecha e hizo desaparecer en el bolso secreto de su manga las llaves de la bóveda que había hurtado al rey.

VEINTIDÓS

Con el deseo de ser útil, Nimue cargó con un cubo de agua por los sinuosos túneles del campo de refugiados Inefables. Los hombros le punzaban y las ardientes antorchas volvían sofocantes las cuevas. Gotas de sudor rodaban por sus mejillas. Pese a ello, se decía que todo esto era temporal, que aún era posible llevar algo parecido a una vida normal, o tal vez menos accidentada. Temía que la carta a Merlín hubiera sido demasiado estrepitosa y que se hubiese ganado un enemigo en el único hombre sobre la Tierra que podía ayudarla.

¿Por qué él? ¿Por qué mi madre protegió esta espada legendaria? ¿Por qué me pidió que buscara a Merlín, traidor de los Inefables?

Otra parte de ella sentía que los mapas de los paladines eran una papa caliente en su alforja. *Sabemos dónde están. Podemos salvar aldeas Inefables y matar a más bastardos rojos.* Pero sus súplicas habían caído hasta entonces en oídos sordos. Las necesidades del campamento eran demasiado apremiantes.

Cuando el túnel desembocó en la caverna, vio que unos niños Inefables bailaban en círculo. Esto la hizo sonreír, hasta que los oyó cantar:

—*Paladín, paladín, baja al foso; te busca la Bruja Sangre de Lobos.*
Dejó de escuchar. *Cantan acerca de mí.* Esto era extraño, embarazoso y, en el fondo, emocionante. Los niños se tomaban de la mano, sonreían y se carcajeaban.

—*Paladín, paladín, falta el potro; lo monta la Bruja Sangre de Lobos.*

Su corazón le retumbó en el pecho. Estaba de vuelta en el claro: sintió el impulso de la hoja entre las costillas del paladín y el tirón escurridizo al recuperarla, y que el lago se calentaba con la sangre y ésta le salpicaba el cuello como si fuera el agua de un baño de tina relajante en tanto deleitaba sus oídos con los agudos gritos del monje.

—*Paladín, paladín, tu sofoco se debe a la Bruja Sangre de Lobos...*

Perdida en su ensoñación, no se dio cuenta de que una Fauno con una cornamenta menuda y ojos en forma de almendras intentaba tomar su balde.

—*Adwan po* —dijo—. *Semal, semal.*

Nimue se la arrancó sin violencia.

—No, por favor; quiero ser útil —en los últimos días, cada tentativa suya de acarrear, asistir, levantar y cargar había sido frustrada por los Inefables que querían ponerla en un pedestal.

—*Tetra sum n'ial Cora.*

Nimue sonrió y negó con la cabeza.

—Lo siento, no entiendo.

La Fauno hizo un esfuerzo por darse a entender.

—Llamo Cora.

—Nimue —dijo a su vez ella y se tocó el pecho.

Cora sonrió.

—Sí, sí. Ven —la tomó del brazo y la llevó a un círculo en el que varios integrantes de su clan se dedicaban a retorcer parras y hojas en formas decorativas y a tejer telas rústicas con ellas, de la misma manera en que con ramos de flores hacían vestidos de belleza natural.

—Mañana de noche, Amala. Reunión —Cora sobrepuso uno de esos vestidos en los hombros de Nimue.

Ésta trató de rechazar de nuevo la generosidad Inefable.

—No, por favor. Este vestido es muy bello, póntelo tú.

—Tú pon. Ven —Cora sonrió—. Tú y bello Sangre Hombre.

Las Faunos rieron.

Ella sintió que oídos y mejillas se le enrojecían de vergüenza, así que dio rápidas gracias a Cora, tomó el vestido y huyó.

Corrió con él a la cueva que compartía con Morgana y al dar la vuelta se encontró con que Arturo la esperaba en el arco.

—¿Qué haces aquí? Es la habitación de las mujeres.

—Debo mostrarte algo —dijo él con una sonrisa maliciosa.

—¿Qué hay de los mapas? —insistió Nimue y lo siguió por una serie de túneles que no había explorado aún.

—¡Acabamos de llegar aquí! —respondió Arturo.

—Cuando descubran que faltan esos mapas, modificarán sus planes ¡y perderemos nuestra ventaja!

—¡Calma, Nimue! —bajó la voz—: Varias veces he querido decirte que hueles mal a últimas fechas.

—Yo... ¿que has querido qué?

—Es cierto —continuó—. Los niños Inefables te llaman ya de otro modo —la miró con un gesto serio—. Eres ahora la Peste Sangre de Lobos.

Lo empujó contra la pared.

—¿Quieres buscarte problemas?

Él levantó un dedo amonestador y la condujo por un corto ascenso hasta un risco pequeño sobre una gruta. Un estanque en su centro era alimentado por una serie de diminutas cascadas.

—Es el deshielo —le dijo—. Viene de la cumbre de la montaña y se calienta cuando cruza las rocas —le tendió una deforme piedra marrón.

—¿Qué es esto? —Nimue lo miró.

—Jabón de lejía. Créeme que lo necesitas —le guiñó un ojo mientras se quitaba la camisa y dejaba ver un cuerpo esbelto y musculoso. Sus pantalones descendieron hasta sus tobillos con igual rapidez, para dejar muy poco a la imaginación. Ella apartó la mirada y subió las cejas al tiempo que él lanzaba un alarido y se zambullía de un salto en el cálido manantial.

—¡Gracias a todos los dioses! —emergió y flotó—. ¡Ven!

—Estoy bien aquí —Nimue lanzaba miradas furtivas para ver cómo Arturo chapoteaba y se sumergía.

—No será la primera ocasión que vea desnuda a una mujer —reconoció.

—¡Bien por ti! —dijo ella, meneó un dedo y Arturo desvió obedientemente la vista.

La verdad era que Nimue estaba ansiosa de quitarse los harapos que había usado toda la semana. Apestaban a muerte. Justo cuando se desprendía de sus zapatos de piel, el recato se apoderó de ella. Jamás se había desvestido frente a un hombre. *¡No seas tonta!*, se dijo. *Después de todo lo sucedido, ¿esto es lo que más temes?* Aunque intentó librarse de esa sensación, su respiración era agitada todavía y los dedos le temblaban conforme desabotonaba torpemente sus pantalones robados y los dejaba caer en sus pies desnudos. Se quitó la túnica sin mangas y la arrojó sobre las piedras. Cuando miró su cuerpo, apenas lo reconoció, debido a tantos moretones, barro, sangre seca y laceraciones. Sentía las costillas. Había comido muy poco en los últimos días y veía sus huesos con más nitidez que nunca. Tenía raspadas las dos rodillas. Sintió revuelto el cabello y tanteó con la lengua el sensible y sanguinolento agujero que su extraído molar inferior derecho había dejado. Aferrada a una roca lisa, metió un pie en el agua caliente. La sangre se le caldeó hasta las mejillas. Una vez dentro de aquella humeante piscina, sintió tanto alivio en sus adoloridos músculos que estuvo a un paso de llorar. Se hundió en el silencio, en un baño calcinante que consumió tierra, sangre y sudor de su piel. Por un instante se sintió diferente, como acero fundido que cobrara una forma nueva.

Arturo se ocupaba en restregarse con su jabón de lejía y ofrecía a plena vista su blanco trasero.

—¡Hey! —Nimue lo miraba y la sorprendió en el acto—. ¿Te importaría si me dejas bañar en paz?

Ella entornó los ojos y rio; era su primera carcajada desde Puente de Halcones, desde Pym. Tras una nueva inmersión en el agua, Arturo emergió a su lado. Nimue retrocedió, con los ojos fijos en los de él, consciente de su proximidad. Iba a permitirse la discreción de sus cicatrices y él se dio cuenta de eso.

—No tienes por qué esconderlas.

Se hizo la sorda.

—¿Qué cosa?

—Todos tenemos cicatrices.

Sintió un espasmo de vergüenza y nadó hacia la orilla.

—¡Nimue! —reclamó él.

—No es nada. El agua está muy caliente.

—¡Mira! —Arturo sacó la pierna izquierda del agua y apuntó a un manchón rosa bajo una nalga—. De pequeño hacíamos carreras de ratas y apostábamos. En mi primera carrera, mi rata se asustó, subió por la pierna de mi pantalón y quiso salir a fuerza de mordidas. Mis amigos no paraban de reír mientras yo gritaba y corría a casa con una rata metida en los pantalones. ¿Quieres conocer motivos de vergüenza? ¡Imagina nada más los sobrenombres que me atormentaron desde entonces!

—¡Ya, Arturo! —trató de detenerlo.

Él insistió.

—¡Y mira aquí! —indicó su axila izquierda y una cicatriz abultada—. Morgana me mordió porque le di un besito a su amiga. Yo tenía diez años y mi hermana ocho —apartó su cabello de las cicatrices que entrecruzaban la sección—. Estas otras me las hice durante una competencia cervecera, en la que por cierto perdí. Me emborraché tanto que caí de un puente sobre la pila de bacalao de un bote pesquero. Fue una caída afortunada, si me lo preguntas.

Nimue sonrió. Para seguirle la corriente, señaló una cicatriz negra en sus costillas.

—¿Y ésta?

Él contempló la herida.

—¡Ah, ésa! —su sonrisa se evaporó—. Ésa... ésa me la hizo el primero que maté —calló un momento—. Me dio una buena paliza antes de que todo terminara.

Ella volvió a meterse al agua al tiempo que recuerdos ingratos pasaban por la mente de Arturo. Se acercó curiosa a él.

—¿Quién fue?

—Uno de los salvajes que mataron a mi padre —respondió en voz baja—, o eso creía yo.

El aire se aquietó y Nimue no apartó la mirada. Quería escuchar el resto de la historia.

—Resulta que me alié con la pandilla equivocada para eso. Aquel amigo no era ningún ángel, desde luego... pero... Bueno, yo era joven, y estaba borracho y furioso.

—Querías justicia para tu padre —ella deseó que hubiese una forma mejor de demostrar que lo comprendía muy bien.

—No hubo justicia. Ese pobre idiota estaba en el lugar equivocado en el momento incorrecto y murió por eso. Y la triste verdad es que a mi padre le habría roto el corazón saber lo que hice.

—Gracias —dijo ella.

—¿De qué?

—Por contármelo.

Arturo se encogió de hombros. El espacio entre ambos se había reducido. Ella se acercó más todavía. Tocó la cicatriz en su costilla. Él puso su mano sobre la de ella.

—Nimue...

—¿Sí? —estaba tan cerca que sentía su respiración.

—No sé qué hago aquí —se apartó un poco—. Debo marcharme.

El encanto se había roto. Nimue desvió la mirada. Él arrugó la frente.

—Tengo deudas con gente mala. Boores no es el único. Hay otros. No te hacen falta mis problemas. Lo siento.

—¿Por qué haces esto?

—Mereces un hombre bueno —a Arturo se le quebró la voz—. Nunca seré lo que deseó mi padre. Jamás seré un caballero de verdad. Aun así, quizá salve mi honor en alguna parte. Quizás encuentre justicia en algún lugar. Y el valor necesario para honrarla.

—¿Buscas algo o huyes? Podrían tener la misma apariencia, ¿sabes? —se sentía cada vez más absurda.

—¡Ven conmigo! Ni siquiera conoces a esta gente. No le debes nada. Ven conmigo y en quince días estaremos del otro lado de los Picos de Hierro. Después podremos ir adonde sea. ¿El Mar de las Arenas? ¿La Senda de Oro? ¿Qué sitio te gustaría conocer?

¿Qué les debo a ellos?, se preguntó Nimue. Esta interrogante le molestó. Pensó en los niños a los que había visto cantar. ¿Qué pensarían si se marchara en las sombras? ¿Si los dejaba con su hambre y su temor? ¿Y qué había de la promesa que había hecho a su madre?

—¿Qué será de ellos?

—No lo sé, pero reconozco una causa perdida cuando la veo. No tiene caso que compartas su destino.

—Una causa perdida sólo lo es si todos renuncian a ella. ¿Y eso es lo único que te interesa? ¿Sobrevivir?

—No, ya te lo dije. Pienso que allá...

—Un caballero no tiene que buscar su honor, Arturo. Y menos todavía huye de la batalla —*Morgana tenía razón*. Cruzó los brazos; se sentía expuesta, vulnerable y furiosa—. Bueno, gracias por tu ayuda. ¿Te marcharás pronto?

Él alzó los hombros y eso la enfadó aún más. *¡Vaya gesto infantil!*, pensó.

—Lo haré en uno o dos días... Quería decirte algo sobre la espada: si estás decidida a permanecer en este lugar, creo que la mejor manera de ayudar a tu pueblo es darle la espada a Merlín. No le hagas caso a Morgana; está encolerizada con el mundo. Ya lo dijiste: ése fue el último deseo de tu madre. Sin duda ella sabía que Merlín te apoyaría.

Nimue movió la cabeza de un lado a otro.

—Nada dijo acerca de él.

—Toma mi consejo como lo que es. Pero no quiero ver que sufras.

—No te preocupes —nadó a la orilla—. No estarás ahí cuando suceda.

VEINTITRÉS

erlín se cubrió la boca con una manga para soportar el hedor y resbaló por las pilas de durmientes leprosos. Se arrodilló y dejó en el centro del túnel el extremo de la cuerda que arrastraba, tras de lo cual corrió a las puertas de hierro de la bóveda del Rey de los Leprosos. Sacó las hurtadas llaves de los pliegues de su manto.

Tardó una eternidad en conseguir que las grandes bisagras de la puerta dejaran de chirriar. Una vez dentro, se movió veloz y silenciosamente para pasar por las numerosas filas de tesoros inapreciables sin perder de vista el titilante Fuego Inefable que crepitaba en el brasero de metal puesto frente al esqueleto de Boudica.

Miró las relucientes cuencas oculares de la guerrera, color esmeralda.

—Perdone mis mentiras, milady. Habría sido un placer conocerla en vida.

Extrajo entonces de sus ropajes una taza de arcilla del clan Serpiente no mayor que su palma y salmodió palabras antiguas para que la flama pasase a la taza. La chispa se resistió al principio, como si estuviera consciente de la presencia de una influencia indebida, pero pronto cedió, inclinó sus lenguas hacia la fulgente arcilla y saltó. Un nuevo Fuego Inefable ardió en la taza de Merlín. Lo cubrió con otra taza, lo guardó en su bolsillo y se apresuró a llegar a la puerta del recinto. Cuando la abrió, se encontró de frente con Kalek, quien lo observaba debajo de su máscara de cráneo de vaca.

Se miraron uno a otro un momento. *¿Sería capaz de traicionar a su rey?*, se preguntó Merlín. Tentó al destino, mantuvo abierta la puerta y sacudió la cabeza en dirección al tesoro que se tendía a sus espaldas.

Fue un error.

Kalek llevó su dedo podrido hasta la cara del mago y emitió una ululación gutural que sacudió las tumbas del castillo subterráneo de Rugen.

Merlín hizo a un lado a la bruja y se precipitó por el túnel, de uno de cuyos macabros adornos tomó un mazo oxidado. Leprosos en jirones se desbordaron detrás de él. Se desplazaban por los pisos, las paredes y los techos. El grito sobrenatural de Kalek se agudizó en los oídos de Merlín y reventó sus frágiles membranas. Él gimió de dolor. Sangre caliente pulsó en sus orejas y los sonidos a su alrededor se hicieron distantes y difusos.

Tres leprosos lo atacaron de frente, de manera que él hizo girar su mazo y pulverizó en los muros una de sus caras indefinibles. Se abrió paso entre los otros y estuvo en riesgo de perder el equilibrio. Corrió más allá de la guarida de Rugen mientras la sombra deforme del rey se derramaba por las paredes y expelía con voz atronadora:

—¡Merlín!

Éste maldijo su suerte. Una huida rápida era crucial para su plan, porque tan pronto como Rugen empleara su teúrgia, las posibilidades de supervivencia se anularían. Su avance fue obstaculizado por otros tres leprosos que blandían espadas oxidadas.

Aunque ya no tenga magia, disto mucho de estar indefenso.

Cargó contra los Afligidos, cuyos golpes obstruía con su mazo y contra quienes volvía sus frenéticos movimientos. Los leprosos se atacaban entre sí y él los esquivó, se elevó sobre ellos y aplastó sus espaldas, hombros y cráneos.

—*¡Hashas esq'ualam chissheris'qualam!*

Rugen lanzaba conjuros. Sus palabras mágicas de efecto terrenal retumbaron en las cuevas. Merlín balanceaba su arma con desenfreno, destrozaba rostros y veía que el tiempo se le agotaba. Los muros se estremecieron y la tierra y arcilla de la caverna se trasmutaron en un fango que atrapó las botas del hechicero. Veía a lo lejos la abertura de la cueva, que se desmoronaba y colapsaba. También los Afligidos estaban atrapados, se agitaban y gritaban conforme el suelo se derretía bajo sus pies. *Los matará a todos para impedir mi huida,* comprendió Merlín, cayó en el cenagal y tragó lodo sin sentir piso sólido ya.

Me ahogo. Me ahogaré.

Se concentró pese al alboroto reinante. Dejó de moverse y eso retardó su hundimiento. Manoteó hasta hallar la punta húmeda de la cuerda, a la cual se aferró. La soga estaba firme. La tomó con tanta fuerza que los brazos le dolieron. La cuerda retrocedió. Él movilizó las piernas y cobró impulso poco a poco. Repelió docenas de avariciosas manos, trepó sobre cuerpos ahogados y los utilizó como plataforma para escapar. *Gracias, Rugen,* sonrió para sí.

Inició entonces el escurridizo ascenso; deslizándose sobre la cuerda cubierta de fango, la soga resbalaba de sus manos. Sus botas se hundían en el cieno mientras él pugnaba por alcanzar el lejano resplandor del grisáceo horizonte y cientos de leprosos llenaban el túnel, se apretujaban y escurrían tras él como una marabunta de ratas.

Merlín emergió a la luz donde, con el cuello atado al otro extremo de la soga, lo esperaba un caballo negro con ojos tan blancos como la leche, obsequio de la Viuda. Subió a él de un salto, tomó las riendas y hundió los talones en sus costillas. El animal se encabritó, pataleó y salió disparado; tras aplastar leprosos con las pezuñas, galopó por el desolado valle, el cual estaba repleto de perseguidores cada vez más alejados de su presa.

Después de cabalgar un día por salobres pantanos, Merlín se encontró de vuelta en Lago de la Rastra, donde, como suponía, lo aguardaban veinte soldados con el emblema de tres coronas de Uter en sus túnicas.

No le alegraba haber dejado a Uter sumido en el temor. La lluvia de sangre había sido un presagio escalofriante, pero apenas la primera brisa de la Gran Tormenta cobraba fuerza en el mar. El mundo no soportaría otra Guerra de la Espada, de modo que Merlín estaba obligado y decidido a destruir la hoja infernal antes de que su sed de sangre destruyera otra civilización, por terribles que fueran las consecuencias, rivales escarnecidos o reyes desafiados.

Él sería el primero en admitir que había sido un mal consejero de Uter Pendragón. Pese a las incesantes intrigas de la ambiciosa e implacable madre de éste, la Reina Regente, Merlín había pasado los últimos dieciséis años preso en una pesadilla de lamentos, recriminación y desinterés. *Y Uter fue quien pagó el precio más alto*, pensó. Pero la aparición de la espada había despertado sus sentidos. Y aunque la pérdida de su magia lo cegaba ante sus enemigos, aún era capaz de descifrar las piezas del tablero mejor que la mayoría. Sin posibilidad de intervenir, sabía cómo se desenvolvería la trama. El fuego y la muerte no serían su legado. *No en esta ocasión, cualquiera que fuese el costo.*

Aun así, conocía demasiado bien el temperamento de Uter para arriesgar un choque directo. Al igual que cualquier otro soberano, Uter exigiría la Espada de Poder para sí cuando se enterara de que había reaparecido. Merlín debía controlar esa información y manejar las expectativas del rey. La ruptura definitiva entre ellos aún estaba por llegar. Hasta entonces, el mago estaría en la cuerda floja sobre un nido de cobras. Confiaba en que sus rivales no se hubieran aprovechado en su ausencia.

Mientras se aproximaba, guardó la taza de arcilla del clan Serpiente con el Fuego Inefable en la alforja de la yegua de la Viuda, en cuyo oído susurró:

—Cuando desmonte, ¡vuela como el viento, preciosa!

La yegua resopló.

A la vista de Merlín, los guardias abrieron la puerta enrejada de un calabozo rodante. Varios de ellos se apresuraron a tomar las riendas del caballo de la Viuda y el capitán de la guardia esgrimió su acero.

—¡Merlín el Encantador, está bajo arresto por órdenes del rey!

Una vez que bajó de la silla, la yegua se irguió, derribó a los soldados a fuerza de coces y salió hecha una furia hacia los estrechos y fangosos senderos como perseguida por mil demonios.

VEINTICUATRO

Una ráfaga de viento frío agitó la sotana gris del Monje Llorón al cabalgar por el corral de ganado de una acaudalada granja lechera que los Paladines Rojos habían tomado como campamento temporal. Una cuerda atada a su silla tiraba de una pequeña yegua y sus jinetes, un padre e hijo ensangrentados. El monje los conocía como "Colmillos", criaturas que se distinguían por su cabello oscuro y erizado y unos vigorosos cuernos que les crecían bajo las orejas. Sus peculiares huellas y olor a almizcle hacían que fuera sencillo rastrearlos, aunque no los convertían en absoluto en presa fácil. El Monje Llorón se tomaba a orgullo haber atrapado vivos a esos dos. Eran los combatientes más feroces de los Inefables, y ser capturados representaba una gran deshonra en su clan. Él había visto a más de uno cortarse el cuello antes que permitir que se le atrapara vivo.

Un grupo de paladines, con sangre hasta los codos debido a la matanza de vacas lecheras, interrumpieron su tarea y observaron al monje. No les prestó atención.

Una partida de exploradores levantaba a lo lejos nubes de polvo bajo el mando del padre Carden, quien sonrió al monje y lo saludó.

—¡Mi querido muchacho! —le dijo cuando el monje desmontó y recibió el efusivo abrazo del sacerdote. Carden lo tomó de los hombros y lo miró con sus penetrantes ojos azules—. ¿Estás bien?

—Sí, padre —contestó el religioso en un susurro.

—¡Qué bueno! —celebró Carden sin dejar de examinar su rostro, a saber por qué. Era una evaluación tan fría como los vientos que soplaban del este. Viera lo que viese, el padre Carden tensó la quijada—. Estamos a prueba. Todos nosotros. Debemos ser fuertes. La Bestia ha despertado y mostrado su estandarte. Nuestra resolución debe ser total. Quiere sembrar dudas y temores en nosotros. Se ceba en esas cosas.

—Sí, padre —asintió el monje.

Carden apretó el puño.

—¡Pero nuestro amor es mayor que su odio! Y el amor vence siempre. Es nuestra cadena inquebrantable, nuestro vínculo, lo que al final estrangulará a la Bestia.

Sonrió. El Monje Llorón inclinó la cabeza.

—Sí, padre.

Un trémulo gemido de dolor llegó desde el distante establo. El religioso vio que una espiral de humo negro se elevaba por encima de ese edificio. La ráfaga siguiente llevó hasta su nariz un aroma acre y punzante, el conocido olor a carne quemada. Carden notó que el monje fruncía la boca y, satisfecho, respiró hondo.

—Es el olor de confesión. Por suerte, contamos con que el hermano Sal trabaje duro en su cocina. Llegó hace unos días de Carcasona.

El Monje Llorón volvió su encapuchado rostro hacia el establo. Sus músculos se tensaron un poco a la mención del hermano Sal.

El padre Carden reparó en ello.

—Necesito en el frente mis mejores armas, el acero y el fuego. Juntos, ustedes son la espada flamígera de Dios —el monje no respondió—. Háblame ahora de la Bruja Sangre de Lobos.

—Partieron al sur, a las Minotauro.

—¿Partieron? —insistió Carden.

—Viaja con alguien. Las heridas de nuestros hermanos asesinados procedían de una espada y un hacha. Los emboscaron.

—¡Tiene aliados! —profirió el cura mientras daba vueltas en el lodo—. La espada es un faro. Y cada aurora que pasa, cada día que ella no es clavada en la cruz, es un día a favor de la propagación de esta plaga. ¿Comprendes? —el Monje Llorón asintió y toda bondad abandonó el rostro de Carden cuando agregó—: Ruego a Dios que así sea —miró a los prisioneros—. ¿Qué nos trajiste?

—A estos dos —dirigió su capucha al padre e hijo desdichados sobre la yegua—. Estaban ocultos en la maleza junto al lago.

—¡No me digas! —el cura los caló—. Los modestos espías de la Bestia… He visto antes a los de su clase —se acercó a los prisioneros—. ¡Ah, sí! —limpió con el pulgar la sangre seca en las mejillas del chico—. Ya estábamos enterados de esto. Se pintan la cara con sangre de animales en honor a ella —miró al monje con labios tensos—. ¡En *honor* a ella!

El monje no respondió.

Carden palmeó la rodilla del chico.

El lastimado padre reunió fuerza bastante para patear el brazo al sacerdote, quien cayó de espaldas.

En un instante, la espada del Monje Llorón estaba afuera y…

—¡Detente! —ordenó Carden.

Paladines Rojos ya convergían en la escena.

Las manos del Monje Llorón se dispusieron a matar como se les había enseñado. Carden sacudió el fango de sus hombros.

—Es mejor que viva. Pronto sentirá todo el rigor de la luz divina. Bájenlos y desvístanlos.

Los Paladines Rojos tiraron a los Colmillos de la silla y les quitaron la camisa, con lo que sus desnudos pechos quedaron expuestos al viento. El padre tenía un pinchazo muy notorio en el costado izquierdo, que le sobresalía por la espalda. Tosía sangre y tenía gris el semblante.

El cura hundió el dedo en la herida y el Inefable hizo una mueca.

—A éste le queda poco tiempo —reprendió al Monje Llorón—. Es un hecho que tu puntería flaquea, hijo mío —sus ojos brillaron cuando los dirigió al establo—. Bueno, no importa, este cerdo cantará de todos modos. Ahí viene el hermano Sal.

Dos paladines lo conducían al pozo, donde metió las manos en un balde, frotó agua sobre su cabeza afeitada y vertió otro poco en sus ojos cerrados con costuras. Se secó las manos en su sotana roja, ajustó su cinturón y permitió que sus acompañantes lo llevaran por la lodosa pradera hasta el padre Carden. Uno de ellos portaba un envoltorio de cuero bajo el brazo.

—Oí el ruido de los cascos en la tierra —dijo el hermano Sal con una sonrisa, tomó la mano del Monje Llorón y lo palmeó suavemente; olía mucho a sal debido al desagradable humo de su oficio— y supe que era mi hermano —el Monje Llorón retiró su mano.

"Nuestros ojos son débiles. No podemos confiar mientras ven, delatan nuestro corazón y son sensibles al tacto. Por eso yo los dejo al final de mi labor. Un hombre llora siempre como un bebé cuando se le tocan los ojos. A eso se debe que haya inutilizado los míos. Eso me convirtió en un mejor soldado de Dios.

El Monje Llorón cerró los puños mientras Carden tomaba con delicadeza el brazo de Sal y lo dirigía a los prisioneros.

—Hermano Sal, el monje nos trajo unos regalos.

Las manos del hermano buscaron ansiosas la piel expuesta de los Colmillos. Introdujo los dedos en sus axilas y los pasó por las zonas suaves de su cuello, detrás de sus orejas y por su espalda. Descubrió la herida del padre y expresó su disgusto con un gruñido.

—Éste es inútil. Tendremos que empezar con el chico. El padre hablará una vez que yo trabaje al hijo. ¿Me conoces, muchacho? —preguntó al joven, quien no tendría más de catorce años, calculó el Monje Llorón. Temblaba de frío y de miedo, pese a lo cual contenía el gesto de dolor—. ¿Has escuchado mi nombre? ¿Has oído hablar del hermano Sal y su cocina? Permíteme que te presente a mis amigos —sus asistentes desenrollaron el bulto y revelaron siete instrumentos de hierro guardados en bolsos de piel.

"Los llamo los Dedos de Dios. Cada uno lleva el nombre de uno de sus arcángeles —sacó uno de los implementos, el cual era casi tan largo como su brazo y tenía un tirabuzón en la punta—. Éste es Miguel. Tan pronto como lo pongo en el fuego, brilla con una hermosa blancura. Una luz blanca. La luz de la verdad. Porque Miguel es la verdad. A él sólo puedes decirle la verdad —lo devolvió a su funda y pellizcó al chico en la nariz—. No te preocupes, esta noche conocerás a todos.

—¡No! —el padre salió en su defensa pero los paladines lo derribaron con facilidad—. ¡Les diré lo que quieran! ¡Él no sabe nada! —farfulló con la cara apretada en el lodo. Carden asintió y los paladines arrastraron a los Inefables al establo. El chico permaneció en silencio todo el tiempo y tropezaba sin elevar la cabeza.

Otra ráfaga fría sacudió la sotana del Monje Llorón y lo sorprendió en medio de su indecisión. Carden percibió esto con desagrado y se acercó a él de tal forma que nadie los escuchara.

—Debes hacer oración. Ya levantamos las cruces en el quemadero detrás del pajar. Tómate el tiempo que necesites.

El Monje Llorón asintió avergonzado, montó de un salto en su corcel, dio la vuelta y cabalgó hacia el pastizal de cruces vacías como se le ordenó.

Estuvo arrodillado ahí tres horas seguidas, sin moverse, en tanto compañeros suyos serraban y cortaban madera para hacer varias cruces más. Las ya erigidas formaban una línea torcida y parecían un raquítico bosque en torno al monje. La temperatura no cesaba de bajar. El viento se azotó contra él. El resto de los paladines se refugió junto a las fogatas en la casa. El Monje Llorón permaneció inmóvil como una estatua.

Cuando la luna estaba justo encima de su cabeza, el padre Carden caminó hasta el pastizal y se arrodilló a su lado. Luego de orar unos minutos, volteó hacia el monje, por cuyas mejillas rodaban lágrimas de auténtica devoción.

—¡Estoy muy orgulloso de ti, hijo mío! Tus regalos fructificaron. Eran espías, como sospeché, en busca de un sendero secreto en el bosque lejos del Camino Real para ocultar a los Inefables que escaparon de nosotros. La conspiración conduce al sur, a las Montañas Minotauro, cerca de Umbral Ceniza. Quizá cientos de ellos o más se arrastran en aquellas catacumbas. Seguro es ahí adonde la bruja se dirige. ¡Arrancaremos esta maleza de raíz!

El Monje Llorón negó con la cabeza.

—¡Le he fallado!

—¿Por qué dices eso, hijo?

—No siento la Gracia. Invoco a Dios, pero cuando tiendo la mano sólo hay oscuridad. Y siento… —titubeó.

Carden le frotó la espalda.

—Dímelo.

El monje debió hacer un esfuerzo para hablar.

—Hay una serpiente en mi pecho. Repta y se retuerce. Me envenena.

—¿Te habla? —el monje asintió—. ¿Y qué te dice?

—Temo darle voz.

—Nada tienes que temer de mí, hijo. Eres la espada de la luz vengadora en la batalla campal contra el Señor de las Tinieblas. ¿Pensaste que escaparías a sus tentaciones, a su corrupción? La Bestia no desgarra carne. Desgarra almas —el monje se estremeció, reprimió una ola de emoción y el padre le dijo en voz baja—: Verbaliza ese veneno y expúlsalo antes de que te enferme más.

—Me dice que soy el ángel de las tinieblas.

—¡Por supuesto que sí! —se llevó entre risas el encapuchado rostro del monje hasta el pecho—, porque eso es justamente lo que eres para nuestros enemigos. El arma de Dios que purifica. ¡Mi querido muchacho! —el religioso enredó sus brazos en el único padre que conocía y se asió de su sotana. Carden lo meció con parsimonia bajo el rugido del viento a su alrededor—. Temo que te he agobiado en exceso. Aunque este trabajo atribule nuestro corazón, hemos de perseverar. Dirige tu fuerza a esa espada y tráeme la cabeza de esa bruja y su Colmillo del Diablo. ¡Mi hijo querido —lo tranquilizó—, mi Lanzarote!

VEINTICINCO

E
l rey Uter temía el largo y serpenteante camino hasta la torre de su madre. Tan pronto como el olor de sus pastelillos atacaba sus fosas nasales, la piel de los brazos se le erizaba y se le revolvía el estómago. Miró la fina taza de ella en la charola que se veía forzado a cargar y por un instante pensó en escupir en el agua caliente, aunque decidió no hacerlo. Lady Lunette, la Reina Regente, era demasiado hábil en las oscuras artes del envenenamiento para que él jugueteara con ella en ese campo de batalla.

Aun así, resentía este citatorio y conocía su causa: tres noches antes había perdido tres puertos y el doble de barcos en favor de Lanza Roja, el caudillo vikingo notable por colocar su pica de hierro, en forma de un gran cuerno, en la proa de su barco, pintarla con brea y prenderle fuego para atemorizar a sus víctimas. Lanza Roja era leal a Cumber, el autoproclamado "Rey de los Hielos" y osado reclamante del linaje Pendragón. Esto reavivaría sin duda las murmuraciones sobre la ilegitimidad de Uter como gobernante, el tipo de tonterías injustas a las que los monarcas estaban expuestos, como Uter no podía menos que suponer.

Con las manos ocupadas, tocó con un pie enfundado en una sandalia y se lastimó el dedo contra la pesada madera, así que maldijo a su madre entre dientes.

—¡Ya era hora! —dijo una voz ronca dentro.

Uter suspiró e intentó balancear la charola con una mano mientras abría la puerta con la otra. Cuando logró entrar, encontró a su madre en su sitio de costumbre, posada en la ventana de la torre para espiar todo y palmear sin tregua su masa de tartas. La torre de la Reina Regente era blanca en su totalidad y el fuego ardía en la chimenea. Charolas de caramelos, pasteles y tartas se exhibían en varias mesas. No había adrede habitación más bella ni acogedora en el castillo entero.

—Estamos muy ocupados, madre, así que esperamos que esto no se prolongue demasiado.

—¿Ocupado tú? Pues parece que no tanto como el Rey de los Hielos —se mofó ella.

Él dio franca salida a su tensión.

—¿De dónde saca ese salvaje la sangre fría para reclamar nuestro nombre? ¡Nuestro nombre!

—Confío en que no hayas lloriqueado así en la corte —dejó su masa y se palmeó las rodillas como si se dispusiera a impartir una lección—. ¡Es una lástima que nadie enseñe a los príncipes a recibir un puñetazo! Porque cuando finalmente alguien se lo propina, chillan como faisanes.

—De acuerdo. ¡Gracias, madre! —dio media vuelta para marcharse pero Lady Lunette no había terminado todavía.

—Acaba de arrojarse el primer guante de la guerra más grande en diez siglos y tú ni siquiera te has enterado, ¿cierto?

El rey vaciló en la puerta.

—¿De qué demonios hablas?

213

—¡De la Espada de Poder, Uter! La Espada de los Primeros Reyes se ha manifestado. Su recuperación fue quizá la razón misma de que haya llovido sangre sobre tu palacio. Creo recordar a cierto embaucador a tu servicio que debió haberte hablado de eso. ¿Cómo se llama? Tiene un nombre famoso, creo...

—¡Basta ya! —trinó Uter. La torre estaba en silencio salvo por el golpeteo de la masa de Lady Lunette. Él no soportaba que ella se le adelantara en todo. Ése era justo el motivo de que mantuviera a Merlín a su lado, en respuesta a la permanente intromisión de su madre. Asumió una actitud distante para no delatar su ansia de saber lo que ella pensaba—. ¿Quién te dijo eso sobre la espada?

—Supuse que uno de nosotros debía cultivar relaciones con quienes son capaces de ver el otro lado. Tengo mis recursos, Uter, no te preocupes —sonrió con frialdad.

Él entrelazó los dedos en la espalda, examinó algunos bollos de pasas y contempló la vista de los acantilados y el estruendoso mar en la ventana. Entonces dijo:

—Creíamos que la espada era un cuento infantil.

—¡Prueba adicional de lo mal servido que has sido por ese Druida de sangre mixta! —Lady Lunette agitó la cabeza y metió sus pastosos dedos en otro tazón—. ¿Estoy en lo correcto al suponer que conoces la profecía?

Uter la repitió como un recuerdo lejano:

—Quien empuñe la Espada de Poder será el rey verdadero.

—Cumber quiere esa espada y, a diferencia de otros monarcas que podría mencionar, está resuelto a conseguirla.

—¡Desde luego que deseamos la endemoniada espada! —soltó Uter.

—Bueno, entonces necesitas un plan, ¿no? Por ejemplo, quizá sería bueno saber quién la esgrime en este momento. Cabría pensar que esto es competencia de Merlín. ¿Dónde está él, por cierto? —mostró una sonrisa complacida.

El rey apretó los dientes.

—Se pudre en nuestros calabozos.

—Ése no es ningún remedio —dijo Lady Lunette mientras espolvoreaba azúcar sobre su más reciente charola de manjares—. Un Merlín infecto es un Merlín desafecto.

Uter fingió una sonrisa.

—No es gracioso.

Ella limpió sus manos en un trapo y entró en materia.

—Dime, ¿qué lealtad ha mostrado Merlín a esta corona?

—Muy escasa, madre.

—Y aun así le permites que holgazanee en la corte como un viejo sabueso y vacíe tus barriles de vino.

—Para no olvidar —se volvió hacia ella— que fuiste tú quien nos lo impuso cuando teníamos diez años.

—Sí, confieso que hace tiempo caí presa de la ilusión de Merlín el Encantador. Pero he aprendido, Uter. ¿Tú lo has hecho? Reyes vienen y van y Merlín sobrevive siempre. ¿Qué te dice eso respecto a cuál amo sirve? ¿A ti o a sí mismo?

Uter sintió que su cabeza estaba a punto de estallar.

—Bueno, madre, ¿y eso qué tiene que ver con la espada, o con Cumber y nuestros puertos en llamas?

—Tu debilidad —replicó—. Eso es lo que tienen en común. Y me apresuro a añadir a la mezcla al padre Carden y sus Paladines Rojos, quienes al parecer pueden marchar por tus territorios y quemar aldeas con impunidad.

No eran sólo las críticas de su madre lo que le irritaba, también lo mucho que disfrutaba al ofrecerlas. Dejaba peno-

215

samente en claro que él nada valía a sus ojos. Para no concederle más placer, Uter dirigió su atención a las charolas de coloridas golosinas que adornaban la torre.

—¿Todas están envenenadas? —preguntó.

—No todas.

Suspiró.

—¿Qué deseas que hagamos, madre?

—¡Que seas un rey de verdad! —aplanaba masa entre sus manos—. Que les demuestres a tu corte, tus súbditos y tus posibles usurpadores lo que les sucede a los haraganes y los traidores —apretó la masa sobre una charola—. Que mates a Merlín.

Esto sacó a Uter de su fantasía de autocompasión.

—¿Que lo mate?

Lady Lunette asintió.

—Pública y ruidosamente, para cimbrar en sus cimientos los salones del Rey de los Hielos.

De primera intención, esa idea lo animó. Era tangible. Era real. Con igual prontitud, sin embargo, el temor a las secuelas y repercusiones de los misteriosos Señores de las Sombras le dieron a Uter que pensar.

—Es peligroso.

—Mejor aún. Demostrarías así que hay algo más que seda debajo de esos pantalones. Y enviarías un disparo de aviso a sus amigos los Señores de las Sombras de que nadie debe jugar contigo y de que la Era de los Magos ha llegado a su fin.

Su seguridad era refrescante. A diferencia de Merlín, Lady Lunette no impartía calificativos, equívocos ni múltiples interpretaciones. Pese a todas sus crueldades, hablaba con absolutos, algo que Uter había anhelado a últimas fechas.

—¿Y después? —probaba si ella había reflexionado lo suficiente en esto.

Lo había hecho.

—Abraza a la Iglesia. Alíate con los Paladines Rojos contra el Rey de los Hielos y devuélvelo al mar.

—¿Y por qué los paladines habrían de aceptar algo así? —insistió.

Lady Lunette meneó la cabeza hacia él.

—¡Porque eres el rey, por eso! —dijo en son de burla—. Y Cumber es un pagano, fácil de hacer pasar por simpatizante de los Inefables y leal a los dioses antiguos. Con eso bastará.

Uter esperó un comentario drástico e hiriente que nunca llegó. El consejo de su madre era sensato, astuto y realista. Se enderezó y ensanchó los hombros.

Lady Lunette rio.

—Será más fácil reclamar la espada si no hay reyes que se te opongan.

—Gracias, madre.

—¡No hay de qué, Su Majestad! —se inclinó ante él.

Uter giró sobre sus talones, se encaminó a la puerta y vaciló. Con un brillo en los ojos estudió los manjares en las charolas por tercera ocasión. Apuntó a un pastelillo espolvoreado de azúcar, pero Lady Lunette lo previno contra él con una sacudida de cabeza. Uter asintió; ése estaba envenenado. Miró una trenza de canela y la señaló, con las cejas levantadas hacia su madre. Ella volvió a negar con la cabeza. Algo desalentado examinó una tentadora galleta de jengibre y apeló de nuevo a Lady Lunette, quien por fin asintió. Complacido, Uter arrancó el pastelillo de su sitio y le dio un mordisco gratificante. Salió de la torre con un renovado paso decidido.

VEINTISÉIS

La caverna rebosaba de luz por las antorchas en preparación de la ceremonia de Unión. El aire estaba cargado de los más diversos aromas, ya que los desnivelados pisos habían sido alfombrados con flores silvestres de colores rosa, violeta y azul. Los Faunos pisotearon uvas para producir vino y los Caminantes de los Acantilados hicieron lo propio con bellotas a fin de elaborar una pasta para el pan rústico que Morgana sustrajo de la cocina de La Lanza Rota.

Los Ancianos relajaron el racionamiento de agua para que los refugiados pudieran quitarse lo mejor posible la tierra, sangre y sufrimiento de los cuerpos. Privaba un ambiente de expectación.

Algunos Colmillos batían tambores de lona, a lo que los Faunos respondían con la cadenciosa armonía de las liras y las zanfoñas. Una pérgola de ramas florecidas se alzaba en el centro de las cuevas, y los Faunos que iban a unirse estaban tomados de la mano debajo de ella. Cora asumió el papel de sacerdotisa y murmuraba y reía con los Faunos mientras todos tomaban asiento en las rocas y alrededor de ellas. Una brisa suave se filtraba por el techo de media cúpula y, más allá de las copas de los árboles, el cielo estaba cubierto de estrellas.

Nimue acarició los delicados pétalos de rosa en su corpiño, aunque se sentía expuesta sin su espada colgada al dorso. Llevaba los hombros descubiertos y parras entretejidas se enredaban como mangas en sus antebrazos y sus dedos. Portaba una corona de laurel, y una trenza de hojas otoñales se deslizaba por su cuello.

Un trío de niños Inefables la tomaron de la mano y la condujeron a una roca que daba al altar, donde podrían observar juntos. Morgana se sumó a ella, ataviada con una tiara de plumas de cuervo y un vestido hecho de retazos y adornado con hojas otoñales.

Cada clan tenía sus propios ritos y danzas para las ceremonias de Unión, y en los reductos en torno a las cuevas era posible asomarse a esos mundos ocultos. Los Faunos acentuaban sus cornamentas y torcían sus cuellos en movimientos coreografiados para bendecir la unión con la fecundidad, en tanto que los Serpientes formaban círculos concéntricos en cuatro patas para rozar cabezas y hombros y los Colmillos producían con sus pezuñas rítmicos golpes que acompañaban con ruidosos llamados guturales. Arriba, los Alas de Luna revoloteaban como polillas y esparcían luciérnagas en las copas de los árboles.

Pese a que Nimue apreciaba la belleza de todo eso, estaba preocupada. ¿Quién recordaría aquellas danzas? ¿Qué sería de los niños Inefables que celebraban cumpleaños en cuevas heladas sin saberse siquiera, en algunos casos, huérfanos o no? ¿Había otros sobrevivientes de Dewdenn? ¿Las historias y rituales de los Celestes morirían con ella? Esta sola idea le resultaba insoportable.

Un niño Serpiente apretó su mano y le sonrió con dientes afilados y diminutos.

¿Qué esperanza podía ofrecerles? Era tan huérfana y pobre como ellos. Pero sabía que su destino estaba tan "unido" a esos refugiados Inefables como muy pronto lo estarían aquellos tiernos Faunos bajo el árbol. ¿Podía confiar en que Merlín los protegería? ¿Un hombre que Yeva juzgaba como un traidor a los Inefables? Y si eso era cierto, ¿por qué diablos Leonor le había implorado que le llevara la espada?

Vio que Arturo entraba por el otro lado de la cueva y que se mostraba torpe y fuera de lugar. Lanzó la vista hasta Nimue y la apartó en seguida.

Morgana también lo vio.

—Te previne.

Nimue levantó los hombros.

—Puede hacer lo que le plazca. Nada me debe.

—No te lo tomes tan a pecho. Es un chiquillo extraviado. No sabe lo que quiere.

Nimue no contestó. En cambio, escuchó que un Anciano de los Caminantes de los Acantilados recitaba plegarias ancestrales que Cora traducía.

—*Je-rey acla nef'rach...* —salmodió el Caminante de los Acantilados.

—Que toda alma y espíritu presente funda en espacio sagrado mismo propósito y misma voz —explicó Cora, no sin dificultad.

—*Jor'u de fou'el.*

—Nacimos con la aurora para marcharnos al anochecer —dijeron al unísono los reunidos.

Un anciano Serpiente ató con un listón las manos de los Faunos.

La pareja declaró junta:

—Bajo los ojos de los Ocultos, bajo los ojos de los Dioses, me uno a ti y nos volvemos uno.

Los Ancianos de cada clan los rodearon y recitaron oraciones inmemoriales, y al final los Faunos se besaron y elevaron sus manos atadas. Se escuchó el tañido de un cuerno y una lluvia de hojas cayó de lo alto.

Danzantes formaron círculos alrededor de la pareja recién unida.

Nimue sonrió y miró a Arturo. Él correspondió su sonrisa. Ella bajó de la roca y caminó hasta él. Arturo elevó las cejas y Nimue frunció el ceño.

—¿Qué ocurre?

—Nada. Pareces un... sueño o algo así —respondió.

—¡Ah! —ella se sonrojó—. Bueno, pensé que como te ausentarás pronto, podríamos... —calló y decidió empezar de nuevo—: Pensé que quizá por una hora podríamos ser nosotros mismos, sin espadas, Merlines, deudas ni paladines.

Él asintió.

—Me encantaría.

—Es decir que te encantaría bailar conmigo.

—Exactamente —rio—. Aunque temo estar muy por debajo de —señaló su vestido de pétalos de rosa— mi pareja.

—Pienso que te ves bastante decente —lo tomó de la mano y lo condujo hasta el círculo de los danzantes, donde pronto se integraron a la diversión. Copas de vino eran puestas sin cesar en sus manos y ellos bebían e intentaban seguir los veloces pasos de los demás, en especial de los ágiles Faunos.

Nimue percibió que Morgana observaba desde arriba.

Las danzas iban y venían, igual que las copas de vino, y poco después Arturo y Nimue se hallaron en un círculo más pausado en el que una suave melodía de laúd guiaba sus movimientos. Él inclinó la cabeza para tocar la de ella y en ese momento Nimue llevó sus labios hasta los de él. El beso fue breve. Arturo iba a decir algo pero ella posó un dedo sobre sus labios. Él sostuvo su mano en la boca y tiró de ella para darle otro beso.

Ahora fue más largo. Más intenso.

Aun cuando parejas y familias giraban a su alrededor, en ese momento perdieron consciencia de los demás. Cuando el beso terminó, Nimue ocultó los ojos y él colocó la cabeza de ella contra su pecho. Se mecieron al gentil ritmo del laúd. Después de un largo instante, Arturo levantó con delicadeza el mentón de Nimue. Ella vio en sus grises ojos de lobo que él reparaba en algo.

—Nimue —titubeó—. ¿Qué tal si eres tú?

—¿Qué tal si soy yo?

—Si tú eres mi honra… —se puso serio—. Si eres la justicia que estoy llamado a servir.

Ella empezaba a contestar cuando una conmoción en la entrada de las cuevas llamó la atención de ambos. Los niños corrían. Nuevos refugiados entraron en tropel a la caverna, atónitos y exhaustos. La música cesó y la Unión fue olvidada a medida que los Inefables se apresuraban a procurar agua y comida a los recién llegados. Transcurrió algo de tiempo antes de que Nimue descubriera a un chico cubierto de fango seco de pies a cabeza, con las manos en las caderas y que evaluaba la caverna con ojos intrépidos.

—¿Ar-Ardilla? —dio unos pasos hacia él para estar segura—. ¡Ardilla!

Éste volteó y una gigantesca sonrisa cuarteó el lodo seco en sus mejillas.

—¡Nimue! —se arrojó sobre ella y saltó a sus brazos, con tanto vigor que estuvo cerca de derribarla. Ella lo balanceó, y después lo revisó para ver si no tenía lesiones.

—Quería quedarme, pero había paladines por todos lados...

Nimue lo envolvió en sus brazos y lo estrechó con fuerza.

—¡Fuiste muy valiente, Ardilla!

Por encima del hombro de él vio que dos guerreros ingresaban en la caverna. El primero era una mujer de largos brazos que vestía una túnica púrpura de un matiz tan subido como Nimue jamás había visto. Escondía su rostro bajo una caperuza y llevaba en las manos un cayado austero, tallado con runas, hecho de una tersa madera que Nimue no reconoció. Las uñas de sus finos dedos eran de un negro reluciente, estaban anormalmente curvadas y eran tan filosas como cuchillos. Lo más notable era la suntuosa y moteada cola que sobresalía bajo su manto, con una punta que se movía con nerviosismo.

El segundo era un caballero alto con una armadura de cuero, una brillante hombrera verde que le cruzaba el hombro derecho, un mandoble al cinto, un arco largo cruzado en la espalda y un casco verde con careta de cota de malla y cuernos curvos.

—¿Él es quien te rescató? ¿El Caballero Verde? —preguntó Nimue.

Ardilla rio.

—¿No sabes, Nimue?

El Caballero Verde se retiró el casco con cuernos y dejó ver una cara sudorosa de finas mejillas, una frente alta y una irregular barba de chivo.

Se quedó boquiabierta en cuanto reconoció un rostro que no había visto en casi diez años.

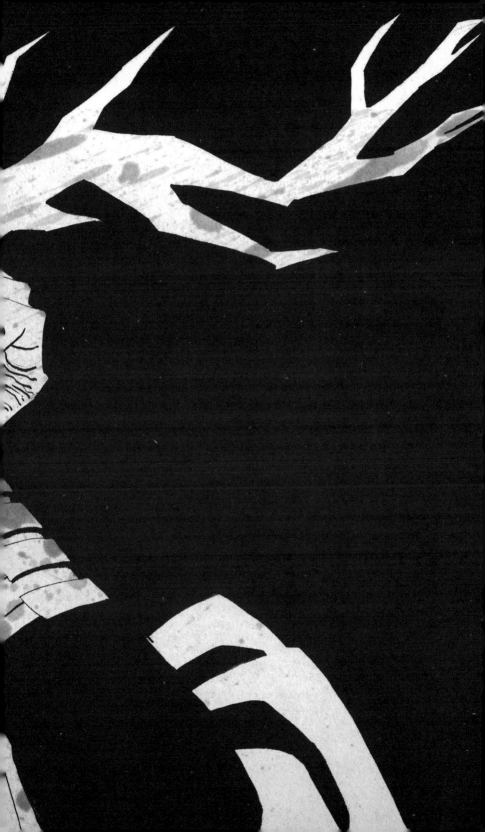

—¡Es Galván! —Ardilla sacudió su brazo.

Arturo puso mala cara.

—¿Quién es Galván?

Asombrada, Nimue jaló a Ardilla del brazo hacia el Caballero Verde, quien se daba tiempo para conversar con los niños Inefables que tiraban de su cinturón y sus guantes. Cuando vio que Nimue se acercaba, parpadeó confundido, incapaz de identificar aquel rostro después de tanto tiempo.

—Galván, soy yo —se le quebró la voz—, Nimue.

La cara de él se iluminó como el sol.

—¡No, no, no, no eres Nimue! ¡No es posible que seas ella! —soltó una sonora carcajada y la levantó en vilo. Ambos comenzaron a charlar de inmediato.

—¡Tienes que contarme todo! ¿Cuándo regresaste? —inquirió Nimue efusiva.

—¡No puedes ser la niña delgada y menuda que trepaba árboles hace tantos años! ¿Quién es esta joven? ¡Cuéntamelo todo! —sus palabras se enredaban con las de ella.

Arturo permaneció cohibido hasta que Nimue advirtió su incomodidad.

—Galván, éste es Arturo. Somos… —rio nerviosa— ¿amigos? Es difícil describirlo con exactitud. Hemos estado juntos durante la mayor parte de esta travesía.

Galván lo miró de pies a cabeza.

—¿Eres un aventurero?

Arturo asintió.

—En ocasiones.

—¡Humano! —sentenció Galván sin sonreír.

—Sí —Arturo ajustó el cinturón de su espada.

Galván se rascó la barbilla mientras observaba.

—Bueno, gracias por cuidar de nuestra Nimue.

—¿*Su* Nimue? —preguntó Arturo.

—No tengo más dueño que yo misma.

Galván le tendió los brazos al joven.

—Quédate a descansar todo el tiempo que necesites. Compartimos lo poco que tenemos.

El otro sonrió algo tenso.

—Gracias.

Galván posó sus ojos en Nimue.

—¡Tenemos mucho de qué hablar! Ven conmigo —ella le dirigió a Arturo una mirada de disculpa antes de que desapareciera con Galván en las sombras.

VEINTISIETE

Galván hizo girar la Espada de Poder bajo la luz de las antorchas, maravillado con su diseño.

—¿Quién está al tanto? —preguntó preocupado.

—Arturo y Morgana —respondió Nimue.

—Los Sangre de Hombre…

—Han demostrado ser verdaderos amigos. Y además, tú estás por encima de esas cosas. El Galván que conocí nunca juzgaba la procedencia de la sangre.

—Los tiempos han cambiado, Nimue.

—¿En serio? No me había dado cuenta —tendió la mano y él le devolvió el arma, sorprendido por ese ademán. Ella la deslizó de nuevo en la funda improvisada que colgaba en su espalda.

—No soy el único que ha cambiado —observó Galván.

Nimue miró la antorcha vacilante.

—Presencié la Unión y lo único que pude ver fueron cruces ardientes y sangre. No tengo afición por la guerra. Deberíamos luchar por la paz.

Galván señaló el Colmillo del Diablo.

—Digas lo que digas, ésta es la espada de nuestro pueblo, nuestra historia, nuestra esperanza —se puso en pie exasperado—, ¿y quieres dársela a Merlín el Encantador, el mismo que se volvió contra los suyos? Él es un mago al servicio de un rey Sangre de Hombre.

—Ése fue el deseo de Leonor.

—A pesar de que quise a Leonor como a una madre —dijo—, esto es un error. ¿Por qué *él*?

Ella levantó las manos.

—¿Qué quieres que te diga? Fueron las últimas palabras que me dirigió. Pudo haberme dicho otras, pero eligió ésas: "Lleva esto a Merlín".

Galván quedó perplejo.

—Quizá buscaba un trato. Ella esperaba que ese Merlín te resguardara, cuando no requieres tal cosa porque yo te protegeré.

Nimue no tenía tiempo para eso.

—No necesito que me protejan.

Galván suavizó su tono.

—¿Estás segura? Porque esta arma se llama también Espada de los Primeros Reyes. "Quien empuñe la Espada de Poder será el rey verdadero." Uter Pendragón querrá tenerla, y si la historia sirve de guía, prometerá todo y nos dejará a merced de los Paladines Rojos.

—No puedo saberlo porque no soy rey.

—Si no quieres esta responsabilidad, dásela a otro. Alguien de aquí. Yo la asumiré si debo hacerlo. ¡Pero no a Merlín!

—Nadie la asumirá —tensó el puño en la espada.

Sorprendido, Galván intentó sosegarla.

—Quise decir que...

Ella ya estaba avergonzada de su arranque.

—No, lo que pasa es que... no deshonraré la memoria de mi madre —todavía le hervía la sangre de coraje. ¿Qué me sucede?

Galván se sentó en una roca.

229

—Así son las cosas, entonces. Depositaremos en Merlín toda nuestra fe y esperanza.

—No toda —se agachó junto a sus escasas pertenencias, buscó lo que deseaba y extendió en el suelo los mapas hurtados. La curiosidad impulsó a Galván a arrodillarse para estudiarlos.

—Le pedimos a Yeva que enviara un mensaje a Merlín, pero aún no hemos recibido respuesta. Entre tanto, éstos son los planos de Carden. Arturo y yo los robamos. Son sus mapas, sus listas de masacre. Conocemos sus planes. Sabemos a qué aldeas se dirige y con cuántos hombres.

Galván se mostró asombrado.

—¡Por todos los dioses, mujer!, ¿por qué no me enseñaste esto antes? Cabalgaremos esta noche.

Juntó los mapas y ya casi estaba bajo el arco cuando ella lo llamó:

—¡Galván! —él viró—. Si vas a perseguir paladines, iré contigo.

Aunque él pareció confundido un instante, luego sintió la resolución de Nimue y los ojos se le ensombrecieron. Asintió y marchó hacia el corredor.

Nimue siguió la dirección opuesta, de regreso a la caverna donde se había celebrado la Unión, para buscar a Arturo y disculparse con él. *¡Lo besé! O él me besó a mí.* No estaba segura. Lo que sí sabía es que había huido como una tonta tan pronto como Galván llegó. Esperaba reparar este error, incluso reanudar donde se quedó.

Entró en la caverna y le entristeció ver que los hermosos ramos de flores habían sido esparcidos y pisoteados por los nuevos refugiados. Por más que buscó a Arturo entre quienes atendían a los heridos, no lo halló. Minutos más tarde encontró a Morgana, quien cortaba prendas en tiras para preparar vendajes y curar lesiones.

—¿Has visto a Arturo? —le preguntó.

—Se marchó.

—¿Se marchó? ¿En plena noche? ¿Adónde?

Morgana la miró compasiva.

—Adondequiera que se le ocurra ir.

—¿Se marchó para siempre? ¿Sin despedirse? —aunque quiso sonar tranquila, le temblaba la voz.

—Te advertí que esto iba a suceder —dijo Morgana con marcada intención.

Sin decir palabra, se apresuró por el corredor hasta el hueco donde Arturo solía dormir. Su farol, odre de beber, espada y alforjas habían desaparecido.

Contra todas las secretas esperanzas de Nimue, él había cumplido su palabra.

VEINTIOCHO

G uiados por el resplandor de una única antorcha, treinta Paladines Rojos cabalgaban a través de densos bosques en silenciosa columna por una angosta vereda de
ciervos.

La hermana Iris cargaba la antorcha y encabezaba la procesión, complacida de que se le hubiera elegido Primer Portador del Fuego, honor que el padre Carden otorgaba a los hermanos y hermanas a quienes se consideraba más piadosos. La
función del Primer Portador era llegar al centro mismo de las
aldeas impuras y prender fuego a la paja, para así hacer salir
en estampida a los impíos. Si alguien huía, no importaba: la
hermana Iris tenía su honda y su bolsa de piedras, alisada
cada una de ellas con arena. Una vez que alcanzaba a la presa,
Iris la aniquilaba con una estocada de su espada de doble filo,
o derramaba el contenido de su cráneo con un martillo curvo.
Había muchos modos de purificar las almas.

Sonrió para sí cuando se enteró de que los Inefables la
llamaban la Hija Fantasma. Esto quería decir que le temían,
justo como debían hacerlo. A sus once años de edad, ella era
ya un espíritu de la muerte. Algunos hermanos mayores aún
se reían cuando la conocían en persona. Medía apenas uno
veinte de estatura.

Pero sólo reían una vez.

Su bajo porte era una ventaja. Gracias a él, el Desfigurado había ganado mucho oro al arrojarla a la liza con hombres dos veces más altos que ella, y se ahogaba de risa cuando los mordía, los rebanaba y los reducía a su nivel. Iris aborrecía esa risa tanto como detestaba todo lo que tuviese que ver con el Desfigurado. Él era aún lo único en el mundo que ella temía: su cuerpo monstruoso y su rostro lleno de forúnculos, las palizas que asestaba, sus vulgares amenazas de venderla a la red negra y sus terribles dioses secretos. Con todo, él le había enseñado a pelear y le había enseñado a odiar, y ahora ella podía usar esos talentos para servir al padre Carden.

El rostro del padre Carden era amplio y sonriente y estaba surcado de arrugas, a la manera de una vieja estatua curtida por tormentas, tan bello como el del Desfigurado era feo. Ella soñaba casi todas las noches que era su hija, que él la llevaba aparte y le confesaba la verdad: *Eres hija mía.* Iris envolvía entonces el cuello de Carden entre sus brazos como sólo una verdadera hija podía hacerlo.

Por ahora era suficiente con que fuese su Hija Fantasma. Quizás un día superaría al Monje Llorón en su preferencia. Esa idea la animaba más que el fuego titilante que alzaba al viento con la diestra.

Los lobos hacían un gran alboroto con sus aullidos y cadenas. Iris lanzó una mirada al pastor, quien hacía restallar su látigo frente a las bestias para aquietarlas.

Estaba nerviosa. No quería defraudar al padre Carden. Él parecía más tenso a últimas fechas, el fardo de su encomienda se reflejaba en su postura encorvada y breves episodios de mal humor. La Bruja Sangre de Lobos estaba en la mente de todos. La hermana Iris tenía un deseo tan profundo de

matar a esa bruja que casi podía sentir en su boca el sabor de su sangre. Quería aligerar la carga del padre y cortar a la bruja en pedazos, para confiar después su ennegrecida alma a la pira gloriosa.

Todo a su tiempo, oraba Iris, porque por lo pronto debía concentrarse en el ataque de esa noche.

La aldea estaba en silencio cuando arribaron. Eso era bueno. Ella contó doce chozas de adobe. Las habitaban los Palustres, así que el aire repiqueteaba con los chirridos de las ranas y el ronroneo de los mosquitos. Por un momento le preocupó que las chozas no ardieran a causa de la humedad del ambiente. Con la mano izquierda preparó la honda y se sintió expuesta mientras los demás paladines se dispersaban para rodear la aldea y ella sola —la Primera Portadora— conducía su caballo al centro de la aldea. Le sorprendió que no hubiese perros, la ausencia de exploradores y vigías nocturnos. Sólo un cerdo hurgaba en un huerto de coles y acelgas. *¿Dónde están los perros?*, se preguntó.

Evolucionó en círculos ansiosos fuera del Gran Salón del Jefe, la choza más grande de todas, provista de un techo de trenzadas ramas cenagosas reforzadas con cráneos de animales. Meció y lanzó su antorcha a la paja descubierta del frente y tomó de su silla la espada de doble filo, lista para quien quisiera huir.

El salón fue envuelto en segundos por el fuego. Aunque ella esperó, con el puño tenso en el centro de su arma, nadie huyó. Aguardó más de lo que tardaría un ser vivo en asarse en el Gran Salón del Jefe hasta que por fin un grito rasgó el velo de la noche.

Pero no provenía del Salón.

Volteó y vio que un paladín cruzaba a galope la aldea con una larga flecha atravesada en el cuello. Su garganta bullía cuando corrió junto a ella y pisoteaba el huerto de coles antes de caer en la poco profunda ciénaga. Más gritos rasgaron la noche al momento en que una flecha silbó y fue a impactarse en el flanco derecho del caballo de Iris, el cual giró y retrocedió contra la pared llameante y derruida del Gran Salón del Jefe. Iris cayó de cabeza sobre una bola de fuego de ramas secas.

Sus gritos la forzaron a aspirar las flamas. La sotana se le encendió como una antorcha en tanto se apoyaba en carbones ardientes para ponerse en pie. Sus ojos se inflamaron y cerraron y la aldea en torno suyo quedó reducida a puntos minúsculos y distantes. Aunque estaba consciente del caos, no oía otra cosa que el crujido y crepitación de sus ropas, y de su carne debajo de ellas.

Guerrera hasta la médula, debió aprender a soportar el dolor desde que tenía uso de razón, para poder pensar con los pies bien puestos sobre la tierra. Invocó esta habilidad al tiempo que se desnudaba y corría con todas las fuerzas que le restaban a los pantanos repletos de serpientes en las lindes de la aldea. Tan pronto como se desplomó sobre el fango cubierto de carrizos, su cuerpo despidió una vaharada. Sabía que el fuego había hecho estragos en ella y la insensibilidad de su piel no la consoló. Comprendió que ése era apenas el preludio de la tortura por venir.

La bruja. Esto fue obra de la bruja.

Rodó en el cieno, sonrió con labios ennegrecidos y soñó con los sufrimientos innumerables que le infligiría a la bruja.

La docena de Paladines Rojos que acababan de esquivar una ráfaga de flechas y galopaban bosque adentro, toparon de frente con la emboscada.

Ya sin saetas, los arqueros Faunos se dispersaron y saltaban como ciervos. Sus cornamentas destellaban bajo la luz de las antorchas de los paladines.

—¡En los árboles! —gritó uno de ellos. Todos los ojos viraron y vieron imprecisos cuerpos de brazos largos que se recortaban contra la luna y volaban en las copas de los árboles con sobrehumana agilidad.

Inmersos los jinetes en la oscuridad más profunda, su capitán cercó a un Fauno herido, separado de su grupo pero que, pese a que cojeaba, hacía gala de una rapidez sobrenatural. Aun así, el monje había matado durante meses a lomo de caballo y rajó limpiamente la cabeza del Fauno entre sus cuernos sin perder el paso siquiera.

Una vez recuperados de la sorpresa de la emboscada, los paladines se organizaron en un círculo más amplio, para atrapar a los arqueros Faunos y varias familias de Palustres en un anillo de árboles. Tal como se les enseñó, reunieron a sus presas con el recurso de cerrar poco a poco el círculo de sus caballos. Aullaban y gemían como animales para atemorizar a sus víctimas. Presa del pánico, un Fauno intentó saltar sobre los caballos, pero un monje estaba alerta y preparó tan bien su viraje que le abrió las entrañas en pleno vuelo. Esto dio súbita seguridad a los paladines, quienes gritaron más fuerte en previsión de su inminente acometida.

El comandante vociferó:

—¡Los demonios con cuernos primero!

Los Palustres se replegaron y cubrieron la cabeza de sus hijos cuando las espadas de los paladines horadaron el aire.

Antes de que cayera el primer golpe, un sonoro resoplido retumbó detrás del capitán junto con un tronchar de hojas. El comandante levantó las manos en señal de alto e hizo girar su montura hacia las sombras del claro. Agitó su antorcha frente a él y la luz alcanzó unos grandes y oscuros ojos disimulados en la celosía del ramaje del pantanal. Lo que siguió fue un chillido tan estruendoso que alteró a los caballos. El capitán vivió lo suficiente para ver que la cabeza de un jabalí gigantesco irrumpía en las tinieblas en medio de un coro de ramas quebradas. Sus magníficos colmillos, del largo de una pica en la liza, descendieron y se elevaron bajo el potro del paladín, el cual salió disparado hacia los árboles, donde uno y otro se encajaron en las retorcidas ramas. Quedaron colgados como espantapájaros mientras hojas y sangre llovían sobre los demás.

La confianza de los paladines se hizo trizas cuando se desató el pandemónium.

Nimue se disponía a arremeter desde su escondite en la maleza, pero Galván la jaló.

—¡Espera! Deja que los Colmillos hagan su trabajo —susurró.

Se sentía exaltada y enfebrecida y apretaba demasiado la mandíbula.

—¡No puedo! —lo empujó y apareció bajo la luz de la luna con una camisa de cota de malla dos medidas mayor que la suya y a la que un cinturón daba forma de faldón, además de pantalones y botas altas propias para el terreno y la alforja del Colmillo del Diablo a la espalda.

Sacó la espada ante un paladín que corría directamente hacia ella y le separó la cabeza de un solo tajo. Sintió que la puerta de su jaula se abría y ella era libre y salvaje. Sus temores y ansiedades estaban olvidados. Su dolor por la partida de Arturo se hizo humo. En cambio, se deleitaba en los alaridos y órdenes contradictorias y desesperadas de los monjes.

—¡*Troch no'ghol*! —la reprendió Wroth, el Colmillo que montaba al titánico jabalí y dirigía la carga con la mira puesta en infligir el máximo daño a los paladines. Los Colmillos habían entrenado durante siglos a sus jabalíes con guerreros en monturas. Éste mantenía bajo el hocico y los colmillos a ras del suelo, para que los estoques de los paladines no pudieran herir sus espesas y erizadas crines y su piel tan dura como el cuero. Entonces sacudió a diestra y siniestra su testuz, del tamaño de una carreta, arrasó con las patas de los caballos y arrojó a los religiosos a las sombras.

La formación de batalla de los Colmillos se desordenó con el arribo de Nimue, lo que dio a los paladines la oportunidad de reagruparse.

Con el plan en riesgo, el Caballero Verde silbó y unas trampillas se abrieron en la tierra. A la par que silbantes flechas rozaban sus mejillas, Faunos y Colmillos apuraban el paso de los Palustres a los túneles subterráneos de los extraños y tímidos Arados, quienes ladeaban inquisitivamente la cabeza en dirección a los temerosos hijos de los Palustres durante su arrastre a los recién cavados corredores, conducidos por Faunos con teas ardientes.

—¡No te apartes, Nimue! —le gritó Galván, porque ella se sumergía sin tregua en la zona pantanosa, donde los paladines formaban una línea. Algunos abandonaron la formación para trabar combate con ella. Uno levantó tan alto su espada que ella aprovechó para atacarlo por debajo de la cintura y le partió en dos la pierna sobre la rodilla. Una saeta alcanzó a Nimue en el hombro, otra pasó zumbando a su lado como libélula. Ella oía a lo lejos la angustiada voz de Galván, pero no temía. Su visión era clara. Iba un paso adelante, como si sintiera los movimientos de los paladines antes de que ellos

los ejecutaran. Los Ocultos aguzaban sus sentidos. Era la espada. La espada era el faro.

Un monje se lanzó con un hacha sobre ella. Nimue desvió el golpe, dirigido a sus costillas, y reaccionó contra el cuello de su enemigo. La sangre cegó a éste en su ataque, lo que permitió que Nimue le asestara un contundente tajo en la cabeza.

Paladín, paladín, tu sofoco se debe a la Bruja Sangre de Lobos.

Sonrió. Le agradaba esa rima.

Un destello de movimiento la hizo girar y huir de una muerte instantánea, pese a lo cual una daga se hundió en su hombro izquierdo.

¡Qué idiota!, maldijo su descuido y el dolor se bifurcó en su cabeza y su pecho mientras el peso del paladín los hacía caer a ambos en un matorral, ella debajo. Levantó a tiempo el antebrazo para bloquear un nuevo y desesperado lance de su agresor. La punta de la daga revoloteó a unos centímetros de sus pupilas. El paladín, con los ojos fuera de su órbita, buscó la garganta adversaria con la otra mano, listo para matar. El Colmillo del Diablo era inútil, fijo bajo la espalda de Nimue. Ella le arañó el semblante y él le mordió las manos. Cuando ella intentó darle un rodillazo en la ingle, él se sentó sobre su vientre. Los dedos del monje encontraron su cuello y apretaron para asfixiarla.

Un impacto húmedo roció de escarlata el rostro de Nimue. Una flecha había traspasado las sienes del paladín. Ella pudo respirar de nuevo. Disipó las estrellas que flotaban ante sus ojos, se puso en pie y recuperó con un rugido el Colmillo del Diablo. Volteó y vio al Caballero Verde a unos metros, que preparaba otra saeta. Su rostro estaba lleno de temor y furia.

Un osado paladín corrió a un lado de ella y arponeó al jabalí gigante en el costado. La bestia soltó un chillido. Nimue avanzó, hizo girar la pesada espada en un semicírculo elevado al tiempo que ignoraba el dolor en el hombro y —*fum*— lanzó por los aires la cabeza del monje, que pasó junto a Wroth en lo alto del jabalí.

Wroth la vio volar y caer en el lodo, y se detuvo. Miró a Nimue con una amplia sonrisa que exhibió sus grandes dientes.

—¡Bruja Sangre de Lobos! —bramó en la noche.

Ella estaba mareada, casi aturdida y, muy en el fondo, muerta de miedo.

Wroth y sus combatientes alzaron los puños y corearon su nombre. El corazón de Nimue latía con violencia y ella sonrió, pese al relámpago fulminante en su hombro. Aunque Galván le hablaba y la revisaba, pero había tanta sangre bombeando en sus oídos que nada oyó.

Entró a rastras a un túnel de arcilla. Galván la siguió. Los Arados se apresuraron a trabajar detrás de ellos y paleaban lodo entre sus piernas con dedos deformes y curvos para llenar la puerta del túnel, que sellaron como si jamás hubiera existido.

VEINTINUEVE

El rey Uter recorrió con paso marcial el sucio pasillo entre las mazmorras flanqueado por diez guardias acorazados hasta que llegó a la última celda del bloque. Dentro, Merlín estaba encadenado a la pared, con el cabello y la barba desaliñados y endurecidos por la sangre y el lodo. Los soldados no habían sido corteses con él.

El rey se irguió cuan alto era.

—Merlín.

—Su majestad —gruñó el mago con ojos ocultos por grasosos mechones—. Me levantaría si no estuviera sujeto a la pared.

Uter arrugó la nariz a causa del pestilente olor a moho y desechos humanos. Hizo una sencilla pregunta:

—¿Por qué no nos pusiste al tanto de la Espada de Poder?

—Bueno, su majestad… —comenzó.

Pero fue interrumpido.

—¡Espera, ya sé! Querías adquirirla para nosotros antes de crearnos falsas esperanzas.

Las manos de Merlín señalaron sus grilletes.

—Francamente sí, su majestad.

Uter mostró una sonrisa gélida.

—Siempre tienes la respuesta adecuada.

—Confieso que el modo en que me marché fue menos que ideal, señor, pero los presagios...

Lo interrumpió de nuevo.

—Los presagios, sí. La sangre que llovió sobre el Castillo Pendragón. ¡De dar miedo!

—Pero como siempre he dicho, señor, hay...

Lo cortó una vez más.

—... diferentes significados posibles en los signos. Sí, lo recordamos. No somos tan tontos como crees.

Merlín vaciló. No cabía duda de que la dinámica entre ellos había cambiado. Procedió con cautela.

—Jamás sugerí...

Uter estaba resuelto a no permitir que terminara una frase.

—¡Recordamos todas tus lecciones, Merlín! Por ejemplo: que no debemos temer los presagios sino aprovecharlos. Darles la vuelta y examinarlos hasta que nos digan algo nuevo. Y luego, mediante la acción, hacer que los signos se vuelvan realidad —envolvió con sus manos los barrotes de la celda—. Esta forma de pensar fue muy instructiva.

—¿Por qué, su majestad?

—Porque decidimos que la sangre que cayó sobre el castillo no fue nuestra —toda apariencia de bondad abandonó los ojos de Uter—, sino tuya.

Merlín observó al rey por entre sus mechones sucios y dijo con tono admonitorio:

—Uter...

—¡Nunca creíste en nosotros! Y ahora nosotros no creemos más en ti —se apartó y juntó las manos en la espalda—. La Era de los Magos ha concluido. Consideramos que tus recientes infracciones fueron una traición. Y para eso sólo existe un recurso: la ejecución.

—¿Sin que medie juicio alguno? —rezongó el mago—. ¿Sin una audiencia? ¿Quién te puso en mi contra?

Uter permitió que la emoción asomara mientras replicaba:

—Lo hiciste tú mismo con tu desdén, tu ebriedad y tu deslealtad —le tembló la voz—. Cuando llegaste a esta corte, teníamos diez años de edad. ¿Lo recuerdas?

—Sí —fue la suspirada respuesta.

Los ojos del monarca brillaron con el recuerdo.

—¡Habíamos oído relatos increíbles sobre el gran mago Merlín! ¡Con cuánta ilusión te aguardábamos! No conocimos a nuestro padre, ¿sabes? Nadie nos enseñó a reinar —rio—. Así que nos sentamos días enteros junto a la ventana con la esperanza de verte llegar por las colinas. Queríamos aprender los secretos del mundo. Queríamos ser sabios —su sonrisa se evaporó—. El día que entraste a caballo, corrimos a recibirte. Y tú caíste de tu montura. Apestabas a sudor y tu barba estaba manchada de vino. Tuvieron que cargarte.

Merlín suspiró.

—Tienes todo el derecho a estar decepcionado de mí, Uter, pero si quieres la Espada de Poder sería una locura que me mataras. Sé de buena fuente que el acero vendrá a mí. Dame una semana…

—Lo siento, Merlín. El populacho espera tu cabeza. ¡Llevénselo! —se alejó y sus talones chasquearon en el corredor de piedra al tiempo que los carceleros abrían la puerta del calabozo y los lacayos ponían al mago en pie.

—¡Uter! —ya le retiraban las cadenas y lo arrastraban fuera de la celda—. ¡Uter, necesito más tiempo!

Momentos después, Merlín cerraba los ojos contra el sol cegador en tanto lo sacaban de la mazmorra de la torre y lo subían a un cadalso frente a la turba que se había reunido en el amplio patio del Castillo Pendragón. Cuando sus ojos se adaptaron a la luz, vio que Lady Lunette se asomaba desde su ventana con una sonrisa satisfecha.

El rey Uter estaba pálido y el sudor mojaba su labio superior. No cesaba de mirar nerviosamente la torre de su madre mientras los lacayos ponían a Merlín de rodillas ante el tajo manchado de sangre del verdugo.

—¡Uter, piénsalo bien! —forcejeó con sus captores.

—¡Estamos hartos de tus palabras! —espetó el soberano y se inclinó hacia el verdugo. El cuello de Merlín fue colocado en la ranura del tajo. Uter miró de nuevo a su madre y ella asintió. Respiró hondo y volteó hacia la turba ahí congregada—. Merlín el Encantador, ¡eres sentenciado a morir por el crimen de traición a nuestra persona!

Merlín olió la sangre oxidada que se había impregnado en el tajo. La resignación se apoderó de él. Rio sin regocijo. En siete siglos, la única verdad que había conocido era que la muerte es fea, triste, indecorosa y carente de significado, y pese a las evidencias en contra, supuestamente irrefutables, él demostraba no ser la excepción de la regla. ¿Qué podía importar eso? En muchos sentidos, él era ya un fantasma. Sin su magia era poco más que un actor que fingía ser el gran mago Merlín ante un público cada vez menos crédulo. Ni siquiera sentía cólera contra Uter Pendragón, un chico que nunca había pasado de ser un peón de su cruel y ambiciosa madre y, en menor grado, del propio hechicero.

Tan pronto como el verdugo levantó el hacha, un pánico inusual se abatió sobre él como una ola imprevista, como un grito primordial e incluso vergonzoso de supervivencia, y meció los brazos con energía para intentar liberarse, pero los soldados lo sujetaron. La hoja centelló bajo el sol y una lluvia de plumas sumió todo en el caos.

El verdugo retrocedió ante el milano caído del cielo al tiempo que el hacha hendía el tajo a corta distancia de la nariz de Merlín. La muchedumbre se quedó sin aliento y docenas hicieron la señal de la cruz conforme el ave rapaz arremetía contra el verdugo, al que terminó por echar del cadalso.

Uter no tenía la menor idea de qué hacer. A pesar de que miró la ventana de Lady Lunette, quien indicó a señas que acabara con el mago, antes de que le ordenara a su hachero que retornara a su puesto, el milano se posó en el tajo con un diminuto pergamino atado a una pata.

—¡Un mensaje, señor mío! —prorrumpió Merlín, con la cabeza todavía presionada contra el tajo.

Uter quiso huir. Su instante de poderío se diluía. Sir Beric dio un par de pasos inseguros hacia el milano y ensanchó los ojos.

—Es cierto, señor. ¡Hay una nota! —repitió, para mayor desdicha del rey.

Con un gesto de desprecio, Uter exclamó:

—Bien, ¿qué dice?

Sir Beric se precipitó sobre el ave y desprendió el mensaje de su pata. Lo desenrolló, lo alzó contra el sol y se quedó boquiabierto cuando lo leyó en silencio.

Uter ya había tenido suficiente.

—Por piedad, Beric, ¿qué dice?

Éste farfulló:

—Es una carta de la Bruja Sangre de Lobos, señor, ¡y ofrece traer la Espada de Poder, la... la Espada de los Primeros Reyes, al mago Merlín!

—¡Dile que me encuentro indispuesto! —exclamó él.

Uter sintió que los ojos de su madre le perforaban la nuca. No se atrevió a voltear. Se mordió el labio, fantaseó con que la cabeza cercenada de Merlín caería sobre la multitud y admitió su derrota.

—¡Levántenlo, levántenlo! —apartó a Sir Beric y a los lacayos, zapateó de vuelta al palacio e ignoró las quejas y abucheos de la horda a la que se le había negado el espectáculo de sangre que esperaba.

Los soldados pusieron en pie a Merlín, él los hizo a un lado y se agachó a estudiar al milano, que lo observaba con indiferentes ojos negros. Le acarició el ala y el ave le prensó el pulgar e hizo brotar sangre. Cuando retiró la mano, cayó en la cuenta.

—Eres uno de los pájaros de Yeva, ¿no es así? Dile a esa anciana que esto nada cambia entre nosotros.

El ave lo miró con desinterés mientras los soldados lo enderezaban y cargaban con él.

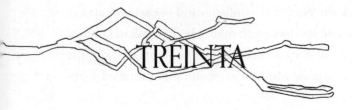

TREINTA

U n viento implacable e incesante cortaba los rostros y
pies revestidos con sandalias de los treinta Paladines
Rojos que el padre Carden conducía en lúgubre procesión a caballo hacia las estribaciones de los Pirineos, donde
bosques de álamos y altos pinos habían invadido las ruinas
de mármol de Bagnères-de-Bigorre, el enclave romano que
los ricos favorecían en vista de sus baños termales. Cruzaron
desiguales taludes cubiertos de vegetación y salpicados de rocas que anchos y poco profundos arroyos dividían, con sus
abundantes reservas de truchas pardas. Incluso los bajos picos
de las montañas estaban cubiertos de nieve y eran implacables conductos de los vientos de diciembre. Carden apretó los
dientes para que no castañetearan, siempre atento a servir de
ejemplo a sus discípulos.

El Monje Llorón cabalgaba a su lado, con los ojos cubiertos por su amplia capucha drapeada.

Cuando el terreno se hizo más rocoso y las laderas más
pronunciadas, los paladines ingresaron a un verde valle de
elevados abetos y un pequeño lago azul, cuya orilla había
sido reclamada por un campamento inmenso identifica-
do por un enorme estandarte oro y blanco, los colores del

Vaticano. Esta bandera colgaba de una viga como la vela de una embarcación, encima de un carruaje papal. Varias tiendas de campaña de gran tamaño, rojas y ovales, sobre las que también ondeaban los colores del Vaticano en largas astas, rodeaban un pabellón majestuoso, apartado de la ribera del lago y protegido del viento por una hilera de vetustos pinos.

Sirvientes con atuendos religiosos y baldes en grandes pértigas transportaban agua caliente desde los cercanos manantiales hasta el pabellón.

Las puertas de éste se hallaban bajo el cuidado de la Trinidad, la guardia personal del papa Abel V a la que distinguían sus sotanas negras. A medida que el padre Carden y el Monje Llorón se aproximaban en sus cabalgaduras a las puertas del pabellón, vieron reflejadas sus distorsionadas figuras en las macabras caretas doradas de los guardias de la Trinidad. Cada una de esas caretas se asemejaba a máscaras mortuorias papales, de modo que cada miembro de la Trinidad era depositario de una identidad fúnebre particular. Los dorados rostros inanimados de papas ya desaparecidos miraban a Carden y al monje con sus extraños ojos cerrados.

El Monje Llorón tomó nota de los pavorosos manguales que colgaban de los cintos de piel de los guardias de la Trinidad y tras ajustar tranquilamente su sotana detrás de la empuñadura de su acero se irguió para enfrentarlos en la puerta en compañía del padre Carden. La Trinidad dio al unísono un paso atrás y apartó las puertas de la entrada del pabellón. El padre Carden se inclinó y entró solo.

Una espesa niebla impedía ver los objetos más cercanos. El aire era pesado y olía a incienso. La frente de Carden estaba cubierta de sudor. Los sirvientes no cesaban de afanarse de un lado a otro en rellenar con el agua termal la vasta tina de madera en el centro de la tienda papal.

La bañera estaba ocupada por un esqueleto humano. El papa Abel V no pesaba más de cuarenta y cinco kilos y estaba casi totalmente calvo. La carne que cubría sus huesos era nervuda y firme.

—Su santidad —Carden se arrodilló en la alfombra junto a la tina.

—¡Levántese, padre Carden! —dijo aquél con voz áspera y Carden se puso en pie. No reaccionó cuando vio la cara del papa, atacada de sífilis—. Estas aguas me hacen mucho bien —agregó y preguntó—: ¿Cómo estuvo su viaje?

—El invierno llegará pronto, su santidad —respondió.

—Debe de estar cansado. Permita que mi gente le llene la bañera. De seguro no usaré toda el agua caliente —sonrió. El padre notó que, pese a su apariencia enfermiza, sus dientes eran de un blanco perlado.

—¡Qué generoso ofrecimiento, su santidad! Pero... —vaciló.

—Pero el trabajo es demasiado importante. Lo sé. Lo conozco. Su labor no ha pasado inadvertida, se lo aseguro. Y sé que lo hemos distraído de ella. Sin duda es difícil.

—Aun cuando ha sido un honor para mí hacer este viaje, su santidad, confieso que hay algo que me pesa: lo ingente de nuestra misión.

—Dios ve este esfuerzo, padre Carden, sépalo usted. ¿Cuántas aldeas ha purificado? ¿Tiene una cantidad? —preguntó Abel V con ansia.

—No todos viven en aldeas, su santidad. Estas lamentables abominaciones moran en copas de los árboles y lodazales, cuevas y pantanos. Es raro que sus viviendas se asemejen a lo que nosotros reconoceríamos como un asentamiento humano tradicional. Lo mismo puede decirse de su aspecto. Aunque es posible que algunos de ellos sean similares a nosotros, la mayoría posee raquíticas alas o miembros deformes que les permiten trepar con más facilidad por las ramas, o cuernos, u ojos sin pupilas que ven en la oscuridad. Algunos están cubiertos de pelo, mientras que otros pasan en las tinieblas del subsuelo la vida entera y no usan sus ojos, pues no los tienen.

—¡Extraordinario! ¡Qué maravilloso debe ser saber que cumple el plan que Dios ha trazado para usted y expulsa de sus dominios esas abominaciones!

—Eso es justo lo que siento, su santidad —la sola idea hizo que experimentara una descarga de emoción.

El papa se hundió un poco y la neblina confluyó en torno suyo. Emergió y escupió agua.

—¿Cuántos Paladines Rojos tiene bajo su mando, padre Carden?

Éste se llenó de orgullo.

—Es difícil saberlo, su santidad. Voluntarios nos exceden ya en cada ciudad. No es presunción sugerir que nuestro número supera los cinco mil.

—Ha reunido todo un ejército, padre. ¡Es increíble! ¿Y sus efectivos están entregados a la causa?

—Tienen orígenes diferentes, algunos más humildes que otros, pero son una confederación de hermanos. Y de hermanas también, cabría añadir.

—¡Excelente! —Abel V batió las palmas y salpicó agua en todas direcciones—. ¿Y de las bajas qué me puede decir?

Había llegado el momento que temía.

—Hemos sufrido algunas, su santidad.

—¿Algunas? —hizo saltar más agua en el aire.

—Es natural que haya resistencia a nuestra magna obra.

—¿Se refiere a alguna "resistencia" en particular, padre Carden? ¡Eso suena formidable! ¿Es lo que llamamos la Bruja Sangre de Lobos? ¿Una "resistencia" por sí sola?

—No es ella sola...

Se incorporó en la bañera.

—¡No me contradiga, rústico engreído!

Carden miró sus enlodadas botas, avergonzado por la reprensión.

El papa permanecía ahí, goteando de forma descarada, como si retara a Carden a verlo a los ojos. Satisfecho, se sumergió en el agua hasta los ojos y esperó ahí, como un cocodrilo.

—Le ruego me perdone, su santidad —murmuró.

—Esa bruja conoce nuestros planes.

Carden asintió.

—Encontraron mapas...

—¿Encontraron? ¡Ella los robó a los Paladines Rojos que mató en el claro! Lo sé todo, padre Carden. Usted no se hace ningún favor con suavizar el golpe. Docenas de Paladines Rojos han sido asesinados por esta bruja, ¿y cuál ha sido su respuesta?

Iba a contestar pero Abel V lo interrumpió.

—¡Ninguna! ¡Eso es! Su campaña está paralizada ahora por la proximidad del invierno. La debilidad es como la sífilis, padre: contagia a todo el que se acerca a ella. Esta bruja lo pone en ridículo. ¡Nos pone en ridículo!

—Hay...

—¿Qué pretende? —gruñó—. ¡Mida sus palabras!

Carden hizo un esfuerzo por mantener la calma.

—Creemos saber dónde anidan estas criaturas, su santidad. Ya les tendemos la trampa. Le ruego que nos conceda tiempo. Cuando hallemos a la bruja, juro por Dios que la haremos escarmentar de tal manera que sus seguidores se sumirán en la desesperación y la locura.

—¡Hágalo, padre Carden, o el escarmentado será usted!

—Sí, su santidad.

—¡Otro paso en falso y enviaré a mi Trinidad para que asuma el mando de ese ejército suyo! Tome en cuenta que esta corporación no se distingue precisamente por su clemencia.

—Comprendo, su santidad —se inclinó e hizo una salida tan rápida y digna como pudo.

Dio gracias infinitas al cielo cuando respiró otra vez el penetrante aire frío. Pasó a zancadas junto a los guardias de la Trinidad sin siquiera mirarlos y estaba a punto de hacer lo mismo con el Monje Llorón cuando dudó. Lo tomó del bíceps y siseó en su oído:

—¡Es culpa tuya que haya tenido que venir aquí a someterme a esta humillación! ¿Dónde está tu orgullo? ¡La maldita bruja se burla de nosotros! Si ardo en llamas, óyelo bien, no arderé solo —lo apartó y emprendió la marcha hacia su caballo.

El monje ajustó su sotana y miró los fúnebres rostros dorados de la Trinidad que resguardaban las puertas del pabellón.

TREINTA Y UNO

Lady Lunette acarició en su regazo a un gato gris de pelaje corto y se inclinó sobre un pequeño reloj de arena en el alféizar de su torre. La arena comenzó a caer. Ella empujó al felino.

—¡Abajo, abajo! Tengo cosas que hacer.

El minino emitió una queja, saltó a un taburete de terciopelo y se ovilló sobre él. Lady Lunette tomó en su mano la cantidad de masa suficiente para un pastelillo de higo y la palmeó. Canturreaba para sí cuando tocaron a su puerta.

—¡Adelante! —respondió con tono áspero.

La pesada puerta de roble se abrió con un rechinido y Merlín asomó la cabeza por la rendija.

—¿Su majestad la Reina Regente?

Ella se puso al instante una invisible armadura de hielo y sonrió apenas.

—¡Lord Merlín, qué sorpresa! ¿A qué debemos el honor de su visita? ¿Nos permite ofrecerle una natilla de cereza recién hecha?

El mago admiró las charolas escalonadas de coloridos postres que llenaban la cámara de la torre de la Reina Regente.

—Debo declinar, milady, porque comí en la corte hasta saciarme, aunque dicen que son deliciosas.

—Acepte entonces un poco de vino —levantó una ceja frente a una jarra de vino y dos copas de plata—. De seguro está sediento luego de un día tan agitado.

Él rascó su barba, miró con recelo el vino y se abstuvo.

—Ha sido, en efecto, un día muy agitado —tomó asiento en un cofre de madera al pie del lecho de la Reina Regente e inclinó la cabeza, hundido en sus pensamiéntos.

La sonrisa de Lady Lunette se desvaneció.

—¿En qué podemos ayudarle?

Merlín elevó al fin la vista y contempló el sol poniente a través de la ventana.

—Por alguna razón, un día como éste me recuerda una historia. Quizás usted ya la conozca. Entre los nobles se le denomina "La historia de la partera".

Ella observó la masa en sus manos.

—No creo haberla escuchado.

La voz de Merlín sonó tersa.

—Cuentan que una noche de mayo inusualmente fría en la que había caído una helada sobre los cultivos, la gente sostenía velas bajo las estrellas porque estaba a punto de nacer un rey. Esto era de la mayor importancia, porque el rey anterior había muerto meses atrás y dejado como regente a la reina, quien no era legítima heredera al trono. No obstante, si daba a luz un hijo, él sería rey.

Lady Lunette depositó el pastelillo crudo en una charola, junto a otras galletas sin hornear. Su rostro se había petrificado.

El hechicero se entusiasmó con su tema, juntó las manos y se recostó en su asiento para saborear el relato.

—Pero conforme transcurría la noche resultó claro que la criatura se resistía a nacer y permanecía en el cuerpo de la

Reina Regente. Y aunque ella le pidió a santa Margarita que su bebé naciera con la misma facilidad con que la santa había escapado de las entrañas del dragón, la criatura nació muerta —hizo una pausa—. Habría sido varón.

Lady Lunette cerró los ojos por un brevísimo segundo. Merlín continuó su relato.

—A sabiendas de que el niño muerto le impediría reclamar el trono, la Reina Regente confabuló con la partera. Así, a la luz de la luna, ésta se escabulló del castillo en dirección a una casa de campesinos que conocía, quienes habían celebrado en fecha reciente la llegada de un nuevo ser.

Lady Lunette doblaba la masa de otra tarta.

—Dicen que la madre fue generosamente recompensada con monedas de oro de las arcas reales —prosiguió el mago—. Aun así, días más tarde se le halló muerta por asfixia. Algunos conjeturaron que había sido envenenada.

Lady Lunette adoptó una sonrisa de suficiencia y rio entre dientes.

Merlín se levantó, unió las manos en la espalda y respiró hondo.

—De hecho, casi todos los que pudieron haber estado al tanto de esa espantosa conspiración encontraron su fin de modo similar —se volvió hacia ella—. Todos salvo la partera, quien temió por su vida y huyó del reino para no retornar jamás.

Lunette cerró uno de los postigos contra el sol poniente. El mago aguzó el oído y asumió un aire meditabundo.

—Es de imaginar que si hubiera sido hallada alguna vez, habría representado un enorme peligro para el monarca.

Ella depositó otra galleta.

—Sospecho que ése es el motivo de que la partera se haya ocultado para siempre, dadas las tristes consecuencias para los demás personajes de la historia. O quizá la explicación más simple sería que nunca abandonó el reino y compartió el destino de aquella pobre madre que vendió a su hijo por unas monedas de oro.

Merlín asintió.

—Sí, ésa ha sido siempre mi sospecha —se encaminó a la puerta, hizo un alto y volteó—. Claro que hay una tercera opción.

—¿La hay? —inquirió ella al instante.

Los ojos de él brillaron.

—Que la partera esté viva y sana y bajo mi entera protección. ¡Buenos días, su majestad!

Apretó la quijada mientras Merlín abría la puerta de roble y salía a las escaleras. Cuando la puerta se cerró, la torre quedó en silencio. Lady Lunette miró su reloj. La arena ya se había apilado al fondo.

—¡*Psss, psss!* —llamó al minino. Como no obtuvo respuesta, se reclinó sobre su silla. El gato gris la miró con exánimes ojos azules desde el taburete de terciopelo, donde había quedado muerto. Ella sonrió con satisfacción. Se inclinó, recogió del suelo el pastelillo a medio comer y lo devolvió a la charola.

TREINTA Y DOS

El Castillo de Graymalkin —en la palma de su mano, Yeva daba de comer un ratón muerto a su milano, Marguerite—. Es el castillo de los amantes Festa y Moreii, lleno de espíritus malignos. Ese viejo borracho trama algo.

Nimue miraba la nota de Merlín al tiempo que Galván, su compañera de viaje —la mujer de la túnica púrpura que Nimue sabía ahora que se llamaba Kaze—, Morgana y Wroth debatían sus siguientes pasos.

—Es demasiado peligroso que vayas sola —afirmó Galván—. Hay puestos de inspección de los Paladines Rojos a lo largo del Camino Real. Deberás seguir las veredas del bosque. Cabalgaré contigo.

—*Ech bach bru* —retumbó Wroth.

Mogwan, hijo de Wroth, volteó hacia Galván.

—Mi padre dice que te necesitamos aquí.

—Las correrías en pos de alimentos y la búsqueda de sobrevivientes son la prioridad —convino Nimue.

—¿Para empezar, es necesario presentarse? —Galván apeló a los otros—. Ese señor trabaja para Uter Pendragón. ¿Cómo podemos confiar en él?

—Estoy de acuerdo —lo secundó Morgana.

Nimue miró la espada.

—Arturo diría que Uter Pendragón es nuestra mejor opción para sobrevivir —el nombre de Arturo en su boca hizo que le doliera el pecho.

—¿Y dónde está ahora ese valiente Sangre de Hombre, eh? —se burló Galván—. ¿Qué ha hecho su "rey" por nuestro pueblo, además de quedarse sentado mientras los Inefables hallamos la muerte desde Ceniza hasta Puente de Halcones y Dewdenn?

—¡He visto esas muertes con mis propios ojos y no necesito sermones! —le gritó Nimue, Galván tomó asiento en una roca para no explotar—. Fue el último deseo de mi madre. Y hasta ahora ese tal Merlín no me ha dado razón para desconfiar de él.

Yeva rio.

—Podrías dejar la espada aquí —propuso Morgana.

—Me pide que la lleve.

—Esto no me gusta —Morgana sacudió la cabeza.

Nimue había tomado su decisión:

—Iré. Llevaré la espada —tomó a Morgana de la mano—. Y tú me acompañarás.

—Kaze también —añadió Galván—. Le confiaría mi vida.

La mujer de la túnica púrpura asintió bajo la capucha. La punta de su cola de leopardo se agitó en el suelo.

—¡Es un hecho entonces! —Nimue se levantó y le indicó a Yeva—: Di a Merlín que en tres días me reuniré con él al atardecer en el Castillo de Graymalkin.

Yeva limpió la sangre de sus manos mientras Marguerite terminaba de tragarse el ratón.

La Viuda se hallaba al borde de un acantilado sobre el verde y gélido oleaje de Bahía de Cuernos. A lo lejos se erguía la negra torre de roca volcánica del arruinado Castillo de Graymalkin, barrido por el viento. Mirlos y gaviotas se disputaban a graznidos los nidos de los escarpados reductos en las altas paredes marinas en tanto Merlín ascendía detrás de ella, con los hombros encorvados contra los vientos penetrantes. Bajó de su caballo y se acercó.

—¿No tienes frío? —ella sólo llevaba puesto un vestido negro de cuello alto, mangas y guantes negros y su velo de costumbre.

—Me gusta el fresco —sacó la taza de arcilla del clan Serpiente con el Fuego Inefable que él había guardado en su alforja.

Merlín tomó la taza y la metió en un saquillo que llevaba al cinto.

—Te lo agradezco.

—¿Piensas usar todavía el Fuego Inefable para destruir la espada?

—Sí —respondió con tristeza—. Ya no creo en ningún "rey verdadero", ni en las habilidades de un viejo Druida para guiarlo. La espada es demasiado poderosa para esta época de barbarie.

—Podrías reclamarla para ti. Y los Señores de las Sombras gobernarían de nuevo.

—Sabes que eso no sucederá —la amonestó—. En una remota era intenté unir a la humanidad y a los Inefables —hizo una pausa con los ojos empañados— y fracasé.

—El Rey de los Leprosos no perdonará tu traición. A estas alturas ya le ha puesto un alto precio a tu cabeza. Tu mejor opción es desaparecer cien años más.

—Ésa es mi intención una vez que este asunto de la espada llegue a su fin.

—¿Qué será de la chica Inefable?

—Abandonada a sus recursos, se ahogará en un mar de fuego o de espadas vikingas. Espero poder razonar con ella, pero esta Bruja Sangre de Lobos me entregará la espada, de una manera o de otra.

Montó en su caballo y dio la vuelta hacia el castillo, con la barba agitada por el viento, sin sospechar que Lady Lunette lo espiaba entre las altas hierbas de una colina próxima. Lo vio cruzar los campos y que desmontaba en el peligroso puente colgante que unía los riscos con la Torre de Graymalkin, tras de lo cual retrocedió a rastras en la hierba para dar la señal.

Nimue no podía dormir. Daba vueltas en el duro suelo lleno de guijarros de las colinas bajas de las Montañas Minotauro. Habían acordado acampar sin encender una fogata, así que además hacía un frío inclemente, aunque Morgana dormía sin quejarse.

Kaze había aceptado hacer guardia. Nimue jamás había visto dormir a esta misteriosa mujer. La halló sentada en un árbol derribado, alerta a cada ruido, con ojos amarillos que destellaban bajo la luz de la luna y la cola perezosamente tendida en el suelo.

—Tu cola es muy hermosa —le dijo.

—¡Gracias! —Kaze exhibió sus colmillos blancos.

—¿Hace mucho tiempo que conoces a Galván?

—No mucho.

¡Qué elocuencia!, caviló Nimue.

—Te agradezco que nos hayas acompañado.

—Me interesa conocer a este Merlín que tantas discusiones provoca.

—¿Has oído hablar de él? —preguntó con curiosidad. Dados los viajes de Galván, así como el marcado acento y excepcionales ropajes de Kaze, Nimue supuso que procedía de territorios muy alejados de Francia.

—No lo conocía por ese nombre —contestó.

—¿Lo conoces por otros? —insistió Nimue.

—Ha vivido largo tiempo —alegó—. Seguro tú lo sabes. Le darás la espada de tu pueblo.

A Nimue le avergonzó su ignorancia del mundo.

—Mi madre me pidió que se la trajera. Antes de eso, sólo había oído hablar de él en los cuentos infantiles.

—Merlín era muy importante para tu madre —dedujo Kaze.

Nimue negó con la cabeza.

—No, ella... él no lo era. Me habría dicho algo.

—Para tu padre, entonces.

—Mi padre se marchó —vaciló—. Se marchó cuando yo era muy pequeña.

Kaze miró la luna.

—Tu madre guardaba secretos.

Nimue arrugó la frente.

—No solía hacerlo.

—¿Te dijo que tenía la gran espada?

—Bueno, no, pero...

—Tu madre guardaba secretos —repitió una vez probado su punto. Como si la conversación la hubiera agotado, saltó del árbol caído y desapareció silenciosamente en el bosque.

Un sudor frío descendió por la nuca de Nimue. No estaba preparada para esto. El corazón le aleteó en el pecho.

"¡Ella ha traído la oscuridad a esta casa!"

Siempre que cerraba los ojos para dormir, el recuerdo se infiltraba de nuevo. La voz de su padre.

"¡Es tu hija!"

Y Leonor arrojaba furiosa una jarra de barro. Nimue todavía la escuchaba hacerse añicos contra el fogón de piedra.

"No sé lo que ella es".

Sus padres gritaban toda la noche en sus intermitentes pesadillas.

TREINTA Y TRES

Un viento cortante y salado se azotó contra los jinetes cuando los árboles empezaron a escasear y las colinas bajas y cubiertas de hierba dieron paso al océano y las remotas torres del Castillo de Graymalkin. Nimue se sentía expuesta en un paisaje tan abierto como aquel. Quizá consciente de ese temor, Kaze salió a galope al mismo tiempo que Morgana alcanzaba a Nimue.

—No ofrezcas primero. Que él abra la propuesta.

—Ya lo sé —repuso Nimue.

No sé nada, pensó. Una parte de ella ansiaba que este desafío acabara ya, que ella entregara la espada y esto llegara a su fin. Aun así, se sentía obligada con los refugiados Inefables que contaban con ella, con sus amigos e incluso con la espada. *¡Qué absurdo! Es sólo una espada.* Pero no podía ignorar que la había salvado de los lobos y librado en el laberinto de espinas. Le había dado valor para retar a Boores e impartir justicia en el claro. *Me ha servido mucho, ¿y yo se lo agradezco cediéndola a un rey Sangre de Hombre? ¿A alguien que podría usar este mismo acero para exterminar a lo que resta de los míos?*

—¡No olvides que tus pensamientos deben ser tuyos! —gritó Kaze adelante de ella—. ¡No permitas que él entre en tu mente!

¿Cómo puedo saber si mis pensamientos son míos? Nunca se le había ocurrido reflexionar en aquello.

La niebla que emergía del fondo de los acantilados envolvía de tal modo el Castillo de Graymalkin que daba la impresión de que sus torres flotaran sobre un caldero en ebullición. Para calmarse, Nimue miró a Kaze y a Morgana, quienes sostenían a la zaga las riendas de sus caballos. Kaze asintió bajo su capucha púrpura y Morgana le dijo:

—No eres Nimue. Eres la Bruja Sangre de Lobos.

Se volvió hacia las maltrechas torres que se erguían frente a ella y cuando miró entre sus botas y las tablas húmedas del puente colgante sólo vio neblina a sus pies, pese a que escuchaba el estrépito del oleaje. Cruzó el puente lo más rápido que pudo, contuvo la respiración en todo el trayecto y recorrió después el sendero fangoso hasta el deteriorado puente levadizo que le dio acceso a las sombras del palacio.

Sus pisadas resonaron durante su paso bajo la desmoronada garita. Vio las cadenas oxidadas del puente levadizo. A la distancia se oía un goteo. La sensación de la espada en su dorso le dio cierta seguridad al momento de su ingreso en la plaza fortificada llena de maleza. Aquí la magnitud prodigiosa del castillo cobraba realidad. Siete espantosas torres negras se inclinaban sobre ella como los dedos de un puño al cerrarse. Alguien susurró a sus espaldas y ella volteó a una oscura entrada de la garita. Pensó por un instante que había visto una sombra dentro.

—¿Hola? —llamó.

No hubo respuesta.

Se apartó nerviosa de la garita y atravesó la bruma de la plaza hasta el amplio torreón, una de las pocas estructuras del castillo aún intactas.

—¿Hay alguien ahí? —preguntó en la escalera de caracol.

Vislumbró arriba un fulgor verde y titilante. Trepó en la oscuridad y deslizó la mano por las desgastadas paredes hasta que llegó al Gran Salón.

Un fuego verde crepitaba en un brasero enorme colocado en el centro del vasto y vacío aposento, donde ofrecía calor contra el aire marino.

El hombre de luido manto azul que se erguía junto a la ventana era más joven de lo que ella esperaba. Su cabello y barba castaños estaban revueltos y sus fríos ojos grises lucían alertas y suspicaces. De su cinto colgaban saquillos repletos de ramas y plantas. Aun al otro lado de la sala ella percibió ligeros aromas de cedro y limoncillo, geranios y clavo. Aquél no era un emisario real engreído y presuntuoso, sino un auténtico Druida, un ser humano versado en múltiples lenguajes mágicos, entre ellos el Inefable, y una mezcla de salvaje energía.

Algo le desconcertó cuando la vio, aunque apenas un segundo, e intentó sonreír; el efecto no fue reconfortante.

—Tú debes ser Merlín —ella confió en que no repararía en el temblor en su voz.

—Y tú la Bruja Sangre de Lobos, la temida portadora del Colmillo del Diablo.

El tono del mago tensó su espalda.

—Te burlas de mí.

—No —se ablandó—, pero practicas un juego peligroso.

Un fino hilo plateado subió por el cuello de Nimue y un trueno retumbó a la distancia. Merlín supo apreciarlo.

—¿Crees que es un juego? —preguntó.

El verde Fuego Inefable se interponía entre ellos, así que Merlín rodeó el brasero.

—¿Cómo encontraste la espada?

—Mi madre me la dio —su labio vibró—. Y en su último suspiro me pidió que te la diera.

Vio que la cara de Merlín cambiaba. De pronto pareció más presente. Preguntó en un susurro:

—¿Eres hija de Leonor?

El corazón latió ferozmente en su pecho en cuanto comprendió una súbita revelación.

—Lo soy —la expresión de Merlín era inescrutable. Ella insistió—. ¿La conociste?

—Sí —respondió en voz baja. Luego, como si se librara de una fantasía, retornó a la espada—. Las instrucciones que recibiste fueron muy sabias. Podemos...

—Mírame —lo interrumpió y dio un paso hacia él.

—¿Cómo dices?

—Que me mires —los fatigados ojos del viejo Druida se posaron en los de ella. Tuvo que hacer un esfuerzo para sostenerle la mirada—. ¿Qué ves? —inquirió con gentileza.

—Tienes sus ojos —contestó emocionado.

—¿Algo más?

—¿Cómo te llamó?

—Nimue —dijo con una sonrisa.

—Nimue —él inclinó la cabeza—. Es un nombre muy bello.

—No he dejado de preguntarme por qué tú. ¿Por qué me pidió que te trajera la espada?

—¿Y a cuál respuesta has llegado?

Tomó aire y tembló.

—No quería que te trajera la espada. Quería que la espada me trajera a ti —sonrió—. Porque tú eres mi padre.

Levantó en vilo la enigmática arma y en cuanto una bestia cayó sobre la meseta rocosa, sintió que le hervía la sangre.

LAS FAUCES DEL OSO DIABÓLICO SE DESENCAJARON
Y ABRIERON PARA DEVORARLA ENTERA.

EL AGUA SE AGITÓ Y NIMUE EMERGIÓ POCO A POCO DEL LAGO, CON LA ESPADA DE PODER APRETADA ENTRE SUS PUÑOS.

AUN CUANDO PAREJAS Y FAMILIAS GIRABAN A SU ALREDEDOR,

EN ESE MOMENTO PERDIERON CONSCIENCIA DE LOS DEMÁS.

-NO HUIREMOS, NO NOS OCULTAREMOS,

NO ABANDONAREMOS A NUESTRA ESPECIE.

-¡REINA DE LOS INEFABLES! ¡REINA DE LOS INEFABLES!

Nimue flotaba a la deriva en un vacío de color azul cobalto.

ESTABAN RODEADOS POR LOS CUATRO COSTADOS,

SIN POSIBILIDAD ALGUNA DE ESCAPAR.

TREINTA Y CUATRO

S í —musitó Merlín—, sí, eso... eso sería... —calló y se
apartó, abrumado—. Yo no...

—No lo sabías —Nimue terminó por él.

Maravillado de ella, sacudió la cabeza y mostró una sonrisa burlona.

—Eres Leonor vuelta a nacer.

Con animado corazón, ella secó sus húmedos ojos.

Merlín se acercó y tomó su mano, que miró en la suya.
Así permanecieron, contrariados.

—¿La amabas?

—Mucho —asintió.

—¿Y ella a ti? —las preguntas de Nimue no cesaban.

—Me agrada pensar que sí —contestó, con un dejo de
tristeza. Soltó su mano y regresó a la ventana.

—¿Cuándo la conociste? ¿Por qué se separaron?

—Nunca he hablado de esto.

—Necesito que lo hagas ahora —insistió.

—Todo a su tiempo, Nimue. Lo imperativo ahora es que
comprendas que fuerzas muy poderosas confluyen en pos de
esta espada. Te enfrentas a la Corona, la Iglesia y los invasores
del norte. A cada momento que ella pasa en tu mano, el peligro
aumenta.

—Pero he sobrevivido.

Él volteó con ferocidad.

—¡Mantenida por una osadía que no puede durar, que se extinguirá como la flama de una vela al paso de los ejércitos de Uter Pendragón!

Nimue lo desafió.

—No lograrás con amagos que te entregue la espada. Porque no soy una niña, te lo aseguro. He crecido mucho en estos últimos días —nada hizo por sofocar la cólera que ascendió hasta su garganta—. Los míos no confían en usted, señor. Dicen que es un traidor, un borracho y un farsante. Si desea ganarse mi confianza, tendrá que decirme la verdad sobre mi pasado y su relación con mi madre.

La sala calló, salvo por el parpadeo del Fuego Inefable. Merlín sopesó las palabras de Nimue. Justo entonces, un furtivo murmullo salido del pozo de la escalera hizo que ella girara la cabeza. Pensó por un momento que veía formas, figuras que se deslizaban detrás de las paredes.

—¿Quién está ahí? —temió una emboscada. Desenvainó por instinto la Espada de Poder y la apuntó hacia el hechicero. Los ojos de Merlín resplandecieron a la vista de la hoja en una forma que Nimue no pudo discernir. ¿Lo que vio era temor o deseo?—. ¿Quién más está con nosotros? —exigió saber.

Los susurros, de dos jóvenes, un hombre y una mujer, parecían aletear en el techo y hundirse en los distantes abismos del palacio.

—Son los jóvenes amantes Festa y Moreii, nacidos de clanes rivales, quienes hace más de mil años se atrincheraron en este castillo y bebieron cicuta para no separarse jamás. Lo que oyes son sus voces —le confió Merlín—. Las atraes por el que presumo es un firme lazo con los Ocultos.

Perturbada por la presencia de los espíritus pero ya sin temer un asalto, Nimue enfundó la espada, aunque permaneció alerta.

Merlín cambió de táctica.

—Tus compañeros me juzgaron y me declararon culpable. Y es cierto que lo soy de muchos delitos. Por eso no puedes cederme la espada ni confiar en mí como padre, lo comprendo. Con todo, la verdad podría ser dolorosa, Nimue. ¿Estás segura de que deseas conocerla?

—Sí.

—Entonces es probable que estos jóvenes amantes me ayuden a guiarte en el recuerdo, para que conozcas mi historia. La historia de Merlín el Encantador.

A la luz de la antorcha del Fuego Inefable, Merlín condujo a Nimue por los ventosos y susurrantes túneles de Graymalkin hasta una estrecha galería sobre el Gran Salón. A la distancia, unos postigos rotos se azotaban contra los vientos del mar.

—Fue aquí donde murieron —Merlín señaló entre siseos una esquina de piedra—, envuelta una en los brazos del otro.

Ella sintió el conocido ronroneo en su vientre, y la presencia de otros en la habitación. Se paralizó cuando una sombra se alargó en el muro.

—¿Dónde estás? —dijo desde muy lejos una voz de mujer.

Los vellos de los brazos de Nimue se erizaron.

Merlín posó en su hombro una mano reconfortante. Se sentaron sobre las piedras.

—Cualesquiera que sean las visiones que se presenten, no las ahuyentes —le aconsejó.

La antorcha Inefable danzó y llameó conforme las sombras se cernían sobre ellos. Nimue tomó la determinación de no caer presa del pánico e intentó en cambio abrir su mente a los visitantes. Vio en su imaginación un rostro joven, el de una chica de su edad con piel pálida y pecas en las mejillas, una tiara de plata y una trenza larga.

Nimue se hallaba en el Bosque de Hierro. Estaba en casa. Pero algo era distinto. La luz era difusa. Miró sus manos y vio a través de ellas, como si fuesen de bruma. De cara a unas huellas, observó que Merlín se tambaleaba entre los árboles, caía brevemente y se ponía en pie a rastras. Sus ojos eran unos alfileres oscuros, vestía harapos y pieles de animales y parecía mitad hombre, mitad bestia. Una horrible herida purpúrea coloreaba su pecho y su cuello y él respiraba con dificultad. Para aligerar su paso agitaba la mano y con un trueno convirtió dos robles en leña. Nimue retrocedió sobrecogida. Tras apretarse el costado, llegó muy cerca de ella, aunque no le prestó atención, como si fuera invisible para él, y continuó su accidentado camino.

Lo siguió al Templo Sumergido.

Las piernas le fallaron al hechicero en el largo camino al altar. Reptó en el piso, jadeaba, resollaba, se arañaba el costado; era evidente que sufría. Al llegar al altar se hizo un ovillo, se estremeció y se quedó quieto.

La luz del templo cambió y las sombras se alteraron como si transcurrieran varias horas. Durante todo ese tiempo, Merlín no se movió. Nimue iba a tocarlo cuando un rumor de faldas la distrajo y Leonor, en la flor de la juventud, se arrodilló junto a él. Mientras lo palpaba, el mago refunfuñó:

—Déjame en manos de los dioses. Deja que muera.

—Muere afuera si quieres, pero no en este templo. No en la casa de los Ocultos. Éste es un lugar de curación.

El sonido de la voz de su madre humedeció los ojos de Nimue. Leonor levantó a Merlín entre protestas, se echó encima un brazo de él y lo condujo hasta un rincón del templo, donde lo tendió en una manta.

La luz titiló de nuevo. Una velas iluminaban ahora el rincón.

Nimue vio que, en una esquina, Leonor molía hierbas en un mortero al tiempo que vigilaba nerviosamente a Merlín, quien, torturado por la fiebre, mascullaba y gritaba:

—¡Fie! ¡Cede a Alarico estos monumentos sin vida! ¡Quémalo! ¡Quémalo todo! ¡Apila los cuerpos en la basílica!

Las luces titilaron otra vez y Nimue siguió a Leonor a través del Bosque de Hierro, donde recolectaba en un balde el agua fría del arroyo para llevarla al templo. Le deleitó observar los pasos seguros de su madre, sus hermosos y fuertes brazos, sentir su fuerza y su bondad.

Sonrió sin remedio cuando sumergió la cabeza de Merlín en el cubo helado, pese a sus reparos. Ella recordaba muy bien que las artes curativas de su madre se aplicaban con rigor. Merlín lo aprendía ahora en carne propia.

—¿Por qué no me dejas morir? —reclamó el hombre.

—Los Ocultos nos enseñan que no nos corresponde extinguir el espíritu —Leonor le quitó sus sucias pieles y telas. Cuando estuvo desnudo y temblaba como un bebé sobre la manta, ella se llevó una mano a la boca por lo que vio.

Una herida horrenda, palpitante, violenta y de un rojo escarlata se enroscaba en el vientre de Merlín, subía por su espalda y le llegaba al cuello.

Era una herida en forma de espada.

—¿Qué es esta hechicería? —balbuceó ella.

Sus dedos reptaron por la carne bubosa de Merlín y la apretaron en lo alto de sus costillas. Él gimió de dolor. Ella sintió con certeza los contornos del acero. Después de tantear su garganta, apartó la carne y vio el perfil de una magulladura similar a la empuñadura de un sable.

—¿Qué es esto? —preguntó.

Merlín respondió con respiración entrecortada:

—Mi carga.

—Te matará. Es obvio que esto es lo que te envenena. Si no se te retira, morirás.

—Ya es demasiado tarde —murmuró él.

Las luces volvieron a titilar. Nimue se aproximó a Merlín, quien presentaba un lívido fantasmal bajo la cobija, y respiración irregular. Leonor se arrodilló a su lado y le pasó una piedra por la herida. Las parras de plata de los Ocultos ascendieron por su cuello hasta sus mejillas. Pronunció un conjuro y oprimió con la piedra la clavícula de Merlín. Éste emitió un grito mudo cuando Leonor introdujo los dedos en la herida. Nimue se resistía a ver la mano entera de Leonor bajo la carne del hechicero. Su madre dobló los nudillos y con un gruñido sacó el ensangrentado Colmillo del Diablo de la sombra arterial del pecho de Merlín. Pese a las protecciones mágicas, las agónicas quejas del mago sacudieron los cimientos del templo.

Las luces de la memoria avanzaron varios días más entre parpadeos. Leonor se encontraba junto a Merlín, quien dormía. Pese a que su herida había sido tratada y vendada, su rostro y su barba estaban empapados de sudor y él se debatía entre la vida y la muerte. Ella tomó su mano. Se llevó los dedos a los labios y susurró:

—Vive.

Los ojos de Nimue viajaron a la Espada de Poder en el suelo, manchada con la sangre de Merlín. De súbito se sintió atraída, atrapada por ella.

En aquella negrura oyó gritos torturados y vio rostros de mujeres y niños que rogaban por su vida. Vislumbró miembros cercenados y torsos apilados en montones. Fuego y relámpagos. Ríos de sangre que corrían por los acueductos romanos.

¡No mires la espada, Nimue! Era la voz de Merlín en su mente. No entres en su historia. Sólo hay horrores ahí. ¡Aparta la vista! ¡Aparta la vista!

Se desprendió de golpe de esa visión y estaba una vez más con Leonor, en una cripta secreta bajo el Templo Sumergido. Su madre llevó la espada a través de las silenciosas piedras hasta la estatua de Araún, Rey del Inframundo, feroz guerrero barbado que sujetaba con correas a los perros que persiguen las almas de los muertos. Junto a las botas de este combatiente yacía una vacía funda de piedra. Leonor deslizó la Espada de Poder en la vaina de Araún.

Nimue expresó sus pensamientos a Merlín: Seguro fue el mismo sitio de donde la retiró.

Los pensamientos de Merlín contestaron: Jamás lo supe. Me dijo que había sido destruida. Asumí que tenía acceso al Fuego Inefable. Tal vez sólo quise creerle.

Los recuerdos titilaron de nuevo. Merlín estaba despierto pero débil. Sentada a su lado, Leonor sostenía un tazón con potaje, intentaba infructuosamente darle de comer. Impertérrita, bajó el tazón, le apretó la nariz, lo forzó a abrir la boca y metió dentro la cuchara. Merlín la miró incrédulo, con restos de potaje en la barba. Ella contuvo una carcajada.

Las luces vibraron otra vez y los espíritus adelantaron los recuerdos hasta el momento en que Leonor ayudaba a Merlín a dar unos pasos en el Bosque de Hierro, con mejillas que ya recuperaban su color.

—*¿Cómo te llamas?* —*lo interrogó.*

—*Aunque he recibido innumerables nombres durante mis incontables vidas, en estos lares me conocen como Merlín. ¿Puedo preguntar qué hiciste con la espada?*

—*No te causará más problemas.*

—*Ésa no es la respuesta que pedí* —*objetó.*

—*Y tú no eres mi amo, así que esa respuesta bastará.*

Él sonrió.

—*Creo que conocí la horma de mi zapato.*

—*Tienes un muy alto concepto de ti* —*observó ella.*

Merlín rio entre dientes.

—*Me alegra haberme deshecho de la espada. Desde tiempos inmemoriales me han consumido la política, la intriga y las Guerras de las Sombras. Estoy listo para adoptar un modo de vida diferente.*

—*He escuchado ese nombre, "Merlín", y de tu papel en aquellas Guerras de las Sombras. No favorecieron a los Inefables, ni a la gente común* —*insinuó Leonor.*

—*Esos conflictos surgieron de nobles intenciones* —*él se puso a la defensiva.*

—*La sangre engendra sangre. Y la paz nunca se hallará en la punta de una espada.*

Se detuvo a embeberse de ella. Los ojos de Leonor danzaban.

—*Todo indica que el destino me trajo a una casa de curación y sabiduría.*

Ella elevó sus ojos para encontrarse con los de él.

Bajo los rayos rosáceos del sol del alba, Nimue atrapó el postrer atisbo de los amantes Festa y Moreii fundidos en un último abrazo, los labios separados apenas, manos acariciantes en el cuello del otro. Fue una imagen tierna aunque fugitiva, que se desvaneció en la niebla matinal.

Nimue secó sus ojos mientras Merlín preparaba una pipa.

—Me gustaría decirte que el tiempo cura todas las heridas —despidió un humo aromático—. Pero no sería verdad —sonrió con pesadumbre.

Las entrañas de Nimue rugieron, ella rio.

—Invitaste a tu hija a este gran castillo y no trajiste contigo algo que comer.

Merlín se ruborizó, avergonzado en verdad.

—¡Por todos los dioses, cuánto lo siento! Dame un momento... sólo un momento —salió a grandes zancadas de la galería.

TREINTA Y CINCO

Bajo un pálido sol matutino, Nimue y Merlín atravesaban los marchitos jardines del Castillo de Graymalkin. Cerezos, perales y huertos de acelgas, poro e hinojo anteriormente prósperos eran ahora hojarascas secas y enmarañadas.

—Temo que Graymalkin nos ha dejado una raquítica recompensa —lamentó Merlín—. Eres la Bruja Sangre de Lobos, ¿podrías demostrar tu poderoso vínculo con los Ocultos y procurarnos un magnífico festín?

Nimue agitó la cabeza.

—No opera de ese modo, al menos no en mi caso. Cae como un relámpago. Se presenta cuando quiere.

—¡Qué lástima! Un don tan raro, reforzado por la Espada de Poder, podría hacer de ti una hechicera formidable. Sin embargo, el temor que aún albergas reduce tu potencial.

Ella se tensó por el desaire.

Merlín no se dio por enterado.

—Tu madre era igual. Pudo haber sido un auténtico talento en lugar de una partera de lujo entre campesinas.

Parras de plata subieron por cuello y mejillas de Nimue.

—¡Habla mal de mi madre otra vez y conocerás magia poderosa, viejo tonto!

Él reparó en que algunas plantas secas cerca de sus pies se enroscaban como serpientes dispuestas a atacar. Asintió aprobadoramente.

—La ira es un comienzo, pero es imprecisa y se extingue pronto. La entrega es mucho más atinada y duradera —Nimue se dio cuenta de que él la provocaba, se calmó un poco y le dirigió una sonrisa de complicidad—. Imagina el resultado que deseas —agregó Merlín.

—Ya te dije, no puedo controlarlo —insistió ella.

—La causa es que no te corresponde controlarlo. Debes tener la intención, y después cederla a los Ocultos.

Se alejó de Merlín y se cubrió con sus brazos. Respiró un momento el aire del océano, se calmó y se estiró, para visualizar un campo abundante y de un vívido verdor. Mientras tanto, parras de plata ascendieron poco a poco por su mejilla.

Merlín advirtió un movimiento en la espesura. Fuertes tallos se abrían camino entre la hierba, retoños diminutos que florecían en frondosas acelgas y coles. Las ramas de los árboles frutales asumieron un nuevo vigor, que se extendió por las verdes hojas y dio brillo a las cerezas maduras y las doradas peras. En unos instantes, Nimue había transformado la ruinosa maleza en un jardín fértil y copioso.

Merlín arrancó una pera de un árbol y se la ofreció a Nimue, quien le dio una mordida.

—Ésta fue mi primera lección para ti, mi joven Nimue.

Ella hincó otra satisfecha mordida y el jugo de la pera resbaló por sus labios. Esto le permitió albergar la más leve esperanza en medio de tanta oscuridad que la había rodeado.

Merlín le sirvió un tazón con un guiso en el Gran Salón. Estaban sentados en el suelo ante el rugiente Fuego Inefable.

—Aunque se me aprecia por un sinnúmero de cosas, Nimue, cocinar no es una de ellas —admitió—. Y me temo que carecemos de cucharas.

Ella vio que los ojos de Merlín se dirigían a la Espada de Poder, la cual descansaba en su funda contra la pared.

—Aún la codicias, ¿verdad? A pesar de que haya estado a punto de cobrarte la vida.

—Esta espada se forjó como el arma defensiva de los Inefables. Tiene sed de batalla y contagia ese deseo a aquel que la empuña.

—O a aquella —lo corrigió, a pesar de ello asintió—. Me siento fuerte con ella. Invencible, en realidad —usó tres dedos como cuchara y tomó un poco de estofado—. No creo que sea capaz de cederla.

Él se inclinó.

—Ese deseo es algo que harías bien en conservar.

—¿Por qué dejaste a mi madre? ¿Cómo terminó lo suyo?

—Hay cosas que prefiero mantener en privado, Nimue —se removió incómodo—, incluso entre la familia. Te he revelado más cosas que a cualquiera en quinientos años.

—Pero no sólo soy tu hija, ¿verdad? Soy la Bruja Sangre de Lobos. Y tú no eres solamente mi padre; eres Merlín el Encantador, consejero del rey Uter Pendragón. Si esperas que rinda la espada a un rey humano, deberé confiar en ti. Y aunque este encuentro ha significado mucho para mí, muchísimo, no estoy segura aún de que merezcas mi confianza.

Una tristeza se infiltró en los ojos del mago mientras el Fuego Inefable retemblaba y las tinieblas se cernían en torno a ellos una vez más. Nimue escuchó las voces susurradas de los amantes y fueron transportados de nuevo.

Merlín paseaba con Leonor por el Bosque de Hierro. Ella guiaba sus pasos. Él tropezó y la tomó de la mano, que después se llevó al pecho.

—Has progresado mucho —le dijo.

—Gracias a ti. Tú me salvaste.

Se ruborizó.

—Toda vida es sagrada para los Ocultos.

—La mía me importa poco. Las Parcas han desperdiciado demasiados años en mí. Pero tú has dado nueva vida a mi alma, algo que temí perder —tocó su mejilla.

Leonor no lo miró a los ojos.

—Soy la prometida de otro.

—A quien no amas.

—Así es.

—Te siento como un objeto roto —confirmó él.

Ella miró sus milenarios ojos grises.

—Sí.

La envolvió en sus brazos, imprimió sus labios en su cuello, su oreja, su mejilla, su boca.

Mientras las luces titilaban, el recuerdo avanzó: Merlín y Leonor desnudos y entrelazados en las cobijas, con las piernas cruzadas, dorados ante la luz de las velas.

Otro salto y Merlín despertaba en su choza por el ruido de voces en el templo. Un hombre reprendía a Leonor.

—Los Ancianos me cuestionan y no sé qué decirles, porque tu conducta es extraña en verdad.

—Sí, Jonás —lo apacentó ella.

—Escucho rumores desagradables que me perturban. Te has aislado, descuidado tus deberes. Los huertos medicinales se marchitan. Este templo se encuentra en el olvido. ¿Qué me ocultas?

—Yo… no, no hay… no puedo responder a habladurías infantiles —Leonor intentaba defenderse.

—Esto me humilla. Has pasado varias noches en este templo. No lo comprendo ni lo apruebo. Regresa a la aldea y compórtate como es costumbre, ¿me entiendes?

—Jonás, tú no…

Las luces de la memoria vibraron de nuevo y Merlín rondaba el huerto del templo. La maleza se había extendido sobre las hierbas y los florecientes brotes. Se arrodilló y susurró conjuros en tanto sus dedos componían símbolos antiguos que guiaran sus pensamientos.

Nada sucedió.

Con más esfuerzo, instó a las raíces a crecer y a las flores a abrir, mas sus palabras resultaron vacías y sus gestos fútiles. El huerto no mostró cambio alguno.

—¡No! —murmuró.

Las luces parpadearon y Merlín cruzaba furioso el Bosque de Hierro, donde profería frenéticos hechizos para invocar a los vientos y los relámpagos, pero la arboleda permanecía muda, los cielos quietos.

Las luces titilaron ahora para encontrar a Leonor en el Templo Sumergido. Vio que Merlín se desplomaba contra el altar y mascullaba para sí.

—¿Merlín?

Él miró sus ojos oscuros.

—¿Dónde está la espada?

Ella dio un paso atrás, asustada por su actitud.

—¿Qué sucede?

—¿Pensaste que podías atraparme en este repulsivo remedo de aldea? ¿Ése era tu propósito? —se levantó y caminó amenazadoramente hacia ella.

—No sé de qué hablas.

—¡Me quitaste la espada contra mi voluntad! —rugió Merlín.

—*¡La espada te mataba! ¡Agonizabas! ¿Qué es esta locura?*

—*¡Se robó mi magia! ¡La esencia de lo que soy!* —*lo embargó la emoción*—. *¡Devuélvemela!*

—*Esta obsesión ha alterado tu mente...*

Merlín volcó el altar y rompió la antigua piedra.

—*¡Exijo que me la devuelvas ahora mismo!*

Ella se mantuvo firme.

—*¡Fue destruida, y tu vida salvada!*

—*¡Mentirosa! ¡Me has destruido y engañado!* —*se derrumbó sobre el suelo.*

Leonor huyó de su delirio y penetró en los túneles secretos del templo. Se aproximó a la Espada de Poder, acurrucada bajo el altar en la funda de Araún, y se preguntaba si debía devolverla o dejársela a los dioses. Su mano alcanzó la empuñadura. A la par que sus dedos apretaban la piel de la empuñadura, murmuró "Muéstrame" y su mente fue colmada de visiones. Abrió la boca para gritar mientras sus ojos se ensanchaban más y más y se anegaban de terror.

Las luces de la memoria parpadearon y momentos después Leonor se tambaleaba en el templo. Merlín había recobrado la calma. Se acercó a ella.

—*Leonor, lo...*

Ella lo atajó.

—*¡Márchate y jamás vuelvas! Me casaré con Jonás.*

Él rogó.

—*Estaba fuera de mí...*

—*¡Deja este templo o haré que te echen por la fuerza!* —*le dio la espalda.*

—¡Basta!

Merlín se levantó y retrocedió al tiempo que Nimue se ponía en pie.

—¿Qué vio? ¿Qué le mostró a ella la espada?

—No te debo más.

No se dio por satisfecha.

—Hay más y lo sabes. ¿Qué vio que le asustó tanto?

—Estoy harto de este ejercicio —gruñó Merlín—. ¡Ya contemplaste suficiente!

—¿En verdad? —se volvió y tomó la espada.

—¿Qué haces? —preguntó—. ¡Nimue!

Ella sostuvo con ambas manos la espada y la interpeló:

—Muéstrame lo que le enseñaste a mi madre.

Una avalancha de imágenes inundó al instante su mente.

Un millar de llamaradas se desbocó desde las Aguas de Caracalla hasta el Mausoleo de Augusto y cubrió a Roma con un tenue halo naranja. Un insólito relámpago azul formó un arco a través de las negras y abultadas nubes de humo y opacó a las estrellas. Romanos hambrientos y desesperados corrieron por su vida conforme los monstruosos invasores entraban en tropel por la Puerta Salaria, como pesadillas hechas realidad. Volaban con alas traslúcidas como insectos gigantes, merodeaban cual leopardos, con ojos radiantes en las llamas, y pisoteaban con pies hendidos y cuernos manchados de sangre inocente.

Los legionarios se replegaron en el Puente Fabricio para refugiarse detrás de las columnas de mármol del Templo de Júpiter. Al otro lado del Tíber, la basílica se colapsó entre una serie de espectaculares bolas de fuego. Luces en cascada centellaron sobre los centenares de cuerpos que se ahogaban en el río.

Un centurión a caballo llamaba a sus auxiliares cuando el relámpago azul se redujo a un rayo solamente, cayó sobre el caballo y el jinete y carbonizó la carne y la armadura.

Los invasores aullaban y chillaban en un coro festivo al tiempo que el siniestro príncipe conquistador, Myrddin, un Merlín más joven y cruel, cabalgaba por el fuego montado en su colosal ciervo de plata y hacía ondear el Colmillo del Diablo, la Espada de Poder. El azul resplandor de sus ojos era igual al de los relámpagos que comandaba. Apuntó el acero a las columnas de Júpiter y una conflagración de viento y frío fuego borró el templo, y con él a las mujeres y a los niños que se habían refugiado bajo sus techos.

—¡Que nadie quede vivo! —rugió Myrddin durante su galope por la plaza para aniquilar a los romanos que huían, vistieran o no la armadura de centuriones, fueran jóvenes o viejos, estuvieran armados o indefensos.

Myrddin clamó al cielo para convocar arcos de relámpagos que hicieran llover jabalinas de fuego sobre cada ser vivo en que posara sus relucientes ojos azules. Rojas cenizas caían al pie de su atuendo de guerra. Con ojos anillados de negro miró el Colmillo del Diablo, la fuente de su ambición, la espada que dirigía ejércitos, destruía emperadores y doblaba la rodilla de reyes bárbaros. El arma se había fundido con su carne. No había mano, muñeca ni puño, sólo una carbonizada masa de carne y acero en la punta de su brazo.

TREINTA Y SEIS

Nimue regresó al presente con una sacudida y un grito ahogado, horrorizada por lo que acababa de ver. Miró a Merlín.

—¿Cómo pudiste hacer eso?

—Fue la espada —explicó él.

—¡No fue la espada, fuiste tú! ¡Mataste a mujeres y niños! ¡Estás empapado de sangre!

—¡Tú no eres distinta! —le advirtió.

—¿Yo? ¿Estás demente? —farfulló ella.

—¿Cuántos Paladines Rojos has matado con esa espada?

Nimue ardió en cólera.

—¡Redujeron mi hogar a cenizas! ¡Mataron a mi mejor amiga! ¡A mi madre! ¿Cómo te atreves a compararme con... con *ese* asesino?

—Yo era como tú. Permití que la espada guiara mi mano hacia la justicia. Y fue como beber agua de mar. Mi sed sólo aumentó. Tú sentirás lo mismo. Ya admitiste la sensación que te procura, el poder. Quiero salvarte de esto, Nimue.

—¿Y entregar la espada a un rey humano? —preguntó incrédula.

—¡Destruirla! —señaló las verdes llamas—. Fundirla en la Fragua de los Inefables de la antigua forja. Condenarla al olvido para que su reino de sangre termine para siempre.

Nimue vaciló.

—¿Destruir la espada? —la contempló en sus manos—. Si no hay un arma que obligue a la paz, ¿cuál será el destino de mi pueblo?

Él suspiró.

—Nunca fue tu responsabilidad salvar a una raza, sólo traerme el acero. Y a pesar de inconcebibles dificultades, lo lograste. Estás libre de tu obligación. Ahora debes confiar en mí como confiaste en tu madre y hacer lo correcto.

Miró insegura la hoja del Colmillo del Diablo, que devoraba la luz.

Afuera del Castillo de Graymalkin, Morgana daba vueltas incesantes con los ojos fijos en el palacio.

—Deberíamos entrar. Ya esperamos demasiado.

—¡Aguarda! —Kaze abarcó el horizonte con sus ojos inescrutables en lo alto de su alazana, Maha, que pastaba en la hierba. Sus agudos sentidos le permitieron percibir un temblor en el suelo y después un fragor más ruidoso que el estruendo del oleaje.

Morgana lo oyó también.

—¿Qué es eso?

Cuando Kaze viró, descubrió que un ejército a caballo, el cual hacía ondear el estandarte de Pendragón, coronaba la colina más próxima, a menos de un kilómetro del castillo.

—¡Nimue! —Morgana montó de un salto.

Kaze guio a Maha hacia el puente levadizo. Tomó el caballo de Nimue, se llevó los dedos a los colmillos y un silbido penetrante retumbó en las paredes mientras pasaban por la garita y llegaban a la amplia plaza fortificada, con su niebla permanente.

Nimue y Merlín aparecieron en la entrada del torreón. Morgana forcejeó con su ansioso caballo.

—¡Apresúrate, Nimue!

Kaze dirigió su bastón hacia las colinas.

—¡Hay soldados!

Nimue miró a Merlín con pavor creciente.

—¿Quién sabe que estamos aquí?

—Nadie —aseguró él, aunque con rostro tenso. Cuando vio de soslayo los ojos de Kaze, frunció el ceño, porque la reconoció—. Eres tú —susurró.

Pero los acontecimientos marchaban demasiado rápido. Morgana le tendió la mano a Nimue.

—¡Son soldados de Pendragón! ¡Te lo dije! ¡Te lo advertí!

La joven se apartó bruscamente del mago, movida por una fuerza invisible, quizá repulsión.

—Mentiste —sacudió la cabeza con incredulidad—. ¡Me mentiste!

—¡Esto no es obra mía, Nimue! —insistió.

—¿Cómo pudiste hacerlo? —se dio media vuelta, corrió hasta su corcel y montó en la silla.

Merlín la persiguió entre protestas.

—¡Fui engañado! ¡Nimue, por favor!

Ella apuntó la espada contra él e hizo que parara de súbito.

—¡Lo pagarás caro!

Los ojos de Morgana relucieron de orgullo.

Kaze le lanzó al adivino una curiosa sonrisa de complicidad antes de que Maha girara y galopara de vuelta por la garita. Nimue y Morgana la siguieron. Kaze hundió los talones en la alazana y el viento voló por sus blancas crines mientras movía el cuello y salían al campo, por el que avanzaron en línea horizontal contra la pared de hierro que descendía a toda prisa hacia ellas. Incluso a la distancia de medio kilómetro todavía escucharon llamados de "¡La espada! ¡Tomen la espada!", conforme docenas de jinetes se desgranaban del cuerpo principal de caballería.

Kaze las llevó a la parte más oscura y densa del bosque para perder a los soldados. Los árboles se elevaban en apretados racimos y Nimue bajó la cabeza y se aferró al cuello de su corcel para impedir que las extensas ramas la derribaran. Pero Maha era un animal extraordinario que no perdió el paso mientras zigzagueaba y abría brecha a Morgana y Nimue y despistaba al mismo tiempo a sus perseguidores. Descendieron por la empinada colina hasta un arroyo ancho. Maha se sumergió al instante en la somera corriente para ocultar más su rastro.

Las voces de los soldados se desvanecieron pronto y el bosque desembocó en los tempestuosos riscos del Mar del Halcón Blanco. Las tres mujeres dejaron que sus caballos pastaran y descansaran; tenían cubierto el pelaje de fango y sudor.

Nimue caminó hasta los peñascos, donde las aves rapaces del mismo nombre que las aguas se arrojaban sobre los cangrejos que la retirada de las olas exponía. Descolgó de su hombro el acero en tanto pensamientos de traición y mentira retorcían sus entrañas. Le encolerizaba haber abierto su corazón ante Merlín, por poco que hubiese sido. Era una tonta. Tonta e ingenua. ¿Por qué se había creído más lista que Galván, Yeva o Morgana? ¿Por qué había pensado siquiera que podía confiar en ese monstruo ebrio?

Las imágenes de su madre y Merlín juntos le desagradaban en extremo. ¿Qué había esperado demostrar él con esa crueldad? Su único propósito era robar la espada, así que ¿para qué la torturó con sus recuerdos? ¿Y por qué demonios Leonor la había enviado a él? También ella había sido timada. Fue tan tonta como su hija.

Se sintió más perdida que nunca, la involuntaria guardiana de la Espada de Poder, el Colmillo del Diablo, la Espada de los Primeros Reyes y reliquia sagrada de los Inefables. Miró su puño cerrado en la gastada piel de la empuñadura del arma e imaginó que su carne se fundía con el metal, que el acero se consumía muy despacio hasta que sus filos le aserraban las entrañas y ella se convertía en un murmurante espectro asesino. Aborrecía la espada porque le había robado todo. Leonor viviría si no se hubiera sentido forzada a resguardarla. La espada la había separado de Jonás y envenenado el alma de éste. Hizo de Nimue una asesina. Ella sentía aún el sabor de la sangre de los Paladines Rojos que había caído en sus labios durante la carnicería en el claro. Quizá Merlín tenía razón en algo. Tal vez eran iguales. Un padre asesino, una hija asesina. No, ella le haría una mejor propuesta a Ceridwen, la Diosa del Caldero.

Tomó con ambas manos la espada y cuando giró para arrojarla al Mar del Halcón Blanco un par de fuertes brazos la detuvieron. Se volvió enojada hacia Kaze.

—¡Suéltame! ¡Esto no te incumbe!

—Es la espada de mi pueblo y me incumbe —replicó con tranquilidad.

—¡Tómala entonces! —la lanzó a sus pies—. Sólo me ha traído desgracias.

Kaze sacudió su cabeza, se retiró y murmuró a su paso cerca de Morgana:

—Esta bruja no está bien de la cabeza.

Morgana recogió el arma y se la devolvió a Nimue por el extremo de la empuñadura.

—Quizá no sufrirías tanto si renunciaras a tus intentos de librarte de ella.

—¿Qué debo hacer con esta cosa? —preguntó exasperada.

—¿Qué querías que Uter Pendragón hiciera?

—¡Que salvara a los Inefables! —gritó—. ¡Que se proclamara el Rey Elegido y detuviera la matanza!

—¿Y por qué no haces tú lo mismo?

Nimue rio.

—Porque no soy rey.

—¡Desde luego que no lo eres! Eres mujer.

Nimue vaciló y una sonrisa burlona se congeló en sus labios.

—¿Sugieres que debería proclamarme reina?

Morgana no reía.

—Lo que digo es que la espada llegó a ti. No a mí. No a Uter ni a Merlín. No a Kaze, y ciertamente tampoco a Arturo. Si quieres un gran guía para que salve a los Inefables con la Espada de Poder, debes serlo tú misma.

—Pero no quiero eso —murmuró.

—No te creo. Pienso que temes que lo contrario sea cierto. No sólo quieres hacerlo, también puedes.

Estas palabras la amordazaron. Las gaviotas emitieron sus reclamos y el viento azotó contra ambas mujeres.

Morgana tomó su mano y puso la espada en ella.

—Marchémonos antes de que los soldados nos alcancen.

Sin decir más, Nimue metió de nuevo la Espada de Poder en su funda y se la echó al hombro.

TREINTA Y SIETE

Druuna se recostó en su asiento, frotó su cabeza afeitada y observó a Arturo con una sonrisa de dientes de oro.

—Todavía eres agradable a la vista, muchacho.

—Y a ti ese oro te sienta muy bien. ¿Eso en tu meñique es un anillo nuevo? —ofreció la más franca de sus sonrisas y se inclinó sobre la mesa, de tal forma que el cabello le cayó sobre los ojos.

—Así es —Druuna agitó ante él sus dedos dorados. Portaba un gran número de alhajas, de oro casi todas ellas: una sortija en cada falange, pantalones de hombre sostenidos por una hebilla germánica tallada con un pulpo áureo, una blusa de seda, botas altas de piel y cuatro arracadas de oro en las fosas nasales—. ¿Qué fue de Boores? Pensé que se entendían.

—Nos enemistamos, y me temo que lo dejé un poco falto de personal. Ahora busco una nueva cuadrilla. ¿Tendrás algún empleo como espadachín?

—¿Estás a mano con él?

—¿A mano? —repitió.

—¿Le debes dinero? ¿Cargas con alguna deuda? No necesito ninguna de esas dificultades.

—¡No, Druuna, estamos en buenos términos! Todo está en orden —lamentó mentirle pero necesitaba dinero tan pronto como fuera posible. Había cabalgado varios días al sur con la esperanza de adelantarse a la noticia de su riña con Boores y sobre los paladines muertos. Su huida no le alegraba ni enorgullecía. Se sintió mareado casi todo el trayecto, aunque ya se había habituado a que le remordiera la consciencia cada vez que huía cuando las cosas se complicaban. Era un leve disgusto consigo mismo. Lo había sentido desde niño. Desde que permitió que su tío, Lord Hectimere, apartara a Morgana de su lado para internarla en un convento. Todavía escuchaba los gritos y ruegos de ella. Pero tenía diez años entonces y le habían endosado las deudas de su padre. ¿Qué podía hacer? De cualquier manera, Morgana nunca lo había perdonado.

Cierto, esto era distinto. Nada les debía a los Inefables. Si bien su suerte hacía que se sintiera fatal, no pasaba de eso. Él era un "Sangre de Hombre" y ni siquiera lo aceptaban. *¿Por qué habría de poner mi cuello en el tajo en beneficio de ellos?*

Trató de no pensar en Nimue. *Intenté salvarla. Le pedí que viniera conmigo.*

—Puede que tenga algo —Druuna acarició un denario de oro. Esta mujer era un recurso invaluable en el puerto comercial de Rue Gorge, estratégicamente ubicado entre las estribaciones de los Picos de Hierro y el río de los Reyes Caídos. Su área de competencia era la adquisición de escoltas de espadachines para caravanas ilegales—. Tengo unas carretas de objetos exóticos, sedas teñidas y especias raras, no sé de dónde ni quiero saber. Deben cruzar los Picos. Pagarán solamente un espada, así que quizá sea peligroso. Parten mañana. ¿Te interesa?

—¡Trato hecho! —respondió Arturo sin vacilar. Nada quería más en este mundo que poner los Picos de Hierro entre su verguenza y él.

Esa noche bebió demasiada cerveza y durmió mal.

A la mañana siguiente conoció a los mercaderes que acompañaría, Desiderio y su esposa, Clotilde. A juzgar por sus coloridas ropas extranjeras y marcado acento, eran viajeros, y muy locuaces en todo salvo lo referente al contenido de sus cinco carretas, colmadas de paja y cobijas.

Arturo no podía haber tenido menos interés en ellas. Ansiaba hallarse en las montañas antes de que anocheciera. La mayoría de los ladrones eran demasiado perezosos para ascender los Picos y preferían emboscar en los caminos afuera de Rue Gorge. Boores y él lo habían hecho así una docena de veces, en ciudades como Puente de Halcones.

Por fortuna, Desiderio estaba igual de ansioso de partir, y a mediodía ya habían cargado las provisiones y salido de Rue Gorge, y se encontraban a sólo quince kilómetros del Paso de Doroc, que cruzaba el río de los Reyes Caídos y señalaba la entrada a los Picos de Hierro.

Desde su posición en la retaguardia de la caravana, Arturo vio a dos Paladines Rojos a bordo de una carreta —un puesto de control— camino abajo. *Esos rojos bastardos están en todas partes*, pensó. Notó que Desiderio ajustaba su postura e intercambiaba nerviosas miradas con Clotilde.

Un crujido lo hizo voltear a la carreta que estaba a su lado, la última de todas. *¿Eso fue un estornudo?* Se acercó sigilosamente a ella, sacó su espada y con el flanco romo de la hoja levantó la esquina de una serie de pesados tapetes.

Un temeroso niño Fauno lo miró. Sus pequeños cuernos habían sido aserrados, sin duda en un lamentable intento de facilitar su anonimato. Arturo miró el camino y el puesto de control de los paladines, ya próximo. Vio las cinco carretas que no se había molestado en inspeccionar. *Por todos los dioses, ¿cada una de ellas esconde a familias Inefables?*

Desiderio volteó hacia él como si le leyera la mente. Los ojos del viajero estaban tensos y agobiados de preocupación. Arturo maldijo su suerte. Miró por encima del hombro el sendero vacío a sus espaldas. Si todo se reducía a una persecución, Egipto sería inalcanzable. Esto dejaría a Desiderio y su cargamento a merced de la Iglesia, y era de imaginar cómo se desarrollaría la situación.

Cuando Arturo se volvió, Desiderio sacudía su sombrero para saludar a los dos Paladines Rojos. Éstos se aproximaron en sus escuálidos caballos y la caravana hizo alto. Arturo no escuchó el principio de la conversación porque conducía aturdido a Egipto hacia el frente de la caravana. Muy poco distinguía de primera intención a los monjes. Ambos eran jóvenes y feos. La tonsura de uno de ellos derivaba en una irregular barba negra que le cubría las mejillas y el cuello. El otro mantenía bien cortados sus castaños rizos. La calva de ambos estaba quemada por el sol.

—¿Qué bienes trasladas?

—Sólo alfombras, hermanos. Muy, muy finas. Una tradición familiar. Cuatrocientos nudos por dedo. Puedo darles buen precio.

—No queremos tus andrajos de gitano. Baja de tu caballo. Echaremos una mirada.

—No hay necesidad de tal cosa, buen hombre —se adelantó Arturo—. Yo respondo por ellos.

Los Paladines Rojos lo miraron con ojos inertes y labios fruncidos.

—Nadie te lo pidió, amigo.

Desiderio los miró de hito en hito. El paladín barbado se volvió hacia él.

—Baja de tu caballo.

—¡No se mueva, Desiderio! —lo instruyó Arturo y agregó para los religiosos—: ¿No sería bueno que Desiderio hiciera un donativo para la Iglesia y continuáramos nuestro camino?

—Las cosas van a ser así, muchacho —le dijo el paladín lampiño—. Inspeccionaremos estas carretas, tomaremos lo que nos plazca y tú cerrarás tu asquerosa boca.

El paladín barbado añadió:

—Muchos puercoespines y picos sangrados se han ocultado ya en estas colinas.

Arturo conocía esos vulgarismos con que se llamaba a los Colmillos y los Alas de Luna.

—No es nuestro caso, hermanos. Sólo tenemos alfombras y el deseo de llegar a las estribaciones antes de que oscurezca. Como ustedes saben, estos caminos pueden ser peligrosos de noche.

—¡De verdad que eres gracioso! —el paladín lampiño desenvainó la espada—. ¡Saca el acero, muchacho!

—Traigo… traigo oro —masculló Desiderio.

—¡Tiene el campo libre, señor! —Arturo se quitó el cinturón con la espada y los arrojó al camino.

Con una sonrisa, el paladín lampiño desmontó, recogió aquella arma y les gruñó a Desiderio y a Clotilde:

—¡Bajen ya!

Cuando pasó junto a la silla de Egipto, Arturo extrajo una daga de su bota, atrapó al hermano rojo por la garganta y le hundió la hoja hasta el fondo del cráneo, donde la afianzó mientras murmuraba:

—Traigo saludos de la Bruja Sangre de Lobos.

El paladín barbado buscó a toda prisa su estoque mientras Arturo recuperaba su navaja, se la acomodaba entre los dedos y la lanzaba con fuerza para arponearlo bajo el mentón. El monje gargareó, se apretó el cuello y manchó sus dedos de sangre; nervioso, su caballo giró varias veces antes de que se encabritara y lo arrojara al suelo.

Arturo desmontó en un instante y recobró su arma.

—¡Ayúdeme! —le gritó a Desiderio en tanto sujetaba al paladín lampiño por las botas. Juntos arrastraron los cadáveres a un costado del sendero. Arturo miró en dirección a Rue Gorge, rogó que aún tuviera tiempo y prendió del brazo a Desiderio—. Vacíe las alforjas y tome sus caballos. Llegue al Paso de Doroc. Una vez en el río, estará a salvo en las colinas.

—¿Q-qué hay de ti? ¿No vendrás? —preguntó el otro.

—No hay tiempo. Debo limpiar esto, esconder los cuerpos antes de que llegue el turno siguiente, para que supongan que el puesto fue abandonado. Si la Iglesia se entera de que aquí se derramó sangre de paladines, echará abajo los Picos de Hierro hasta encontrarlo a usted —lo tomó de los hombros—. ¡Váyase! Estará a salvo —avistó las carretas—. Y ellos también.

Los ojos de Desiderio se anegaron en lágrimas de gratitud.

—Nacimos con la aurora…

Arturo sonrió sombríamente:

—Para marcharnos al anochecer.

TREINTA Y OCHO

En la cumbre de un risco gigantesco en las Montañas Minotauro, el Monje Llorón hundió una flecha en un balde de brea a sus pies y la acercó enseguida a una antorcha ardiente enterrada en el suelo. La flecha se encendió, el monje tomó su arco largo y disparó lo más alto que pudo. La saeta llameante se elevó cien metros sobre el desfiladero y aterrizó en un trigal al otro lado, a menos de un centenar de metros de otras flechas que ya habían incendiado el campo entero.

El Monje Llorón sacó una flecha más y repitió el procedimiento, aunque en esta ocasión hizo girar unos grados sus pies para colocarse frente a otra serie de granjas al oeste. Docenas de conos de humo eran visibles ya en el otro extremo del valle a las faldas de las Montañas Minotauro.

Nimue sintió un vacío en el estómago cuando captó el olor a madera quemada. Lo que pareció al principio una bruma espesa en las onduladas colinas de las Montañas Minotauro en realidad era humo.

—Algo se quema —cabalgó hasta alinearse con Kaze, quien condujo a Maha a un promontorio desde donde se dominaba el valle montañoso.

Morgana las alcanzó.

—¿Huelen ese humo?

Nimue asintió. Había anticipado que vería cruces ardientes; en cambio, halló algo más desconcertante.

Múltiples incendios se extendían por los vastos pastizales, llenaban el cielo con una negra y abultada nube en forma de hongo y conferían al ambiente un desvaído matiz amarillo.

—Es un incendio arrasador, tal vez causado por un relámpago —propuso Kaze.

Nimue sintió en acción algo más malévolo.

—No, ésos son campos de cultivo, graneros. Miren cómo están espaciados los incendios. Alguien los provocó intencionalmente.

Morgana y Nimue cruzaron miradas.

—¡Nuestro alimento! —exclamó aquélla.

—Están quemando las granjas.

Kaze asintió.

—Como no pueden dar con nosotros, nos matarán de hambre.

Nimue sintió el sabor del humo mientras brasas diminutas caían del cielo a su alrededor.

La población del campo de refugiados se había duplicado de la noche a la mañana. No había lugar para los recién llegados. En cada roca y rincón se amontonaban tres o cuatro Inefables con ojos apagados y cansados. Los niños no cantaban más, porque ya no había espacio para bailar. El altar de la ceremonia de la Unión había sido desmantelado y su madera utilizada como leña o para producir nuevos símbolos con que los clanes delimitaban territorios cada vez más reducidos. El aire estaba caliente y viciado con la hediondez de las enfermedades, la sangre y el desaseo de los cuerpos. Y a diferencia de días anteriores en que se compartía el sufrimiento, ahora imperaba una sensación de hostilidad, ya que asustadas familias humanas se mezclaban con las Inefables. Nimue conjeturó que se trataba de granjeros a los que se había sorprendido ocultando refugiados Inefables. Más allá de sus simpatías, jóvenes Serpientes y Colmillos, siempre prestos a alterarse, acechaban amenazadoramente a los Sangre de Hombre.

Una niña tomó la mano de Nimue cuando ingresó en la caverna. Al principio, a ésta le inquietó la arpillera que cubría por completo la cara de la pequeña, salvo por una angosta abertura que le permitía ver con un ojo parpadeante. Nimue imaginó la deformación bajo la tela y los horrores que la habían causado. Apretó la mano de la infante y se arrodilló a su lado.

—¿Cómo te llamas? —la pequeña guardó silencio—. Si no contestas, ¿de qué manera te identificaré?

—Fantasma —susurró con voz amortiguada.

—¿Fantasma? No creo que tu madre te haya puesto ese nombre, pero bastará por ahora —la sujetó por los hombros—. Aquí estás a salvo, Fantasma, ¿comprendes? No permitiremos que nadie te haga daño.

Fantasma asintió. Nimue le guiñó un ojo, se levantó y la condujo por la opresiva atmósfera del campamento, y momentos después hallaron a Ardilla agazapado en un hueco en la pared. Bajó de un salto, abrazó a Nimue y miró de reojo a Fantasma.

Nimue los presentó.

—Fantasma, él es Ardilla, que aunque suele meterse en problemas es un buen amigo. Ardilla, ¿podrías llevar a Fantasma a que conozca el lugar?

311

Él le dedicó una mirada suplicante, que Nimue correspondió con una sonrisa severa.

—¡De acuerdo! —suspiró—. Ven, hace poco encontré unas ratas muertas por aquí —luego de un breve forcejeo con Nimue, Fantasma accedió a entregarse al cuidado de Ardilla.

Éste se adelantó en el acto, así que ella debió hacer un esfuerzo para seguirlo, aunque él parloteaba como si estuviera justo a sus espaldas.

—Como hay cada vez más gente aquí, no salgo de los túneles. ¡Esta cueva es inmensa! Creo que ya cubrí un kilómetro sin que termine. Me topé con una araña del tamaño de mi puño, que quiso saltar directo a mi cara. Mi papá me explicó que los animales se vuelven feroces en las cuevas porque no hay suficiente comida, así que pasan hambre y son malvados todo el tiempo —se puso a gatas para escurrirse por una fisura demasiado estrecha y volteó hacia Fantasma—. ¿Quieres ver las ratas o no?

A pesar de que titubeó, ella también se puso a gatas para seguir a Ardilla. Se encogieron a lo largo de varios metros, hasta que las cuevas se ensancharon y ellos pudieron sentarse. Ardilla no paró de hablar en todo el trayecto:

—Aquí es igual, ¿no? Los Colmillos son malos. Ahora que debido al racionamiento nos toca sólo un tazón de potaje al día, pelean con quienquiera. Yo jamás había visto a un Colmillo, ¿y tú? No eres uno de ellos, ¿verdad?

Fantasma negó con la cabeza.

—¿Entonces de qué clan eres? —inquirió.

Ella subió los hombros.

—¿No sabes? —preguntó incrédulo.

Por la forma en que estaban sentados, alcanzó a ver unas cicatrices raras en la pantorrilla izquierda de Fantasma, cuatro tajadas y una media luna. Daba la impresión de que se habían hecho a propósito. Como si la hubiesen herrado.

—¿Y eso qué es? —apuntó a su pierna.

—¿Estás ahí, Ardilla? —preguntó una voz conocida.

Él suspiró.

—Es Morgana, ¡que nunca me deja en paz! —volteó para responder, Fantasma tomó una piedra afilada y la levantó para herirlo en la nuca—. ¿Qué pasa? —gritó.

—¡Debiste haber llenado de agua estos baldes durante mi ausencia! —contestó Morgana.

Él retrocedió a rastras por el camino que habían seguido para llegar ahí y Fantasma, que había perdido su oportunidad, bajó la piedra.

—¡Dijiste que no urgía! —alegó.

—¡No es cierto!

En tanto él retornaba a la caverna, Fantasma se retiró el paño para respirar mejor. La carne derretida sobre su boca y nariz dificultaba la respiración, así como el chamuscado ojo izquierdo afectaba su vista, pese a lo cual la hermana Iris sonrió. Había dado con la guarida de la bruja y no descansaría hasta matarla.

TREINTA Y NUEVE

Nimue, Morgana y Kaze entraron en el recinto donde los Ancianos de las tribus aquilataban las decisiones colectivas. El ánimo era tenso. Los incendios en las granjas habían llevado al límite el campamento. Había muerto un sinnúmero de vacas y cientos de graneros se incendiaban, y con ellos toda esperanza de alimento para los famélicos refugiados. Peor todavía, las llamas ya se extendían a los bosques circundantes y el humo ahuyentaba a ciervos y animales menores del valle, lo que forzaba a los cazadores Inefables a adentrarse cada vez más en territorio peligroso.

Morgana retornó de dar indicaciones a Ardilla y permaneció al fondo, donde ignoraba las miradas de los Inefables incómodos por la presencia de Sangre de Hombre en su reunión tribal.

Mientras tanto, Galván intentaba producir un acuerdo entre los Ancianos.

—Quedarse aquí no es opción —les recordó.

Wroth, de los Colmillos, azotó con el puño la roca convertida en mesa de sesiones de los Druidas. El golpe retumbó en los desnivelados techos de las cuevas.

—¡Gar'tuth ach! ¡Li'amach resh oo grev nesh!

Uno de los hijos de Wroth —Mogwan— interpretó:

—No llevará lo que queda de su especie a morir a descubierto.

Cora, de los Faunos, no cedió. Su dominio de la lengua humana había mejorado enormemente durante la convivencia forzada.

—¿Y qué sugieres? ¿Que nos sentemos a morirnos de hambre como recién nacidos? —al igual que Nimue, era hija del Archidruida de su clan y se había vuelto la líder de facto de su raza, con la que compartía una profunda antipatía por los Colmillos.

Wroth se golpeó el pecho con un puño.

—*Bech a'lach, ne'beth alam.*

—Encontramos comida. Sobreviviremos —dijo Mogwan.

—¡En nuestro territorio! ¡A fuerza de robar nuestros alimentos! —replicó Cora.

Galván pellizcó el puente de su nariz mientras el debate entre clanes se reanudaba. Estaba a discusión una propuesta de los Faunos de huir al sur lindando el Camino Real al tiempo que Alas de Luna y Arados fungirían como espías y exploradores para identificar los puestos de control de los Paladines Rojos. El único problema era que nada garantizaba que los refugiados Inefables, que ya habían cruzado a salvo las Montañas Minotauro, hallaran menos violencia de parte de los caudillos vikingos que tenían en su poder los puertos del sur, y por tanto las esperanzas de los Inefables de un éxodo por mar.

Nimue descubrió que el debate era difícil de seguir, dados los diversos dialectos e idiomas de los clanes involucrados.

—Correremos riesgos en los picos —se quejó Jekka, el anciano de los Caminantes de los Acantilados, cuyos flácidos brazos estaban cubiertos de tatuajes.

Un alto Forjador de Tormentas que, como su especie, no tenía pelo ni temor al frío, gruñó en su lengua nativa:

—¿*Awl nos chirac nijan?*

Nimue miró a Kaze, quien tradujo:

—"¿Qué será del resto de nosotros?"

"'He perdido a quince de los míos. Una generación destruida. Mi pueblo debe estar primero. No podemos esconder a todos' —Jekka se encogió de hombros, cansado de pelear.

Nuryss, de los Serpientes, profirió:

—¡*Klik kata ak took!*

Kaze dijo:

—"Es así como un Caminante de los Acantilados nos menosprecia a los demás."

Jekka se enfureció.

—"¿Qué ha hecho tu especie por nosotros, excepto sembrar discordias? ¿Y ahora quieres nuestra ayuda?" —Kaze interpeló.

—Estamos de acuerdo en permanecer juntos —les recordó Galván a todos, aunque nadie lo oyó en medio de la gritería. Temor, rabia y pesar hervían a flor de piel y hallaban pábulo en disputas tribales más antiguas que las cavernas que los albergaban.

Una luz deslumbrante y un zumbido por debajo del registro auditivo hicieron callar a los asistentes. Todas las cabezas se volvieron hacia Nimue, quien sostenía en el puño el Colmillo del Diablo. Pasó al frente y colocó la espada sobre la roca. Todos los Inefables contemplaron el arma y guardaron silencio.

La voz de Nimue tembló y su piel hormigueó cuando sintió a su lado la presencia de su madre, franca y señorial.

—No huiremos, no nos ocultaremos, no abandonaremos a nuestra especie. ¡Ay de aquel que vuelva la espalda a su hermano o hermana! Todos hemos perdido madres y hermanos, hijos y amigos. Somos todo lo que tenemos. Somos todo lo que resta frente a la aniquilación. Nuestros idiomas, nuestros rituales, nuestra historia son lo único que impide que el río de fuego de Carden arrase con todos nosotros.

Las cuevas estaban mudas pero inquietas. Nimue sabía que ese momento no duraría.

Galván asintió.

—¿Y qué propones?

—¿Qué tan lejos está Ceniza? —preguntó con firme voz.

—Quince kilómetros al sur de Umbra Ceniza —respondió Morgana desde el fondo.

Galván movió la cabeza de un lado a otro en previsión de la propuesta de Nimue.

—No es un refugio para nosotros. Los Paladines Rojos la ocuparon hace quince días.

—¿Y qué les da derecho a hacerlo? —inquirió ella.

Él le dirigió una mirada burlona.

—Nada. Simplemente la tomaron.

Con Leonor clara y hermosa en su mente, Nimue habló:

—Esta tierra es nuestra. Son nuestros árboles. Nuestros claros. Nuestras cuevas. Nuestros túneles. Conocemos estos terrenos y estos senderos. ¿Por qué tendríamos que abandonarlos? El invasor es Carden. Los invasores son sus paladines. Debemos tratarlos como lo que son.

La voz de Leonor resonó callada pero firme: "*Entonces edúcalos. Ayúdales a comprender. Porque un día tendrás que dirigirlos. Cuando yo ya no esté...*".

Aunque algunos Inefables asintieron, Galván moderó el argumento de Nimue.

—Las huestes de Carden se cuentan por miles. No podemos combatirlos de frente.

Ella sintió que los Ocultos actuaban como un fuelle en su vientre, donde forzaban al fuego, un poder que no arremetía sino que se rendía a su voluntad, esperaba sus órdenes. La Espada de Poder destelló bajo su mirada. Nimue habló con la misma certidumbre de su madre.

—De acuerdo, no podemos ganar una guerra contra Carden. Pero podemos frustrarlo, obstruirlo, ponerlo a la defensiva y salvar entre tanto de las cruces a todos los que podamos. Propongo que volvamos nuestra tierra en su contra. Hagamos que tema los peñascos —miró a los Caminantes de los Acantilados—. Y los claros —miró a los Serpientes—. Hagamos que tema las sombras. He visto de cerca a los paladines. No son demonios. Son hombres de carne y hueso. Gritan y sangran como nosotros. Así que procuremos que lo hagan. Han invadido nuestro territorio, ¡así que los forzaremos a retroceder!

Wroth, de los Colmillos, volvió a golpear la dura roca con el puño, esta vez en señal de aprobación. Los Serpientes pisotearon el suelo junto con los Forjadores de Tormentas. Morgana sonrió y sus ojos brillaron a medida que todos los demás Inefables los siguieron. Pese a que Galván miró a Nimue con una frente surcada por la angustia, ella sentía una extraña serenidad. Esto se debía en parte a la seguridad que le confería la espada y el consecuente poder de los Ocultos. Pero otra parte era alivio. No habría más persecuciones. Se enfrentarían con los Paladines Rojos, y así viniera fuego, muerte o tortura, la Bruja Sangre de Lobos haría honor a su nombre.

CUARENTA

Ceniza era una ciudad más grande que Puente de Halcones, con casi cinco mil residentes, y estaba oculta en un valle de montañas bajas en el extremo sur de las Montañas Minotauro, donde atraía a inmigrantes y labriegos tanto de las ciudades portuarias como de los países del norte: Aquitania, Francia e Inglaterra. La rodeaban pronunciadas y espectaculares cascadas que alimentaban a varios arroyos, los que confluían en el río Jabalí, corriente que se abría paso por el corazón de la diminuta urbe y abastecía las puertas y los fosos más pequeños del castillo señorial, lo mismo que el comercio con el resto del sur de Francia.

El humo de los incendios en las granjas se elevaba sobre Ceniza como una amarilla nube de tormenta y ondulaba alrededor de los parapetos de las murallas. Los Paladines Rojos que patrullaban esos muros se cubrían la boca con sus capuchas, para no respirar ese aire acre.

Aunque acababa de amanecer, las puertas ya estaban repletas de trabajadores del campo que buscaban refugio y de granjeros y sus familias que pedían alimento, por no hablar de los pastores con sus docenas de baladoras cabras y ovejas, caballos y vacas rescatados apenas unas horas antes de los graneros en llamas. Mientras que por lo común carretas tiradas por bueyes y carretones de comercio formaban una fila de medio kilómetro, ahora sólo un puñado de vendedores habían llegado para el día de mercado. Se les permitió apresuradamente el paso en tanto los Paladines Rojos y los lacayos de Lord Héctor, el gran magistrado de Ceniza, discutían con la gente, que en su mayoría demandaba que se le compensara y protegiera de los extendidos incendios.

En medio de ese caos, un jinete encapuchado emergió del humo y el denso bosque a un cuarto de kilómetro del camino y las puertas de Ceniza. Los monjes en lo alto de la muralla vieron que el jinete se detenía y se quitaba la capucha. Nimue los miró. Luego abrió sus ropajes y sacó la Espada de Poder, que elevó sobre su cabeza; la hoja llameó bajo el sol como una antorcha. ¿La ven, bastardos? ¡Vengan! ¡Vengan y quítenmela!

—¡La bruja! —gritó uno de ellos.

Otro tomó al instante un arco largo y disparó hacia Nimue, quien no se movió cuando la flecha cayó en la maleza a una docena de metros.

—¡La Bruja Sangre de Lobos! ¡La espada! ¡Trae la espada! ¡Es la bruja! ¡Es ella! ¡El Colmillo del Diablo! —se oía a todo lo largo de la muralla y minutos después un centenar de Paladines Rojos salían a galope por las puertas, pasaban de prisa junto a los desconsolados granjeros y su ganado y tomaban por asalto el camino y la maleza. Nimue se dio la vuelta, aunque tentada a cargar contra ellos. *Apégate al plan, idiota.* Entonces entró disparada al bosque, para que la persiguieran.

Anax era el comandante de la compañía de Paladines Rojos y un asesino experimentado, con facciones angulosas y una tosca tonsura negra que hacía juego con su barba. No temía a las brujas y se burlaba de los chiquillos que comandaba, con sus supersticiones y ridículas habladurías. Creía en el dios del acero y sentía el consuelo del golpe de su espada contra la pierna al tiempo que se internaba a caballo en lo profundo del bosque.

—¡Dispérsense! —ordenó y sotanas rojas se abrieron en abanico a izquierda y derecha. El humo y la niebla reducían la visibilidad. La bruja ondulaba entre los árboles a doscientos metros de ellos—. ¡Cuídense de los árboles! —supuso que enfrentarían una emboscada.

Anax no le temía. Cierto, habían muerto algunos paladines a manos de la bruja. *Eso es lo que se obtiene cuando se pone al mando a una criatura*, pensó con repulsión. *La Hija Fantasma.* El Caballero Verde había incitado una insignificante rebelión en las colinas bajas, con unos cuantos arqueros aquí y allá; aunque algunos eran tiradores decorosos, la mayoría de los Inefables era un montón de cobardes con escasa voluntad para combatir. Lo sabía por experiencia, ¡y vaya que la tenía! Había visto arder veinte aldeas y eliminado a más de un centenar de esos monstruos, algunos de ellos con cuernos que les surgían de la garganta, otros de piel traslúcida, otros más cubiertos con cieno que vivían bajo el lodo. Todos rogaron y ardieron y murieron al final. La bruja sería un buen trofeo, caviló. La espada le ganaría un crédito inmenso con el papa y quizás un prestigioso nombramiento en la Trinidad que lo sacara del fango y el frío.

Cuando los árboles se cerraron, notó que unas figuras de palo colgaban de cientos de ramas en el bosque y rozaban los hombros de los paladines. Algunas estaban envueltas en vísceras, otras tenían plumas y sangre adheridas a sus extremidades y otras más estaban manchadas con heces de bestias. Anax oyó alarmados susurros entre sus chicos.

—¡Silencio! —siseó.

¡Pum! Algo grande saltaba y corría arriba de ellos.

—¡En los árboles! —aullaron varios paladines. Algunos arqueros ajustaron flechas en sus arcos y dispararon hacia las copas de los árboles. Anax nada percibió. El humo era muy denso.

—¡Comandante! —Anax volteó en dirección a una voz lejana, de uno de los suyos

—Comandante, ¿dónde está? —vociferó otro.

—¿Quién anda ahí? —Anax giró hacia su compañía.

Estaba solo.

Cincuenta Paladines Rojos se habían desvanecido en el humo.

—¿Comandante? —gritó otro asustado monje desde alguna parte en lo hondo de la arboleda.

—¡Aquí estoy! —respondió Anax—. ¡Cabalga hacia mi voz!

¿Había perdido el rumbo? Apenas habían transcurrido unos segundos. ¿Dónde estaba su compañía? Sacó la espada y arremetió contra todas las figuras que colgaban a su alrededor.

—¡Cabalga hacia mi voz! —llamó de nuevo y apresuró el paso.

—¡Comandante Anax! —dijo alguien detrás de él. Dio vuelta a su caballo y vio a cincuenta metros un grupo de sotanas rojas—. ¡Manténganse en formación! —gritó—. ¡Iré con ustedes! —animó a su montura a avanzar y hundió los talones en ella, pero se resistía y se encabritó cuando un ruido ensordecedor estalló frente a él. Parecía un río al que se le cambiara el curso, y después un rugido cuando cientos de escandalosos cuervos inundaron el bosque desde todas partes, hicieron chocar sus pesados cuerpos contra Anax y su caballo e hicieron brotar con agudos picos la sangre de sus mejillas, brazos y pantorrillas. Anax azotó en el suelo, se puso en pie, atacó a ciegas y partía aves en dos a su alrededor hasta que la parvada cedió y cientos de ellas se posaron en las esqueléticas ramas sobre él. Con relinchos y ojos desorbitados, su caballo se perdió desesperadamente entre la bruma presa del pánico. Fue entonces cuando oyó los gritos, que lo rodeaban por doquier. En el humo y la niebla vio destellos de sotanas rojas que ascendían a toda velocidad a los árboles. ¿Cómo era posible?

—¡Están en el suelo! ¡Están en el suelo! —llegaron alaridos más aterrados. Anax avanzó a tropezones hacia las torturadas voces, aunque no pudo ubicarlas. Llamados de ayuda resonaron en el bosque, el gorjeo de hombres que se ahogaban.

—¡Dejen de hacer ruido! —ordenó. Se adelantó y vio que uno de sus hombres agitaba los brazos hundido en el suelo, mientras supuso que eran arenas movedizas. Corrió hacia él y lo sujetó de los brazos.

Tenía sangre en la boca.

—¡Me está devorando! —exhaló antes de sucumbir a la succión y desaparecer.

Anax se cubrió la cabeza al tiempo que unas ramas se quebraban con estrépito sobre él y un Paladín Rojo se impactaba en el suelo como un costal de piedras. El cuello del monje había sido retorcido hacia atrás. Unos ojos inanimados miraron a Anax y él llevó los suyos a las copas de los árboles, donde unas sombras saltaban detrás de la humareda.

—¡Manifiéstense! —prorrumpió.

La tierra se sumió en torno suyo y él acuchilló el lodo una y otra vez, cayó de espaldas y pataleó. Echó a correr entonces, perseguido por los alarmados y agónicos lamentos de su compañía. Una raíz atrapó su pie y Anax cayó de bruces. Miró a la Bruja Sangre de Lobos. Caminó hacia él. Era una criatura apenas. Anax gruñó, y cuando intentó blandir su espada descubrió que otra raíz había envuelto su brazo hasta el codo. Volteó horrorizado mientras una raíz más emergía del fango y se le enrollaba en el bíceps como una serpiente.

Era ella. Lo hacía ella.

—P-por favor —dijo en tanto ella elevaba el Colmillo del Diablo—. ¡Por favor!

Le cortó la cabeza.

En las murallas de Ceniza, sobre el precario mercado, el destacamento de Paladines Rojos se inquietó cuando transcurrió una hora sin que se tuviera noticia del comandante Anax y su compañía.

Por fin uno de ellos asumió el mando.

—¡Cierren las puertas! ¡Cierren las puertas!

A esta señal, Galván, Wroth, Kaze y una docena más de combatientes Inefables se desprendieron de sus ropas de campesinos y sacaron de debajo de sus canastas de frutas y verduras en sus carretas las espadas, martillos y arcos largos que habían pasado de contrabando.

Wroth y Kaze corrieron hasta los paladines que ocupaban la puerta, a los que tomaron por sorpresa y eliminaron, mientras Galván hacía atravesar dos flechas por igual número de gargantas en lo alto de la muralla. Los demás paladines se arrojaron al toldo de paja de una panadería y levantaron nubes de harina de trigo.

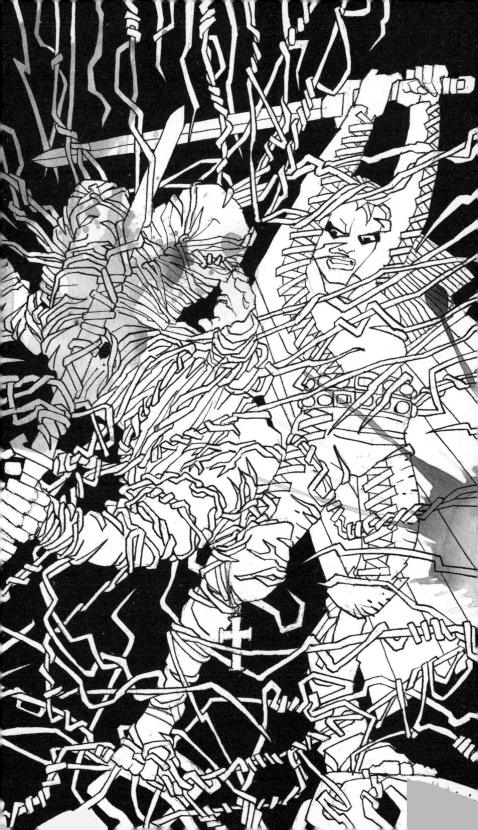

Una infinidad de campesinos, granjeros y comerciantes corrieron en todas direcciones, y algunos de ellos se ocultaron prudentemente detrás de sus carretones. A los paladines los tomaron desprevenidos. Wroth cargó de frente contra un monje flaco, al que estampó en una carretilla de nabos y cuyo cráneo aplastó con un martillazo.

Experimentados arqueros Faunos volcaron puestos de verduras y los usaron para cubrirse y derribar paladines en el muro al tiempo que, en el otro extremo del patio, un Caminante de los Acantilados caía en el lodo con el vientre rajado. Sus compañeros de clan se abalanzaron sobre sus asesinos, a los que hicieron pedazos con sus hachas de piedra.

Los monjes de la muralla se reagruparon y emitieron un torrente de flechas que derribaron en el fango a gran número de Inefables. Galván se refugió detrás de la torre de vigía y Kaze sostenía una refriega con tres religiosos.

Refuerzos de los paladines llegaron en tropel desde la guarnición del muro norte. Wroth y sus Colmillos los recibieron de frente en una horripilante batalla campal.

Galván sintió que la ventaja se les escapaba de las manos. Sorteó las flechas y se precipitó contra los paladines que atacaban a Kaze. Una saeta rozó su oreja cuando un entrechocar de espadas hizo que volteara a la puerta.

Arturo la atravesaba sobre Egipto justo en ese instante, con su arma firmemente esgrimida contra los Paladines Rojos. Desmontó de un salto de Egipto y durante su ascenso por las escaleras del muro oeste hizo trizas a tantos monjes como pudo.

La llegada de Arturo había distraído a los arqueros, así que Galván y Kaze aniquilaron a los paladines que los atacaban y corrieron en ayuda de Wroth y sus Colmillos.

La victoria se antojaba aplastante. Arturo peleaba como lo harían diez hombres en lo alto de la muralla, desde donde producía una lluvia constante de cuerpos de religiosos sobre carretas, barriles y azoteas.

Los lacayos de Lord Héctor, que ya habían soportado la ocupación de los Paladines Rojos, se rindieron sin oponer resistencia. Así, con el grueso de sus filas perdidas en el bosque, los monjes restantes tomaron los caballos que pudieron o huyeron a pie por las puertas de ciudad Ceniza.

Galván se echó el arco al hombro y montó de un salto el corcel de un soldado. Arturo corrió hasta él y le hacía señas para que desistiera.

—¡Olvídate de ellos! ¡No valen la pena!

—¡Me alegra verte, Sangre de Hombre, pero no recibiré de ti órdenes! —respondió Galván—. ¡Asegura el alcázar! —agregó antes de arrojarse en persecución de los paladines en fuga.

—¡Iré con él! —Kaze se apoderó de uno de los caballos que abarrotaban la plaza y salió a todo galope.

Arturo tuvo que hacerse cargo de la situación, que evolucionaba rápidamente. En ausencia de Paladines Rojos que combatir, los guerreros Inefables se volvieron contra los lacayos de Lord Héctor, quienes hasta ese momento se habían abstenido de intervenir porque ignoraban cuál fuerza invasora debían apoyar. Arturo se interpuso entre un Forjador de Tormentas de casi dos y medio metros de alto y un soldado presa del pánico.

—¡Ellos no son el enemigo! —el Forjador de Tormentas se contuvo al fin, pese a su renuencia inicial, y Arturo añadió—: ¡No estamos aquí para matar! —miró a los soldados—: Si entregan sus espadas, nadie les hará daño, ¡se los aseguro!

Los soldados voltearon hacia su capitán, ensangrentado a causa de un enfrentamiento con algunos Caminantes de los Acantilados, y éste asintió. A continuación, sus efectivos arrojaron sus armas a la plaza. Alterada, en cambio, la ciudadanía, algunos granjeros tomaron bieldos y espadas cedidas para proteger a sus hijos de aquellos "monstruos". Wroth le arrebató una lanza a un granjero y la trozó en dos. Estaba a punto de cornear al pobre desvalido cuando un murmullo se extendió entre los Inefables, soldados, trabajadores y campesinos.

Nimue cruzaba las puertas de Ceniza seguida por docenas de Inefables: Faunos, Serpientes, Caminantes de los Acantilados y su progenie, Alas de Luna y Sangres de Hombre.

Arturo emergió exhausto y tambaleante del humo, con la espada a rastras en el fango. Nimue se detuvo y le dijo:

—Estás aquí.

—No soy ningún caballero, por supuesto. Pero si me aceptas, te entregaré mi espada y mi honor. Pienso que aún subsiste algo bueno en mí.

—Subsiste —lo abrazó y olió humo y sangre en su cabello. Apartó la suciedad en sus ojos y mejillas y lo besó en los labios.

Él tomó su cabeza entre sus manos.

—Me alegra que estés aquí.

Nimue se volvió hacia la asustada población. Sintió que la violencia estaba a punto de estallar. Todos sabían quién era ella y le temían. Subió a una carreta volcada y su corazón se aceleró.

—¡Soy Nimue de Dewdenn, del clan de los Celestes! ¡Hija de Leonor, Archidruida de mi pueblo! Mis enemigos —buscó Paladines Rojos entre la gente— me llaman Bruja Sangre de Lobos —se ablandó—. Pero no soy enemiga de ustedes.

¡Quiero que sepan que a partir de este momento Ceniza es libre! Que ustedes estarán en libertad de vivir en paz. De formar una familia. De trabajar. De amar. Y de rendir culto a los dioses que les plazcan, siempre y cuando esos dioses no busquen dominar a los demás —sintió a su madre con ella, que guiaba sus palabras—. Deseamos paz. Regresar a nuestros hogares y reconstruirlos. Nosotros no pedimos esta guerra. ¡Pero eso no significa que no podamos librarla! ¡No significa que no podamos prevalecer!

Los Inefables expresaron su aprobación con un rugido, e incluso algunos granjeros batieron palmas contra sus carretas en muestra de apoyo.

Nimue levantó al sol la Espada de Poder.

—Ésta es la espada de mi pueblo, la espada de mis antepasados, forjada en la Fragua de los Inefables en los albores del tiempo. ¡Que ella sea nuestro valor, nuestra luz en esta terrible oscuridad, nuestra esperanza en la desesperación! ¡Dicen que es la Espada de los Primeros Reyes! Pero yo digo que los reyes ya tuvieron su oportunidad, ¡porque ahora la llamo la Espada de la Primera Reina!

—¡Reina de los Inefables! —bramó Wroth y su clan lo secundó—: ¡Reina de los Inefables! ¡Reina de los Inefables! ¡Reina de los Inefables! ¡Reina de los Inefables!

Arturo vio con asombro que el coro se extendía al otro lado de la plaza en una ascendente marea de voces de Inefables y seres humanos, granjeros, familias y aun soldados de Lord Héctor. Vio que Nimue sostenía en alto la espada como una diosa vengadora, hermosa y escalofriante. Pese a sus reservas, elevó su puño como el resto.

—¡Reina de los Inefables! ¡Reina de los Inefables!

CUARENTA Y UNO

alván y su caballo zigzagueaban entre pequeños y frondosos árboles en persecución de un paladín fugitivo. El caballero apretó la silla entre sus piernas y soltó las riendas para tomar su arco largo y ajustar una flecha. Apuntó a la ondeante sotana roja y disparó. El monje menguó los brazos a los lados y se arqueó de tal forma que Galván supo que había acertado. El caballo continuó su camino y el monje se meció en la silla antes de que cayera muerto sobre la maleza.

Se relajó un poco. Su potro estaba empapado de sudor. Siguió el ruido de un arroyo hasta un pequeño puente de piedra cuyas paredes estaban cubiertas de un musgo suave. Dirigió a su palafrén a la corriente, para que bebiera antes de reanudar la marcha. Galván se arrodilló y tomó del agua fresca en sus manos. En el reflejo de ese arroyo de montaña alcanzó a ver una espectral sotana gris sobre él y mientras embestía a la izquierda una flecha con lengüetas se hundió en su cadera derecha. Se escondió como pudo entre los árboles, y por la profundidad de la herida supo que provenía de una punta de flecha ahorquillada, de uso en la caza de animales de gran tamaño y concebida para provocar el mayor daño posible, tanto en hemorragia como en lesión. Se recargó en un fresno retorcido y partió la flecha en dos. Cuando escuchó el *silbido* del desenvainar de una espada, giró y vio que el Monje Llorón saltaba por el muro del puente y caía en silencio en el fango. Su mandoble era delgado, con una curva ligera que le recordó a Galván los sables que había visto en los cintos de guerreros asiáticos en sus viajes por el desierto, aunque éste era más elegante, con una empuñadura más corta y cuadrada, un arma fina y veloz.

Ignoró el fuego que llameaba en su pierna derecha, sacó su propio mandoble y corrió a la orilla al tiempo que rugía y tajaba. Aunque la pierna cedió un poco durante la acometida, ésta bastó para que el monje retrocediera, pese a lo cual reaccionó al instante con un paso a un costado y un lance que Galván apenas pudo bloquear con el ascenso de su hoja. El Monje Llorón cobró ventaja y el choque de los aceros retumbó en el bosque en tanto aquél embestía, balanceaba su espada y empujaba a Galván a la corriente, donde su pierna maltrecha cedió sobre las resbaladizas rocas. Su hombrera verde fue lo único que impidió que una tajada salvaje lo cortara a la mitad. Aun así, la piel se abrió bajo la dañada armadura y él sintió que sangre caliente goteaba en su hombro. Rodó en el agua para huir de los múltiples embates. Nunca había tenido que enfrentarse a un guerrero tan ágil.

Se apoyó en una roca, tomó su estoque, atajó un espadazo del monje y lo golpeó con la empuñadura. Aprovechó su ventaja de estatura para hacerlo subir por la ribera e intentó derribarlo en el lodo, pero aquél se prendió de la flecha rota en su cadera y la hizo girar. Al tiempo que Galván gritaba, el monje se apartó y le tajó por detrás el muslo, con lo que acentuó su cojera.

Cuando lo tomaba de la oreja y retrocedía para darle el golpe final, Kaze cayó de los árboles con un gruñido de leopardo, derribó al monje y lo lanzó al agua y a las rocas, donde él soltó su arma. Se enfrascaron en una riña salvaje. Ella latigueaba el aire con la cola y agredía con garras y colmillos. El monje la repelió a patadas pero ella atacó de nuevo, con los dientes contra la garganta. Él logró liberarse, se montó en ella y le impuso el brazo en el cuello para asfixiarla. Ella forcejeó y hundió las garras en sus mejillas, debajo de las extrañas marcas de nacimiento en torno a sus ojos. Él la sujetó. Aunque Kaze trazó hechizos con los dedos e intentó pronunciar conjuros, sus ojos de gato se desorbitaron y se rindió. El Monje Llorón la lanzó contra las rocas, recogió su acero, lo sacudió para secarlo, volteó y se lo clavó en la espalda.

Galván se levantó en el acto.

—¡Kaze!

El monje llegó hasta él, Galván se acercó a la ribera entre las crecidas ramas de un saúco y se arrastró al puente. El Monje Llorón caminaba detrás, a paso lento, sin prisa.

Galván se recargó en la antigua pared y sumergió sus manos en el musgo. No podía apoyarse en su pierna herida. Su armadura estaba empapada de sangre y un escalofrío sacudía su cuerpo, pero cuando el aire silbó él elevó a tiempo la espada para defenderse del lance del Monje Llorón. Se abrazaron, Galván inmovilizó con su empuñadura la del monje y lo hizo girar contra el puente. Iniciaron una prueba de fuerza, Galván intentaba clavarle la hoja en el cuello. El monje lanzó la mano al musgo para sostenerse. Los ojos de Galván la persiguieron en previsión del ataque y lo que vio le asombró en extremo.

La mano del Monje Llorón, su textura y color, eran invisibles encima del musgo. Ese miembro se había fundido con la superficie del puente como el camuflaje de un camaleón. Galván jadeó:

—¿Eres uno de nosotros?

El monje mostró la dentadura y empujó a Galván al otro lado del puente. Éste cayó sobre una rodilla y pese a que trató de mantener la espada en alto contra una implacable lluvia de golpes, aquél estaba furioso y su oponente había perdido demasiada sangre. Mientras su brazo se debilitaba, el monje tomó ventaja y lo hirió en las costillas.

La muerte llegará pronto, pensó Galván con espíritu sombrío e imaginó a Kaze en el arroyo. Cuando esperaba el tiro de gracia, el Monje Llorón le imprimió en el cráneo la empuñadura de su espada. El mundo giró. Galván se derrumbó contra la pared.

Oyó que el monje siseaba:

—Te quieren vivo.

Recibió un golpe más y todo fue ya oscuridad.

CUARENTA Y DOS

E l castillo de Lord Héctor era pequeño, compacto y capaz de una defensa digna, con cuatro redondas torres de flanco que protegían los paneles, un puente con cadenas, orificios para armamento en la garita y aspilleras a todo lo largo de los parapetos, pese a lo cual los guardias lo entregaron sin mediar batalla cuando los Paladines Rojos huyeron, conquistados como habían sido ya en una ocasión anterior.

Los desarmados guardias de Héctor formaban grupos reducidos y murmuraban mientras Wroth conducía a Nimue, Morgana y Arturo a la Gran Sala, un vasto espacio sostenido por vigas entrecruzadas y columnas de piedras negras y áureas, los colores del escudo de Lord Héctor. Su estandarte con un dragón dorado sobre campo negro colgaba detrás de un modesto trono.

Morgana y Arturo caminaban unos pasos detrás de Nimue.

—¿Qué papel interpretas en todo esto, hermano? —preguntó ella.

—Bueno, es obvio que me echaron de menos. Me da gusto verte, querida hermana.

—¿Hemos de creer que de pronto eres el guardián de los Inefables?

—¿No basta con que sea amigo de Nimue? ¿Cuál es el problema? ¿Te incomoda no tenerla toda para ti?

—Progresamos mucho en tu ausencia. No quiero que le llenes la cabeza de tonterías.

—¿Como la de proclamarse Reina de los Inefables?

—¿Dudas de ella?

—Dudo de la estrategia.

Los cuatro hicieron una pausa frente a la silla vacía, envueltos por el ruido crepitante de los leños en la amplia chimenea de la pared oeste. Nimue avanzó, subió los cuatro peldaños, se desprendió de la Espada de Poder y la colgó en la esquina de la silla.

Entonces se sentó en el trono.

Morgana sonrió y asintió. La expresión de Arturo era menos jubilosa. Wroth azotó la punta de su mazo de guerra en el piso de piedra y vociferó:

—¡Stra'gath!

Dos soldados Colmillos condujeron a Lord Héctor a su sala. Las suaves y redondeadas facciones del magistrado evidenciaban los rigores de las últimas semanas. Sus mejillas estaban teñidas de rojo por la bebida y sus ojos presentaban notorias bolsas. Aun así, se comportó con dignidad cuando se aproximó a Nimue.

—Lord Héctor, quiero darle las gracias por este refugio —le dijo.

—No fue dispuesto, milady, fue tomado —respondió Héctor con tono siniestro. Wroth rugió, Héctor le lanzó una mirada y añadió diplomáticamente—: No tengo queja de los suyos, ni mucho aprecio para los Paladines Rojos, se lo aseguro. Pero cuando primero afirma que Ceniza es libre y a continuación toma asiento en mi sala, debo cuestionar su sinceridad, milady.

Nimue miró las huellas húmedas que sus manos dejaban en los brazos del trono y explicó con detenimiento:

—Lo único que deseamos es volver a casa. Queremos recuperar nuestras tierras. Como usted sabe, no somos gente de ciudad. Pero mi pueblo muere de hambre y los paladines incendiaron los cultivos de ustedes para negarnos alimento. Si nos apoyamos unos a otros para salir de esto, si permite que mis clanes se recuperen aquí, quizá podamos atacar al padre Carden y frenar a sus paladines. Nada me haría más feliz que devolverle su torreón y lograr que mi pueblo retorne a casa en paz.

Lord Héctor alisó su bigote y evaluó a Arturo, Morgana y Nimue.

—¡Son prácticamente unos niños! —exclamó incrédulo.

—Modere su lenguaje —le aconsejó Morgana.

—¿Creen que aquí están a salvo? ¿Es eso lo que piensan? —asumió la voz adulta en el recinto—. Se encontraban más a salvo en sus cuevas o donde diablos se hayan escondido. Usted es la mujer más buscada, milady. Y acaba de trazar una visible diana en su espalda. No dejará esta ciudad con vida.

Arturo callaba, Morgana no.

—¿Es una amenaza?

—¡Es la realidad, señorita! —farfulló Lord Héctor—. La bruja está aquí. La Espada de Poder está aquí. Los ejércitos de Uter Pendragón, el Vaticano y el Rey de los Hielos estarán pronto aquí también, ¿y entonces qué? Harán llover fuego sobre Ceniza hasta que aun las ratas hayan muerto. Así que coman con frugalidad, porque las provisiones que ansían deberán alcanzar para un prolongado y sangriento invierno —le dirigió a Nimue una mirada sombría antes de girar sobre sus talones y marcharse.

Pero sus palabras resonaron. Nimue sintió que un sudor frío descendía por su espalda. Las murallas de Ceniza habían parecido en efecto un escudo. Ella había peleado por esto, promovido el rechazo de otros planes de fuga y usado la confianza de su pueblo para imponer esta acción. ¿Y si se había equivocado? ¿Y si las murallas de Ceniza no eran su escudo sino una jaula que los atraparía hasta asfixiarlos?

—¿Te encuentras bien? —quizás Arturo había descifrado su expresión.

—Sí —mintió y miró a los soldados Colmillos—. ¿Hay alguna noticia del Caballero Verde?

Mogwan estaba entre ellos y negó con la cabeza.

—No, reina mía —ella hizo una mueca a causa del nuevo título, asintió secamente y Mogwan añadió—: ¿Qué quiere que hagamos con los prisioneros?

—¿Cuáles prisioneros? —tuvo que hacer un esfuerzo por asimilar los acontecimientos que ella misma había puesto en marcha.

Mogwan guio a Nimue y Arturo a la garita y por varios tramos de escaleras de caracol hasta un claustrofóbico y pestilente pasillo de celdas. Cuando se asomó a las ventanitas enrejadas de las puertas, ella vio docenas de ojos desconsolados y asustadizos que le devolvían la mirada. Los calabozos estaban llenos a reventar.

—Déjalos en libertad —dijo, asqueada de eso.

—¿A todos? —preguntó Mogwan.

—Han sido maltratados tanto como nosotros. Que nos juren lealtad si es necesario, pero suéltalos.

—¿Y qué hacemos con estos brutos? —agregó Mogwan y abrió de un empujón la puerta de una de las últimas celdas.

Dentro, cuatro andrajosos guerreros de anchos hombros yacían en cadenas recargados contra las paredes. Sus barbas, largas túnicas bordadas y pantalones holgados los identificaban como Nórdicos. Uno de ellos no llevaba camisa; había sido golpeado sin piedad y quemado con teas ardientes. Apenas respiraba.

—Son corsarios —le advirtió Arturo.

Nimue entró en la celda. Los vikingos la miraron con rencor. Ella se arrodilló junto al preso torturado y tomó una de sus manos entre las suyas.

Pensó en Leonor de rodillas junto al lecho de Merlín. Recordó sus plegarias. Se preguntó si acaso ella poseía los mismos dones curativos.

Un hilo de plata se elevó por su cuello y los invasores la miraron fascinados. Invocó a los Ocultos y les pidió en silencio que curaran las heridas de aquel corsario. Luego de un momento de escucha contemplativa, bajó con delicadeza la mano de aquel hombre.

—No puedo ayudar a su amigo —les dijo—. Pronto se unirá a los Ocultos. Sólo puedo aliviar su dolor.

—¡Sería bastante con eso! —murmuró uno de ellos.

Posó una mano sobre el hombro del prisionero torturado y con la otra tomó la suya. Las parras Celestes en su piel iluminaron de plata la oscuridad de la celda. Mientras recitaba las plegarias de su madre, la respiración del Nórdico se serenó. Pidió a los Ocultos que rodearan y abrazaran al moribundo. Los miembros de éste se relajaron. Sus camaradas bajaron la cabeza y murmuraron palabras destinadas a sus dioses guerreros. Minutos después, la respiración del preso se retardó hasta que cesó por completo.

—Ya Bebe del Cuerno ahora —dijo uno de los corsarios.

Nimue debió hacer un esfuerzo para no delatar su emoción, porque la muerte del prisionero la había conmovido.

—Están lejos de casa.

El jefe, con una larga y rubia cola de caballo, inclinó la cabeza.

—Sí, vinimos a estas playas con el Rey de los Hielos. Nos metimos en problemas con estos monjes. Nos arrastraron al sur hasta aquí.

—Serían bienvenidos a nuestra causa —ofreció Nimue.

—¿En serio? —Arturo preguntó incrédulo.

—Los Nórdicos no son amigos de los Colmillos —replicó Mogwan—. A mi padre no le agradará esto.

Arturo llevó aparte a Nimue con toda sutileza.

—Coincido con Mogwan. Los corsarios son asesinos, piratas y ladrones. Destruyen todo. Te aseguro que no querrías que el destino de los Inefables estuviera en manos del Rey de los Hielos.

—No nos vendrían mal algunos asesinos, piratas y ladrones —repuso Nimue—. Los enemigos de los Paladines Rojos son nuestros amigos —se volvió hacia los corsarios—. ¿Se unirán a nosotros?

—Como usted dice, estamos lejos de casa. Y además, nuestro hermano muerto es pariente de nuestro capitán. Debemos devolverlo al océano.

Nimue asintió.

—Les deseamos buen viaje entonces. Podemos reservarles las raciones de una semana y dos caballos —Arturo iba a interrumpir pero ella continuó—: Lamento que no podamos ofrecerles más.

—Con eso bastará —afirmó el corsario rubio.

Ella ordenó que dejaran en libertad a los vikingos. Mogwan les quitó las cadenas. Dieron las gracias a Nimue y al salir de la celda el corsario rubio tomó del brazo a Arturo.

—Te has ganado la gratitud de Lanza Roja, hermano.

Arturo lo miró con desconfianza.

—Si tú lo dices —lo tomó del brazo también.

Los vikingos se inclinaban ante Nimue cuando de arriba llegaron voces de alarma.

—¡Reina! ¡Milady!

Nimue y Arturo abandonaron de prisa a los corsarios.

Salieron del alcázar hasta un centenar de metros en la plaza, donde un grupo de Inefables rodeaba un caballo manchado de sangre y un montón de prendas púrpuras en el suelo. Nimue avanzó con dificultad entre la muchedumbre y se puso de rodillas junto a Kaze, quien estaba cubierta de sangre.

—¿Qué ocurrió, Kaze? —supuso lo peor.

—Lo aprehendieron, milady —perdía y recuperaba alternadamente el conocimiento—. Tienen a Galván.

Nimue se llevó una mano a la boca. Después de lo que acababa de presenciar, la captura por los Paladines Rojos era un destino peor que la muerte.

CUARENTA Y TRES

La energía indispensable para que abriese los ojos hizo que Galván quisiera dormir otra vez. El incesante movimiento del caballo extendía el dolor por su pierna y cadera maltrechas. Sentía que le estallaban los pulmones cuando respiraba, y sus ropas y armadura estaban frías y húmedas. Miró abajo y se percató de que estaban empapadas de su propia sangre y de que había caído inconsciente en la silla. Llevaba las manos atadas y el Monje Llorón cabalgaba a su derecha. Estaban al menos a varios kilómetros de Ceniza, a juzgar por la posición de los picos de las Montañas Minotauro, y fuera de la zona de fuego dado el aroma imperante. Supo que se dirigían a un campamento de los Paladines Rojos.

—¿Por qué? —preguntó y el Monje Llorón permaneció en silencio—. Eres uno de nosotros. ¿Cómo pudiste hacernos esto?

—No soy como ustedes —respondió.

—Vi que tu mano cambiaba. ¿Qué eres? ¿Fresno? En estas tierras no ha habido Fresnos desde hace siglos. También tenían marcas, como las de tus ojos…

La espada del monje estuvo al instante bajo su barbilla.

—Repítelo, demonio.

—¡Hazlo, Fresno! —dijo Galván entre dientes, con la hoja todavía en su garganta—. Mátame si eres tan osado. O mejor todavía, desata mis manos y veamos qué tan bueno eres. Recibí tu flecha, cobarde. ¿A qué se debió eso? ¿Tenías miedo de acercarte?

El Monje Llorón sopesó esas palabras y enfundó la espada.

—En unas horas desearás que te hubiera matado.

Galván se sintió aturdido a la vista de las primeras antorchas de los Paladines Rojos, que despedían una luz tenue. El bosque había sido talado con premura y en cientos de metros a la redonda se apreciaban únicamente tocones mellados, un campo de dientes rotos. Un nauseabundo olor a carne quemada crispó el valeroso semblante de Galván cuando arribaron a una extensión pantanosa ocupada por tiendas de campaña. Monjes tonsurados y de ojos exánimes alrededor de fogatas siguieron su recorrido hasta que el Monje Llorón se detuvo. Galván rastreó la trayectoria de su mirada hasta un pequeño ejército de un centenar de guerreros vestidos de negro. Eran la Trinidad, conjeturó. Había oído rumores de su destreza en el combate y su crueldad. Sus doradas máscaras mortuorias miraron impasibles que el Monje Llorón reanudaba la cabalgata hasta una tienda más grande, donde, a juzgar por los ceños fruncidos y los pechos inflados, prevalecía una extrema tensión entre la guardia de los Paladines Rojos del padre Carden y los soldados de la Trinidad.

El monje desmontó y bajó a rastras a Galván de su palafrén. Contra su voluntad, éste gritó cuando sus pies tocaron el suelo y las rodillas se le doblaron; sus heridas se recrudecían después de un largo viaje. Por órdenes del monje, dos paladines lo sujetaron de los hombros y lo jalaron tienda adentro.

El padre Carden se sentaba a una mesa cubierta de mapas junto a un hombre con la sotana de la Trinidad, la cabeza afeitada y una barba negra en horqueta francesa. También el hermano Sal estaba presente y se mecía en una esquina, sonriente como de costumbre, en tanto fijaba en el techo sus ojos cosidos.

Pese a su lastimosa condición, Galván sintió lo cargado del ambiente. Carden estaba demacrado, aunque le bastó con ver al Monje Llorón y su prisionero para que cierto rubor o alivio brotara en sus mejillas.

—¡Dichosos los ojos que te miran, hijo mío! —proclamó.

—¿Es él? —inquirió el hombre de la barba ahorquillada, quien rodeó la mesa—. ¿Es éste el célebre Monje Llorón?

El monje le lanzó al padre Carden una mirada de confusión por el nuevo visitante.

—Éste es el abad Wicklow. Se encuentra aquí para... —Carden calló.

—Observar —terminó el abad.

El Monje Llorón inclinó respetuosamente la cabeza. Wicklow cruzó los brazos en su espalda y estudió el rostro del monje, escudriñó sus ojos.

—He oído hablar mucho de usted. Mucho. Dicen que es nuestro mejor guerrero. Dueño de una rapidez y agilidad *sobrenaturales*...

Algo en el modo en que Wicklow dijo "sobrenaturales" tensó a Carden, quien lo interrumpió:

—Dime, hijo mío, ¿qué nos trajiste?

—Al Caballero Verde, padre.

Wicklow miró sorprendido a Carden.

—¿Se refiere al líder rebelde?

Carden avanzó.

—¡Qué estupenda noticia! —puso las manos en la cadera y examinó el estado de Galván—. El Caballero Verde... ¿Qué tiene usted que decir? Quizá se salvaría si nos dijera dónde está la Bruja Sangre de Lobos.

—¿Qué tengo que decir? —repitió y miró al Monje Llorón, quien no lo vio a su vez—. Puedo decir muchas cosas —permitió que sus palabras flotaran en el aire—. Estoy al tanto de demasiadas.

El abad Wicklow puso cara de enfado y el padre Carden se irritó.

—No importa, somos muy hábiles para lograr que los de tu calaña canten.

Galván se había reanimado cuando miró al Monje Llorón. Se volvió hacia el padre Carden.

—Le diré cuanto quiera, viejo. Que la Reina de los Inefables recuperó Ceniza y dejó muertos en el bosque a un centenar de sus hermanos rojos.

La mejilla de Carden tembló.

—¿Son mentiras? —lo interrogó Wicklow y el padre no respondió, así que volteó hacia el Monje Llorón—. ¿Es cierto lo que dice?

—La ciudad ha caído —contestó impasible.

—¿Ella tomó esa maldita ciudad? —inquirió incrédulo Wicklow en dirección a Carden—. ¿Cómo es posible?

—Hermano Sal —ordenó Carden con ojos en llamas por la furia y sin reparar en el abad Wicklow—, lleve a sus cocinas a esta abominación.

Galván aflojó el rostro y se soltó en brazos de los paladines que lo sostenían. Forcejeó mientras lo alejaban. El Monje Llorón se volvió y los ojos de ambos se encontraron un breve momento antes de que los monjes se llevaran a Galván.

A cientos de metros de ahí, Ardilla se desplazó sobre la alta rama de un viejo aliso negro y apartó algunas hojas para ver mejor al Caballero Verde. Procuró que ninguna semilla cayera en la cabeza de la patrulla de paladines debajo de él. Molesto porque Nimue no le había permitido participar en la operación de carretas del mercado de Ceniza, cuando se dio cuenta de que Galván salía en persecución de los Paladines Rojos vio una oportunidad y lo siguió. Llegó apenas a tiempo para ver que el Monje Llorón cargaba sobre la silla a Galván, quien sangraba. Ahora veía que era conducido casi a rastras al otro lado del fangoso campamento por dos paladines, seguidos por un ciego también con una sotana roja, hacia un pabellón cuadrado con dos entradas y una escotilla en la punta que escupía un espeso humo gris. El aroma cobrizo y empalagoso le hizo saber qué sucedía en esa tienda. Trazó con la mirada su recorrido entre las fogatas y las tiendas. Hubo tres connatos de encuentro con Paladines Rojos antes de que una carrera final a la tienda de tortura le permitiese intentar el rescate de Galván.

CUARENTA Y CUATRO

—Un puesto de control de los Paladines Rojos en Colina del Cuervo fue profanado con sangre de lobos y cabezas de perros de granja. Al este de ahí, aún en las provincias francesas, gran cantidad de granjeros se han declarado leales a la Bruja Sangre de Lobos, a quien consideran una especie de salvadora. Se han quemado enclaves de los paladines y expulsado a éstos en las aldeas de Grifo y Arroyo de Plata. En Páramo Gris se prendió fuego a una iglesia. Luego está el caso de ciudad Ceniza, por supuesto, un gran castillo en las colinas de las Montañas Minotauro —Sir Beric alisó una de sus espesas cejas—, antes ocupada por los Paladines Rojos contra los deseos de su majestad. Hace cuatro días la tomaron la bruja y un ejército de Inefables, con graves pérdidas para los paladines…

—¿A cuánto asciende la población de Ceniza? —preguntó el rey Uter con voz baja y amenazadora. Los dedos se le habían puesto blancos de tanto que apretaba los brazos de su trono.

—Quizás a cinco mil habitantes, señor —estimó Beric.

—Por todos los dioses, ¡es ya una ciudad en toda regla! ¿Y quién es el señor de ese torreón?

—Un tal Lord Héctor, su majestad, primo lejano del Barón de Boscardo. Creo que atendió a sus justas en…

—¡No nos importa a qué justas asistió! ¡Queremos saber cómo fue posible que perdiera dos veces su ciudad en un lapso de quince días! ¡Vino! —extendió su copa a un lacayo, quien se apresuró a llenarla.

Sir Beric bajó su pergamino y trazó una línea en el suelo con la punta de su zapato mientras calculaba sus palabras.

—El torreón cedió por voluntad propia, su majestad.

—¿Por voluntad propia?

—Al parecer, su majestad enfrenta un levantamiento popular a favor de la Bruja Sangre de Lobos. Se ha convertido en un símbolo de desafío contra los Paladines Rojos, quienes en su dureza incendiaron kilómetros y kilómetros de campos de cultivo en el valle a las faldas de las Montañas Minotauro para matar de hambre a la bruja y los suyos, estrategia que resultó contraproducente.

—¡Puedo andar sola, gracias! —Lady Lunette zafó su hombro de su escolta de lacayos. Sus zapatos emitieron chasquidos durante su trayecto al trono—. ¿Qué significa esto, Uter? No me gusta que me hagas llamar. No me agrada abandonar mi torre y lo sabes.

Sir Beric se apartó del camino de Lady Lunette tan rápido como el decoro se lo permitió.

Uter se incorporó con rigidez en su trono.

—Madre, ¿ordenaste a los soldados que siguieran a Merlín en su encuentro con la bruja?

—¡Desde luego que lo hice! —rio ella—. ¿Y qué con eso?

—No fue ése nuestro deseo, ni aquéllos tus soldados para que recibieran tus órdenes —replicó furioso—. Antes de que interfirieras, teníamos bajo control a Merlín y la espada a nuestro alcance, ¡y ahora no tenemos ni uno ni otra!

—Te recomendaría que moderes el tono cuando a tu madre te dirijas.

—¡Hablaremos contigo como queramos, porque somos la Corona! —rugió Uter.

—Despejen la sala, por favor —ordenó Lady Lunette.

Sir Beric y los lacayos se encaminaron a la puerta.

—¡Permanezcan en su sitio! —contraordenó Uter.

Aquéllos vacilaron, atrapados entre dos monarcas. Lady Lunette suspiró.

—Sí, permanezcan en su sitio, pero les advierto: quienes han oído en el pasado las palabras que estoy a punto de pronunciar tienen la terrible costumbre de aparecer muertos.

Luego de unos momentos de tenso silencio, Beric balbuceó:

—Con su permiso, majestad.

Huyó sin recibir autorización, para ser seguido en breve por los lacayos. La puerta se cerró ruidosamente detrás de ellos.

Lady Lunette y el rey Uter quedaron solos.

—Ya no te mimaré, Uter. No te hace ningún favor.

—Mimar no es la forma en que describiríamos tu estilo personal de ser madre.

—Jamás deseé tener hijos. Ya lo ves, fui hecha para gobernar. Ése era mi talento. Pero en este mundo de hombres y sus linajes, tal cosa no pudo ser. En cambio, mi tarea fue hacerte rey —sus palabras permanecieron suspendidas en el aire—. Y todo indica que fracasé.

—Primero nos socavas y después te instauras en juez. ¡Qué delicia!

—No estaba dispuesta a quedarme de brazos cruzados mientras tú volvías al regazo de Merlín. Te he dado demasiadas libertades y ahora el reino sufre por ellas. A partir de hoy, yo seré el Trono, y mis palabras saldrán de tus labios como de la estatua de una fuente tan pronto como las vierta en tus oídos, o te atendrás a las consecuencias.

—Hemos perdido la cuenta de los vituperios contenidos en estas últimas frases, pero con preocupación hemos evidenciado que tus aptitudes se han deteriorado, madre. Estás irreconocible. Quizá necesitas un periodo de reposo junto al mar —saboreó la idea.

Lady Lunette se puso nostálgica.

—Por desgracia, Uter, es así como soy en verdad. Porque la única mentira aquí es la corona en tu cabeza.

CUARENTA Y CINCO

L a hermana Iris se dirigió a los terraplenes que salían del castillo y rodeaban la ciudad, patrullados por arqueros Faunos. Había vuelto a Ceniza sin chistar. La afluencia de refugiados Inefables creaba congestión y confusión en las calles. A muchos habitantes les asustaban las diversas razas de Inefables y habían cerrado sus tiendas para ocultarse en sus hogares, sólo para descubrir que tímidos y ansiosos Alas de Luna se establecían en sus vigas y se tornaban en capullos de seda, y que los lugareños más generosos —el mesonero de Las Siete Cascadas, Ramona la esposa del panadero— se esmeraban en satisfacer la demanda de los hambrientos invasores. Los caminos eran casi intransitables para las carretas, debido a los terrones que los excavadores Arados habían removido. Filas ruidosas, violentas y angustiadas crecían en la plaza, ya que seres humanos e Inefables se empeñaban por igual en trabajar juntos por órdenes de la nueva reina. Iris pasó a un lado de la iglesia de piedra, con sus ventanas destrozadas. En las paredes, con sangre de becerro, habían sido escritas las palabras *Bruja Sangre de Lobos*.

Se acercó a un par de Faunos que bebían a escondidas de un odre de vino robado entre sus turnos en los terraplenes.

—¿*Talaba noy, wata lon?* —preguntó uno de ellos sobre Iris y codeó a su amigo, quien reía.

—No entiendo —dijo ella.

—Perdona a mi amigo, es grosero —explicó el risueño con acento melodioso.

La hermana Iris lo ignoró y miró sus arcos.

—¿Qué tan lejos vuela una flecha?

—¿Con un arco largo? Éste es el arco más grande del mundo —el Fauno risueño silbó y describió un semicírculo con la mano.

Ella calculó la distancia de la muralla al torreón.

—¿Llegaría de aquí al castillo, por ejemplo?

—¡El doble de eso! —alardeó el Fauno.

—A ver, demuéstramelo —lo miró con su ojo bueno a través de la caperuza de arpillera.

Él frunció el entrecejo.

—¿Ves bien, pequeña?

—Lo suficiente.

—¿Por qué tienes tanto interés en aprender esto?

Iris se encogió de hombros.

—Voy a cazar un perro.

Los chicos se miraron uno a otro, *¡Qué niña tan rara!*, y rieron. El Fauno amable se inclinó hacia ella.

—Sí, pequeña, te ayudaré a matar ese perro.

Nimue no podía dormir. Miró las numerosas fogatas que los Inefables habían encendido en la plaza principal de Ceniza, porque dormían a la intemperie. No era un sacrificio; la mayoría prefería eso a las estrechas cuevas o las moradas humanas. Las hogueras le conferían a la pequeña ciudad un leve resplandor anaranjado. La luna creciente se distinguía apenas en el cielo, velada por el humo.

Escuchó murmullos, volteó y se dio cuenta de que sostenía la espada. Curioso. No había reparado en eso, de tan cansada que estaba. Posó la hoja en su mano y estudió la limpieza de sus líneas, la forma en que las junturas del acero atrapaban la luz de la luna. Los murmullos subieron de tono, como gritos distantes. *Son los recuerdos de la espada, por supuesto*, pensó. La espada le hablaba. Recordaba a sus víctimas y sus gritos. Nimue reconoció algunos alaridos. Eran de los Paladines Rojos. Por extraño que parezca, no la aterraron. Aceleraron su pulso y animaron su sangre. Sus fatigados músculos revivían gracias a la corriente de energía entre la hoja y ella. Sus dudas de horas atrás eran ya absurdas e insignificantes.

¿Por qué dudaba de sí? Era la Bruja Sangre de Lobos. Reina de los Inefables. Poseía la Espada de Poder y retaba a cualquier monarca a arrebatársela. Inspiraría a más de los suyos, a más humanos. Ellos responderían a sus llamados de libertad y lucharían por ella, derramarían sangre por ella y todos juntos acabarían con la plaga de los Paladines Rojos y los harían correr como ratas de vuelta al Vaticano. *Y que la Iglesia tiemble entonces*, pensó. *Que me tema. Apilaré sus cruces en una hoguera y…*

—¿Nimue?

Volteó y con la radiante espada apuntó a Arturo, quien sostenía una linterna en la puerta.

—¡Me rindo! —dijo él, igual que en su encuentro en un oscuro camino en el bosque, se diría que centurias atrás.

Ella bajó la hoja y se volvió hacia la ventana.

—Puedo regresar más tarde —Arturo titubeó en la puerta.

—No, está bien —dijo ella en voz baja y él entró.

—Vi tu antorcha.

—No puedo dormir —le incomodaba esa interrupción, no quería compartir su tiempo con la espada.

Él vio la hoja en su mano.

—¿Prevés dificultades?

—Me abriga —contestó sin pensar.

Arturo frunció el ceño y sonrió.

—Hay otras maneras de abrigarse.

Nimue no respondió. Contempló la hoja bajo la luz de la antorcha.

—¿Crees que los paladines dejan espectros? ¿cuando mueren? ¿Crees que su espíritu permanezca?

—Supongo —se alzó de hombros—, igual que todos, si acaso. ¿Por qué?

—Los oigo en la espada. Escucho su agonía.

Arturo guardó silencio unos segundos.

—Estás cansada. Han pasado muchas cosas.

—¿Cómo crees que esté él? —preguntó en referencia a Galván.

—No pienses en eso —sacudió la cabeza.

—Debo hacerlo —se enfadó.

—No contamos con guerreros suficientes para atacar su campamento. Los que tenemos están heridos —se detuvo, como si temiera provocarla más—. Supongo que la reunión con Merlín no rindió frutos.

—Mi pueblo tenía razón. Es un mentiroso.

Él asintió.

—Entonces deberíamos considerar vías de salida al mar. Reunir las monedas que podamos en esta ciudad para pagar un viaje en barco —la alcanzó en la ventana.

—Rendirnos, desde luego —las hogueras se reflejaban en sus ojos—. Creí que habías cambiado —se mofó.

—¿Qué quieres decir?

—Nada. No quiero decir nada. Huye. Márchate. ¿Qué te detiene?

—¿Quieres mi consejo o no?

—No sé. ¿Cómo puedo confiar en tus consejos? ¿Cómo sé si estarás aquí mañana? ¿Cómo puedo confiar en ti cuando lo único que deseas es huir?

—Sobrevivir y pelear un día más —la corrigió.

—¿Por qué no crees en nosotros?

—¿Quiénes son "nosotros"?

—Me refiero a mí. ¿Por qué no crees en mí? —lo miró.

Arturo posó las manos en sus hombros.

—¿Creer en qué? ¿Cuál es la opción? ¿Derribar las puertas del Castillo Pendragón? ¿Librar una guerra contra la Iglesia? Aunque te llamen Reina de los Inefables, no eres más que una mujer con una gran espada.

—No cualquier mujer —sus ojos relampaguearon.

—No necesito que me convenzas, créeme. Pero ya hiciste bastante, Nimue. ¿No lo ves? Les diste una oportunidad para vivir. Echaste a los paladines de las Montañas Minotauro. Fue una gran hazaña. Pero no pienses ni un momento que no responderán, y en mayor número, y antes de que lo hagan requieres un plan para poner a salvo a tu gente.

—Buscaré entonces un ejército. Los Nórdicos.

—¿Crees que el Rey de los Hielos seguirá a una campesina con la Espada de Poder en lugar de tomarla para sí?

Pese a que estaba a punto de contestar, se sosegó.

—Los Ocultos nos guiarán. No es culpa tuya, pero nunca lo entenderías.

—¿Por qué? ¿Porque soy un Sangre de Hombre?

El silencio de Nimue fue elocuente.

Arturo se apartó, herido.

—Con todo respeto, reina mía, no cometa estupideces.

—Todos caemos en ellas —replicó.

Él se inclinó en la puerta, dio media vuelta y se marchó por el corredor.

CUARENTA Y SEIS

Lady Cacher se encontraba en los señoriales jardines de la Casa Chastellain y escuchaba las risas de su familia. Contra el sol poniente, los mozos servían una ronda nueva en el comedor al aire libre, la cual consistía en faisán asado y capones con salsa de limón, estofado de ganso y tartas de anguilas. La copa de vino especiado de Lady Cacher fue llenada otra vez. Se llevó a los labios una rosa púrpura mientras su esposo y sus nietos jugaban y bailaban al compás del violín de una muchacha del servicio.

—¡Atrápalo, Marie, que es un tramposo! —gritaba al tiempo que Lord Cacher esquivaba las manos de los niños. Se recostó en su asiento, sonriente y satisfecha, y los perros ladraron a la distancia. La doncella atravesó el prado desde el torreón de piedra, hermoseado por las raras enredaderas de rosas púrpuras que subían por las paredes.

—¿Qué ocurre, Mavis? —preguntó.

Mavis parecía nerviosa.

—Hay un visitante en la puerta, milady. Pregunta por usted.

—¿Lo conoces? —inquirió confundida.

—No, milady, pero dice que milady lo conoce a él.

Lady Cacher palideció y tomó su copa de vino. Se serenó un minuto antes de que se levantara y alisara sus faldas. Emprendió la marcha a la puerta y detuvo a la doncella a su lado.

—No, Mavis. Iré sola.

—¿Está segura?

Sonrió apenas.

—Sí, sólo hazte cargo de que los niños coman. Y de que Lord Cacher no se esfuerce demasiado.

Mavis aceptó de mala gana.

—Sí, milady.

Lady Cacher reanudó su larga marcha a la puerta de la Casa Chastellain. Cuando llegó, vio a Merlín a través de la reja de hierro; daba de comer hierba a su corcel. Hombre y animal estaban sucios del polvo y sudor del camino. Lady Cacher y Merlín se miraron durante un largo momento.

Él preguntó al cabo:

—¿Su familia se encuentra bien?

Ella asintió.

—Sí, gracias. Tengo siete nietos.

—¿Sus necesidades y las de ellos están satisfechas?

El rostro de Lady Cacher se tensó.

—Más de lo que una campesina habría podido pedir.

Él acarició las crines de su caballo.

—Ha llegado la hora de que cumpla lo que me prometió.

Lady Cacher respiró hondo, sacó un manojo de llaves de sus faldas y abrió el cerrojo de la portezuela.

—Por aquí, por favor —le dijo a Merlín y lo condujo al huerto, a una banca bajo un par de ciruelos. Permanecieron en silencio un largo tiempo hasta que ella explicó—: A pesar de que siempre supe que este día llegaría, me parece que es demasiado pronto —la embargó la emoción y derramó calladas lágrimas, que enjugó con un pañuelo antes de tranquilizarse—. ¿Puedo darle posada? Eso me daría la oportunidad de pasar una última noche con ellos.

Merlín negó con la cabeza.

—El tiempo apremia. Debemos marcharnos. Esperaré a que se despida.

Escudriñó el rostro del mago y no vio complacencia en él. Asintió secamente y se levantó. Caminó hasta la orilla del huerto para ver a su esposo, que rodaba y se desplomaba con sus nietos. Cerca de ahí, sus propios hijos reían y sorbían vino sentados a la sombra del viejo castaño. Sonrió y saboreó cada detalle. Se deslizó entonces dentro de la casa y regresó minutos después con un bolso de cuero atado con un cordón.

—No habrá despedida —dijo a Merlín—. Dejemos que la alegría continúe.

Posado en una prominencia a lo lejos, el alcázar de Dun Lach parecía haber emergido de las escarpadas rocas de la Costa de los Mendigos. Con sus torres ladeadas, rodeaba sus muros una barrera natural de arenisca con púas, que protegía Dun Lach no sólo contra invasores sino también de la implacable marea. El litoral estaba repleto de austeros barcos de guerra. Merlín buscó el afamado navío de Lanza Roja, con su asta ardiente fusionada como un cuerno a su proa, pero no lo halló. Arqueros Nórdicos tomaron un respiro en su patrullaje de la muralla para ver que Merlín y Lady Cacher cabalgaban hasta las puertas. Luego de intercambios mudos y misteriosas miradas a Merlín, los guerreros en la entrada ordenaron que se levantara la verja.

El mago rechazó el ofrecimiento de refrescarse después de un viaje tan largo y pidió una audiencia inmediata con Cumber, de modo que Lady Cacher y él fueron conducidos por varios tramos de escalera de caracol hasta la Gran Sala, donde el calor de cinco rugientes chimeneas pintaba un cuadro muy distinto al de los desolados campamentos de guerra al otro lado de la muralla. No era sólo el calor, también el ruido: Merlín oyó risas. Nadie reía en la corte de Uter. Cuando Lady Cacher y él entraron, las carcajadas atronadoras de Lord Cumber sacudían los muros, producidas por el enérgico retozo de un lobezno con un halcón de caza que desplegaba las alas, hacía chasquear el pico y saltaba en el suelo de piedra, lo cual asustaba a la cría. El Rey de los Hielos era fornido, tenía en libertad el brazo que usaba para la espada y, al estilo vikingo, cubría el otro hombro con una negra capa de oso de las cavernas sujeta por un broche de platino con incrustaciones de ámbar, oro y cristales azules. Estaba bronceado por el viento del océano, recogía en una coleta sus cabellos color caoba y tenía la barba muy bien recortada.

Sus cuatro hijos adultos —dos hombres y dos mujeres— parecían más entretenidos con la diversión de su padre que con las bufonerías del lobezno. Una larga vida en la corte le había concedido a Merlín la habilidad de descifrar rápidamente las circunstancias. A diferencia de este padre guerrero, presumió, los hijos habían sido educados en la corte como animales políticos. Sospechó que mostrarían resistencia a los recién llegados.

Hilja, la Reina de los Hielos, todo lo observaba en silencio, majestuosa pero discreta en sus modestos ropajes de un azul pálido. Su cabello, alguna vez del color de la paja y ahora entrecano, estaba finamente trenzado. Bebía vino de un cuerno mientras hilaba seda para un vestido bordado. No perdía ningún detalle.

En confirmación de algunas teorías de Merlín, Cumber permitió que su hija mayor, Eydis —de cabello negro azabache, piel pálida y un pigmento verde alrededor de sus ojos azules—, se dirigiera a los inesperados visitantes.

—¡Merlín el Encantador! Un mago sin magia enviado por un rey sin derecho al trono —les sonrió a sus hermanos, complacida.

Dagmar, el mayor y más parecido a su padre en porte y aspecto, aprobó con un gruñido; Calder, el menor, entornó los ojos, y la rubia y enjoyada Solveig le lanzaba a Merlín miradas fulminantes.

Éste ignoró el desaire.

—¿Podrían brindarnos un poco de té o vino dulce para Lady Cacher? Está helada y cabalgó toda la noche.

Hilja dirigió una inclinación a uno de los mayordomos, el cual condujo a Lady Cacher hasta una banca adosada a la pared al tiempo que lacayos le llevaban un cuerno con algo de vino.

—¡Gracias, Lady Cumber! —dijo Lady Cacher.

—¿Tendremos que prepararle cama también o expondrá su asunto? —Eydis levantó el mentón.

—No he venido aquí buscando cama, damisela, sino buscando rey.

Eydis se puso rígida.

—¡Se encuentra usted frente a un rey legítimo, hechicero!

—Quizá, si sus noches duran seis lunas y todo lo que pisa es nieve.

Los hijos de Cumber se inquietaron y no cesaban de mirar al Rey de los Hielos, quien se distraía con el cachorro mordedor.

Merlín se rascó la barba y miró a Eydis.

—Es indudable que usted tiene porte real y que algún día será una buena reina. Por desgracia, posee los modales de un asno.

Eydis ahogó una exclamación.

—¿Cómo se atreve?

Hilja bajó su huso. Dagmar se puso en pie y desenvainó la espada.

—¡Te cortaré la lengua, perro!

Calder se arrellanó en su asiento para contemplar el espectáculo que estaba a punto de desarrollarse.

Sólo Cumber rio, con un sonido retumbante que trinó en las maderas del techo.

—Ustedes los Druidas no engendran hijos. Pienso que por eso viven tanto, ¡malditos! Yo consiento a los míos. Es una debilidad que no entenderías.

—Quizá se equivoque —contestó Merlín—. Y aunque me agradaría actuar como el blanco político de los lances de su hija en tiempos más pacíficos, soplan vientos de guerra. ¿Cuenta con un plan, Lord Cumber? Porque tomar esos puertos fue un golpe audaz, pero ahora da la impresión de que usted se contenta con echarse en esta espantosa playa como una gallina reacia a poner huevos.

Eydis estaba a punto de estallar.

—Francamente, padre, ¿permitirás que él se burle de esa manera?

Cumber estrechó sus ojos como rendijas.

—¿Uter soporta estas tonterías, Merlín? Yo no tengo aptitud para eso. No recuerdo que te haya pedido opinión sobre mi estrategia militar.

—Supongamos entonces que tiene una estrategia. ¿Fue prudente enviar a Lanza Roja contra los campamentos de los paladines en la Costa de Granito cuando las fuerzas de Pendragón lo superan ya en número por cien a uno? Cabría suponer que es preferible alentar al padre Carden a permanecer neutral en este conflicto que enemistarse con él.

—¡Qué buena pregunta, Merlín! ¡Bravo! ¿Quién le da órdenes a Lanza Roja, padre? —Calder adoptó una sonrisita de suficiencia.

Cumber miró a su hijo menor.

—¡Cierra la boca, muchacho, o mi hacha se encargará de hacerlo! —y rezongó para Merlín—: Lo que Lanza Roja haga o deje de hacer no te incumbe en lo absoluto. Soy un hombre sencillo. No tengo el menor deseo de jugar trucos ni intercambiar agudezas con criaturas tan sombrías como tú. Expón claramente tus razones de que hayas venido aquí, y espero por tu bien que me agraden.

—Fue el deseo de conocer el carácter e intelecto del hombre que estoy a punto de elevar al trono de Inglaterra —dijo sin más Merlín—. ¿Esto es suficientemente claro para usted?

Cumber hizo una pausa y bajó al cachorro al suelo.

—¡Palabras osadas! —profirió—. Te has vuelto contra tu Falso Rey.

—Soy un hombre libre —repuso Merlín.

—Un traidor siempre es un traidor.

—¡Ojalá el mundo fuera tan sencillo! —caviló—. Sospecho que oscila en estas gélidas orillas porque entra en territorio desconocido para usted e ignora su derecho como el Pendragón verdadero, afirmación que sólo puede probar el único testigo vivo de que el hijo de la Reina Regente nació muerto.

Cumber se puso en pie, pasmado.

—¿Ella es… la partera?

Merlín asintió con gravedad.

—Así es. Y ahora hablemos de lo que obtendré a cambio.

CUARENTA Y SIETE

N imue miraba desde el trono de Lord Héctor a un huraño Colmillo llamado B'uluf, esbelto para su especie
y con un cuerno roto bajo el maxilar derecho. Arturo
y dos arqueros Faunos le sujetaban los brazos en la espalda.
Wroth estaba a su lado con una mirada colérica y cruzaba
los brazos sobre su amplio pecho, mientras que al otro lado
se encontraba Lord Héctor. Morgana estaba a la derecha de
Nimue.

B'uluf y Nimue eran de la misma edad, y la desdeñosa
sonrisa de él le hacía saber que se contaba entre los pocos
Inefables que aún la veían como una muchacha obstinada, y
no como su reina. Lo conocía por la batalla en los pantanos,
donde se había distinguido por su valentía. Pero también
como un alborotador, se ofendía continuamente y causaba
muchos dolores de cabeza en las cuevas.

Estaba ante ella ahora debido al asesinato de un residente
de Ceniza, un carpintero, en la sección más humilde de la
ciudad. B'uluf y otros tres Colmillos lo habían matado a
golpes afuera de su casa, frente a su esposa e hijos. Nimue
veía aún la sangre de aquel hombre en los nudillos de B'uluf,
cubiertos de pelo. El ánimo era ya en esa ciudad una mecha

en busca de fuego. *Esto no fue sólo una chispa,* pensó ella, *sino una antorcha y un barril de aceite.* Tan sólo esa noche, Arturo y su variopinta guardia de Forjadores de Tormentas y Faunos habían disuadido a un grupo de lugareños que intentaban forzar su ingreso al arsenal en busca de sus confiscadas espadas.

—¿Qué pudo impulsar tus actos? —le preguntó a B'uluf con una voz que temblaba de furia. En ese momento echó de menos la ecuanimidad de Galván, porque sentía la Espada de Poder colgada detrás, y que compelía a su mano a tomarla.

B'uluf se encogió de hombros sin el menor escrúpulo.

—Nos hizo feos comentarios muchas veces —dijo con su marcado acento—. Y tiene una cruz pintada en su puerta. No es uno de nosotros, es uno de ellos. Uno menos de ellos —miró a Wroth, quien dirigió a Nimue unos ojos furibundos.

Ella sabía que el joven Colmillo confiaba en la protección de Wroth. Los miembros de este clan eran sus mejores guerreros, cada vez más escasos.

Nimue no podía perder a ninguno de ellos.

Lord Héctor tenía una expresión igualmente furiosa.

—Sabes que los Paladines Rojos tomaron primero esta ciudad, ¿no? —dijo Nimue con aspereza. B'uluf subió los hombros de nuevo; no le interesaba esa conversación—. Y que los no cristianos eran identificados y muertos en estacas o en la hoguera. Por eso la mayoría de los vecinos pintaron cruces en su puerta, para proteger a su familia —B'uluf se distraía—. ¡Mírame! —exigió Nimue.

—La sangre de este indignante crimen deberá pagarse con sangre —sentenció Lord Héctor—. Habrá violencia si este caso no se castiga con severidad y prontitud.

Antes de que Nimue respondiera, Wroth habló:

—*Deh moch, grach buur. Augroch ef murech.*

Como siempre, su hijo Mogwan interpretó:

—Dice que los Colmillos tenemos "sangre belicosa", la cual tarda en asentarse después de una batalla —y añadió tras nuevas observaciones de su padre—: Dice que disciplinará a B'uluf.

—¿Y qué hará? —inquirió Nimue.

Worth la miró.

—*Negh fwat, negh shmoch, gros wat.*

—Se le racionará la comida y el agua, y se le duplicarán las horas de trabajo.

Lord Héctor rio.

—¿Eso es todo? ¡Inaceptable!

Worth le gritó algo a Lord Héctor y Nimue alzó la voz:

—¡Basta! —la sala calló. Nimue sentía que le estallaba la cabeza. Oía los susurros de la espada. Se negaba a escuchar. Pensó que el cráneo se le rajaría en dos—. Acérquenlo —dijo en voz baja. Arturo y los Faunos llevaron a B'uluf junto a los peldaños del trono—. Cuando tomamos esta ciudad, dejé en claro que no se derramaría sangre humana. No fue una petición sino una orden de tu reina —B'uluf la miró desafiante.

La espada siseó en la cabeza de Nimue. Ella se resistía. Se frotó las sienes. Parpadeó, para despejar su visión y su mente. Sus ojos dieron con las manos de B'uluf.

—¿Qué es eso en tus dedos? —preguntó—. ¡Que los estire! —ordenó a Arturo y los Faunos, quienes desplegaron las ensangrentadas manos de B'uluf para que ella las viera—. ¿Qué es eso? —apuntó a sus nudillos del color de la herrumbre.

—Sangre de hombre —contestó desdeñoso B'uluf.

—Llevas tu culpa en las manos, junto con tu insolencia.

El Colmillo subió los hombros.

Nimue tuvo que hacer un esfuerzo para decir:

—Pasarás una semana en nuestras mazmorras y después te entregaremos a Wroth para lo que espero sea un castigo severo. Eso es todo.

Lord Héctor maldijo para sí, Wroth asintió satisfecho y B'uluf extendió los brazos.

—Los Sangre de Hombre deben saber qué lugar ocupan. Nimue blandió la Espada de Poder y de un solo tajo le cortó ambas manos a B'uluf, desde la muñeca. El joven Colmillo abrió la boca un largo segundo antes de lanzar un grito gutural y caer en brazos de Arturo.

—¡Intenta desafiarme otra vez! —vociferó.

Wroth se arrojó sobre ella y los Faunos se interpusieron en su camino, sólo para ser hechos a un lado como muñecas de trapo. Mogwan fue el único con fuerza suficiente para contener a su padre mientras le lanzaba a Nimue tantos vituperios como existían en su lengua. Mientras B'uluf gimoteaba en el suelo, Arturo desenvainó su acero y lo balanceó contra Wroth. Nimue sostenía en ambas manos la Espada de Poder, con la punta también dirigida hacia Wroth, quien forcejeó con Mogwan antes de apaciguarse. Entonces éste se acercó a B'uluf, lo tomó del cuerno ileso para levantarlo y abandonó la sala.

Morgana tomó a Nimue por los hombros en tanto la espada caía de sus temblorosas manos y ella murmuraba:

—Yo… No puedo… Lo siento.

Sus pensamientos hicieron explosión. *Soy un monstruo. Eres la Reina de los Inefables. Un monstruo. ¡Soy un monstruo! Tu pueblo te necesita. Ellos te necesitan. Sólo es sangre. Es nada más un tonto. No puedo. No quiero hacer esto. Tú empuñas la Espada de Poder. ¡No la quiero!*

—Hiciste lo correcto —aseguró Morgana, aunque con voz trémula.

Ya soy como Merlín. La espada se fundirá con mi mano.

Arturo enfundó su arma y acudió también al lado de Nimue.

—Hemos perdido a los Colmillos —le recriminó.

Ésta no soy yo. No sé quién soy. ¡Eres la maldita Reina de los Inefables!

—¿Qué alternativa tenía, por los Nueve Infiernos? —gritó Morgana a su hermano.

Paladín, paladín, tu sofoco se debe a la Bruja Sangre de Lobos.

—¡No sé! Lo que sé es que tenemos a lo sumo cincuenta personas capaces de usar una espada. ¡Por todos los dioses! —señaló en el primer escalón las sanguinolentas y contraídas manos del Colmillo y ordenó a los Faunos presentes—: llévenselas.

Lord Héctor meneó la cabeza ante ese despliegue y abandonó el recinto.

—¿Ya encontraron a Ardilla, Arturo? —preguntó Nimue con un hilo de voz y las mejillas arrasadas de lágrimas.

—Todavía no.

—Está exhausta —le dijo Morgana—. No ha dormido ni comido en varios días.

—Todos estamos exhaustos —Arturo se pasó las manos por el cabello.

—¡Milady! ¡Mi reina! —Cora corrió sala adentro y la luz de las antorchas se reflejó en su cornamenta castaña—. ¡Venga pronto!

Segundos después, Nimue, Morgana, Arturo, Cora y varios arqueros Faunos avanzaban a toda prisa por los terraplenes de la muralla norte de Ceniza para unirse a varios soldados de los Inefables que gritaban y señalaban hacia el valle.

A cien metros pared abajo, la hermana Iris vio la conmoción y se irguió. Ella era ya un elemento permanente de la muralla, pues los arqueros Faunos juzgaban divertidas sus peculiaridades. Había insistido tanto en que le enseñaran a usar el arco largo que al final cedieron, e incluso le permitían que disparara entre las almenas a los gavilanes y águilas pescadoras a condición de que rescatase las flechas. Su talento sorprendía a los Faunos, renombrados arqueros. Apenas una semana después, Iris ya acertaba en sus disparos al cuello de un ave rapaz en pleno vuelo, a doscientos metros de distancia. Se había vuelto tan hábil en tan poco tiempo que los Faunos ya llamaban a otros para que observaran a su joven tiradora prodigio. Incluso le dieron su propio arco para que practicara, pese a que la cuerda estaba gastada y la madera levemente combada. Iris siempre había tenido facilidad para el dominio de las armas. Ésta era una necesidad insoslayable en el campo de batalla. Y en ese momento mientras todos los ojos estaban fijos en lo que ocurría más allá de la muralla, ella se concentró en Nimue. Tomó el arco en sus manos y sacó una flecha de su carcaj. La cuerda chirrió en su oído cuando la ensartó para seguir a Nimue con su nudillo frontal. A esa distancia podía acertar en un disparo al cuello. Soltaba despacio la cuerda cuando docenas de pisadas resonaron en su derredor.

—¡A las murallas! —se repitió la orden por doquier al tiempo que los Faunos apartaban a Iris y tomaban posiciones ofensivas. Para el momento en que la hermana volteó, Nimue ya había sido devorada por la multitud.

Cuando los arqueros vieron que la reina se aproximaba, abrieron paso para que ascendiera el muro, donde quedó sin aliento.

Un mar de antorchas, soldados de caballería y carretas sobre las que ondeaban los colores y coronas de la Casa Pendragón cubrían por completo los campos de cultivo a unos cuantos kilómetros de ciudad Ceniza.

Nimue sintió que se le secaba la garganta. Las palabras de advertencia de Lord Héctor retumbaron en sus oídos. Había pintado una diana en las espaldas de todos.

—¡Al este! ¡Miren al este! —gritó un Fauno.

Todas las cabezas giraron hacia los campos de oriente, donde otro ejército marchaba en el valle y exhibía los estandartes carmesí y cruces blancas del Vaticano. Un millar de antorchas iluminaron la noche a medida que un batallón tras otro de Paladines Rojos emergían de los bosques y los caminos rurales para devorar hectáreas enteras. Durante una hora, Nimue y los demás observaron impotentes cómo aquellos dos ejércitos deslumbrantes poblaban el valle entre los picos de las Montañas Minotauro.

Estaban rodeados por los cuatro costados, sin posibilidad alguna de escapar.

CUARENTA Y OCHO

El rey Uter entró en el pabellón real y adelantó el hombro para no sacudir la charola que llevaba, con copas y una jarra de vino preparado. Lady Lunette miró sorprendida desde su platón de pastelillos.

—¿Dónde estabas, Uter? ¿Qué es todo eso?

—¡Un poco de vino endulzado para celebrar! —sonrió, bajó la charola y sirvió.

—¿Celebrar, dices?

—Venimos de entrevistarnos con el célebre padre Carden. Resultó ser un individuo muy sensato.

El rostro de Lady Lunette se tensó.

—Íbamos a reunirnos juntos con él, Uter. Ése era el plan.

—Es cierto. Pero decidimos que en nuestro primer contacto con el jefe rebelde no debíamos desempeñar un papel secundario, por debajo de nuestra madre —se sentó satisfecho—. Estamos seguros de que lo entiendes.

Lady Lunette no ablandó la mirada.

—Para que este nuevo sistema surta efecto, Uter, tendrás que superar trivialidades como ésa.

—¡Tóleranos por esta ocasión! Pensamos que el resultado fue espléndido.

Ella suspiró con aire complaciente.

—¿Y de qué hablaron el padre Carden y tú?

—De una alianza. Nosotros permitiremos que la Iglesia conserve la mayoría de las tierras confiscadas, siempre que pague un generoso impuesto por ese privilegio, desde luego. A cambio de ello, los Paladines Rojos apoyarán nuestro derecho al trono y dirigirán el asedio de esta "aldea" —agitó desdeñosamente la mano en dirección a Ceniza—. No tiene caso que perdamos un solo hombre por la causa. Cuando todo esté dicho y hecho, quemarán a la bruja y obtendremos nuestra espada, contra las viles mentiras del Rey de los Hielos. ¡Salud, madre! —hizo chocar su copa contra la de ella.

Lady Lunette levantó las cejas mientras sorbía, recelosa de las afirmaciones de Uter.

—Nunca fuiste bueno para negociar. ¿Tuviste el tino de poner por escrito algo de todo eso?

—Nuestro escribano estuvo presente. Creemos que juzgarás aceptables todas las condiciones.

—Bueno, ya veremos —Lady Lunette asumió una sonrisa de suficiencia y se aclaró la garganta—. Deberás hacerlo venir. Tengo varias preguntas para este padre Carden, preguntas que estoy segura de que olvidaste pronunciar —se aclaró la garganta de nuevo.

—Sí, madre, no se esperaba menos de ti.

—¿Quién definirá esas fronteras, por ejemplo? Ellos han asolado la mitad de Aquitania. ¿Tendremos que...? —hizo una pausa y miró la mesa. Carraspeó una vez más.

—¿Qué decías? —la urgió Uter.

Ella abrió un poco la boca y se tocó el cuello.

—El vino no me sentó bien.

—¡Sí, las fronteras! Quizás hayamos pasado por alto algunos detalles. Sin duda tú pondrás todo en orden.

Lady Lunette se aclaró la garganta con más violencia. Le temblaban las manos cuando apartó la copa.

—¡Trae al Curandero, Uter! —jadeó. Él la ignoró, miró su copa de vino especiado e hizo bailar el contenido—. Uter, ¿me oyes? —preguntó ella con labios enrojecidos.

La miró con una sonrisa desvaída.

—¿Sí, madre?

—¡Trae al maldito...! —sus ojos se ensancharon cuando por fin entendió lo que ocurría.

—¿Que traiga a quién?

Lady Lunette intentó hablar, pero lo único que salió de ella fue un graznido chirriante y una vaharada sanguinolenta. Arañó la mesa, se apretó el cuello y cayó a la alfombra, sobre la cual rodó para quedar bocarriba y hacer todo lo posible por respirar.

MIentras tanto, Uter la observaba con imperturbable seriedad.

—Olvidamos mencionar, madre, que solicitamos a Sir Beric que indagara, claro que con toda discreción, las circunstancias de nuestro nacimiento. No fue fácil, te lo aseguramos. Obviamente hiciste mucho por ocultar tus huellas. Sin embargo, con los recursos de la Corona hallamos un único dato de una tal Silvia, una campesina que trabajaba en una granja cerca del castillo. Murió de manera misteriosa después de beber un vino especiado. Tenía apenas diecinueve años. ¿Era ella nuestra madre? ¿Fuiste tu quien la mató?

Pese a que intentó arrastrarse mientras le escurría sangre por el mentón, Lady Lunette perdió fuerza y se desplomó junto a las botas de Uter.

—En estos últimos días hemos pensado muy a menudo en esa joven Silvia y en la clase de madre que habría sido. Dijiste que pagaste con monedas de oro. Es evidente que deseabas dar la impresión de que esa campesina ansiaba cambiar por riquezas a su recién nacido. Pero nos preguntamos: ¿se le brindó otra opción? Conocías tus intenciones. Era imposible que esa mujer viviera, dado lo enorme de tu secreto. No nos sorprendió tampoco que hayas dado a luz un hijo muerto. Es de imaginar que para cualquier bebé habría sido muy difícil vivir dentro de ti, con semejante sangre fría.

Lady Lunette estaba tendida sobre su espalda con los ojos abiertos, la cara del color de la tiza y la boca estirada. El único ruido que emitía era un suave resuello. Uter se arrodilló, tomó con rudeza en sus manos la cara de la única madre que había conocido y la sacudió mientras hablaba:

—Pero cualesquiera que hayan sido las fantasías albergadas estos últimos días acerca de una vida que se nos negó, de una madre cariñosa que jamás veremos y de una bondad y un amor que nunca sentimos, que este último brindis entre nosotros disipe cualquier duda: soy ahora y por siempre hijo tuyo —lágrimas de odio rodaron por sus mejillas al tiempo que la respiración de Lady Lunette cesaba. Con todo, antes de que sus ojos se vidriaran, se dulcificaron, aclararon y rodearon de un sentimiento que él no había recibido hasta entonces de ella: *orgullo*.

El rey lloró unos momentos sobre el cadáver. Luego enjugó con furia sus lágrimas y exclamó:

—¡Beric! ¡Beric!

Sir Beric y un lacayo llegaron a toda prisa al pabellón. Aquél sofocó un grito cuando vio a Lady Lunette tendida en el suelo.

—¡Su majestad!

Uter se puso en pie y se alejó del cuerpo.

—Cayó. Hablábamos y se desplomó de pronto. Pasó a mejor vida.

Sir Beric chasqueó los dedos al lacayo.

—¡Pronto! ¡Con el Curandero, quizás haya tiempo todavía!

Uter lo tomó del brazo.

—No hay esperanza, ya ha fallecido.

—¡Quizás haya...!

Apretó más el bíceps de Beric.

—Ha partido ya.

Sir Beric se encogió bajo su mirada.

—Sí... señor —y agregó hacia el lacayo, quien ya cargaba en brazos a Lady Lunette—: Lleva a la reina a su tienda y espera nuevas instrucciones.

El asustado lacayo asintió y abandonó el pabellón de inmediato.

Con manos temblorosas, Beric buscó una copa de vino, pero Uter se interpuso.

—Quizá sea mejor que beba un poco de agua.

Sir Beric unió los puntos. Se enderezó e hizo un esfuerzo por serenarse. Sus ojos delataban temor.

Uter saboreó el momento.

—Debemos concertar otra reunión con el padre Carden. Hay nuevas condiciones que comentar.

—Sí, su alteza —se inclinó más que de costumbre y su salida fue apresurada.

CUARENTA Y NUEVE

—Ciento sesenta barriles de cerveza, cuarenta y cinco barriles de vino y varios centenares de costales de harina de trigo. Hemos salado carnes y pescados, secado los frutos que encontramos y los pozos deberían dar pescado fresco hasta que los saboteen. Además, tenemos abundantes aves acuáticas en los fosos. Por desgracia, los incendios nos dejaron sin madera. No podremos abastecer las chimeneas. La leña es nuestra principal carencia —Steuben era el capitán de la guardia de Lord Héctor: alto, calvo, delgado como un riel y con una voz tranquila y relajante.

—Quizá debamos sacrificar algunos edificios a la causa —señaló Arturo. Alrededor de la mesa de la Gran Sala se encontraban Nimue, Lord Héctor, Morgana, Arturo y Cora. Nada se sabía de Wroth desde el incidente con B'uluf.

—Sí, aunque sería complicado determinar cuáles de ellos pagarán el precio —explicó Steuben.

—¿Cuánto tiempo tenemos —preguntó Nimue con cautela— antes de que…?

—¿Muramos de inanición, milady? —Steuben remató por ella.

—Sí —contestó.

El capitán de la guardia se rascó la barbilla.

—Antes de que ustedes… —hizo una pausa— los recién llegados se presentaran, habríamos tenido alimento suficiente para dos meses, pero dado nuestro estado actual y las cantidades que consumen algunos ejemplares de… su especie, yo diría que una semana, a lo sumo. Aun sin el asedio, tenemos demasiadas bocas que alimentar.

—Una semana… —repitió Nimue para asimilar la realidad.

—No queda más opción que capitular —dijo amargamente Lord Héctor.

—La rendición es para ustedes —repuso Nimue con aire sombrío—, la batalla para nosotros.

—O la muerte para todos —pontificó Lord Héctor—. En uno o dos días el asedio estará sobre nosotros. Ya veremos qué tan atrevidos son ustedes cuando ellos lancen brea ardiente sobre las murallas.

—¡Su majestad!

Nimue se volvió hacia dos arqueros Faunos en la entrada de la sala.

—¿Sí?

—Un jinete aguarda en las puertas. Dice llamarse Merlín.

Minutos después, los arqueros condujeron a Merlín hasta la Gran Sala, donde Nimue lo esperaba enfurruñada en el trono, con Morgana y Arturo a cada lado.

—¡Milady! —el mago inclinó un poco la cabeza—. Es un placer verla de nuevo.

—Su majestad, ahora, señor. Portadora de La Espada de Poder —lo corrigió Morgana.

—No nos apeguemos demasiado a nuestros títulos —recomendó Merlín—, porque me temo que esa espada está a punto de convertirse en moneda de cambio de una conflagración mucho más grande.

—Arturo, Morgana, les presento a Merlín el Encantador —el tono de Nimue estaba teñido de frialdad—, *mi padre*.

Ambos miraron consternados a Nimue. Morgana preguntó:

—¿Tu qué?

Nimue la ignoró y le dijo sarcásticamente al hechicero:

—¿No fue éste siempre tu plan, Merlín? ¿Hallar un rey humano al que entregarle la Espada de Poder?

—Era mi intención destruirla justo para impedir esto: mezquinas querellas por más poder, la conquista y reconquista de territorios que se formaron antes del origen de los tiempos y que a nadie pertenecen en concreto.

—Hermosas palabras que no concuerdan con tus actos... —acusó Nimue.

—¿Qué clase de idiota habría tenido que ser yo para emboscarte con los soldados de Uter como aseguras? ¿No habría sido más fácil asesinarte en el camino? ¿Para qué la farsa? ¿Por qué te habría confiado mis más íntimos pensamientos si mi único propósito era traicionarte? ¡Piensa, Nimue!

—¡Lo vi con mis propios ojos! —se mofó ella.

—Yo también, lo que confirma que ambos tenemos enemigos. Me traicionaron. Y ahora el ejército de Uter está contra ti, codo a codo con los Paladines Rojos. Estamos al borde de un precipicio y debemos trabajar y tomar juntos decisiones muy difíciles o nos arriesgaremos a la extinción misma de nuestro pueblo.

—¿*Nuestro pueblo?* —intervino Morgana—. ¿Desde cuándo es usted amigo de los Inefables?

Merlín dio un par de pasos amenazadores hacia el trono.

—He ocupado durante setecientos años la brecha entre los seres humanos y los Inefables, y dado toda mi sangre y voluntad para impedir que se destrocen unos a otros. He perdido en ello más de lo ganado, pero este esfuerzo ha tenido un costo enorme para mi corazón, mi mente y mi alma. Bien haría milady en conocer su propia historia antes de formular preguntas como ésa.

—Morgana es una amiga leal —dijo Nimue mientras ponía una mano sobre la de ella, forzándola a callar—. Continúa —añadió para no delatar la abrasadora sensación en su pecho que la instaba a correr, y escapar de todo.

—La espada te tiene en su poder, Nimue. Sé que lo sientes. Yo mismo lo he experimentado. Desea con todas sus fuerzas que mates. Que conquistes. Pero ése es el camino del olvido. Por más que la espada tenga poder, carece de respuestas. Un guía no sólo deber ser valiente, sino también sabio.

Cuando Merlín habló de la espada, Nimue sintió que el estómago se le retorcía de ira. *¿Cómo se atreve? La quiere para sí.* Sintió que la influencia del arma empujaba su mente como el viento a la vela de un barco. Que alimentaba su pasión, su furia.

Se contuvo. Los Dedos de Airimid cintilaron por un breve momento; *los Ocultos controlan la espada*, observó ella.

—¿Cuál es tu propósito, Merlín?

—Hace unos días llevé un obsequio a la corte de Cumber, Rey de los Hielos, lord vikingo que dice ser legítimo heredero del trono de la Casa Pendragón. Este regalo afianzará en gran medida su derecho, o al menos disminuirá el de Uter. Siempre esperé no tener que hacer eso. Estos asuntos causan sin falta la muerte de hombres, mujeres y niños inocentes. Tampoco es mi deseo lastimar a Uter Pendragón, quien ha sido extraviado por los servidores en los que más confiaba. Dejémoslo así —dijo con pesar.

—¿Y entonces? —inquirió Nimue.

—Me vi obligado a hacerlo —continuó—. Para poder negociar en favor de tu vida.

Nimue unió las manos en su regazo, inesperadamente conmovida por esas palabras.

Pero una idea inquietante apagó esa luz.

—¿Y qué será de los Inefables?

Los ojos de Merlín se ensombrecieron.

—El Rey de los Hielos ofrece darte refugio, vivir como protegida en su corte, una especie de prisionera. Aunque se te tratará como huésped, serás una reclusa. Hasta ahí llega la invitación.

—¿Qué clase de invitación es ésa? —preguntó Morgana—. ¿Quiere que ella sea un rehén?

Pese a que Nimue estaba a punto de objetar, Merlín insistió:

—Te exhortaría a que viajaras a mi lado a la Costa de los Mendigos y tuvieras una audiencia con el Rey de los Hielos. Juntos podríamos exponerle el caso de los Inefables e intentar que cambie de opinión.

—¿Y dejar a mi pueblo a merced del asedio? —preguntó Nimue incrédula.

—No sé quién te ha metido la idea —miró con intención a Morgana— de que eres la salvadora de tu raza. Ésa no fue la misión de Leonor. Te pidió que me entregaras la Espada de Poder. Hiciste todo lo que pudiste y ahora debes ser razonable. Permanecer aquí es fallecer. La única esperanza para los Inefables es que expongas su caso al Rey de los Hielos y busques su amparo.

Nimue imaginó lo que se sentiría ceder a otro la responsabilidad. Quitarse ese peso de encima era como un sueño. Miró a Arturo.

—¿Qué opinas?

—Es un riesgo enorme. Los corsarios no se distinguen por su piedad. Claro que si Merlín le mostró a Cumber un camino hacia el trono, quizá sea un riesgo que valga la pena correr.

—¿Morgana? —inquirió.

—Conoces mi respuesta. La espada está donde debe. Contigo.

Nimue sintió el calor de la espada en su espalda, que se resistía a ella. Recordó el aire caliente en Dewdenn durante el incendio de la ciudad, en medio del crujir de las vigas de los graneros y la estampida de los caballos. El Rey de los Hielos sería incapaz de sentir eso. Los Inefables y su dilema no dejarían de ser lo que fueron siempre para los reyes humanos: una incomodidad, una distracción, una carga.

Ningún ser humano nos salvará. Sólo podemos salvarnos a nosotros mismos.

—Lamento que por mi causa te hayas metido en tantos problemas pero no puedo abandonar a mi gente —dijo Nimue.

—Te lo imploro, piénsalo durante la noche. No hay otra salida.

Se levantó de su trono, mareada por la fatiga y las abrumadoras presiones de la jornada.

—Puedes quedarte si lo deseas. Mi decisión es inalterable.

Tomó la Espada de Poder y abandonó la sala.

CINCUENTA

—Yo causé esto —dijo Nimue a Arturo con la vista fija en la ventana de la torre y un horizonte iluminado por miles de hogueras—. Provoqué que nos atraparan aquí.

Arturo estaba sentado junto a ella.

—Todos lo provocamos. Era la mejor alternativa entre un gran número de opciones inconvenientes.

Nimue sonrió con tristeza.

—Deberías haberte apartado cuando tuviste la oportunidad de hacerlo.

—Todavía podemos partir —tomó su mano—, tú y yo, solos. Arroja la maldita espada por la muralla y corramos. Podríamos llegar al mar.

—¡Ojalá pudiera hacerlo! —pasó la mano por los nudillos de él y miró abajo la pequeña ciudad de Ceniza, las fogatas innumerables, el trajín de la multitud—. No soy lo que ellos creen. Me siento una impostora. Creen que conozco el camino, o esperan que lo sepa, pero en verdad lo ignoro. Ni siquiera me reconozco. Cada vez siento menos control —dirigió sus ojos a la Espada de Poder, colgada en una silla junto a la cama—. Quizá sería preferible que muriera mañana.

Arturo la tomó del brazo con delicadeza.

—Eso no sucederá.

—Así al menos no me convertiría en algo horrible —tenía fija la vista en el arma—. No sabes lo que puede hacer.

—Es sólo una espada, Nimue.

—Es más que eso —replicó con voz temblorosa.

—Tienes derecho a estar furiosa. Te quitaron todo. A tu madre. Tus amigos. Tus seres queridos. Te has ganado esa furia, pero no lo permitas… Eres Nimue. No la salvadora. No la Reina de los Inefables. Esa espada no es más que la moneda que comprará tu libertad.

—Es la espada de mi pueblo —protestó.

—No habrá más tal pueblo si te niegas a negociar.

Unos gritos que procedían de abajo llamaron su atención. Había actividad en las puertas.

—Alguien está aquí —dijo él.

Momentos después apareció Steuben en la entrada, sin aliento.

—Un representante del rey Uter solicita audiencia con la Reina de los Inefables —dijo.

Nimue captó el detalle.

—¿Usó dicho título?

—Sí, su majestad —asintió Steuben.

Sir Beric fue presentado en la Gran Sala. Lucía demacrado junto a un lacayo de Pendragón que portaba el estandarte de su Casa. Nimue ocupaba el trono frente a él, flanqueada por Arturo y Morgana, en tanto que Merlín permaneció a un lado de una de las crepitantes chimeneas. Sir Beric se empeñó en ignorarlo.

—El rey Uter envía saludos a la Reina de los Inefables y felicitaciones por sus recientes éxitos militares. Es indudable que ha demostrado ser una verdadera líder.

Este abordaje tomó a Nimue por sorpresa. No sabía si había entendido hasta que Morgana le dio un codazo.

—Gracias —farfulló, por absurdo que fuera. Alguna vez escuchó que era costumbre que un miembro de la realeza se refiriese a sí mismo como "nosotros", en plural, pensó en adoptarla, aunque después temió confundirse—. Es muy halagador que el rey Uter diga eso... de... —se interrumpió un instante— mí.

Morgana hizo una mueca y Sir Beric prosiguió.

—Su majestad preferiría que las cosas terminaran en forma pacífica y me autorizó a presentar los términos de su rendición.

Nimue sintió que la nuca le ardía. Finas parras subieron por su mejilla.

—¿Mi... rendición?

—Está rodeada y superada en número. Su majestad ha rechazado hasta ahora los ruegos de la Iglesia de sitiar en común la ciudad, si bien existe todavía la posibilidad de esa alianza. No le queda otra opción. Si no acepta las condiciones de su majestad, será aniquilada.

Ella respiró hondo para calmarse.

—¿Y cuáles son esas condiciones?

Sir Beric juntó los brazos en su espalda.

—Su ejército Inefable deberá entregar las armas y ceder la ciudad en un plazo de veinticuatro horas, momento en el cual usted será confiada a la custodia de su majestad para que se le juzgue por traición. Si se le declara culpable, pasará el resto de su vida en nuestras mazmorras, merced que su majestad ofrece a cambio de la Espada de Poder.

—¿Me permitiría indicarle lo que puede hacer con su propuesta? —gruñó Merlín a lo lejos.

—¡No! —terció Nimue.

Sir Beric lo miró con desdén.

—Le aseguro que no recibirá ofrecimiento más generoso que éste, milady.

—¿Qué será de mi pueblo? —preguntó—. ¿Qué garantías puede darme de su seguridad para cuando desaloje esta urbe? Porque la única razón de que estemos aquí es que mi gente fue echada de sus hogares con sólo la ropa que llevaba puesta, después de que se prendió fuego a sus amigos y familiares.

Sir Beric se movió incómodo.

—Su majestad promete que las fuerzas de Pendragón no inflingirán daño alguno a los Inefables.

—¿Y qué harán las fuerzas de los Paladines Rojos, que han provocado esta masacre ante la pasividad de la Corona? ¿El rey Uter detendrá esta devastación? —Nimue alzó la voz.

Sir Beric negó con la cabeza, fastidiado.

—Su majestad no comanda las fuerzas de los Paladines Rojos.

—¿Entonces qué clase de monarca es si no puede proteger a su pueblo?

—No están en posición de exigir, mi señora.

Nimue desenvainó el acero, el cual llenó la sala de una luz azul fantasmal.

—Ésta es la Espada de Poder. Dicen que quien la empuñe será el rey verdadero. Fue forjada por mi pueblo en los albores del tiempo. Si el rey Uter cree ser digno de ella, que lo demuestre. Que proteja a humanos e Inefables por igual.

Sir Beric extendió los brazos.

—Me temo que eso es todo lo que estoy autorizado a ofrecer, milady. ¿Desea que le transmita algún mensaje a su majestad?

Se recostó desanimada en el trono.

—Dígale que aún hay tiempo para que sea un rey digno de su pueblo.

El otro asintió.

—Muy bien, milady —iba a marcharse pero dudó—. Sólo para ser claros: si el rey Uter garantizara la protección de su pueblo contra las fuerzas de la Iglesia, ¿usted se entregaría a él y le ofrecería la espada?

Morgana la miró con alarma.

Merlín avanzó.

—¡No contestes!

—Tiene mi palabra.

CINCUENTA Y UNO

Galván debía inhalar poco a poco. Contener la respiración era su única defensa contra el dolor insoportable. Sus entumidas manos estaban atadas al respaldo de la silla y sus pies a las patas. Lo habían dejado en taparrabos para que pudieran utilizar sus herramientas calcinantes. El ciego le había sacado el ojo izquierdo. Sentía contraída la piel. Intentaba no mirar su carne quemada con el ojo sano. Se estremeció cuando sintió que la entrada de la tienda se movía, temeroso de que el ciego retornara con sus herramientas. Vio en cambio un ángel extraño. *No, no es un ángel,* comprendió. Era el Monje Llorón.

—No temas, *Fresno,* no te morderé —masculló entre labios inflamados.

Aunque el monje entró, permaneció lo más lejos que pudo.

El sufrimiento había doblegado a Galván. Tenía colgada la cabeza sobre el pecho y gimió un largo tiempo. Luego su respiración se aceleró.

El monje se bajó la capucha. Contempló la tienda de tortura con sus ojos marcados.

Cuando pasó lo peor y Galván respiró de nuevo, ladeó la cabeza en dirección a él.

—¿Viniste a ver cómo muero?

—¿Por qué callaste? —preguntó el monje.

—¿Cuándo? —Galván estaba embotado por el dolor.

—En la tienda. Cuando te llevé. Podrías haberles dicho… —hizo una pausa— lo que sabías de mí. ¿Por qué no lo hiciste?

Galván intentó reír.

—Porque todos los Inefables somos hermanos —su ojo sano se humedeció con lágrimas de aflicción y pesadumbre—. Incluso los extraviados.

El monje se aproximó.

—Este sufrimiento te purificará.

—Ni siquiera tú lo crees. Sabes que todo eso es mentira, hermano.

—No me llames así —le advirtió.

—¡Mírate! —quiso sostener la frente en alto para mirarlo—. Te lavaron la mente.

—El sufrimiento hará que veas la luz de la verdad.

—¿Por qué tu Dios desea la muerte de los desvalidos? He visto paladines que cazan niños a caballo. ¿Por qué a ellos?

—No tengo ningún problema con los niños. Aún no saben lo que son.

—Ustedes los matan.

—Yo no mato niños —el monje elevó la voz.

—Entonces tratas con sujetos que lo hacen por el mismo Dios. Y permites que suceda. Lo has visto con esos ojos en lágrimas. Esto te vuelve culpable.

El monje sacudió la cabeza y giró para marcharse. Galván imploró:

—¡Puedes luchar, hermano! Jamás he visto nada igual. Podrías ser nuestro mejor guerrero. Te necesitamos. Tu pueblo te necesita.

—Ustedes no son mi pueblo —refunfuñó.

—Entonces diles la verdad —dirigió la cabeza al campamento—. Si los Paladines Rojos son tu pueblo, si son tu familia, diles lo que eres y observa su reacción.

Cuando la puerta de la tienda se abrió, el Monje Llorón se dio la vuelta, como si temiese que hubieran sido escuchados.

Un paladín asomó la cabeza y le dijo:

—El padre Carden desea verlo, señor.

El Monje Llorón asintió y miró a Galván.

—Pediré por ti.

—Y yo por ti —replicó abatido.

El monje se marchó aprisa.

Ardilla vio que el Monje Llorón salía a caballo del campamento de los paladines y lo siguió a toda velocidad por el denso bosque que separaba a aquéllos del campamento Pendragón.

Unos kilómetros más adelante, el Monje Llorón alcanzó al padre Carden, el abad Wicklow y un séquito de veinte guardias de la Trinidad y Paladines Rojos en el momento en que entraban al fangoso campamento Pendragón. Los soldados del rey los miraron con más curiosidad que agresividad. La mayoría de ellos habían oído hablar de los paladines, y en especial del Monje Llorón, cuya letalidad era legendaria. Las máscaras mortuorias de la Trinidad añadían otro toque exótico, así que su paso producía murmullos y miradas de soslayo en cada fogata.

Ardilla tomó de una carreta una vieja túnica de la Casa Pendragón y se la metió por la cabeza mientras volaba de una tienda a otra, sin quitarle los ojos de encima a su enemigo jurado.

Cuando arribaron al inmenso pabellón del rey, sólo el padre Carden, Wicklow y el monje tuvieron permitida la entrada.

Ardilla esperó varios minutos detrás de una máquina de asedio a medio armar. Como los guardias de la Trinidad estaban varados delante del fastuoso pabellón, corrió hacia un costado de la tienda y levantó con cautela un tramo de ella.

Vio el respaldo del trono. El abad Wicklow y el padre Carden se encontraban frente al soberano, a quien Ardilla no podía ver.

El Monje Llorón permanecía al fondo.

Ardilla percibió una atmósfera tensa.

El abad Wicklow tomó la palabra:

—Todos deseamos que el levantamiento de los Inefables termine bien. ¿Cómo imagina ese final, rey Uter?

—Con la Espada de Poder en nuestras manos —contestó el monarca.

—El Colmillo del Diablo es una reliquia Inefable emblemática y poderosa —el padre Carden reafirmó su autoridad—, sumamente codiciada por la Iglesia. Su captura sería, en efecto, una derrota aplastante para los Inefables. Si nosotros renunciáramos a nuestro derecho sobre ella, insistiríamos en la condición mínima de que la bruja nos fuera entregada viva, para que sirva de escarmiento y responda por sus crímenes ante Dios Todopoderoso.

El rey replicó:

—Si desde el principio se hubieran coordinado con nosotros, ese resultado sería aceptable. Lamentablemente, esta Inefable ha despertado las pasiones de la muchedumbre, y quemarla en la hoguera sólo inflamará esas pasiones. Por tanto, hemos decidido aceptarla como prisionera, para ser alojada en nuestros calabozos, hasta el momento que sintamos que tales pasiones hayan amainado lo suficiente. Sólo entonces estaríamos dispuestos a negociar con la Iglesia su entrega.

—¿Semanas, meses, años? ¿De cuánto tiempo estamos hablando? —preguntó Carden agitado.

El abad Wicklow posó una mano relajante en el brazo del padre Carden y habló:

—¿Y qué hay de los Inefables murallas adentro, su majestad? Son criaturas asesinas con sangre de paladines en sus manos.

—Recibirán barcos para que viajen al norte. Que se establezcan en Dinamarca o Noruega o desaparezcan de la faz de la tierra, nos da lo mismo —contestó Uter.

El padre Carden se alteró.

—Esto se verá como una victoria de los Inefables sobre la Iglesia. ¡Es inaceptable!

El abad Wicklow juntó las manos debajo de sus amplias mangas y asumió un aire de profunda solemnidad.

—Comparto la preocupación del padre Carden, su majestad, y conozco lo suficiente la opinión del papa sobre estas materias para asegurarle que le alarmaría en extremo que se mostrara tal indulgencia con criaturas licenciosas y demoniacas.

—Nos aflige contrariar a la Iglesia. Pero ésta habría conocido más pronto nuestras intenciones si no hubiera presumido que podía negociar con la Reina Regente a nuestras espaldas. Si la Iglesia se ofende, hemos reunido convenientemente a cinco mil soldados para responder a su agravio.

El padre Carden estalló:

—¡Esto es un ultraje!

Ardilla fue repentinamente levantado de las piernas y arrastrado bajo la tienda. Cuando se retorció, vio las caras inanimadas de los guardias de la Trinidad. Uno de ellos tomó su cuello con puño de hierro y lo condujo hasta el frente de la tienda, de la que Carden, Wicklow y el Monje Llorón salían hechos una furia.

Carden le reclamó a Wicklow:

—Lo único que ha hecho desde que llegó es socavar esta causa...

El abad lo interrumpió:

—¡Yo no estaría aquí si usted hubiera sofocado esta rebelión de raíz y no hubiese convertido en un icono a esa ramera Inefable! Ahora debo remediar todo esto.

Todos fueron distraídos por Ardilla, quien pateaba y se agitaba con violencia entre los brazos del guardia.

El Monje Llorón lo reconoció.

—¿Qué es esto? —le preguntó Carden al guardia.

—Lo atrapamos cuando intentaba introducirse en la tienda del rey —contestó el soldado detrás de su máscara mortuoria.

—¡Te sacaré los ojos, te...! —el chico lanzaba contra los paladines las peores maldiciones que conocía.

El padre Carden frunció los labios.

—Que el hermano Sal tome medidas. Y dígale que empiece por esa pérfida lengüita.

Aunque los paladines asintieron, el Monje Llorón se adelantó.

—Es apenas un chico —dijo a Carden.

Wicklow se detuvo y miró fijamente al monje.

El padre Carden meneó la cabeza y lo abofeteó con tal vigor que ambos estuvieron a punto de caer. El monje se llevó la mano a la mejilla en tanto Carden alisaba su sotana.

Wicklow volteó hacia los guardias de la Trinidad.

—¿Qué esperan? ¡Llévenselo!

Los guardias obedecieron y remolcaron a Ardilla al campamento de los paladines.

Carden tomó del brazo al monje.

—¿Por qué me humillas de esa forma? ¿Por qué?

El monje se zafó y huyó por el laberinto de tiendas. Wicklow dio enseguida una discreta orden a dos de sus guardias de la Trinidad, quienes asintieron y siguieron el mismo camino que el Monje Llorón.

Cuando el padre Carden regresó al campamento de los Paladines Rojos, halló en su tienda a una mujer que le daba la espalda y cuyas pieles de panteras de las nieves se derramaban sobre la alfombra. Ella se volvió, se quitó la capucha y miró a Carden con fríos ojos azules decorados con un pigmento verde.

—Padre Carden, mi nombre es Eydis, hija mayor de Cumber, legítimo heredero de la Casa Pendragón. Creo que tenemos intereses y enemigos mutuos.

CINCUENTA Y DOS

—¡No! —gritó Morgana en la Gran Sala. Cuando entró, Nimue, Merlín, Arturo, Lord Héctor, Steuben, Cora y varios Ancianos Inefables estaban sentados a la mesa y hablaban del breve mensaje que un cuervo acababa de traerles—. ¿Es cierto? ¿Lo es? —exigió saber.

La respuesta de Nimue estaba escrita en su rostro, en sus ojos abatidos.

—¡No! —Morgana corrió hasta la mesa—. No puedes dársela a él. Te matará. ¡Nos matará a todos!

—Morgana… —intervino Arturo.

—¡Cállate! —se volvió ferozmente contra él—. ¿Ya estás contento? ¿Piensas que te armará caballero, idiota? ¿Crees que el rey Uter te convertirá en su favorito? ¡No le importas! Estás condenado, igual que el resto de nosotros.

—¿Y qué propones? —protestó Arturo—. ¿Cuál es tu brillante solución? ¡Ah, ya sé! ¡Enfrentar a los bastardos! ¡Enfrentarlos a todos!

—¡Sí!

—¡Uy, qué brillante! ¡Eso es todo lo que sabes hacer, lo que has hecho siempre! —vociferó—. ¿Y adónde te ha llevado eso, eh? ¡A ninguna parte! Reduces todo a cenizas y sigues tu camino.

—¿Cómo te atreves? —rezongó ella.

—¡Alto! —Nimue miró a Morgana con ojos apacibles—. He tomado sola la decisión —elevó la nota—. El rey Uter nos ofrece barcos al norte.

Morgana ocultó el rostro entre sus manos.

Nimue posó una palma en el hombro de su amiga y refrenó sus emociones.

—Es la única salida, Morgana. Todas estas vidas —señaló la ciudad— son mi responsabilidad. No quiero dejarlos, pero no veo otro camino.

—¡Podemos sacarte a escondidas, salir por un túnel! —se aferraba a las más fantásticas posibilidades—. Podrías hacer un llamado a otras aldeas, e incluso a ciudades.

—¿Y qué sucederá aquí? —preguntó Nimue—. ¿Qué pasará con estos niños?

Morgana persistió.

—Si se enteran de que te has marchado, los paladines perderán interés en Ceniza, no les importará más.

—¿De verdad? —ironizó Nimue—. No tengo esa impresión del padre Carden. Algo me dice que si partiera, sería más probable que desahogara su ira contra ustedes.

Morgana miró a Merlín con ojos anegados en lágrimas.

—¿No puede hacer algo? ¡Es Merlín! ¿No es capaz de convertirla en ave o cambiar su cara para que no la reconozcan? ¿No puede hacer algo, lo que sea?

Nimue viró hacia Merlín con un destello de esperanza y curiosidad. Justo en ese instante, el mago aparentaba sus setecientos años. Negó apesadumbrado con la cabeza.

—Incluso si estuviera en mi poder hacerlo, las condiciones del rey Uter establecen que Nimue será su prisionera. Además, ella rechazó el ofrecimiento del Rey de los Hielos.

—Sólo porque no hizo concesión alguna a favor de los Inefables —le recordó Nimue—. Debo garantizar que estarán protegidos.

El ánimo en la mesa era silencioso y sombrío mientras Nimue sopesaba su decisión. Entonces susurró a Merlín:

—¿Cuál sería el procedimiento?

Merlín lo ponderó y contestó:

—Alguien debe guiar a los Inefables fuera de Ceniza. Ésa será la primera y muy peligrosa tarea. Es imposible saber cómo reaccionarán los Paladines Rojos. No creo que estén muy satisfechos con la propuesta del rey Uter. Ésa es una misión para un solo soldado.

Nimue tomó la mano de Arturo.

—¿La asumirías tú?

—No —le tembló la voz—. Quiero permanecer a tu lado.

—No confiaría tantas vidas a nadie más. ¡Por favor! —rogó.

—No quiero dejarte —insistió él y añadió para revelar su vergüenza—: *No deseo huir.*

—¡No lo harás! Esto es distinto —tomó su cara en sus manos—. Es tu camino al honor.

—¡Ya encontraré otro! —suplicó en un murmullo.

—Debes ser tú.

Merlín continuó:

—Será una marcha de un día al mar. Cuando los Inefables estén a bordo de las embarcaciones de Uter, Arturo enviará un cuervo —tomó un respiro—. Entonces te entregarás al rey Uter y le darás la Espada de Poder.

—¿Cómo se hará esto?

El mago se rascó la barba porque desconocía la respuesta.

—Supongo que te pondrán bajo el cuidado de una escolta de la Corona que te lleve más allá de las puertas. El mensaje indica que deberás entregarte sin compañía.

Morgana agitó horrorizada la cabeza.

Mientras Nimue digería esta idea escalofriante, agregó:

—No te olvides de Galván. Deberán devolvernos vivo al Caballero Verde.

Merlín no se mostró optimista.

—Podemos pedirlo, sin duda. Pero si el tal Caballero Verde está en manos de los Paladines Rojos, temo lo peor.

—Ésas son mis condiciones —dijo ella rotundamente.

Él repitió:

—Podemos pedirlo.

—¿Escribirías la misiva? —Nimue se sintió joven y tonta—. No quiero parecer... —calló.

El mago asintió comprensivo.

—Escribiré la nota de aceptación con las nuevas condiciones al rey y la traeré para someterla a tu aprobación.

Ella se apartó de la mesa y se dirigió a sus habitaciones sin decir nada más.

Una hora más tarde, Nimue miraba desde su ventana los relucientes campamentos gemelos de Pendragón y los Paladines Rojos. Un distante graznido dirigió su atención a la puerta norte, donde un mirlo descendió sobre las cabezas de los arqueros en la muralla. Momentos después oyó que tocaban a su puerta.

—¿Sí?

Merlín entró.

—Se ha enviado el cuervo con tu respuesta a Uter.

—Lo vi —ella sonrió con gallardía.

Él se tambaleó torpemente en la puerta.

—Me marcho —dijo.

—No. Acompáñame, por favor.

Cerró la puerta y se acercó a la ventana.

—De seguro crees que soy muy tonta —observó.

—¡En absoluto! —negó sorprendido con la cabeza—. Eres igual a Leonor hasta la médula —ella logró esbozar una sonrisa y él añadió—: Con un toque de Merlín. Una combinación muy explosiva, si se me permite el atrevimiento.

Nimue rio.

—Eso explica mucho en verdad.

La sonrisa que apareció en el rostro de él era tan inusual que la ocultó con una mano.

—Puedo decirte esto: ella estaría muy orgullosa de las decisiones que has tomado hoy —y agregó—: Como lo estoy yo.

Esto significaba para ella más de lo que pensó, así que las lágrimas que humedecieron sus mejillas la tomaron por sorpresa. Las enjugó presuroso. Ignoraba qué se sentía tener padre. Y aunque una parte de ella ansiaba tocarlo, otra parte temía ser nuevamente rechazada.

—No sé lo que hago.

—Justo en eso reside el valor: en avanzar cuando el camino es menos claro —dijo y apartó la mirada.

—¿Qué pasa? —Nimue notó el gesto.

—Lo siento —se disculpó—. Lamento que no haya podido salvarla —ella asintió—. Y me equivoqué acerca de la espada.

—¿A qué te refieres?

Merlín comprendió de pronto.

—La lluvia que cayó sobre el castillo no era la sangre de Uter, ni la mía. Y me atrevería a afirmar que no auguraba una muerte sino una gran transformación. Esa lluvia era Sangre de Lobos.

—No entiendo.

—He perseguido mucho tiempo la espada, en la creencia de que cambiaría el curso de los acontecimientos, pero no es ella la que lo hará. Eres tú. La Bruja Sangre de Lobos —se entristeció—. Podría haberte ayudado. Podría...

—Estás aquí ahora.

—Me adelantaré a pedir audiencia al rey Uter, para allanar el camino en la forma que pueda. No te hagas ilusiones; él ya pidió mi cabeza una vez en los últimos días, y mis actos han acentuado desde entonces su animosidad. Podría estar muerto con facilidad antes de que tú llegues siquiera.

Nimue lo miró. La cansada vista de él se encontró con la suya. Ella no vio en esos ojos cálculo alguno, ninguna partida de ajedrez, ni una sola manipulación. Aquél era un Merlín muy humano. Era su padre.

—No es necesario que lo hagas —le dijo.

—Lo es —replicó.

CINCUENTA Y TRES

Arturo abrió de un empujón la chirriante puerta de un granero en las afueras de la ciudad cerca de la muralla norte y se volvió hacia Nimue.

—¿Estás segura de esto?

Ella lo rozó cuando pasó junto a él.

Estaba muy oscuro y un aroma a almizcle llenaba el aire. Nerviosos caballos relincharon en sus compartimientos. Nimue tendió su antorcha en el momento en que un Colmillo emergía de las tinieblas entre ladridos y con los cincelados colmillos de fuera.

Arturo blandió la espada pero ella se adelantó.

—¿Dónde está Wroth?

El agresivo guerrero puso cara de vergüenza cuando un gemido grave llegó desde el fondo del granero. Y aunque lanzó contra Arturo los cuernos que salían de su quijada, les permitió pasar. A medida que la luz de la antorcha de Nimue se derramaba sobre el Colmillo en cuclillas y amontonados en la paja, recordó que estos Inefables poseían una extraña visión nocturna y preferían la absoluta oscuridad. Hallaron a Wroth echado en una paca de paja donde mordisqueaba una raíz. Un pálido y silencioso B'uluf se tendía cerca, con los sanguinolentos muñones metidos bajo los brazos.

Mogwan se levantó y se acercó.

—No son bienvenidos aquí.

—¿Qué habrías hecho tú si hubieras estado en mis zapatos? —Nimue abordó directamente a Wroth—. ¿Si empuñaras la espada y un Celeste te desafiara?

Wroth soltó unas cuantas palabras en su dirección y la apartó con un gesto.

Mogwan se mostró impasible.

—Dice que nunca lo sabremos.

—No pido su amor ni su veneración. Ni siquiera requiero su respeto. Lo que necesito es su fuerza para proteger a los Inefables en mi ausencia —explicó Nimue.

Arturo añadió:

—Entregará la espada y su libertad al rey Uter —dio tiempo a que lo asimilaran—. Se sacrificará para que el resto de nosotros podamos vivir. Para que la siguiente generación de Colmillos puedan sobrevivir.

Mogwan no pudo ocultar su asombro y ya traducía cuando Wroth lo interrumpió con su respuesta. Mogwan habló:

—Mi padre dice que no es digno de ti bajar el sable.

—No me rendiré. Los Inefables han sufrido suficiente. No los expondré a una masacre. Si puedo ofrecer mi vida a cambio de la libertad de mi pueblo, el trueque será justo.

Tras un rumor, Wroth emergió a la luz de la antorcha, fuerte y feroz. Sus profundos ojos negros estudiaron a Nimue de cerca y rezongó:

—¿*Gof uch noch we'roch?*

Mogwan reprimió una sonrisa y Nimue frunció el entrecejo con curiosidad.

—¿Qué dijo?

—Pregunta si alguna parte de ti es de Colmillo.

Wroth se permitió una sonrisa con un incisivo de oro.

—*Brach nor la jech.*

Mogwan tradujo:

—Eres más dura que su primera esposa. Mi madre.

Wroth le gruñó algo a Arturo y le dio un golpe en el pecho que lo dejó sin aire.

Mogwan informó a Nimue:

—Mi padre dice que cuando te fastidies de este Sangre de Hombre con patas de pollo, te recibirá en su lecho, como su tercera esposa.

—No nos precipitemos —sonrió ella y tomó la mano de Wroth en la suya—. Requiero defensores. Necesito que junto a Arturo conduzcan a los Inefables hasta los barcos de Pendragón. ¿Harás esto por mí?

Wroth encerró la pequeña mano de ella en sus gigantescas garras. Nimue sintió su áspera piel, su calidez extrema. Él le rozó el brazo con las uñas.

—*Gr'luff. Bruk no'dam* —dijo y se obstinó en formar con su boca palabras que ella entendiera—: Nacimos aurora…

—Para marcharnos al anochecer —Nimue se tocó el corazón en señal de agradecimiento.

Carretas, burros, ovejas, palafrenes, gritones niños Inefables, carretillas, una docena de bueyes, Faunos vociferantes, Alas de Luna zumbones, llorones bebés y cientos de refugiados tanto Inefables como Sangre de Hombre abarrotaban la plaza principal de ciudad Ceniza, junto a la puerta oeste. Media docena de rumores de conspiraciones arteras habían estado a un paso de desatar disturbios durante todo el día, y Arturo y Wroth debieron ejercer determinación y disciplina para que el desastre no se materializara. La gente no era tonta. Sabía que marcharía indefensa por territorio enemigo. Los nervios estaban a flor de piel.

Las emociones llegaban a un nivel tan alto como el de la portezuela, donde Nimue y Morgana despedían a Merlín, quien partía para cumplir su misión. Nimue nunca había visto al mago tan rígido e inseguro.

—Espera el cuervo —le dijo por vigésima ocasión—. Confirma la caligrafía de Arturo.

—Lo haré —aseguró ella.

—Pídele que te deje una carta idéntica para que las compares. Uter cuenta con los medios indispensables para idear consumadas falsificaciones.

—Ya lo he hecho.

—¡Qué bueno! —Merlín se jaló la barba—. Si percibo un complot, haré todo lo posible por avisarte, pero...

—Sé que lo harás —sonrió Nimue.

Pese a que él iba a decir otras cosas, no halló las palabras precisas, así que sólo asintió y se agachó para cruzar la puerta y subirse en su recién ensillado caballo. Lanzó a Nimue una mirada significativa, tiró de las riendas y se dio media vuelta en dirección al sendero, para galopar hacia el campamento del rey Uter.

Nimue miró a Morgana, quien parecía prepararse para una despedida.

—No todavía —la tomó del brazo y la alejó de la turba hacia una serie de callejones que se apretaban contra la muralla.

—¿Qué sucede? —preguntó Morgana conforme Nimue la llevaba de una curva a otra.

No contestó hasta que llegaron al lado de un Fauno con barba de chivo que estaba recostado sobre una carreta en una oscura esquina entre dos edificios maltrechos, donde se mondaba los dientes con una pajuela.

—¿Dónde estamos, por los Nueve Infiernos? —Morgana desprendió por fin su brazo de un tirón.

Nimue señaló al Fauno.

—Morgana, éste es Próspero —él descendió de un salto de la carreta y la apartó. Debajo había un costal vacío, que al retirarlo Nimue puso al descubierto un túnel. Morgana se inclinó fascinada y un Arado de piel morena brotó de la abertura entre parloteos en su extraña lengua.

—¡Por todos los dioses! —Morgana retrocedió un paso y Próspero rio.

—Y éste —Nimue señaló al Arado— es Effie, si lo pronuncio bien.

Morgana volteó radiante.

—¡Escaparás!

Nimue negó con la cabeza.

—No, querida —descolgó de su hombro la Espada de Poder—. Lo harás tú.

CINCUENTA Y CUATRO

La taberna más popular de ciudad Ceniza se llamaba El Caballo Solitario de Ojo Rojo y Nimue decidió apropiársela como su Gran Sala para estar más cerca de los preparativos del éxodo de los Inefables. Arturo llegó sucio y sudoroso, y se sorprendió de encontrarla sola, salvo por la agobiada tabernera, Ingrid, tataranieta de Ojo Rojo, una mujer adusta que se inclinó con sequedad ante él y jaló una silla para ella.

—Está muy silencioso aquí —observó Arturo.

—No tanto como el horrible alcázar —Nimue sorbió una copa de vino y añadió—: Todos los Ancianos han partido con sus clanes —tomó otro sorbo.

La enormidad del sacrificio de Nimue no cesaba de estrellarse contra Arturo en renovadas oleadas.

—Tú no…

—¡Alto! —lo interrumpió—. Lo haré —rio para contener sus lágrimas—. Créeme que querría ir contigo.

Apretó la cabeza de ella contra su pecho e imprimió sus labios en su oreja.

—No me obligues a hacer esto.

Con las mejillas tan próximas, los labios se tocaron.

—¿Lamentas haber vuelto?

—¡Basta de quejumbres! No eres mi reina. No mandas sobre mí. Eres mi amiga —secó las lágrimas de Nimue con el pulgar.

—Tengo un secreto —se confió—. Nunca he subido a un barco. Siempre soñé con hacerlo. Estar en el océano, en un lugar que jamás termina. Navegar al punto donde el mar se encuentra con el cielo. Ser sólo una mota en toda esa quietud.

—No es algo muy Celeste que digamos —bromeó él.

—Soy una traidora de los míos —chasqueó los dedos—. Perdí mi barco por unos días. Fue el día que nos conocimos.

—Estaba escrito que tenía que suceder… Sólo piensa en toda la diversión que te habrías perdido.

Ella se cubrió la cara con las manos y soltó una risa enigmática. Se recargó en Arturo y él la meció en silencio largo tiempo. Nimue le dio un último beso que duró demasiado y se incorporó lentamente. Le ofreció la mano. Él la tomó y salieron juntos de la taberna.

La escandalosa masa de Inefables se apartó y calmó mientras Nimue y Arturo la cruzaban tomados de la mano. Quienes comprendían el sacrificio de Nimue se acercaban, le tocaban los brazos y los hombros, y los niños querían caminar junto a ella y tomar su mano. Otros se agachaban o murmuraban plegarias en su lengua nativa. Nimue sonreía a todos. No permitiría que vieran su miedo.

Cuando llegaron al frente, ella hizo girar a Arturo y lo besó intensamente. Tocó su cara, sus ojos, su frente húmeda, su cuello y su sudada cabellera, apelmazada sobre sus sienes, con la ilusión de recordar cada detalle. Una vez que se alejó, él se llevó las palmas a los ojos y montó sobre Egipto. Éste volvió su largo cuello hacia Nimue, quien besó y acarició su nariz.

Con un aullido atronador, Wroth emergió de un camino aledaño en lo alto de un gigantesco jabalí, a la cabeza de sus guerreros Colmillos. La cautelosa muchedumbre abrió espacio para la temible bestia, que sacudía furiosa sus riendas. Ya junto a Arturo, Wroth se inclinó hacia Nimue.

—¡*Budach ner lom sut! ¡Vech dura m'shet!*

Mogwan tradujo desde su montura:

—Si esa escoria de los paladines nos da algún problema, ¡la haremos pagar!

—No tengo la menor duda —Nimue se tocó el pecho sobre su corazón y Wroth hizo lo propio, aunque con el puño cerrado.

Tras apretar por última vez la mano de Arturo, Nimue dirigió una señal a los Faunos apostados en la puerta. La verja subió entre gruñidos de acero y la procesión inició su avance. Nimue observaba, se despedía de mano de algunos, ladeaba la cabeza en dirección a otros y reconocía cada rostro que podía en su marcha por las puertas de Ceniza hacia el Camino Real. Se le encogió el corazón. Su destino parecía demasiado lejano. Sólo podía pensar en los confiados ojos de los Inefables y en que ella los guiaba quizás a una cruz ardiente.

No fue hasta que el último carretón cruzó el portal y la verja bajó de nuevo con un chirrido de cadenas que Nimue sintió el peso de su decisión. *¿Qué he hecho? Los he condenado a morir.* ¿Cómo había llegado a ese punto? ¿A sentirse madre de su raza entera? Ni siquiera su propia especie la había aceptado, siempre la había excluido, juzgado por sus cicatrices y su incontrolable vínculo con los Ocultos. *No somos perfectos,* caviló. Como B'uluf y los Ancianos de su propia aldea, los

Inefables eran capaces de odios tribales y llevaban consigo añejos rencores. Como los Sangre de Hombre, temían lo que no comprendían. Pero ellos eran la excepción. Recordó la luz de la antorcha que se proyectó en aquellas maravillosas y únicas caras de la cueva en esa primera noche con Morgana y Arturo. Los Ocultos habían hecho gala ese día de su belleza y creatividad. Estas razas estaban en sintonía con el corazón palpitante de la tierra, sus campos, los animales que compartían esos campos, y sus rostros curiosos eran un espejo y una ventana a esos mundos. Donde el padre Carden veía monstruos, ella veía familias con una profunda, duradera y ancestral relación con los Ocultos y los Dioses Antiguos, todas ellas con sus propias danzas y magia, lenguas, oficios y leyendas. Los Paladines Rojos querían quemar a todos los Faunos, Alas de Luna, Colmillos y Celestes, desaparecer los diversos colores y texturas hasta que todo fuera gris como las cenizas de Dewdenn. Ella no toleraría esa tragedia.

Si muero, habrá valido la pena, pensó. *Valió la pena proteger.*

Haber pasado de paria a reina.

Contempló la tierra apisonada de la plaza y sólo vio rostros de seres humanos, que la miraban con fascinación y temor, curiosidad y repugnancia. Lord Héctor hizo una mueca y enfiló su caballo hacia su castillo, que estaba a punto de reclamar.

El primer kilómetro que recorrió la caravana fue sobrecogedor por su silencio. Arturo no percibió el canto de una sola ave ni oyó el vuelo de una mosca en el matorral. Hacía frío y todo estaba en paz. Incluso los cortantes y permanentes vientos del valle hacían una pausa para que ellos pasaran. Arturo escuchaba apenas el lento retumbar de las ruedas, cascos y botas a sus espaldas y el incesante galope del jabalí de Wroth. Al frente sólo se advertían árboles deshojados y las elevadas colinas.

El primer indicio de dificultades apareció en un puesto de control de los Paladines Rojos. Cinco hermanos tonsurados se erguían junto a un estandarte del Vaticano, con manguales y pesados mazos al hombro, y vieron con ojos asesinos que se acercaban.

—¡Conserva la calma, Wroth! —Arturo sabía que los guerreros Colmillos seguirían el ejemplo de su orgulloso jefe y que para éste era muy difícil dejar pasar una pelea. Su mutismo le preocupó aún más.

Cuando la caravana llegó a quince metros de los paladines, comenzaron los insultos. Los monjes tenían nombres para algunos de los clanes: aulladores, cucarachas, trapaceros, picos sangrados, puercoespines. Los injuriaron con todos, deseaban atraer a los guerreros a un conflicto que podía dar el pretexto para un ataque frontal.

Aunque Wroth no alejaba los ojos del sendero, mientras cruzaban el puesto de control clavó los talones en el jabalí, el cual soltó un alarido que hizo cimbrar los acantilados de las Montañas Minotauro y retirar a los paladines al bosque. Por más que temió represalias, Arturo no vio ninguna señal de los monjes. Le sonrió a Wroth, quien emitió un resoplido de satisfacción. Aun así, la tranquilidad fue efímera; el kilómetro siguiente los internaría en el corazón mismo del campamento de los paladines.

Un cuarto de kilómetro atrás de Arturo, la hermana Iris se rezagaba poco a poco en la retaguardia de la caravana. No pertenecía a ningún clan. Nadie la había reclamado. Nadie en particular la quería consigo. Se había hecho pasar un tiempo por vagabunda entre los clanes, así que a nadie le importó que se apartara. Cuando todos los ojos miraban al frente, se acuclilló en las hierbas altas y se deslizó hasta un dique húmedo. Sacó un arco largo robado debajo de su capa de arpillera, escurrió una flecha entre sus dedos y salió disparada bosque adentro, de vuelta a ciudad Ceniza.

Al frente de la caravana, Arturo vio que lanzas encendidas clavadas en fila en el suelo flanqueaban el camino y que cientos de paladines a caballo cubrían los espacios entre los árboles que los rodeaban. Era una señal terrible y su valor flaqueó. No sobrevivirían a un asalto directo. Aunque juró acabar con tantos como pudiera, le fue imposible evitar la sombra de la desesperanza. Sintió un profundo pesar cuando comprendió que no volvería a ver a Nimue. El jabalí exhaló un largo gruñido. Sentía la amenaza alrededor. Arturo posó la mano en la empuñadura de su espada.

—¡Avancen! —percibía el pánico creciente.

Wroth aprestó su mazo de guerra.

—Aguarda, Wroth —le susurró.

Los caballos de los paladines se inquietaban en el bosque. Arturo veía sus colas ondulantes y agitadas cabezas. Bastaría una chispa para que todo estallara. Pese a que alguien había ordenado a los paladines que se retiraran, Arturo intuyó que aquél era un freno muy débil. Buscaban cualquier excusa para atacar y lo harían a la menor provocación.

Un rumor de monturas llamó la atención de Arturo al frente. Otra columna de jinetes se aproximaba desde el norte, con el propósito de toparse con ellos cara a cara.

Éste es el fin, pensó Arturo.

—No ellos —dijo Wroth en lengua ajena.

Era cierto. Los jinetes que se acercaban llevaban consigo el estandarte de la Casa Pendragón.

¡No lo puedo creer!

La caravana avanzó y la columna de soldados se dividió en dos para formar una barrera a ambos lados entre los Paladines Rojos en el bosque y la caravana de los Inefables.

Arturo creyó que iba a llorar cuando uno de los soldados del rey se inclinó y él le correspondió el gesto. El nudo que sentía en la garganta se desvaneció. Los murmullos de temor se convirtieron en un alivio burbujeante cuando las familias Inefables se percataron de que los hombres del rey los protegían de los paladines. Algunos vitorearon, otros lloraron y otros más aprovecharon la oportunidad para lanzar improperios contra sus torturadores. Al paso de la caravana, los jinetes se daban la vuelta y cabalgaban junto a ella.

El rey Uter había cumplido su palabra.

No debí abandonarla. Yo provoqué esto. La empujé a que diera la espada a Pendragón. Arturo extendió la mirada por aquel cúmulo de familias agradecidas que habían tenido tan pocos motivos de celebración en los últimos meses. Ésta era una victoria. Él había estado en lo cierto. Los Inefables vivirían y un rey humano lo había hecho posible. *El precio es aún demasiado alto.* Ofrecer la espada a cambio de algún favor era una cosa. Pero Nimue. No a cambio de ella. Debía regresar. Los Inefables no estarían seguros hasta que abordaran los barcos. Él se lo había prometido. Aun así, no podía dejar de imaginar cómo se desenvolverían los acontecimientos. *Ella llega al campamento de Uter. La toman presa. Él recibe la espada. Cede a Nimue al padre Carden y los Paladines Rojos. ¿Y entonces?* Pensar aquello le producía náuseas. Habían entregado su lobo a los leones.

El resto del viaje fue un sueño extraño, agridulce. Los Inefables estaban de ánimo ligero, incluso festivo, ya que habían dejado atrás las incógnitas de su futuro para deleitarse en la paz y clemencia del presente en tanto la caravana atravesaba las tierras bajas y el aire se cubría con la niebla del cercano océano. Los acantilados de arenisca adoptaban violentas formas dentadas, moldeadas durante siglos por los implacables vientos de la costa, y los bosques se allanaban en ondulados campos de hierbas silvestres.

Arturo y Wroth cabalgaron hasta el borde del despeñadero, descendieron de sus monturas y miraron el mar verde y agitado de la Costa de los Mendigos. Una densa neblina se extendía ante el litoral y lo difuminaba todo, menos la playa rocosa y el oleaje que lamía sus arenas. Otearon el horizonte en busca de señales de vida y lo único que escucharon fue el llamado de las gaviotas. Un silencio opresivo cayó sobre los Inefables al tiempo que su expectación se tornaba en miedo.

Un mástil holló la bruma, seguido por una vela que ostentaba las tres coronas de la Casa Pendragón. Un grito de júbilo estalló entre los Inefables y aun Arturo se dejó arrebatar por la emoción. Wroth lo estrechó enfebrecido al punto mismo de la asfixia mientras que a lo largo de los acantilados los clanes Inefables se abrazaban, los niños señalaban y gritaban y madres y padres lloraban de gratitud y alivio.

Arturo enjugó sus lágrimas. No había dejado de pensar ni un segundo en *ella*.

CINCUENTA Y CINCO

Dos lacayos de Pendragón introdujeron a Merlín en el pabellón del rey Uter y lo empujaron hasta el trono. Sir Beric sacudió incrédulo la cabeza y se levantó de una mesa llena de pergaminos para colocarse junto al monarca.

—Llegó al campamento a caballo y se entregó, su alteza —explicó el lacayo de más edad.

Mientras Merlín alisaba sus mangas, el rey lo miró con la calma digna de un reptil.

—¡Hola, Uter! —le dijo.

El rey sonrió con frialdad.

—¿Prescindiremos de las formalidades?

—¿Cuáles son tus intenciones con la joven Inefable? —Merlín fue directo al grano.

—¿Te encuentras aquí a nombre de la bruja? Creímos que estabas al servicio del Rey de los Hielos. Francamente, Merlín, si no tienes cuidado cobrarás fama de mago disoluto —hizo un esfuerzo por controlarse—. Tu audacia al venir aquí es la peor afrenta de todas. ¿Nos supones emasculados para que, después de tus crímenes, te presentes ante nosotros y te permitamos sobrevivir?

—He renunciado a tratar de sobrevivir, Uter. Simplemente es algo que sucede —explicó el mago.

—Pondremos a prueba esa teoría.

—Pensé que te encontraría de mejor humor, en vísperas de tu más grande victoria como rey. Detuviste la matanza de Inefables, sometiste a la Iglesia, negociaste una paz firme y justa con la guía de la rebelión Inefable y, pese a mis mejores esfuerzos por destruirla, la Espada de Poder está ahora a tu alcance.

La mirada de Uter tembló.

—Juramos, Merlín, que si vas a reclamar tu crédito por eso, te haremos descuartizar en la alfombra frente a nuestros ojos.

—¡En absoluto! La victoria es tuya y sólo tuya. Después de todo, es poco probable que Beric pueda hallar la salida de un costal de nabos siquiera, así que cabe afirmar que lo lograste con un brazo atado a la espalda.

—¡En efecto! —fue la indignada réplica de Beric.

Uter sonrió a pesar suyo. Siempre le agradaba que Merlín mortificase a Sir Beric. Aun así, su sonrisa dio paso a un gruñido.

—Pero en contraste contigo, él nos profesa lealtad. Aunque dices ser amigo nuestro, te presentaste en un campamento enemigo y ofreciste el cañón que sería capaz de derrumbar esta monarquía.

—¿Dónde está tu madre? —preguntó Merlín, desafiante pese a la furia asesina de Uter.

—Muerta —profirió el rey.

Merlín pensó velozmente.

—Recibe mis condolencias —dijo.

—¡No te aflijas demasiado! Muy pronto te unirás a ella y juntos podrán intrigar por toda la eternidad en los Nueve Infiernos.

—El crimen de la partera lo cometió tu madre, Uter, no tú. Y por más que te obstines en lo contrario, la luz de la verdad disipará siempre la sombra de la mentira. Sea como fuere, eres un hombre libre. Si deseas ser reconocido como rey verdadero, ahora tienes por fin la oportunidad de lograrlo. Corta mi cabeza mañana si quieres, pero terminemos hoy el asunto de la espada. Así que, te pregunto de nuevo: ¿cuáles son tus intenciones con la joven Inefable?

—Las ya declaradas —contestó.

—¿Y confías en el padre Carden?

—Casi tanto como confiamos en ti.

—¿Estás preparado entonces para su traición? La Bruja Sangre de Lobos se halla a su alcance. Te aseguro que no ha llegado hasta aquí para acobardarse ante ti ahora —le advirtió el hechicero.

—¿Cómo te atreves a interrogarnos después de tus innumerables traiciones? Tu insolencia no tiene igual. ¡Guardias, encierren a Merlín hasta que llegue la bruja! Una vez que tengamos la espada, mátenlo.

Lo sujetaron con rudeza de cada brazo y lo sacaron del magno pabellón.

Sentada en sus habitaciones, Nimue miraba la tarta de anguila en el plato que le habían puesto enfrente y oyó que su estómago rugía. No tenía apetito. Las horas a la espera de una noticia de la caravana la consumían de preocupación. La esposa de Héctor, Lady Marian, había asumido la responsabilidad de confirmar que comiera.

Se acercó a ella y retiró la tarta.

—Tenemos en camino una deliciosa gallina de Guinea con glaseado de almendras.

—¡No, por favor! —protestó Nimue.

Lady Marian se sentó a su lado y elevó las manos, en señal de que las cosas escapaban a su control.

—No morirá bajo mi cuidado. Está demasiado pálida, querida.

—Agradezco mucho su hospitalidad, Lady Marian, si se considera... —guardó silencio.

—¿Que usurpó el trono de mi marido? —terminó Lady Marian.

—Bueno, sí —sonrió levemente.

Lady Marian lo pensó un momento.

—¿Por qué una mujer no habría de sentarse en el trono?

La mano de Nimue temblaba cuando tomó una copa de vino.

Lady Marian la miró con profunda simpatía.

—Lo que ha hecho por su pueblo es muy valiente.

Nimue estaba a punto de hablar cuando un distante graznido resonó en el corredor y se levantó de inmediato.

—¿Fue un cuervo? —echó a correr desesperada y Lady Marian la siguió. Al doblar una esquina vio que Steuben subía las escaleras y portaba una nota en la mano.

—¡Llegó el ave, milady! —le tendió el mensaje.

Ella desenrolló el pequeño pergamino y leyó en voz alta:

—"Los barcos arribaron. Abordamos ya. El rey cumplió su palabra. Los Inefables navegarán hacia el punto donde el mar se encuentra con el cielo. Gracias, amor mío. Giuseppe Fuzzini Fuzzini" —soltó el papel y se llevó una mano a la boca para contener las lágrimas—. ¡Están a salvo! —dijo.

—Qué gusto, milady —Steuben posó una mano en su hombro.

CINCUENTA Y SEIS

La verja se elevó ruidosamente hasta que encajó en su anclaje en lo alto del portón. Nimue hizo que su palafrén avanzara y pasara bajo la muralla norte de Ceniza para cabalgar sola hacia el Camino Real. Una brisa fresca arrancó un susurro a las hierbas altas, meció las copas de los árboles e hizo crujir hasta la última de sus anaranjadas hojas. El bosque hervía de vitalidad. Nimue percibió los breves trinos de los tordos y los silbidos cíclicos de los mirlos. Su temor angustioso y persistente preocupación de los últimos días y semanas desaparecieron y la serenidad la invadió. Sintió muy cerca a los Ocultos. *No temas.* Recordó al cervatillo del Bosque de Hierro. *La muerte no es el final.* Nunca imaginó para sí una vida tan rápida, tan brutal, aunque tampoco tan plena. Claro que deseaba más: ver a Arturo de nuevo, por principio. Desentrañar sus misterios. Dormir en sus brazos. Viajar por los mares y explorar juntos el mundo. Formar una familia algún día. Se estremeció cuando tomó aire, pero contuvo el llanto. Agradecía lo que había conocido. El resto sólo lo sabían los Ocultos. *Nacimos con la aurora para marcharnos al anochecer.*

Rota la quietud por el ruido de jinetes que se aproximaban, Nimue regresó a la realidad con una sacudida, y un escalofrío bajó por su espalda. Alrededor de doce hombres con armadura de plata surgieron del camino arbolado con un estandarte de tres coronas. Se redujeron a un trote a medida que Nimue se acercaba y formaron una barrera de acero frente a ella. Uno de los soldados acorazados levantó su careta. Sus ojos eran fríos, tenía la piel picada de viruelas y su negro bigote estaba bien recortado.

—¿Bruja Sangre de Lobos? —preguntó.

—Sí.

—Sir Royce, de la guardia personal del rey. ¿Tienes la espada?

Nimue se obligó a mirarlo a los ojos.

—No.

Los soldados intercambiaron miradas. Sir Royce puso cara de pocos amigos.

—¿Es una broma, milady? El rey cumplió su palabra. ¿Ha levantado falso testimonio ante su majestad?

—La espada está cerca, pero tengo mis condiciones —no le agradó el temblor en su voz.

El rostro de Sir Royce se crispó.

—Vaya ardid, campesina, ¿dónde está la espada?

—Requiero una audiencia con el rey Uter. Sólo a él le revelaré su ubicación.

El soldado retorció las riendas en su puño enguantado. Nimue supuso que deseaba apretarle el cuello.

—Esto acabará mal para usted, jovencita —le advirtió—. ¡En marcha!

Dio vuelta a su caballo. Los demás soldados la rodearon durante el trayecto al campamento Pendragón.

Nimue contempló la vasta extensión de tiendas doradas y negras que llegaban hasta el otro lado de una inmensa llanura y salpicaban las faldas de la ladera. Nunca se había sentido tan pequeña e insignificante como cuando pasó junto a soldados relucientes con los rostros enlodados, algunos de los cuales la miraban con desconfianza mientras que otros le hacían caras o gestos procaces. Una mano fría estrujó sus entrañas cuando el enorme pabellón imperial apareció ante sus ojos y ella vio a seis Paladines Rojos y seis guardias de la Trinidad colocados afuera. Su corazón latía con fuerza mientras Sir Royce desmontó, tomó las riendas de su palafrén y le permitió bajar. Aunque sentía que las piernas se le doblaban, se enderezó y miró los ojos asesinos de los paladines. Entró tan pronto como la puerta fue abierta.

Se preguntó si le ofrecerían un poco de agua. Suntuosas alfombras cubrían el suelo. Había mesas de un lujo abundante a su alrededor: tazones colmados de frutas, panes y pastelillos, jarras de vino y candeleros dorados. El rey Uter ocupaba un trono, con una fina corona de oro sobre su estrecha frente. Era más joven de lo que esperaba. A su izquierda estaba el hombre que ella conocía como Sir Beric, acompañado por un hombre menudo y de ojos oscuros con una exquisita sotana negra, y al otro lado se encontraba el padre Carden, alto y con una cara redonda y petulante que delataba su maldad interior. La miró con escasa clemencia.

Sir Royce se adelantó a Nimue y se arrodilló ante el rey.

—Su majestad, la bruja solicitó audiencia real. No trae consigo la espada. Afirmó que sólo revelará a su majestad la ubicación.

—¡Se mofa de su gentileza, su majestad! —dijo el padre Carden—. ¿Por qué malgastamos saliva en ella? Bien podríamos

arrancarle la ubicación de la espada. De hecho, sería un privilegio hacerlo —le sonrió a Nimue.

—¡Concuerdo, rey Uter! —clamó el hombrecito de la sotana fastuosa—. Si nos entrega a la bruja, la Espada de Poder será suya para cuando el sol se oculte.

—Tememos, muchacha, que presumes demasiada piedad de nuestra parte —dijo el rey—. ¿Sabes lo que te espera si te entregamos a la Hermandad Roja?

—Lo sé, su majestad —miró al padre Carden—. Sus huestes asesinaron a mi madre. A mi familia. A quienes me criaron. A mi mejor amiga. Quemaron a todos. Redujeron a cenizas nuestra aldea. Conozco muy bien la Gracia de esta Santa Hermandad.

Vio que Carden tensaba la quijada al tiempo que el fuego ascendía por ella.

—Te humillaremos ante Dios Todopoderoso, niña, ¡te lo juro! —replicó éste.

—Eso fue lo que sus discípulos pensaron en el claro —se oyó decir Nimue.

El padre Carden dio un agresivo paso hacia ella y Sir Royce se interpuso al instante. Nimue se volvió hacia el rey con una furia reconcentrada.

El rey Uter la estudió.

—Nos prometiste la espada. ¿Dónde está?

—Se la daré, su majestad, cuando el Caballero Verde sea puesto en libertad y lo traigan ante mí —miró al padre Carden—. Con vida —remató.

Carden rio.

—El Caballero Verde es nuestro y continuaremos su purificación hasta que su alma sea redimida.

—¡Nunca tendrá la espada entonces! —le aseguró Nimue a Uter—. ¡Y nunca será el rey verdadero!

Sir Beric abrió mucho los ojos.

—¿Cómo te atreves a hablarle al rey de esa manera?

—¡Por favor, su majestad! —imploró el hombre de la sotana negra—. Me duele ver que esta bruja lo degrade así.

—Creo que su majestad es justa y compasiva —le dijo Nimue a Uter—. De lo contrario, no habría enviado sus naves a recoger a los míos. Me he entregado. Pagaré los crímenes que deba. Pero a cambio de mi vida y de la espada le ruego que deje en libertad al Caballero Verde.

—¡Más mentiras! —explotó Carden.

—Estoy dispuesta a morir. ¿Lo está usted?

—¿Es eso una amenaza, niña? —preguntó Carden.

—¡Tortúreme cuanto quiera, déjeme en los huesos! ¡Jamás revelaré el paradero de la espada! Jamás la encontrará sin mi ayuda. ¡Nunca! —dijo Nimue al rey.

Uter suspiró.

—¡Por todos los dioses!, nos dará una alegría enorme deshacernos de ustedes —apretó el puente de su nariz y pensó—. Royce, lleve a la bruja a una tienda mientras deliberamos.

Unas manos de acero la tomaron de los brazos y la alejaron al tiempo que acaloradas voces hacían erupción detrás de ella.

Arturo se irguió en la playa, donde aguardaba ansioso que los botes de remos que transportaban a los Inefables hasta los buques de dos mástiles frente a la costa vencieran la gélida marea. Las olas devolvían una y otra vez los botes a la orilla, así que fue preciso enviar a los pasajeros en grupos más reducidos. Peor aún, los Inefables desconocían y temían al mar abierto. Muchos de ellos se alarmaban cuando los botes dejaban la arena, y era sólo el miedo a Wroth y su mazo de guerra lo que hacía que corrieran a las barcas. En doce horas había sido trasladada sólo la mitad de los refugiados; el resto temblaba en la playa, donde se acurrucaba junto a las grandes rocas adosadas al acantilado.

Arturo se apresuró a acorralar a dos llorosos niños Faunos que evitaban con agilidad los esfuerzos por subirlos al bote. Alzó a uno de ellos por detrás, soportó una serie de golpes de su naciente cornamenta y lo depositó en brazos de un Fauno mayor. Cuando se empeñaba en sostener la barca contra las fuertes olas, se escucharon unos alaridos por encima del estrépito del oleaje. Miró hacia los cascos, donde la gente se precipitaba a la proa, que apuntaba al mar. Oyó que gritaba:

—¡Corsarios!

El miedo se apoderó de él a la vista de los dragones vikingos, con apariencia de espectros en la niebla. Apartaban la bruma como tiburones fieros y hacían ondear las blancas hachas de Eydis, y una vez que rodearon los cascos dispararon arpones y flechas contra las cubiertas. Cundió el pánico a bordo de los buques, de suyo sobrecargados. Cuerpos atacados por flechas empezaron a saltar desde la cubierta a las aguas heladas, donde era más fácil que los arqueros vikingos los remataran.

Arturo y docenas de Inefables se arrojaron al mar para recibir a los sobrevivientes, muchos de los cuales eran arrastrados a la costa casi ahogados y asediados por saetas. El caos se impuso a bordo de los buques de Pendragón, porque los aterrados marineros apenas se defendían de los temidos vikingos, quienes en la batalla en el océano se sentían tan a gusto como al abrigo de una chimenea.

Arturo tragaba agua de mar y remolcaba pesados cuerpos a la orilla cuando un asta se clavó en la arena a su lado. Volteó a los acantilados y vio que otro grupo de corsarios disparaba a la playa. *Somos como ovejas en redil*, pensó, al tiempo que dos flechas más golpeaban la arena, peligrosamente cerca. Los Inefables se dispersaban a ciegas, huían en todas direcciones, y él vio caer a varios con flechas vikingas en la espalda. En desesperada búsqueda de una cubierta, avistó una saliente cerca del risco corsario, cuya proximidad los convertiría en un blanco más difícil.

—¡A las rocas! ¡A las rocas! —señalaba la prominencia de arenisca a cien metros. Vio que Wroth dirigía a los Inefables al refugio con una flecha incrustada en el hombro y que los Faunos intentaban repeler el fuego. Algunos corsarios caían entre volteretas por el empinado peñasco, con el cuello atravesado por una lanza.

Arturo cargó en brazos a un niño Serpiente y atrajo a un par de ancianos Forjadores de Tormentas entre los zumbidos de flechas que pasaban por sus orejas. Cuando volteó, descubrió empavorecido que el litoral se ennegrecía de cadáveres. En el mar, los corsarios ya habían tomado uno de los buques, cuya cubierta despedía humo y desde cuya borda eran arrojados al mar marineros muertos. Cabezas de Inefables y seres humanos flotaban por igual en los cuatrocientos metros que mediaban entre los cascos y la arena. Había todavía doscientos Inefables en la playa, sólo cuarenta o cincuenta de ellos eran capaces de defenderse, y a Arturo le agobió la idea de la inminente masacre. Corrió bajo el contrafuerte de arenisca, donde ya estaban bajo resguardo docenas de Inefables, gracias a Wroth. Por suerte, era más hondo de lo que supuso, con una pequeña cueva de quince metros de profundidad, y brindaba protección a la mayoría de los Inefables, al menos hasta que los vikingos desembarcaran.

CINCUENTA Y SIETE

Las abominables horas de espera de Nimue concluyeron en forma abrupta cuando dos Paladines Rojos irrumpieron en su tienda con Galván a rastras colgado de sus hombros y lo arrojaron en tierra, apenas cubierto con un taparrabos. Sus horrendas heridas estaban tan frescas que centelleaban bajo la luz de las antorchas.

—Aquí está el costal de estiércol que ordenó —soltó uno de ellos antes de partir.

Una oleada de horror invadió a Nimue cuando cayó de rodillas junto a Galván, cuya cabeza depositó en su regazo.

—¿Galván? —le buscó el pulso en el cuello y el pecho, acercó una oreja a sus labios. Un aliento tenue resonaba en su pecho—. ¡No, no, no, no, no! —repetía una y otra vez mientras seguía con las manos las espantosas quemaduras, boquetes y cortes que asolaban ese cuerpo—. ¡Tú no, no, no, no, Galván! —susurraba entre lágrimas.

Él movió los dedos. Trataba de abrir su único ojo y de articular palabras con los labios. Ella llevó de nuevo una oreja hasta su boca.

Él dijo, con voz casi inaudible:

—Ardilla —reanudó su respiración entrecortada—. Tienen a Ardilla.

Nimue sollozó en tanto Galván se desvanecía. Entornó el ojo y ella sostuvo su cara.

—¡No, resiste, resiste! —parras de plata subieron por sus mejillas y llenaron de luz la tienda al tiempo que la furia ascendía por su cuerpo y hacía erupción en su boca. El ensordecedor rugido apagó las primeras antorchas nocturnas del campamento y cimbró los árboles de los bosques circundantes.

Morgana emergió de su escondite en una espesa arboleda desde la que se dominaba el campamento imperial. El alarido de Nimue flotaba en el aire como un eco fantasmagórico. Sus ojos se llenaron de lágrimas. Sabía lo que eso significaba y conocía sus órdenes: si Nimue moría o las condiciones empeoraban, ella debía devolver la Espada de Poder a los Inefables. Su caballo se agitó, perturbado por ese grito sobrenatural, y sus ojos fueron a dar a la empuñadura asegurada en su alforja. Si había una posibilidad de que estuviera viva, Nimue necesitaría la espada. Morgana la había visto hacer cosas increíbles con ella. No había llegado tan lejos para abandonarla ahora, ¿verdad? No, no lo había hecho.

Hundió sus talones en los costados del animal, el cual salió a todo galope entre los árboles para recorrer deprisa la sinuosa senda de los ciervos hacia el campamento Pendragón.

Ardilla tembló en las sombras. Llevaba horas enteras en esa tienda, quizás hasta un día. El aullido que había escuchado, sobrenatural como era, parecía de Nimue. Las antorchas de la tienda de tortura se apagaron y los Paladines Rojos pasaban trabajos para encenderlas de nuevo. Ardilla tenía las manos bien atadas a los brazos de una silla de madera que la sangre de Galván había enfriado y humedecido. Tampoco podía mover los pies, porque sus tobillos estaban amarrados en forma similar. Su corazón revoloteó como un ave cuando el hermano Sal arrastró los pies tienda adentro.

—Estamos cerca de encender las antorchas —le dijo uno de los paladines.

—No las necesito —rio el hermano Sal, cuya silueta se aproximó a Ardilla. Tras colocar sobre la mesa y frente al chico un viejo bolso de cuero, lo desenrolló y puso a descubierto una colección de instrumentos de tortura.

—¿No necesita fuego para —el paladín eligió sus palabras— hacer su trabajo?

—No —contestó tranquilamente el hermano Sal, seleccionó un pesado desarmador de hierro y una serie de pinzas gruesas y los sostuvo ante sus ojos cosidos—. Puedo hacer otras cosas.

Ardilla no podía respirar. Se sobresaltó cuando el hermano le tocó la pierna.

—¿Jugaremos ahora? —le preguntó.

El chico cerró los ojos. Antes de que los volviera a abrir, oyó un jadeo y dos golpes sordos, lo que lo confundió.

Sal ladeó la cabeza para escuchar mejor.

—¿Hermanos? —inquirió.

En la casi completa oscuridad, Ardilla distinguió otra figura dentro de la tienda. Un momento después, una capucha gris se elevó sobre el hermano Sal, quien sonrió incómodo.

—¿Has venido a observar, mi hermano Llorón?

—No —respondió el Monje Llorón y traspasó el pecho del hermano Sal con un acero húmedo y delgado, que detuvo a unos centímetros de la nariz de Ardilla. Luego retiró la hoja y el torturador cayó de espaldas, con lo que sus sandalias volaron en el aire. El monje hizo a un lado el cadáver con su bota, examinó las correas de Ardilla y liberó sus manos con dos rápidas tajadas en los brazos de la silla. Tras dos tajadas también las piernas del chico fueron puestas en libertad.

El Monje Llorón lo tomó por el cuello, con tanta fuerza que estuvo a un paso de desprender sus pies del piso.

—¿Puedes caminar?

—C-creo que sí —farfulló Ardilla.

—No te alejes —se dirigió a la entrada y la orilla de su sotana gris se deslizó por el rostro aterrado de uno de los paladines muertos.

Cuando salieron de la tienda del hermano Sal, estaba muy oscuro. Gracias a la luna creciente, Ardilla distinguió las siluetas de las tiendas, pero eso fue todo. El Monje Llorón lo jaló del brazo a través de un embrollado laberinto de tiendas e hizo alto. Ambos oyeron el ruido de cadenas. Ardilla volteó y vio que la luz de la luna caía sobre la máscara mortuoria de un guardia de la Trinidad, y otro, y otro más. Frente a él halló otra pared de guardias, cuyos espantosos manguales colgaban junto a sus piernas. Contó diez guardias.

El abad Wicklow se abrió camino entre dos de ellos para abordar al monje.

—Desde hace tiempo sospechábamos que tus verdaderas simpatías eran contrarias a la Santa Iglesia. ¿A qué se debe?, nos preguntamos.

—Es sólo un chico —contestó el monje.

—Sí, un Inefable huérfano. Quizá te recuerda a alguien —razonó Wicklow—. Entrégalo, Lanzarote.

—¡Detrás de ese barril! —le ordenó el monje a Ardilla con voz pausada. Éste corrió a esconderse junto a un barril con agua mientras el monje desenvainaba su arma y le decía a Wicklow—: No deseo enfrentarme a usted.

El abad juntó las manos en su espalda.

—La Iglesia ha reclamado su supremacía sobre este vergonzoso episodio. La bruja Inefable será quemada en la hoguera. Mientras hablamos aquí, su raza es exterminada en la Costa de los Mendigos. Y por último, la corrupta debilidad del padre Carden será eliminada. Ríndete, hermano, y te prometo una muerte rápida. Conoces la habilidad de mis guardias. No vuelvas esto más sangriento de lo necesario.

La respuesta del monje fue mantenerse totalmente inmóvil y envolver con los puños la empuñadura de su espada, cuya hoja elevó frente a sus ojos cerrados.

El abad Wicklow comprendió.

—Que así sea —hizo una seña a sus hombres, quienes convergieron en círculo alrededor del monje.

Varios manguales oscilaron. En su primer avance, el Monje Llorón dio un salto de patada que lanzó a dos guardias de la Trinidad en direcciones opuestas. Durante su aterrizaje, cercenó el brazo de un tercero y cortó la cabeza de un cuarto, aunque un mangual atrapó su hoja y la arrancó de sus manos.

Ardilla vio con terror que el monje colocaba una bota bajo la barbilla de su oponente, le trozaba la cabeza y rajaba su nuca con un mangual. Empujado, se sirvió de su impulso para derribar a otro guardia de la Trinidad, sobre el que rodó para atenazar su cuello con un brazo. Cuando el monje se levantó, le destrozó la columna y lo dejó caer como un costal de ladrillos. Con un salto atravesó una ola aniquilante de manguales para reclamar su espada, que había caído en el fango. Dio un salto mortal entre dos guardias y les cortó las piernas con la prominente hoja, tras de lo cual se tambaleó y su ímpetu pareció abandonarlo.

Se arrodilló y Ardilla pudo ver que sangre oscura empapaba su capucha justo donde el mangual lo había herido. Cuando intentó levantarse, sufrió una embestida feroz. Bolas con púas llovieron sobre sus brazos y adelante y atrás de él y los tres combatientes restantes castigaron sus costillas con fatales patadas. Dos de ellos lo sujetaron mientras el tercero lo fustigaba en cara y pecho con su mangual. El monje roció con su sangre cuanto lo rodeaba y cayó sobre los brazos de sus agresores. Lo elevaron otra vez y cuando uno de ellos retrocedió para preparar el golpe final, el monje lo apresó del cuello entre sus piernas. Con un control físico magistral, lo sujetó de la nuca con el pie izquierdo mientras con el derecho hacía cuña bajo su mandíbula y empujaba hacia arriba para quebrar el hueso. El hombre se vino abajo como una pila de ropa sucia. Aun así, los manguales de los dos últimos guardias cayeron sobre él y el Monje Llorón se desplomó en el suelo.

Ardilla se cubrió los ojos para no atestiguar lo que vino después.

Al otro lado del valle a las faldas de las Montañas Minotauro, en el campamento del rey, gritos y llamados emergían por doquier. "¿Dónde está su alteza?" y "¡Prepárense para la batalla!" llenaban el aire.

Merlín era un león enjaulado dentro de la tienda que le servía de prisión en tanto los dos lacayos que lo protegían estaban cada vez más alarmados por lo que escuchaban. Al final detuvieron a un arquero que cruzaba casi sin aliento.

Uno ellos preguntó exasperado:

—¿Qué diablos sucede?

El arquero jadeó:

—¡Los barcos de su majestad fueron atacados! ¡La Iglesia se alió con los vikingos! —y huyó de la tienda.

—¡Por todos los malditos dioses! —el otro se pasó las manos por sus grasosos rizos; no podía ser mayor de quince años—. Se proponen atacarnos.

—¡Quédate aquí, vigílalo! —el fornido abrió la puerta de la tienda y se lanzó al creciente caos.

El lacayo del cabello graso volteó para establecer las reglas, pero Merlín ya estaba sobre él y envolvía firmemente su boca y cuello con los brazos. Mientras el chico forcejeaba, el mago intentó recordar quién le había enseñado ese movimiento. Quizás había sido el jefe beduino Mohammed Saleh abu-Rabia Al Heuwaitat, o el maestro espadachín de Carlomagno, cuyo nombre había olvidado. Ambos eran excelentes instructores de combate. Tras decidir que su tutor había sido el maestro espadachín, descubrió que el joven lacayo dormía en sus brazos. Lo acostó, le robó su mandoble y escapó de la tienda.

CINCUENTA Y OCHO

Nimue lloró sobre el cadáver de Galván. La piel del Caballero Verde relucía con la escarcha y las enredaderas de los Celestes brillaban en su cuello y mejillas. Pero se había marchado. Nimue vertió en vano a su favor todo lo que tenía. Sus heridas estaban en carne viva aún y no habían cicatrizado, su cuerpo seguía fustigado por las quemaduras. Al fondo de su mente ella escuchaba el desbordante caos afuera, los gritos de alarma de los soldados de Pendragón. Se sentó sobre sus rodillas, aturdida por el pesar. Sus lágrimas ardientes dieron paso a una sangre que hervía como un caldero y que se elevó hasta su garganta y su cráneo. Extendió los brazos y abrió a los Ocultos su mente, alma y corazón. De su boca brotó a raudales una bruma que cubrió a Galván, llenó la tienda y escapó por debajo de la puerta.

La niebla rodó también en olas gigantescas por los bosques circundantes, se esparció en las colinas del valle y sumió las tiendas en una oscuridad espesa y opresiva que no hizo más que agudizar el alboroto.

Antes de que supieran qué ocurría, Nimue pasó junto a los guardias apostados afuera de su tienda, ya envueltos por la neblina de los Ocultos. Soldados aterrados la rozaban cuando pasaban a su lado y no se detenían a mirar. Oyó que otros gritaban "¿Dónde está el rey?" y "¡El rey nos ha abandonado!".

Pero en la tienda que la había alojado, la última morada de Galván, acontecía algo que ella no podía ver. Hojas de hierba diminutas formaban una extraña red entre el cadáver y el suelo. En cuestión de minutos crecieron hasta el hombro de Galván y al otro lado de su pecho y formaron lo que sólo podía describirse como un sudario sobre su cuerpo, momificado bajo una ondulante capa de vegetación.

Afuera, el campo hacía erupción con los gritos de los ejecutados conforme cientos de Paladines Rojos a caballo invadían el campamento Pendragón con ardientes antorchas que disipaban la niebla y eliminaban a los hombres del rey con la misma ensayada brutalidad que habían aplicado contra los Inefables. El padre Carden encabezaba el ataque, con la mirada fija en la venganza.

—¡Tráiganme a la bruja! ¡Búsquenla! ¡Atrápenla!

Nimue se arrojó a una tienda cuando dos Paladines a caballo pasaron prestos a su vera. Corrió al camino pero debió agacharse de nuevo porque un destacamento de Pendragón emergió de la bruma para huir de paladines montados y a pie. Intentaba orientarse cuando unas manos la jalaron desde atrás. Merlín atrapó el puño que ella ya mecía en el aire.

—El campamento fue invadido. Sígueme, lento pero firme —se volvió para marcharse y ella tiró de su brazo.

—No nos iremos de aquí.

—¡No seas tonta, Nimue!

No lo oyó. Volteó hacia la niebla y se lanzó a la batalla. Merlín soltó una maldición y no le quedó más que perseguirla.

—¡Padre Carden! ¡Padre Carden! —un trío de paladines disipaba la niebla con las manos y remolcó a la luz de las antorchas a una Morgana apaleada—. ¡Tenemos a la bruja! ¡La tenemos!

Carden se abrió paso entre un sinnúmero de monjes para ver lo que le habían llevado. Cuando vio a Morgana, hizo una mueca.

—¡Idiotas, no es ella!

—¡Tiene la espada! —afirmó uno de los monjes y otro presentó el acero que esa mujer llevaba en la silla.

—¡No, no! ¡Bastardos! —Morgana se removía salvajemente en los brazos de sus captores.

El padre Carden tomó la espada con curiosidad y la sacó de la vaina. La hoja destelló bajo la luz de la luna.

—¡Por todos los dioses! —la volteó y examinó la filigrana de la hoja y la runa en la empuñadura—. Es la espada —sonrió con ojos fulgurantes—. ¡Es el Colmillo del Diablo! —proclamó y los Paladines Rojos rugieron en tanto él lo levantaba en señal de victoria—. ¡Lo tenemos!

—¡Carden! —gritó Nimue.

El padre Carden y los paladines giraron trastornados hacia Nimue al tiempo que atravesaba la neblina con Merlín a sus espaldas, aún obstinado en tirar instintiva y fútilmente de su brazo para que no entrara en la boca del lobo.

Carden hizo rodar la espada en su mano con un gesto burlón.

—¡Estamos de suerte, hermanos! El buen Señor nos colma de bendiciones —miró a Nimue—. ¿Qué harás sin tu preciosa espada? ¡Deténganla! —ordenó a sus paladines.

Mientras la apresaban junto con Merlín, gruñó:

437

—¡No necesito una espada para hacerle frente!

Una rata pasó de súbito por la bota de Carden. Él la pateó, sobresaltado. Varias más salieron a toda prisa de las tiendas y corrían entre las piernas de los paladines. Las antorchas se convirtieron a su vez en faros para nubes de murciélagos que aleteaban furiosos. Las ratas se volvieron más agresivas, treparon a la sotana del paladín que sujetaba a Nimue y mordisquearon la tela.

—¡Ay! ¡Ay! —gritaba el monje y Nimue se libró de su agarre.

—¡Nimue! —bramó Merlín.

Ella se abrió camino al otro extremo del pantano mientras las ratas se arremolinaban en torno a sus botas y se aglomeraban hambrientas en las piernas de los hermanos rojos.

El padre Carden no pudo ver que se acercaba porque un grupo de moscas voraces atacaba sus ojos. Trataba ferozmente de ahuyentarlas, porque ya invadían sus orejas, boca y fosas nasales. Tosía y se atragantaba.

—¡Mátenla! ¡Mátenla! ¡Acaben con ella! —Nimue cerró sus manos sobre las de él en pos de la espada—. ¡No! ¡No! —se asfixiaba y al abrir la boca para hablar permitió que otro puñado de moscas llenara su garganta.

Cuando intentaba vomitar, Nimue le arrebató la Espada de Poder. Aulló con una rabia primitiva, dio media vuelta y separó del cuello la cabeza del padre Carden.

Merlín giró y tomó el estoque de su captor. El paladín se cubrió la cara y perdió el brazo por efecto del golpe. El hechicero se apartó para esquivar la embestida de otro religioso, quien cayó de bruces sobre el tapete de ratas a sus pies. Tras lidiar con más monjes desesperados, Merlín llegó tan pronto como pudo hasta los captores de Morgana. Enfrentaron al mago pese a las docenas de roedores que colgaban de sus sotanas y los murciélagos que revoloteaban ante sus rostros, pero el final no fueron dignos rivales, porque él hundió el acero en todos los corazones y liberó a Morgana.

—¡Ahora, Nimue, ahora! —gritó.

Ella se alejó tambaleante de la cabeza de Carden que yacía en el suelo, convertida gradualmente en festín de incontables ratas y moscas.

Otro destacamento de paladines acometió con estruendo desde una remota esquina de las tiendas. Al tanto de la gravedad de la situación y atraídos por los gritos de alarma de sus hermanos, se arrojaron sobre Merlín, Nimue y Morgana, quienes se vieron obligados a huir.

Arturo corrió fuera del refugio de arenisca y tomó el arco largo de un Fauno muerto. Usó el cadáver para cubrirse, extrajo una flecha del carcaj y disparó contra los corsarios, quienes habían dejado ya los riscos y ahora atacaban a caballo desde el otro lado de las arenas para liquidarlos. Marineros de Pendragón e Inefables eran arrastrados todavía a la playa, ensangrentados y casi ahogados, y serían presa fácil de los vikingos. Arturo agotó todo el contenido del carcaj y se hallaba casi solo en el combate. La mitad de sus mejores guerreros estaban muertos o heridos en la playa. Cientos de Inefables se amontonaban aterrados bajo la arenisca. Supo que los corsarios no tomarían prisioneros. Estaban ahí para aniquilar. Desprovisto de flechas, desenvainó la espada y se plantó en el camino de los jinetes. Juró llevarse con él a algunos antes de que lo aplastaran. Los estruendosos cascos rugían en sus oídos. Estaban tan cerca que ya veía sus sonrisas sanguinarias. Cuando apretó el puño, un silbido extraño llegó del este. Vio

de reojo un chispazo y en ese instante una inmensa bola de fuego de ardiente brea se estrelló contra la primera docena de corsarios. Volaron cuerpos por doquier. Cayó de espaldas con el impacto. El aire se llenó de humo negro y remolinos de chispas. Caballos en llamas se desplomaban a causa de sus patas fracturadas o resollaban y gemían en la arena. Los confundidos vikingos rodeaban el cráter cuando otro silbido rasgó el aire y una segunda bola de fuego destruyó la retaguardia de los corsarios. Diez jinetes más aullaron en medio de una masa de miembros carbonizados y desprendidos.

Arturo volteó hacia los barcos de los corsarios justo cuando uno de ellos se partía en dos, destrozado por un dragón vikingo con un asta ardiente fundida en su proa. Creyó que soñaba.

—¡Lanza Roja! —murmuró. Recordó a los corsarios en los calabozos de ciudad Ceniza, la magia curativa de Nimue y una promesa sellada con un apretón de manos. Un torrente de bolas de fuego hizo explosión en los navíos de los corsarios, gracias a la ballesta y la catapulta remozada que viajaban a bordo de la flota de Lanza Roja.

Los corsarios en la playa lo pensaron bien antes de atacar tan pronto como los barcos de Lanza Roja tomaron posición justo en dirección a la orilla. Guerreros enormes con capas de piel de oso saltaron a las someras olas armados con hachas y enfrentaron a los corsarios en las húmedas arenas con una furia estridente.

Arturo no podía explicarse esa violencia de vikingos contra vikingos, pero le emocionó ser el beneficiario. En tanto la primera serie de embarcaciones huía a altamar o se quemaba y hundía, el dragón de Lanza Roja se dejaba llevar por el oleaje a la playa, con hábiles maniobras en la agitada espuma. Los vikingos a bordo saludaron a los sobrevivientes en la costa y Arturo entró en acción de inmediato, con gritos dirigidos a los Inefables. Los Colmillos reunieron a los refugiados en columnas y los condujeron a la orilla mientras la fuerza invasora de Lanza Roja liquidaba sumariamente a los corsarios en la playa.

Más barcos de Lanza Roja se aproximaron al litoral para recibir a Inefables. Pese a lo gélidas que estaban, Arturo se sumergió en las olas para ayudar a los débiles, viejos o pequeños. Permaneció más de una hora en el cortante océano, donde chapoteó de un lado a otro en auxilio de los Inefables que abordaban los dragones hasta que sus brazos fueron helados pesos muertos y sus labios se volvieron azules. Antes de que se hundiera bajo las aguas, una mano áspera lo tomó por la nuca y Wroth lo subió a una de las naves. Él se desplomó en la cubierta, vomitó agua salada y fue atacado por escalofríos. De pronto miró un par de botas con puntas de acero recubiertas con piel de foca. Un juego de hachas colgaba de un cinto sobre pantalones de piel. Una mano con guante de cuero y acero le fue tendida. Vio en el guante relieves circulares de dragones. Tomó la mano y su tamaño le asombró. Se paró cuan largo era y se vio frente a un casco con la figura de un feroz dragón.

—Dicen que tengo una deuda contigo —habló la voz dentro del casco.

—Me alegra escucharlo. Y por todos los dioses, considérala saldada —respondió efusivo.

Lanza Roja levantó su casco y unos rizos ardientes se derramaron sobre sus hombros. Sus ojos verdes cintilaron con malicia.

—Eres presa fácil, ¿verdad? Soy Ginebra, de la corte del Rey de los Hielos, hoy sitiada por traidores.

—Soy Arturo —contestó él—. Haremos todo lo que esté en nuestra mano por ayudarte.

CINCUENTA Y NUEVE

El Monje Llorón resolló con dificultad. Algo se había roto dentro de él. Su brazo izquierdo colgaba herido en su costado y la espada se arrastraba en su mano derecha. El suelo estaba cubierto de cuerpos de guardias de la Trinidad que se retorcían. Quedaba vivo uno de ellos. Su máscara mortuoria estaba hecha a un lado y dejaba expuestos unos ojos grandes y temerosos. Hizo girar su mangual. El monje avanzó sin miedo al arma. El guardia gritó y atacó. Aquél recibió en las costillas el impacto de las bolas con púas, hizo una mueca de dolor y cerró el codo sobre las cadenas, atrapándolo. El guardia tiró en vano y el monje lo atrajo para hundirle la espada en la garganta. Éste escupió sangre y cayó de frente cuando el Monje Llorón sacó su acero y también cayó, porque las piernas no pudieron sujetarlo más.

Ardilla corrió hasta él.

—¡Vamos, levántate! —lo jaló, el monje se levantó por instinto y permitió que el chico lo guiara hasta un caballo próximo. El campo de los Paladines Rojos estaba vacío. El fragor de la batalla en el campamento resonaba en todo el valle. Ardilla sabía que los guardias de la Trinidad andaban sueltos aún y pronto descubrirían a sus hermanos caídos.

El Monje Llorón intentó montar pero estaba demasiado débil. Ardilla ajustó su bota en el estribo, le encajó los hombros en el trasero y lo empujó con la potencia de sus piernas. El monje se tendió torpemente en la silla y el chico trepó de un salto tras él. Se estiró sobre su cuerpo para tomar las riendas y animó al caballo a avanzar hacia el bosque. Tuvo que echarse varias veces sobre el monje para que no se cayera de lado. Aquella noche infernal había llegado a su fin y un rosado amanecer se perfilaba en el horizonte.

Cabalgaron una hora en silencio por una ladera de altos pinos.

—¿Qué...? —el monje quiso hablar e hizo varias inhalaciones para reunir fuerzas—. ¿Cómo te llamas?

—Ardilla —contestó.

—Ése... —perdió de nuevo su vigor—. Ése no es un nombre. La ardilla es un animal.

—Así me dicen —se encogió de hombros.

—¿Cómo te llamaron tus padres?

—No me gusta ese nombre —protestó.

El Monje Llorón calló unos segundos. Ardilla no sabía si estaba a punto de morir o no. Supuso que no era una pregunta poco razonable.

—Me llamaron Parsi —respondió con fastidio.

El monje gruñó.

—¿Parsi?

—Es abreviación de Parsifal, creo —y preguntó a su vez—: ¿Tú tienes un nombre de verdad?

—Lanzarote —contestó—. Hace mucho tiempo yo fui Lanzarote.

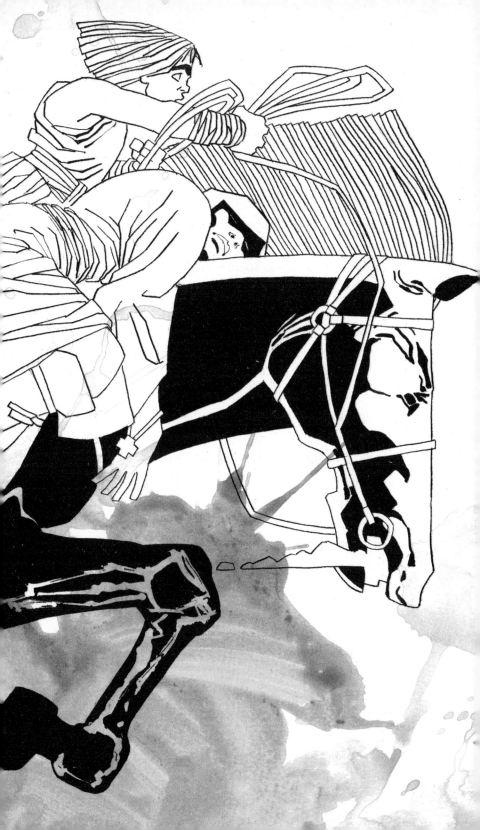

Al otro lado del valle, los Paladines Rojos invadían el bosque en persecución de la Bruja Sangre de Lobos, empeñados en vengar la muerte del padre Carden.

Apenas a medio kilómetro de sus perseguidores, Merlín y Morgana discutían con Nimue, quien deseaba cruzar las llanuras hasta el campamento del Vaticano.

—¡No puedo dejarlo otra vez! ¡Tienen a Ardilla! ¡No entienden!

Morgana tomó en sus manos la cara de su amiga.

—Yo sí entiendo. Pero él se ha ido, Nimue. Se ha marchado ya. No lo dejarán vivo. ¡Tú estás viva y tu pueblo te necesita!

—¡Atacaron los barcos! —se quejó ella entre lágrimas—. ¡No llegaron nunca, no llegaron nunca y es culpa mía! ¡No puedo perderlo a él también!

Se apartó de Morgana y volvió al sendero.

—¡Nimue! —gritó Merlín.

Se balanceó al borde de la cuesta y vio que una marabunta roja cubría el bosque. Más de un centenar de paladines los cercaban. Permitió entonces que Morgana la llevara de vuelta donde Merlín estudiaba el terreno.

—Si llegamos a Paso de Conejos podremos confundirlos en el Estrecho. ¡Es por aquí, apúrense! Está cerca —las guio a toda velocidad colina abajo.

Minutos después oyeron que corría agua y llegaron a un río impetuoso y un puente colgante cubierto de musgo. A cien metros, el río se precipitaba en una cascada profunda hacia los oscuros cañones de las Montañas Minotauro. Se apresuraron hasta la orilla del puente, donde el estruendo del salto de agua ahogaba el rumor de los caballos detrás de ellos.

—¡De prisa, de prisa! —Merlín jaló a Morgana y dio varios pasos antes de percatarse de que Nimue no estaba con ellos. Volteó.

Ella se demoraba en el cabo del puente.

—Lo siento. Regresaré por él —le dijo a Merlín.

El mago escuchó esas palabras pero sus ojos percibieron un movimiento cercano a los árboles, en el extremo opuesto de la persecución de los paladines. Nimue daba media vuelta hacia allá cuando del bosque surgió una pequeña figura cubierta con harapos de campesino y que sostenía un arco largo, demasiado alto para su corta estatura. Ajustó una flecha.

—¡No! —susurró Merlín.

Nimue creyó reconocerla, aunque no portaba su inquietante máscara.

—¿Fantasma? —la primera flecha la alcanzó en el hombro derecho y la hizo caer sobre una rodilla.

La hermana Iris dispuso sin tardanza la segunda en marcha todavía hacia el puente, y disparó de nuevo. *Tuc.* Nimue cayó de espaldas y miró la segunda saeta, que se había hundido en su costado izquierdo. Arañó el polvo en su esfuerzo por ponerse en pie al tiempo que la hermana Iris tensaba otra flecha y disparaba. *Tuc.* La tercera alcanzó a Nimue en el centro de la espalda cuando se dirigía al puente y la empujó. Se estabilizó, permaneció ahí un instante balanceándose y vio que Merlín y Morgana volvían sobre sus pasos.

Los paladines a caballo vencieron la cuesta, avistaron a Nimue, Merlín y Morgana y emprendieron un atronador descenso por la colina.

Los ojos de Nimue parpadearon mientras blandía la Espada de Poder, que cayó de sus manos y rodó con estrépito por el puente. Se tambaleó, trató de erguirse y resbaló en el

musgo húmedo y escurridizo que cubría la baja y retorcida pared. Tropezó y, entre volteretas, cayó quince metros hasta el impetuoso río, que la devoró como a una gota de lluvia.

Morgana se arrojó sobre la pared del puente.

—¡Nimue!

La hermana Iris se echó el arco al hombro y vio que los paladines tomaban el puente por asalto.

Merlín miró entonces la Espada de Poder a sus pies. Se arrodilló y envolvió la empuñadura con su mano. Este acto fue tan natural como un latido y abrió un canal que lo llenó de energía. Su magia retornaba a su sangre con un cálido flujo de poder. Con sus crepitantes ojos azules miró a los paladines y con la espada trazó en el aire una runa mágica. El efecto fue inmediato: las nubes se ennegrecieron y enfurecieron y un viento tempestuoso recorrió con tanta furia el Estrecho de las Montañas Minotauro que levantó a los jinetes del suelo, los azotó contra los árboles, los arrojó cientos de metros a las alturas o los precipitó sobre las afiladas rocas de la cascada.

La hermana Iris se retiró prudentemente al refugio arbolado al tiempo que otra oleada de paladines llegaba a la cima de la colina y era devastada por los vientos huracanados. Merlín rugió, levantó la espada y una serie de relámpagos cayó sobre ella y el puente en una sucesión de salvas ensordecedoras que culminaron en una feroz explosión y una inmensa columna de humo negro. Los vientos amainaron poco a poco y los paladines que sobrevivieron reptaron por la ladera. Cuando el humo se disipó por completo, Paso de Conejos no era más que un fragmentado pedazo de oscurecida, carbonizada y chisporroteante tierra.

Y no había señal alguna de Morgana ni de Merlín.

Nimue flotaba a la deriva en un vacío de color azul cobalto. Las gentiles corrientes producían el efecto de que sus brazos danzaran a sus costados como listones de sangre. Una minúscula cadena de burbujas escapó de sus labios apenas abiertos a la vez que daba vueltas en una amplia espiral descendente hacia una oscuridad que tiraba de ella.

La espada está cerca todavía.

No podía tocarla. No podía verla. Pero la sentía, y esta idea animaba su cuerpo frío.

Sus ojos parpadearon brevemente y su cuerpo se convulsionó mientras tragaba agua. Vio de pronto al cervatillo del Bosque de Hierro. *La muerte no es el final.*

¿La luz de los Celestes llegaría hasta ella en estas profundidades? ¿Leonor estaría a su espera? Confiaba en que así fuese. Ansiaba sentir a su alrededor los brazos de su madre. Y de Pym. De la tonta y maravillosa Pym.

Y de Arturo.

Mi joven lobo.

Mi corazón.

¿Lo veré de nuevo algún día?

Su cuerpo se convulsionó otra vez, con menos fuerza. Cedía al frío y las tinieblas. Los Dedos de Airimid se ramificaron muy despacio por su cuello y sus mejillas.

Ésta fue mi visión.

Mantendré a salvo la espada. Ni la Iglesia ni Uter ni Cumber la tendrán. La Guerra de la Espada muere conmigo.

Hasta que aparezca un rey verdadero digno de reclamarla.

El papa Abel V portaba su tiara ceremonial, una corona en tres niveles, su manto largo y una amplia casulla para enfatizar la importancia de la ocasión. Asía con su mano derecha el báculo papal, un cayado de pastor que remataba en un crucifijo. La luz de las antorchas de la pequeña catedral de San Pietro in Vincoli resplandecía en el dorado Anillo del Pescador, que él había colocado en su dedo anular izquierdo. Miró las mudas columnas de los soldados de la Trinidad. El abad Wicklow se encontraba a un lado, con su vestidura de gala y las manos unidas en oración.

El papa sonrió a la cofradía.

—De la oscuridad surge siempre una luz. Deslumbrante en su claridad. Abrasadora en su fuerza. Inocente como un niño. Pura como Dios Nuestro Señor es puro. Para estar ciertos, para aniquilar la abominación de la Bruja Sangre de Lobos, Dios nos ha enviado a su ángel vengador, cuyos humildes orígenes son un modelo de santidad y diligencia, así como su convicción es indomable. Hoy incorporamos a las filas de la Trinidad a una nueva guerrera de Dios. Levántese, hermana Iris.

La hermana Iris miró al Santo Padre con su ojo deforme. Se irguió mientras él la cubría con su máscara mortuoria ceremonial. Volteó hacia la congregación de la Trinidad cuando todos sus miembros se inclinaron ante ella.

Abel V susurró en su oído:

—Juntos haremos grandes milagros, hija mía —su aliento olía a los huesos de los muertos.

El cuerpo de Nimue fue arrastrado hasta un banco de arena a la sombra de los altos muros del desfiladero de las Montañas Minotauro. La flecha en su espalda se había roto y sólo quedaba un fragmento. Las otras estaban dobladas bajo su peso. Respiraba dificultosamente en intervalos irregulares.

Algo se movió cerca de ella. Eran pisadas en la arena pedregosa. Unos mantos negros la rodearon. A nuevas pisadas les siguieron siseos y murmullos. Docenas de cuerpos se balancearon sobre ella. Manos ampolladas, varias sin un par de dedos, la empujaban y tanteaban. Después de algunas discusiones en una lengua secreta y antigua, las macabras manos avanzaron bajo su carne y la elevaron. La turba de leprosos se arremolinó alrededor de su lánguido cuerpo y la hizo desaparecer en un túnel oscuro y ominoso.

Quisiera agradecer a Arthur Rakham, A. B. Frost, Al Foster, Wallace Wood, John R. Neil, Thomas Wheeler, Silenn Thomas, Madeleine Desmichelle, Tony DiTerlizzi, Angela DiTerlizzi, Jeannie Ng, Chava Wolin, Tom Daly, Justin Chanda y Lucy Ruth Cummins.

—F. M.

Recuerdo que conducía mi automóvil por Moorpark Street en Studio City, California, cuando a mi teléfono llegaron los primeros bocetos de Frank para *Maldita*. No mentiré: perdí por un momento el control del volante. Cuando tuve la presencia de ánimo suficiente para detenerme, caí en la cuenta: al recorrer las imágenes de refulgentes hadas oscuras y una onírica representación de Nimue de espaldas y con el rostro de perfil para revelar las cicatrices del Oso Diabólico, supe, ¡Dios mío!, que esto ya era una realidad.

Soy un fan de toda la vida de Frank Miller y esta colaboración fue la más improbable en mi improbable lista de pendientes por hacer en la vida. Él se cuenta entre los pocos artistas cuya obra contribuyó a definir mi voz creativa a través de los años, y para mí ha sido un gran honor narrar esta historia con él. Agradezco mucho su confianza, su sabiduría y su idea de asociar a la hermana Iris con un ejército de niños asesinos (*un elemento obligado* para el libro número dos).

Este proyecto no existiría tampoco sin la tenacidad y pasión creativa de la cómplice de Frank, Silenn Thomas. Ella estuvo presente desde el principio, mientras arrojábamos luz sobre ideas seminales que se convertirían en los laberintos espinosos de *Maldita*.

458

Phillip Raskind, de WME, fue uno de los primeros en creer en *Maldita*, y cuando él pone su mente en algo lo más razonable es hacerse a un lado y permitir que haga lo suyo.

Por medio de Phillip conocí a Dorian Karchmar y Jamie Carr, de WME New York, cuyo temprano entusiasmo, aliento y sobresalientes anotaciones ayudaron a que la novela adoptara la forma que tiene ahora.

Dorian y Jamie fueron decisivos en la incorporación al grupo del increíble Justin Chanda y de Simon & Schuster. Me siento muy afortunado de haber sido beneficiario de la experiencia y sincera orientación de Justin a través del proceso editorial. Para mí, él fue la necesaria combinación ideal de animador y mariscal de campo para darme energía hasta la línea de anotación. Junto con el buen ojo de la diseñadora Lucy Ruth Cummins, componen un equipo extraordinario. Gracias también a Alyza Liu, Chava Wolin, Jeannie Ng y toda la gente de S&S que hizo esto posible.

Después Cori Wellins, de WME, adoptó la idea y la convirtió en la maravilla de novela-serie de televisión de Netflix que es ahora. Mi abogado, Harris Hartman, logró dotar a todo esto de cierto sentido contractual.

En ese mismo tenor, expreso mi eterna gratitud a Brian Wright, Matt Thunell, Ro Donnelly y Coral Wright, de Netflix, por haberse aferrado pronto a la historia de Nimue y negarse a soltarla. Sus ambiciones respecto a *Maldita* han sobrepasado mis sueños más delirantes. Frank y yo no habríamos podido pedir mejores socios ni promotores más apasionados.

Mientras el libro se horneaba tranquilamente, me encerré en la sala de guionistas con varios escritores muy talentosos e inteligentes, con quienes trabajé las líneas argumentales de *Maldita* durante varios meses, ejercicio del que resultaron magníficos libretos e ideas demasiado brillantes para ser ignoradas. Así que mentiría si dijera que algunas de esas ideas no desembocaron en ciertas secciones de la novela. A mi notable equipo, compuesto por Leila Gerstein, Bill Wheeler, Robbie Thompson, Rachel Shukert, Janet Lin, el coordinador de libretos Michael Chang y la asistente de escritores Anna Chazelle (cuya madre, la medievalista Celia Chazelle, ofreció extraordinarias ideas sobre las costumbres, cultura y diversidad de la Edad Media), gracias desde el fondo de mi corazón. Su colectivo polvo de hadas está esparcido a lo largo de estas páginas.

Y aunque la novela y la serie de Netflix son dos proyectos asociados pero distintos, el puente espiritual entre ellas fue tendido por tres personas, comenzando por la muy talentosa Katherine Langford, quien todos los días da heroica vida a Nimue. Zetna Fuentes, nuestra primera directora de escena, inspira a todos los que la rodean con su imaginación, vigor y alegría. Por último, nuestro productor, Alex Boden, hace malabares en una producción colosal entre el gran estilo y un indeclinable compromiso con la calidad.

Mi asistente, Micaela Jones, fue un faro en los mares tormentosos del otoño, cuando la plasticidad y ancho de banda de mi cerebro fueron puestos severamente a prueba. Sus hábiles malabares y coordinación entre borradores de libretos, notas de redes, múltiples correcciones, traslados intercontinentales, notas del editor, numerosos borradores de la novela y quejas ocasionales me ayudaron a preservar importantes fragmentos de mi cordura.

Por cierto, mi esposa, Christina Wheeler, tiene una sonrisa preciosa y consiguió mantenerla mientras el tren de *Maldita* retumbaba entusiasta y ruidosamente en nuestras vidas y nos apartaba miles de kilómetros, pese a lo cual ella sigue siendo mi musa, mi amor y mi más íntima y querida amiga. Antes que ninguna otra cosa, confío en su intuición creativa, siempre y para siempre.

—T. W.

Esta obra se imprimió y encuadernó
en el mes de julio de 2020, en los talleres
de Impregráfica Digital, S.A. de C.V.,
Av. Coyoacán 100–D, col. Del Valle Norte,
C.P. 03103, Benito Juárez, Ciudad de México.

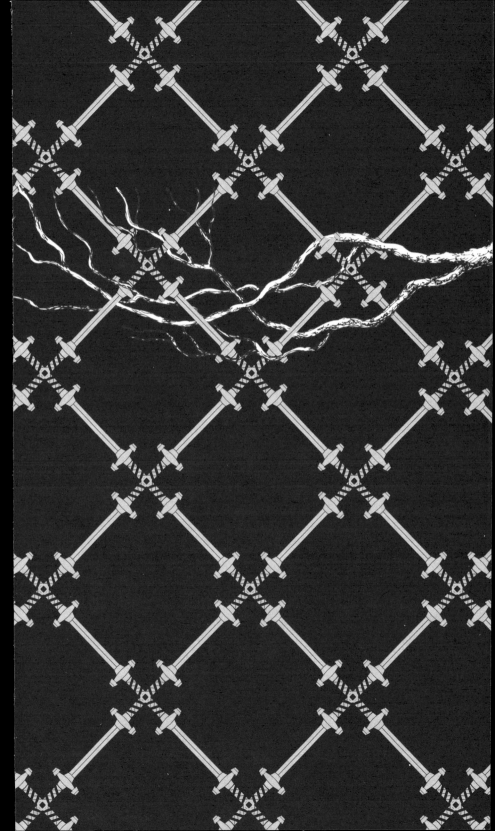